爱是一个长久的诺言，
平淡的故事要用一生讲完。
光阴的眼中你我只是一段插曲，
当明天成为昨天，
昨天成为记忆的片段，
泪水与笑脸都不是永远。

# 我爱我家

我爱我家·珍存集

③

梁左 等著

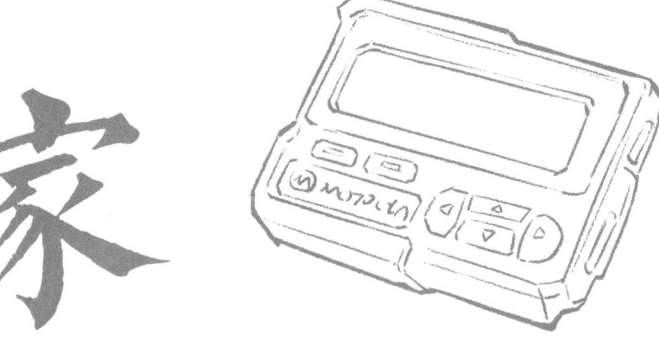

长江出版传媒 | 长江文艺出版社

北京长江新世纪文化传媒有限公司
www.cjxinshiji.com
出品

# 目 录

第 81 集　情暖童心（上）　　　　　　001

第 82 集　情暖童心（下）　　　　　　012

第 83 集　家庭吉尼斯　　　　　　　　023

第 84 集　世态炎凉　　　　　　　　　033

第 85 集　大奖（上）　　　　　　　　044

第 86 集　大奖（下）　　　　　　　　056

第 87 集　卡拉OK　　　　　　　　　 066

第 88 集　饭局　　　　　　　　　　　078

第 89 集　名门之后（上）　　　　　　090

第 90 集　名门之后（下）　　　　　　101

第 91 集　神秘来信　　　　　　　　　123

第 92 集　目击者　　　　　　　　　　133

第 93 集　谁比谁傻（上）　　　　　　144

第 94 集　谁比谁傻（下）　　　　　　154

第 95 集　特别的爱给特别的你（上）　163

第 96 集　特别的爱给特别的你（下）　174

第 97 集　女儿带来男同学（上）　　　186

第 98 集　女儿带来男同学（下）　　　197

第 99 集　94世界杯　　　　　　　　　206

第 100 集　小饭桌　　　　　　　　　 216

| | | |
|---|---|---|
| 第101集 | 彩云易散（上） | 236 |
| 第102集 | 彩云易散（下） | 246 |
| 第103集 | 好缺点 | 255 |
| 第104集 | 新的一页 | 266 |
| 第105集 | 芝麻开门（上） | 278 |
| 第106集 | 芝麻开门（下） | 289 |
| 第107集 | 真真假假（上） | 300 |
| 第108集 | 真真假假（下） | 311 |
| 第109集 | 818案件 | 321 |
| 第110集 | 葵花向阳 | 332 |
| 第111集 | 风声（上） | 353 |
| 第112集 | 风声（下） | 364 |
| 第113集 | 就职演说 | 374 |
| 第114集 | 优化组合 | 383 |
| 第115集 | 今天的你我（上） | 394 |
| 第116集 | 今天的你我（下） | 405 |
| 第117集 | 为情所困（上） | 415 |
| 第118集 | 为情所困（下） | 426 |
| 第119集 | 我爱我家（上） | 437 |
| 第120集 | 我爱我家（下） | 447 |

后　记　为一句无声的诺言/凉油锅

# 第81集　情暖童心（上）

编　　剧：梁　欢　臧　里

客座明星：李雪健　韩　飞

〔傍晚，傅家饭厅。

〔小桂上菜。傅老、和平上。

傅老　和平，快一点儿！别耽误了晚上去茶馆儿演出。

和平　今儿啊，不去了！

傅老　怎么说不去就不去了？在茶馆儿里表演说唱节目，这也是弘扬民族文化嘛！

和平　谁爱弘扬谁弘扬，反正我不弘扬了——一晚上挣那么点儿钱还不够跑腿儿的呢！

志国　（上）你要不去，那点儿钱你也挣不着啊？

傅老　也不光是钱的问题……

和平　（打断）刚才我接了个电话，有人专门请我每天晚上去他们家教唱大鼓，报酬从优——我打算改去那儿了！

志国　就你那水平还教人家哪？又是什么坑人的艺术班儿吧？

和平　不是艺术班儿啊，是人家个人想学。

志国　哦——明白了，恐怕这人不仅仅只是为了欣赏你的大鼓吧？

〔圆圆上。

和平　是啊，还包括我的气质、举止、言谈……很多很多东西！

志国　（不快）你的很多很多东西他都挺欣赏是吧？

和平　嗯……你怎么那么没劲哪？怎么那么庸俗啊你？男女之间……

圆圆　哎哎……妈！别说漏了呀——您那学生怎么会是男的呀？（对和平使眼色）

和平　怎么不是男的呀？就是男的！怎么了？我树正不怕影儿歪，脚正不怕鞋歪！

〔志国欲发作，傅老拦住。

傅老　就是嘛！茶馆里，肯定有不少热爱传统艺术的老同志！（向和平）今年他有八十几了？

和平　爸您甭操心啊！没那么老……

志国　嗯！有那么老我倒不操心了！在茶馆儿里眉来眼去的有些日子了吧？

和平　你还真别说嘿，每回都是我刚要唱他就来，我刚唱完他就走。走的时候嘿，总是热泪转眼圈儿，一步三回头啊！

圆圆　嗯，我听着有点儿像瞻仰遗容！

和平　今儿人家正式对我发出邀请，如果你们没意见的话……

志国　我们还没意见？我们意见大了！你说实话，你跟那男的……我先问一句：他是不是比我年轻？

和平　不光比你年轻，比圆圆都年轻。

志国　那更不行……那就行了！反正在哪儿挣钱不是挣啊，是不是？教学比演唱听着还体面点儿——是吧，爸？

傅老　就是嘛，发扬传统文化，也应该从娃娃先抓起。

圆圆　（不悦）为什么没人征求我的意见？

和平　去去去，没你什么事儿啊。

圆圆　等有事儿就晚了！我妈天天不在家陪我，去陪什么别的男孩儿——还比我年轻！不知道我这年龄是最危险的年龄么？

和平　嘿！你爸还没吃醋呢，你怎么吃起醋来了你？

〔当晚，苏苏家。

〔客厅装修高雅现代，陈设豪华。老苏正在跟儿子苏苏翻看相册。保姆上。

保姆：苏总，和小姐来了。

〔和平上。苏苏跑上前拉住和平胳膊。

苏苏　阿姨！阿姨！

和平　哎哎！呵呵……（不住地环顾四周）

〔老苏起身迎上，注视和平，郑重地与和平握手，拉开苏苏。

老苏　谢谢啊，谢谢啊！苏苏一直还怕您不来呢……

和平　哪能不来呀？不冲别的，就冲这……（环顾豪华的客厅，发觉不合适）这孩子，这么小小年纪就这么热爱咱们民族传统艺术，小小的岁数就主动往火坑里跳，哭着嚷着要跟我学唱大鼓，紧着跟我们抢救国宝——多感人哪！

老苏　请坐请坐。苏苏见着你也一样激动啊！至于那个大鼓，这个……

和平　噢！您放心，打今儿起我就他这么一个学生，不出三年我保证他能登台！咱是"一三五"还是"二四六"啊？

老苏　我看都算上吧——星期天也别落下了。

和平　那要是这么用功，不出一年就成啦！苏苏啊，听阿姨唱这么些日子了，觉着哪段儿最好啊？

苏苏　您让我说实话么？

和平　（亲切地）当然说实话了。

苏苏　我哪段都不喜欢——都跟那踩着鸡脖子似的。

和平　嘻！

苏苏　阿姨,我也奇怪了,您在台上唱得那么有滋有味儿的,自己还觉得怪美的?

和平　嘿?这……苏总啊,您要是这样儿就不好了——人家孩子不爱唱,您别逼着他呀!不能因为您个人喜欢大鼓,您就……

老苏　啊?我喜欢大鼓?(哈哈大笑)我喜欢大鼓啊?天地良心啊,哪次听大鼓我不把耳朵塞点儿棉花呀?

和平　(不悦,起身)既是您父子俩都不喜欢,那干嘛每天晚上还奔那儿去呀?还把我请到家里来……(自语)这不是有病么?

老苏　哎!跟你说:病得还不轻!(把相册递给和平)请您先看看相片。

和平　(看相册)哟,这是您全家福哈?(指着一张合影)哟!这女的怎么长得那么像我呀?你看……

老苏　哈哈哈……那是我媳妇——

和平　哦!

老苏　——死了!

和平　啊?

老苏　去年病故了。我们这孩子第一次看见你,回到家就跟我学呀,说见着他亲妈了!哭着闹着想见你。我一开始不信哪,专门去看了你的一次演出,一看:一模一样!(指照片)一模一样!

和平　怨不得呢!怨不得这孩子每回见着我都跟瞻仰遗容似的呢……

老苏　我们这个孩子闹着非得把你请到家里来!这不是,请来了——学不学大鼓的没关系!我一天工作很忙,晚上剩孩子一个人在家里头,净想他妈!你只要能陪他待一会儿——你要非教他唱大鼓,他也同意呀!

苏苏　阿姨,您留下吧,我都答应学大鼓了,再难听我也忍得住。只要您能来,我受多大委屈,您都甭管了!

老苏　还有,和小姐,我知道你不在乎钱,不过我也不能让你白受这份儿累呀!至于这个工资呢……(握住和平的手,把苏苏挤到身后,坐到和平跟前,

## 第81集　情暖童心（上）

还不慎踩了苏苏的脚）我看这样吧，工资就按你的演出费翻两番行不行？

和平　啊？

老苏　奖金另结。

和平　哎哟，（起身，抽开手）别价呀，您看您要这样就不好了，那我就不来了，别挺感人的事儿回头给弄庸俗了……（欲下）

苏苏　（追上）阿姨，那您同意了？

和平　原本说教这孩子唱大鼓，所以我就决定来。（见老苏上前，躲到苏苏身后）现在既然是这样呢，那我还得回家跟家里商量商量……要不然这样吧：（拿过包，边说话边往后退）反正我们家人还都是挺乐于助人的，我商量商量。回见啊……（走向一道门）

老苏　哎！哎……（示意和平走错了——那是卧室）

和平　噢！嘻……回见。（下）

老苏　好，慢走！

〔晚，傅家客厅。

〔全家人在座。

和平　……人家家——那叫一豪华！那叫一气派！不蒙你们嘿，绝对一水儿的美国加州——

志国　牛肉面！

和平　哎……去！加州肯——

圆圆　肯德基！

和平　哎……去！什么肯德基？！肯特家具！那才叫有钱人呢！

傅老　关键不是钱。教大鼓也好，教什么也好，都是为人民服务嘛。既然人家孩子那么需要你，你去那里也是去温暖一颗童心啊！

志国　恐怕不止温暖一颗"童心"吧——那孩子他爸呢？

和平　你这人说话怎么阴阳怪气儿的你？你要老这样以后我不去啦！省得将来落话把儿！

傅老　志国，你这样说就不好了嘛！你怎么能够如此如此……如此地冷漠啊？应该像歌里唱的那样——只要人人献出一点爱……（看圆圆）

圆圆　（唱）"世界将变成……"

傅老　美好的人间！

志国　行，那赶明儿我也绕世界找那带着孩子的小寡妇去，我也给她献出一点儿爱！

和平　就你那胸怀，就你那境界，你就是把心掏出来白送人家都没人接着！

志国　她不接着，架不住我生给呀？我就愣说我长得像那孩子他爸！本来嘛，人跟人的模样能差多少啊？都是两个肩膀上边扛一个脑袋，俩眼睛下边搁一个鼻子——谁不像谁呀？你倒过来长一个我瞧瞧？

和平　你倒过来长一个！

志国　还甭说人跟人了，人跟猴儿都长得有点儿像——那小猴儿要认你当妈你也去么？

和平　你才给猴儿当妈呢！你给猴儿当爸爸……

傅老　（笑）好了好了，就不要互相进行人身攻击了。

圆圆　（笑）就是的！一个给猴儿当妈，一个给猴儿当爸爸……你们这不是骂我呢吗？你别以为我听不出来！爸，我觉得我妈这行为还算高尚！

和平　哎！还是圆圆理解我。

圆圆　不过，妈，我觉得您没必要跑那么大老远去温暖什么童心，这家里不就有一颗童心需要温暖么？

和平　去去去，没你什么事儿！赶紧回屋做功课去……

圆圆　我还有心思做功课？我妈都要给别人当妈了！

和平　你别说那么邪乎成不成啊？我又不是离家出走。我就是晚上到人家去串

・006・

## 第81集　情暖童心（上）

　　　　串门儿，聊聊天儿，误不了给你当妈！

圆圆　凭什么呀？我就一个妈，干嘛跟别人分享啊？早知道这样儿，我当初还不如给您申请一个专利呢！省着让别人钻空子。

傅老　圆圆，不要光想自己，要想想人家孩子多需要你妈呀？

圆圆　谁让他没妈的？那是他活该！君子不夺人之美。我先把话落这儿啊：我妈要死了，我绝对不像他那样！

和平　嘿嘿！怎么说着说着把我给说死了？

圆圆　我就是那意思……我说了也不算，你们听我爸的吧！

傅老　志国呀，你也不要光想自己，也替人家孩子想想！

志国　其实啊，我也挺同情那孩子的，关键是那孩子他爸！您想啊，和平跟他爱人长得又挺像的，回头天长日久他们俩……（伸出两手大拇指，做往一块儿凑的手势）

和平　去去去！

傅老　长得像怎么了？长得像就一定会出问题呀？这些年长得像你母亲的我也见到过几个，我的心里就很平静嘛。

志国　那……那我只能希望那孩子他爸的心里，跟您一样平静了！

〔晚，苏苏家。

〔和平陪苏苏玩游戏机。

和平　（指导苏苏玩游戏机）往这边……往下走！好！这个挪过来……哎！正过来呀！……转过来，往下走，走……

〔老苏端碗暗上，凑近和平，越贴越近。

和平　（回头，吓一跳）哎哟！（急忙站起）

老苏　呵呵，上一回你说你爱吃四川的赖汤圆儿，我给你包了一点儿，你尝尝？

和平　嘻！我就是随便那么一说……

·007·

老苏　哈哈，我就是随便这么一做！

苏苏　阿姨，您尝尝吧，我爸难得下厨房。

〔和平尝了一个，喂苏苏。

老苏　味道怎么样啊？

和平　嗯！好吃，有点儿豆花饭庄的意思！我得谢谢您。

苏苏　阿姨，那我就光谢您，不谢我爸了——我知道我是沾您的光。

老苏　（厉声）苏苏！……吃完了睡觉去吧。

苏苏　凭什么呀？阿姨是来陪我的，又不是来陪你的。

老苏　天不早了，阿姨得回去了。（向和平）正好，我要到长城饭店去见一个外商，顺路把你捎回去。

和平　哟……不用啦！我这还赶得上公共汽车哪，我赶得上……

老苏　（提起皮箱）顺路顺路，开车很方便的嘛！哦对了，（打开皮箱）你瞧瞧，人家送我两个小玩意儿——收录机。一个给苏苏，一个给圆圆。

和平　（上前接）哟！您看……（停住，觉得不好意思）这不合适吧这个？

苏苏　阿姨您拿着吧，就当我送给圆圆姐姐的。

和平　（接过，向老苏）谢谢您。


〔傍晚，傅家饭厅。

〔和平独自吃饭。傅老、圆圆上。

傅老　和平，怎么先吃上了？有急事儿啊？

和平　嘻，这两天苏苏该阶段测验了，我得给他补数学去。

圆圆　我也要阶段测验了，怎么没人管我呀？

和平　你跟苏苏不一样，你学习比他强。

圆圆　我学习好我也需要有人辅导啊？

傅老　圆圆不要闹，爷爷、爸爸都可以辅导你嘛！

## 第81集　情暖童心（上）

和平　哎！人家苏苏连妈都没有……

圆圆　噢，我有妈，我妈去辅导别人？他没妈，您去辅导他？那这有妈的和没妈的还有什么区别呀？要这样还不如没妈呢！

和平　有你这么说话的吗？

圆圆　那他没妈不是还有爸呢么？他爸怎么不管他呀？

和平　他爸爸这几天工作特别忙，正在跟法国人谈判，跟法国人谈完了还得跟几个德国人谈，跟德国人谈完了，还得再跟几个法国人谈，跟法国人再谈完了还得再跟几个德国人谈……

圆圆　嗯嗯嗯！我爸忙什么您都不知道，他爸忙什么您怎么这么清楚啊？

〔志国上。

和平　这孩子怎么说话带挑事儿的呀？

志国　哼！

和平　人家苏苏他爸对你不错啊……

圆圆　算了吧，一个破录音机就想换我妈？甭想！

傅老　圆圆，怎么这么说话呀？你妈出去也不是干什么坏事嘛！帮着人家孩子辅导功课，这也是学雷锋做好事嘛！

圆圆　算了吧，家里这些好事您不做，非大老远跑他们家做好事儿去。您要是做好事都是为了挣钱的话，您缺多少钱您说话，长大了我都给您挣出来还不成么？现在就算我欠您的还不成么？

和平　爸，您听听！圆圆她老这么说——要再这么说我以后真不去了我……

傅老　圆圆，你这些日子的情绪一直不对头啊，不要总拖你妈妈后腿嘛！你看你爸爸现在思想都通了，你怎么还不通啊？

圆圆　嗯？爸，您什么时候叛变了？我怎么一点儿都不知道啊？

志国　唉，我考虑你妈挺诚实的，把什么都跟咱说了，她要真有什么想法呢，哼，"天要下雨娘要嫁人"，你拦着也拦不住。顺其自然，听天由命吧。

圆圆　听天由命？敢情这是我妈不是你妈！

志国　（激动）那不一样么？是你妈也是我爱人哪！

圆圆　（激动）当然不一样了！爱人没了可以再找，妈没了我上哪儿找去呀？

和平　（拍案而起）你们别烦我了成不成啊？！还有几天就到一个月了，让我把这个月先对付过去成不成啊？以后我不去了还不成嘛！（下）

〔晚，苏苏家。

〔苏苏写作业，和平看着相册里的全家福出神。

苏苏　阿姨，您下个月到底还来不来了？

和平　你这孩子怎么今儿也这么烦人哪？不都问一百遍了？我不是跟你说了吗？等你爸回来咱再商量嘛——你爸怎么还不回来？

苏苏　谁知道他又见哪个女朋友去了……

和平　（意外）你爸爸有女……我就是随便这么一问啊。

苏苏　阿姨，您别着急。

和平　我着什么急呀我？真是，你爸有女朋友，我高兴还来不及呢，我着什么急呀我？

苏苏　其实他也没什么女朋友，就是有好些女的追他——包括我们班班主任。按理说，我们班班主任跟我爸好，对我非常有利。

和平　那你怎么不把他们俩往一块儿凑凑啊？

苏苏　我不喜欢我们班班主任，在学校天天跟她在一块儿我就够委屈的了，再把她弄到家来，还让不让我活呀？！

和平　要是把她弄你们家来，也省得我两头儿为难……

苏苏　您不为难那就该我为难了——阿姨，您怎么两头儿为难呀？您去掉一头保一头儿不就得了么？

和平　去掉一头儿？你是说以后我就可以不来了？

·010·

苏苏　（凑上前）不，我是说您来了以后就别走了。

和平　（起身躲开）你瞎说什么呢，苏苏？

苏苏　阿姨，您说心里话，如果您现在是一个人，那我爸有没有希望？

和平　（思索）……我现在也不是一个人啊我！

苏苏　唉呀！我是说"如果"。

和平　世上哪有那么些"如果"呀？再说还有你圆圆姐姐呢！

苏苏　那我爸这边儿还有我呢。我觉得孩子不应该成为什么问题，任何人都不能剥夺别人追求幸福的权利，包括他的父母。

和平　嘿！你那么一孩子，哪儿学来的你？等你爸爸回来我非告诉你爸爸不可！

苏苏　你告诉吧！这些话就是他最近经常对我说的。

和平　闹了半天……我得走了！（起身）你告诉你爸啊，说我走了，打明儿起我也不来了！

苏苏　（冲上前，拦）阿姨，您可别后悔！您要是真不来了，我不吓唬您，那您……您以后就别想再见着我了！

和平　我后什么悔呀我？我干嘛就那么想见着……苏苏你说什么呢？你可别寻短见哪！

苏苏　（哭腔）那可不！您要是真不来了，我就到那边儿找我亲妈去！

和平　说什么呢你？啊？（激动）你知道阿姨心里多难受啊？一边儿是你们家，一边儿是自个儿家，两边儿一块儿往死里挤兑我呀！我没活路了！干脆，你别找你亲妈了，我找你亲妈去得啦……（哭）

苏苏　阿姨……

〔二人抱头痛哭。

【上集完】

# 第82集　情暖童心（下）

编　　剧：臧　里　梁　欢

客座明星：李雪健　韩　飞

〔日，傅家饭厅。

〔和平坐在餐桌旁择菜，一脸痴痴地出神。志国暗上。

志国　嘿！

和平　（一惊）干什么呀你？

志国　有你这么择菜的么？把皮儿都扔里了！

和平　冷不丁你吓我一跳！

志国　我发现你最近特别容易受惊吓，还爱愣神儿，是不是有什么心事儿啊？跟我说说？

和平　我……我有什么心事啊我？

志国　好久没听你说起苏苏他……他们家的事儿了。

和平　我都不去了，还说人家干什么呀？

志国　不怕你说，就怕你不说。什么话窝在心里头"剪不断理还乱"，说出来也就痛快了。

和平　说出来？（背躬旁白）我跟谁说也不能跟你说呀……

## 第82集 情暖童心（下）

志国　还没完全糊涂啊？告诉你一个好消息——苏苏他爸给你来电话了。

和平　（急忙起身）你怎么不早说呀？我得赶紧……我接一下马上回来啊。（欲下）

志国　我已经替你接过了。他说来电话没事儿，就是找你谈谈。

和平　我也正想跟他……（欲言又止）

志国　不用了！我在电话里已经跟他说了，好事不瞒人，瞒人没好事，要搞光明正大，不要搞阴谋诡计——电话里能说得清楚么？有什么事儿请他到咱们家来谈！他说话就到。

和平　有你这么说话的吗？什么叫好事不瞒人呢？谁不光明正大呀？噢，光明正大就非得都让你掺和呀？咱们国家开会光明正大，你说你没事儿想进去旁听旁听……我估计人家就不一定让你进去！

志国　干嘛还估计呀？肯定不让我进。

和平　所以呀，你不能说人家商量的就不是好事儿啊，是不是？人家商量的是好事儿，还就不让你进去，你有脾气么？你有意见你可以提。

志国　我没意见，我根本就没想进去……这说你们俩呢，你提国家开会干嘛呀？！你们俩那点儿事恐怕还惊动不到那儿呢吧？

和平　我们俩……我们俩什么事儿啊？！

志国　什么事儿你自己知道。

和平　我……你要这么说，待会儿那姓苏的来了我还就不见他了我！（下）

志国　你爱见不见！你拿这吓唬谁呀你？你不见……我见。（坐下择菜）

〔时接前场，傅家客厅。

〔老苏与志国对坐无言，气氛尴尬。

老苏　（拿起皮包）既然和平老师身体不太好，那我就告辞了。（起身欲下）

志国　请留步！苏先生。难道您就真的没有什么需要我向她转达的事儿么？

老苏　（重新归座，似乎有一肚子话想说）这个……（见志国脸色不对，欲言又止）您请她多保重，不要着急。病来如山倒，病去如抽丝，既来之则安之。要是实在不舒服的话，还得到医院去请个医生看一看。要按时吃药，多喝开水，饮食要注意清淡，早晚要各量一次体温，这个……

志国　（打断）看不出来呀，苏先生在哪家大医院工作啊？

老苏　那倒没有，这不前几年我的爱人身体一直不太好，我也是久病成医吧……

志国　哎，我爱人跟您爱人恐怕不是一回事儿吧？

老苏　那是那是，我爱人是医治无效，不幸逝世。你爱人是一定能够战胜疾病早日康复的——这也是我们两个人的共同心愿嘛！

志国　咱俩人恐怕也不是一回事儿吧？

老苏　那是那是……你是谁我是谁呀？你是家庭美满幸福，我是孤身一人还拉扯一个孩子——我的爱人要活着我也不至于受这份儿罪呀……你瞧你瞧，我说着说着又说到一块儿去了，老贾同志你得原谅我呀！

志国　呵呵，没什么没什么，你一个人不容易呀……

老苏　我还好说，关键是孩子！上一回也不知道为什么，和平老师好好地就说再也不到我们家来了！你帮我分析一下？

志国　这……（尴尬）

老苏　打这儿起那孩子就天天跟我闹啊！我是一点儿办法都没有……这不，求到您府上来了？

志国　唉，要光是为孩子啊，你看这个……老苏同志，要不咱们这么办，和平她这几天确实身体不好，等她身体好了以后我让她上您家去……看看您的孩子！您要有时间呢，也欢迎您带着孩子到我们家来玩儿！（起身与老苏握手）都不是外人嘛。

老苏　唉呀，太谢谢你了！

## 第82集　情暖童心（下）

志国　不用谢不用谢！只要您没有什么别的想法，我们这边儿怎么都好说。

老苏　哈哈，瞧你说的呀，我能有什么想法啊？——我不可能没有想法啊！我也是人，不是神。

志国　（不悦）我就知道你有想法……说吧！

老苏　我把我这个想法说出来，你可别批评我庸俗啊？这不是这几年我在生意上做得还可以吧，你们全家——特别是你的爱人——又对我这么支持，所以呢，你们家如果有什么困难，你就言语一声。三千五千的咱们不去银行嘛，十万八万的我还有一个"活期"的，要是一二百万的话咱们也有一个"大额转账"，要是千儿八百万的，那就得用支票了——我这个账号是……（回身拿皮包）

志国　我这儿又不是工商局，你不用汇报这么详细。

老苏　对对对，这不，上午刚给他们说完嘛！我这个意思是啊……

志国　您的意思我明白了。我呢，现在还养得活我老婆，如果真有什么困难我再去求您。

老苏　瞧您说的，我根本不是那个意思……

志国　甭管您什么意思，只要您没有别的想法，我可以批准和平到您那儿去看看。

老苏　（笑）别的想法？什么别的想法啊？我能有什么别的想法啊？（起身坐到志国身边）我就是有想法我也不敢告诉你呀……不不不，有想法也不敢告诉她……我根本没想法嘛！我能有什么想法？没想法嘛……

〔晚，苏苏家。

〔老苏与和平对坐。老苏深情注视和平，和平紧张忐忑。

和平　老苏啊……天也不早了，孩子也睡了，我也该走了……

老苏　再坐坐吧！一会儿我用车送你。和平老师，今后你还能常来么？

和平　可能不成了……每回都得我爱人特批。

老苏　（突然）这太不像话了！不像话！你还有没有人身自由啊？这都是什么年代了？没有人身自由嘛！这干什么嘛！你作为新社会的女性，共和国的公民——我这不是挑拨你们之间的关系——你们家那个老贾根本无权干涉你！

和平　其实我们家贾志国吧，他基本上还是挺明白事理的，就是有时候那劲儿一上来吧，他犯拧！比如说这事儿要是反过来，假如说您爱人没事老往一独身男同志家跑，您乐意么？

老苏　她敢！……不是，我是说这也要按具体的情况来区别对待啊！你看像我这样又忠厚又老实的男同志，你还是可以完全信任的嘛。

和平　得了吧您，老苏同志！您要演戏可演不过我——你们做生意的有几个老实的？

老苏　哎！不能一概而论，我们生意人也是分不同档次的呀——我在生意人的圈儿里头档次还是很高的哩！再说了，我们生意人是很讲究信用的，"朋友的妻不可欺"——当然，你们家那个老贾和我也还算不上朋友……

和平　所以您就能欺负我？

老苏　不不……对你我压根儿无动于衷嘛！你看你来过多少趟啊？我就感觉没有你这个人一样嘛！

和平　您说这话可有点儿让我伤心……来这儿一个多月了，我对您都有点儿……您对我无动于衷？我还没老到那份儿上吧？

老苏　（坐到和平身边）不老！特别年轻——年轻！我那不是不敢往那方面想嘛！每次看见你和我的孩子在一起，我常常出现一种幻觉，就感觉我那口子又活了！我经常想，我们三个人要是老在一块儿啊……当然，我也知道我这个想法是不正确的，挺好的事儿给想歪了——你要对我狠狠地批评和教育！

## 第82集　情暖童心（下）

和平　其实我有的时候也想……咱们互相批评吧！

老苏　和平……（手搭向和平身后的沙发）

和平　（慌忙起身躲到一旁）老苏同志，您别价！我年轻幼稚思想不太坚定，我经不住您这么考验我……

老苏　怎么了？怎么了？我在自己家的沙发上坐累了，我换一个姿势怎么了？

〔老苏起身再次凑近和平，和平慌忙起身，老苏扑倒在沙发上。

和平　您先别换呢！要换等我走了以后您再换。我走以后您想怎么换就怎么换，您在沙发上拿大顶都没人管您……我还真得赶紧走了，我走了以后还不能再来了，我要再来还非出事儿不可……

老苏　你别走！（趴在沙发上，撑着上半身）我就这个姿势，我不换了成不成？我不换了——我多难受你甭管……


〔日，苏苏家。

〔苏苏在做作业。保姆上。

保姆：苏苏，有人找你。

苏苏　（迎上）哎！和平阿姨……

〔圆圆上。仔细打量屋中陈设。

苏苏　你是谁呀？我不认识你……

圆圆　我跟我妈长得一点儿都不像么？

苏苏　你一定是圆圆姐姐！常听和平阿姨提起你，一直想去看你，就是没抽出时间，今天倒让你先来看我，真不好意思……

圆圆　我已经来了，你就别不好意思了！（指房中家具）这就是你们家著名的美国加州的那牛……肯德基吧？

苏苏　什么呀！这是美国加州肯特家具！圆圆姐快请坐，你想喝点儿什么？茶，饮料，还是咖啡？

· 017 ·

圆圆　给咖啡加点儿糖。

苏苏　张妈！

〔保姆上。

苏苏　看咖啡。

〔保姆应声，下。

圆圆　哟，你们家可真阔！难怪我妈老爱上你家来呢……

苏苏　这只是我们家的一部分，因为上学近我才住这儿，周末我一般去别墅，到了假期我喜欢住我爸的写字楼，或者干脆去海边儿。你喜欢不喜欢呀？

圆圆　我也喜欢……可是我没去过。

苏苏　那我以后带你去，谁让你是我姐呢！

圆圆　我先声明，我不是你姐。

苏苏　我知道，你们女人都不愿意承认自己的年龄，可是你妈告诉我，你确实比我大一年零三个月——哎，她怎么没来？

圆圆　很简单——我不让她来。

苏苏　你不让她来？她能听你的？

圆圆　我只不过是略施小计。我告诉她，她睡午觉的时候有一个姓苏的来过电话，电话里告诉她，说她可以不去了。她当然就不来了。

苏苏　你……（起身）我现在就给和平阿姨打电话！（拨电话）

圆圆　打吧，打吧打吧你打吧，反正我已经把我们家电话线给掐断了。

苏苏　（放下电话）贾圆圆！我觉得你这样做是极端错误的！和平阿姨作为新社会的妇女，共和国的公民，她有人身自由，她想去哪儿就去哪儿，我不允许你和你爸合起伙来欺负她！

圆圆　嘿——我还说你和你爸合伙欺负她呢！

苏苏　什么？我们欺负她？她每次来，我们都好吃好喝招待，我爸还亲自下厨

## 第82集 情暖童心（下）

　　　　房给她做夜宵，她要走我爸还亲自开车送她……

圆圆　嗯！嗯！光你问题还不大，可你爸呢？老这么"亲自亲自亲自"的，问题可就严重了！

苏苏　贾圆圆，我看咱们做子女的就不要干涉父母婚姻恋爱的问题了吧……

圆圆　嘿——我爸我妈在一块儿过得好好的，有什么婚姻恋爱问题呀？

苏苏　不是我妈不在了么？万一我爸看上你妈，或者你妈看上我爸，那咱俩就不要管了——再说我也不怕失去什么。

圆圆　你是没妈，你当然不怕失去什么，顶多找不着就完了！我呢？

苏苏　那你就认倒霉呗……

圆圆　嘿！你没妈的走运，我有妈的倒霉，今儿姐姐我跟你拼了！（上手欲打）

苏苏　（急躲）哎别别……我知道你们女生发育早，可也别这么欺负人呀！本是同根生，相煎何太急？

圆圆　谁跟你同根生？我跟你水火不相容！（追）

苏苏　（躲）你看你妈对我这么好，你怎么能对我这样……

圆圆　我妈那是一时受你骗，今天我要替她老人家报仇雪恨！

苏苏　姐姐手下留情，咱们都快成一家人了嘛……

圆圆　（冲上前，按住苏苏）你还敢造谣！什么叫"一家人"？！

苏苏　我……我是说，虽然你长得差点儿，那我宁肯受点儿委屈，我长大了也跟你好。我管你妈叫妈，你也管我爸叫爸，这不就成一家人了么……

圆圆　你还敢造谣！你还敢说我长得差！说，我什么地儿长得差？！

苏苏　不差不差，挺好的挺好的……

圆圆　（松开苏苏）我哪儿好？说出来给我听听——我要高兴就饶了你！

苏苏　你长得跟巩俐差不多……

圆圆　嗯……不行！一点儿都不像她。

苏苏　我知道你不像她——你像林青霞！

圆圆　哎……不行！林青霞长得一点儿都不好看。

苏苏　那你像山口百惠总行了吧？

圆圆　嗯！……还不够！

苏苏　那……就你那模样你像谁呀？！你干脆打死我得了——（准备挨打）

圆圆　这你都看不出来？人家都说我长得像宋丹丹！

〔晚，傅家客厅。

〔圆圆自饭厅上，张望四周，突然捂肚子大叫，扑倒在沙发上打滚儿。

圆圆　哎哟！疼死我了！疼死我了！唉呀……

〔和平、志国、小桂自饭厅急上。

和平　啊！怎么了？怎么了？你怎么每天晚上吃完饭都肚子疼啊？

圆圆　（呻吟大叫）我也不知道——妈妈你可千万别走啊！

和平　哎哟，你说这都好几天了，妈妈答应说要去看看苏苏……让爷爷和爸爸陪着你。乖，妈一会儿就回来啊？（欲下）

志国　和平啊，孩子都病成这样了，你怎么能走呢？

圆圆　（大叫）我要死了！妈你可千万别管我呀！给苏苏当妈去吧……

和平　你这让我还怎么去呀……

圆圆　（装哭）妈，您不去苏苏该多想您呀……

志国　恐怕不止苏苏一个人想她吧？

和平　你要还这么阴阳怪气儿的，那我不去了！（坐下）真是……

圆圆　（起身，恢复常态）咦，我肚子一下就不疼了！

和平　那我还是去看看吧……（起身欲下）

圆圆　（倒在沙发上大叫）唉呀！又疼死我了……

和平　我就知道你这病三分病七分装！你要真疼你敢上医院打针去么？敢么？

圆圆　（坐起，思考片刻）去就去！为了您我什么苦不能吃啊？

## 第 82 集　情暖童心（下）

和平　怎么是为了我呀？

志国　那可不是为了你么？

圆圆　我不为您我为谁呀？我天天的这钟点儿装肚子疼，我容易么我？！

〔门铃响。小桂开门。

和平　谁呀谁呀？（看向门口）哟……

〔老苏领苏苏上。

和平　来……我介绍介绍：（向志国）这是苏苏他爸。

志国　我们认识。（握手）

和平　（向圆圆）这是苏苏。

圆圆　我们认识。（伸手欲握，苏苏躲）

和平　噢，都认识是吧？赶紧，来这边儿坐。我刚要去，我女儿突然不舒服了，我就说我改天再去……

老苏　不必了，今后也不再麻烦你了——我们是告别来了。

和平　哟，上哪儿啊？

老苏　孩子的奶奶和爷爷在上海，一直想接他过去念书，我的公司最近在上海设了一个办事处，我要去料理一下，所以带他去上海住一段时期。

志国　噢，那……什么时候回来呀？

老苏　那就不一定了——孩子也许不来了。

苏苏　这个城市让我伤心！

和平　你……你们什么时候走啊？

老苏　今天晚上八点五十的飞机。孩子在家一直等着您，估计您可能是又有事去不了了，所以让我和他一块儿来，向您……不，向你们全家告个别！

　　　（站起）

志国　（掩饰不住的喜悦）老苏同志，你怎么说走就走啊……

〔和平瞪志国。

老苏　哦对,（向苏苏）孩子,你不是有一句很重要的话要对阿姨说么？说吧,
　　　时间来不及了——
苏苏　（欲言又止）阿姨……我一直想管您叫一声——妈妈！（扑到和平怀里）

【本集完】

# 第83集　家庭吉尼斯

编　　剧：汤一原　梁　左

〔傍晚，傅家客厅。

〔圆圆专注地看电视。傅老看着报纸自里屋上。

圆圆　（对着电视机）哎——哟！

傅老　圆圆，功课做完了没有？

圆圆　（没理傅老，对着电视较劲）哎——哟！……走！走！……

傅老　圆圆干什么呢？什么节目？是不是儿童不宜呀？（凑近看电视）这个大胖子怎么了？累成这个样子，他在干什么呢？

圆圆　（盯着电视）他用牙咬着绳子——拉汽车！走！……

傅老　用人拉汽车？是不是他们那边又闹石油危机了？我早就说过，他们是日薄西山、气息奄奄、人命危浅、朝不保夕嘛！有的人还说他们是"夕阳无限好"，我看就不是"无限"，而是"有限"——（指着手中的报纸）"有限公司"么！

圆圆　爷爷您别老打岔……咦！太棒了！唉呀……（鼓掌，靠沙发上喘气）

傅老　棒什么？连汽车都要用人拉了还棒？

圆圆　他拉动了两辆十五吨重的汽车。如果经过美国总部的最后确认，一项新的"吉尼斯世界纪录"就诞生了！

傅老　"吉尼斯"？就是那个世界之最？搞的什么名堂嘛！这个大胖子既然有那么大的力气，为什么不让他去耕地呢？也可以节省几头耕牛嘛！

圆圆　喊，爷爷您……（起身关掉电视机，欲下）什么都不懂！

傅老　（拉住圆圆，摁在沙发上）我怎么不懂啊？我什么都懂——当然也不一定什么都懂……反正我比你懂得多！我看吉尼斯这种搞法就很不对头哩。当然喽，知识性、趣味性是要有的，但是在这个基础上，为什么不搞一些有意义的东西呢？光搞一些"胖子拉车"这样的比赛，有什么意义嘛！应该比一比——谁，做的好事最多，谁，对世界人民贡献最大，谁……

圆圆　爷爷，这怎么比呀？真外行！（起身）

傅老　（按住圆圆）怎么不能比呀？就拿我来说吧——当然目前我在世界上还排不上名次，可就在咱们家来说，对人民贡献最大的当然就是我了，无可非议嘛！哈哈……

圆圆　反正在咱家，您可以称王称霸——没人儿跟您争。

傅老　有人跟我争我也不怕！

圆圆　爷爷，人家吉尼斯世界纪录是科学的——科学懂吗？必须是能够测量的，具有可比性的。就您说那个，根本就不算！您还甭说什么全国全世界，就在咱楼里，谁做的好事最多？谁对人民贡献最大？您就敢说是您？

傅老　我怎么不敢？我当然敢！当然喽,也难免会有一些同志有不同的意见……

圆圆　还是的呀！您那根本就算不了"吉尼斯"。人家吉尼斯世界纪录可都板上钉钉。（从书包掏出本书）看看，最新出版的《吉尼斯世界纪录大全》，学着点儿！（抚一下傅老的头，向里屋下）

傅老　嗯？对我什么态度嘛！

## 第83集　家庭吉尼斯

〔晚，傅家饭厅。

〔全家人吃饭，傅老闷闷不乐。

和平　（向圆圆）……怎么老招爷爷生气呀？赶紧跟爷爷道歉！

圆圆　（勉强地）爷爷我错了。

志国　知道错哪儿了么？

圆圆　不知道。

和平　嗯？怎么不知道啊？你错就错在……（向傅老）爸，她错哪儿啦？

傅老　她不承认我对人民贡献大嘛！

和平　嗯？

傅老　她不承认我是"吉尼斯"嘛！

和平　嗯？

傅老　她不承认我是那个……那个嘛！

和平　嗯？你怎么能不承认呢？爷爷对人民贡献多大呀！啊？全世界……谁不知道啊？

志国　就是啊……咱先不说全世界，反正在咱们这块儿谁不知道啊？

圆圆　我也知道，我没不承认呀，可他那算得上"吉尼斯"么？

和平　爸，您这稍微过点儿！您对人民贡献是大，可就全世界这范围来讲，您总超不过马克思吧？

志国　甭说马克思，连恩格斯他也比不上啊……

傅老　我怎么……恩格斯我是比不上。

志国　这是在政治思想领域。在科学文化领域，您总超不过爱因斯坦吧？

傅老　爱因斯坦？爱因斯坦……我当然超不过他……

圆圆　所以我说得没错儿吧？您那哪儿算"吉尼斯"啊！

傅老　怎么不算哪？我也没说算全世界的嘛，我就算咱们家的还不行？刚才我也翻了一下那本儿《吉尼斯大全》，就照他那么算法，就在我们家的范围之内——（掰着手指）谁，参加革命最早？谁，工作的时间最长？谁，得的奖状最多？谁，担当的职务最高？谁……不是别人都是我嘛！这就几项啦？吃完饭以后，圆圆，你再详细地帮爷爷统计统计，咱们家的"吉尼斯纪录"就出来了嘛！呵呵……

圆圆　爷爷，您那算法我觉得根本就不科学。您都六十多了，我刚十二，我和您怎么比呀？要比就都按十二岁比。您十二岁的时候当过几回"三好学生"啊？

傅老　我当过……我们那会儿没有"三好学生"！我当时因为参加了一些革命活动，还让学校给开除啦！

圆圆　瞅瞅，我当"三好"，您被开除——差距有多大！回头我就给您记上……
　　　（下）

傅老　你这个——

志国　哎爸，爸！我也觉得刚才您这种算法不大准确。就咱们家现在情况来说——谁，每天工作时间最长？谁，现在担负的责任最重？谁，起早贪黑战斗在四化建设第一线，任劳任怨、披星戴月？……我就不用具体说出他光辉的名字了，我不说你们也能猜得出来……

和平　哎哎，你们要这么说那我可得说两句：就咱家这范围来讲，谁的贡献最大呀？谁挨家里头干的家务活儿最多呀？

〔小桂自厨房上，收拾碗筷。

和平　是谁一天到晚管着你们吃、管着你们穿，操心这个、算计那个，一天忙到晚、手脚不拾闲儿，干不完的活儿、还受不完的累，我还费力不讨好、我还得落埋怨……

小桂　大姐呀！

和平　啊？

小桂　您看您，又表扬俺了……

## 第83集　家庭吉尼斯

和平　嘿，谁表扬你了？我这儿表扬我自个儿呢！（下）

〔晚，傅家客厅。

〔全家人围坐，圆圆站着拿个本儿念。

圆圆　（拿腔作调地读）"全家，目前还活着的，年龄最大的人，是傅明老人！按照中国传统算法，他今年虚岁已经……（咳嗽几声）六十七岁了。"

傅老　等等等等……什么叫"还活着的"？听着很别扭嘛！

圆圆　人家"吉尼斯"都这么说。换一种说法儿也行。全家寿命最长的——是傅明老人……

傅老　什么叫"寿命最长的"？那我以后怎么办？我还往不往下活了？算了算了，还是"还活着的"吧……

圆圆　（读）"全家，目前还活着的，年龄最大的女人，是和平女士。按照中国传统算法，（嫌弃地）她今年已经四十岁了！"……

和平　你别给我按那"传统的"算成么？我怎么听着那么别扭啊？我怎么成咱们家"最大的女人"了？

志国　谁让我妈死得早呢，你就顶替她那名额啦！

和平　嘿，挨你们家我好事儿一个摊不上，这事儿全让我摊上了？

圆圆　（可爱语气，读）"全家目前年龄最小的人是贾圆圆小姐。她今年刚十二岁，年轻有为，前途无量！"

和平　（模仿圆圆语气）到你自个儿这儿怎么都是好词啊？

圆圆　没办法，这是科学，科学的纪录都得这么写。（读）"全家目前最勤劳的人是贾圆圆小姐……"

众人　哟！……还勤劳呢你……你干什么了……你还勤劳……

圆圆　我们老师说了：学习是预备性的劳动。我每天早晨六点半起床，晚上八点半睡觉——一天大部分时间都用在了学习上。

和平　你还玩儿呢，你怎么不说呀？

圆圆　我们老师说了：游戏是儿童的天性，有助于培养儿童的智力、体力、健康的性格和集体主义精神，也属于学习的一部分。

傅老　那你每天总得要吃饭休息吧？

圆圆　我吃饭休息，我是为了长身体。我长身体为了什么？还不是为了现在更好地学习，将来更好地劳动？

志国　噢，合着你玩儿就是学习，学习是为了劳动，吃饭休息也是为了劳动，所以你整天没别的，你净劳动了你？哦，你整天什么都不干，还是咱家最勤劳的人？这不没影儿的事儿么这……

圆圆　科学纪录就是这样，往往违反人们的常规，但科学就是科学，我有什么办法？（读）"目前，全家最清闲的人是——（环视一周）傅明老人。"

傅老　嗯？

圆圆　（读）"他每天基本上不做任何事情，逍遥自在，安度晚年。"

傅老　我，怎么不做事？我每天……

圆圆　啊？

傅老　我每天还要吃饭休息嘛！你那算劳动，我这就不算啦？

圆圆　当然不算！我吃饭休息是为了将来更好地劳动，您也是为了将来？

傅老　将来……我已经劳动了一辈子了，现在休息休息还不许呀？

圆圆　所以说您现在是最清闲的人，我也没否认您过去的贡献啊。

傅老　那你为什么不给我写上？

圆圆　我……我这都是给你们开的头儿。具体的你们自个儿写，我就放这儿——

〔圆圆将本儿放在茶几上，向里屋下。和平与傅老都欲拿本。

和平　您先写……

傅老　你来你来……

## 第83集　家庭吉尼斯

〔日，傅家客厅。

〔傅老拿着本儿读。

傅老　（读）"目前全家……"（拿笔修改，读）"目前全家活着的，身材最高大的人，是傅明老人！（非常夸张地重读）他身高一点七八米！（自豪地踮踮脚）体重八十二公斤！全家唯一使用化名的是傅明老人！他原名贾敬贤，参加革命后因工作需要化名'傅明'沿用至今。全家最受人尊重的是傅明老人！早在一九四五年抗日战争期间，他即献身于世界反法西斯事业，以后又为新中国的建设事业贡献出全部的聪明才智！全家目前担任社会职务最多的是傅明老人！全家目前最有影响力的人是傅明老人！全家目前……傅明老人！"这样就全面多啦！（将本儿放在茶几上）

〔日，傅家客厅。

〔志国在本儿上写完，开始读。

志国　（读）"全家目前工作最忙的人是贾志国同志。他每天早晨八点钟准时上班，通常要到下午五点钟以后才能回家，并且经常加班加点，为中国的改革开放事业呕心沥血、鞠躬尽瘁。"——我容易么我？！（读）"在全家奉献最多索取最少的，也是贾志国同志。"（情绪逐渐激动）他已经多年没有添置什么新衣服了，他使用的一块儿手表还是结婚那年买的呢！他基本上不抽烟、不喝酒、不下馆子吃饭！他每月的工资奖金，除了留有少量的零花外，全部上交！——这么多年了，我吃的是草，（将本儿扔在沙发上）我挤出来的是……是……（气愤，向里屋下）

〔日，傅家客厅。

〔和平在本儿上写完，开始读。

和平　（盘腿坐上沙发，读）"挨全家目前活着的人中长得最漂亮的是——和平女士！她的眉毛像弯月，她的腰身像绵柳，她的小嘴很多情啊，眼睛能使你发抖"……这不是我，这是阿拉木罕！（读）"挨全家目前活着的……（灵光一现）生孩子最多的是和平女士！（在本上边写边说）她于一九八二年，足月，顺产，生下，贾圆圆，一名！（戏曲念白腔）并将她抚养成人继承革命……"我为你们家把孩子拉扯这么大我容易么？！

〔日，傅家客厅。

〔小桂在本儿上写完，清清嗓子，开始读。

小桂　（读）"全家唯一的外来妹，是由河南来京打工的薛小桂小姐。她以自己的青春年华而受雇于傅家……"

〔傅老自里屋暗上，留神听。

小桂　（读）"用自己全部的精力和体力换取微不足道的报酬！她比傅家的大小姐贾圆圆仅仅年长八岁，可她自己也还是个孩子！"（哭）俺好命苦啊俺……

〔傅老赶紧向里屋下。

〔晚，傅家客厅。

〔全家人在座，傅老拿着本子批评大家。

傅老　……不像话，越写越不像话！怎么全都是自吹自擂，打击别人抬高自己呢？（挨个指众人）你、你、你、还有你！

和平　那您自个儿的呢？

傅老　我自个儿？我自己对自己从来都是……比较实事求是的嘛！你们看这里凡是我自己写的，哪一条不是事实？站不住脚？可以指出来嘛！

**志国**　您说您自己能力最强、贡献最大、最有作为、最受人尊敬，这就不……

**傅老**　啊？

**志国**　不怎么站得住！您得拿出事实来。

**傅老**　我怎么拿不出事实来？我这上面拿出来的都是事实么！我实话告诉你们，我还有很多事实没有拿出来呢！比如说，我历年得到的奖状数目——我那天随便翻了一下就一百七十三张，这算不算是"全家之最"呀？

**圆圆**　您爱算就算吧，您可以往上写呀！

**傅老**　写我当然……就不知道现在这些奖状的有些内容还作不作数——比如说"大炼钢铁积极分子""农业学大寨先进个人"……

　　　　〔众人笑。

**志国**　说了半天您还是材料不过硬，所以您拿不出来嘛！

**傅老**　怎么不过硬？过硬得很哩！吉尼斯，我现在就说一条儿，马上就让你们大家哑口无言！

　　　　〔圆圆拿过本儿，准备记录。

**傅老**　我杀过人！你们杀过么？

　　　　〔众人大惊。

**志国**　爸！

**和平**　嘘……（起身到门口张望，做手势让傅老凑近，低声）昨儿晚报上登的——护城河边儿那无头女尸……是您杀的？

**傅老**　什么无头女尸！我那是抗日战争，那是打仗！我一个手榴弹扔出去那还不撂倒他几个？这个你们谁敢跟我比呀？

**志国**　哈哈，是……（起身让傅老坐）

**圆圆**　说了半天，还就这条儿站得住，没人敢跟您争——我都给您记上了！

**傅老**　（得意）服了吧？家庭吉尼斯，哼！给我念一念！

圆圆　（读）"目前全家活着的，唯一杀过人的，是傅明老人。"

傅老　对！

圆圆　（读）"他曾杀过数名日本侵略者……"

傅老　对！

圆圆　（读）"以及护城河边儿一具无头女尸……"（逃下）

傅老　对……

【本集完】

## 第 84 集　世态炎凉

编　　剧：梁　欢　梁　左

客座明星：英若诚

〔日，傅家客厅。

〔傅老猛扇扇子。和平头裹毛巾自里屋跑上。

和平　同志们，同志们……今年这天儿怎么这么邪呀？我都洗仨澡了，浑身还黏糊糊的呢！

傅老　心静自然凉啊！你看看我……当然我也不怎么凉快。

〔圆圆背书包上，热得无精打采。

圆圆　热死了，热死了，没法活了……

傅老　怎么叫没法活了？这刚哪儿到哪儿啊！想当年，我顶着炎炎烈日给地主家扛活的时候，那不比这儿热？我说什么了？这一点你就应该向我好好地学习！

圆圆　我向您学习？又没地主了，我给谁扛活呀？

傅老　那倒也是……你现在算是赶上好时候了！这要搁过去，就你这么大的孩子，这么热的天，早该站在我身后头给我扇扇子去了！

圆圆　嗯！我现在也可以给您扇扇！（拿过扇子，站在傅老背后慢悠悠地扇）

傅老　好好好……（十分享受）

和平　爸，越瞅您越不像给地主扛活的——您瞅身后站那小丫鬟，您活脱儿一老地主！

傅老　这不解放了嘛！要不怎么能叫穷人翻身呢？

圆圆　您是翻身了——把我给翻那头去了！

傅老　啊？

〔志国下班上。

志国　唉呀，怎么样？同志们，今天天气很热吧？告诉你们一个好消息：我们单位分东西了！你们猜，分的什么？

和平　就你们那穷单位——三斤苹果五斤油！

志国　谁说的？我们单位这回分这东西值老钱了！

和平　值老钱了？金条？——一人几根儿啊？

志国　瞧你说的！你可着全世界打听去，凡是在单位上班的——还甭管这单位多有钱——有从单位往家分金条的吗？

和平　我挨金库上班！我看金库的！

傅老　越说越不像话了嘛！这看金库的把金条都分家去了，那还看什么呀？

志国　就是！我们虽然没分金条，我们一人分一个空调！

和平／圆圆　真的？（兴奋）

志国　那当然了！我们单位工会跟空调厂联系的，出厂价，每人只交两千九——比市场上便宜一千多块呢！

和平　嘻！不是说分空调吗？怎么还交两千九啊？不要不要……

志国　那你还想怎么着呀？白送啊？

傅老　怎么就不能白送啊？真要白送我还不一定要呢！夏天就一定非得用空调吗？我活了六十多岁，大概经历了六十多个夏天吧？

圆圆　嗯，没错！您要是经历八十个夏天，就得活八十岁。

傅老　是啊！我经历了八十多个夏天……

和平　爸，爸！没那么多个——六十多个。

傅老　不要乱！反正是经历了好儿十个夏天……没有空调，我不照样活过来了？我也没有给热死嘛！

志国　"不死"那只是最低标准。生活总得不断提高吧？要都照您这种思想，凑合活着，那猴子到今天也变不成人！

傅老　噢，我不买空调就变不成人了？我就不买就不买就不买！

志国　您不买就不买呗！就跟谁非要给您买似的……

圆圆　爷爷，不买空调我没意见，别老让我给您扇扇子呀！

傅老　你当我愿意让你在这儿给我扇哪？（拿过扇子）把电扇给我搬过来！

圆圆　（正对着电扇吹）哎？

〔晚，傅家饭厅。

〔全家人吃晚饭。傅老身穿背心，拿碗站在电扇前吃。

志国　爸，您别离电扇这么近，回头再着凉！

傅老　胡说！这天儿只能中暑，怎么会着凉嘛！

圆圆　不至于，爷爷，想当年您头顶炎炎烈日给地主……

傅老　怎么不至于呀？我年轻的时候天气没有这么热，这个豆子也没有这么硬！

和平　爸，爸，您坐下吃成吗？

傅老　好好……算了，我还是站着吃吧！

圆圆　您站着我们不反对，别堵着电扇啊！多少给我们吹点儿风……

傅老　我站着为什么呀？不就为了堵电扇吗？这风要是都让你们给吹了，那我怎么办呀？就这样我还觉得热得够呛呢！

圆圆　堵吧堵吧！别怕把我们都热死！

和平　爸！不是我说您，说起来也都是老同志，人家黄继光当年是堵枪眼，您

　　　　倒好——堵电扇！差哪儿去了？

傅老　差哪儿去了？我哪儿都不差！他当年多大岁数啊？我现在多大岁数啊？"尊老敬老"懂不懂啊！咱们家数我岁数最大，我就享受享受又怎么了？

志国　没怎么呀！真要让您享受您又不会——电扇再好能好过空调吗？放着好好的空调不让买。刚才我碰上胡伯伯了，他说咱们家那台空调他要了，一会就给我送钱来……

傅老　怎么着？他要了？他怎么能要啊？他凭什么要啊？

志国　他怎么就不能要啊？到时候人家家家安上空调，凉凉快快的，您这儿光一大膀子挨电扇跟前儿"哗……"您还享受呢？您受罪去吧您！

傅老　不行！我决定了——这台空调我要了！

众人　啊？

志国　您不是说不要了吗？怎么又要了？

傅老　不就是两千九吗？回头你出一千，我出一千，让和平出九百。

和平　别价呀，爸！我们两口子出一千五，您出一千四……

志国　甭管出多少钱，我已经答应给胡伯伯了！

傅老　怎么叫你答应了？你到底是他的儿子啊，还是我的儿子啊？（拍志国头）啊？

　　〔圆圆笑。

志国　啊？（拍圆圆头）我当然是您的儿子了！

傅老　这就对了，我的儿子！我儿子单位分东西不先紧着我，怎么先紧着别人啊？你的立场站到哪去了？

志国　我是站您这边儿啊，我是先紧着您啊！您不是那天说不要吗？

傅老　那天说不要……情况是在不断变化的嘛！今天我又要了！就照和平的意思，我出一千四，过两天你把空调给我装上！（下）

志国　（向和平）那干脆咱俩多出点儿钱，上外边买一台得了——牌子还能随

·036·

便挑。

和平　那干嘛呀？单位卖便宜的，咱到外面买贵的去？不成！不就是胡伯伯吗？回头我跟他说……

〔时接前场，傅家客厅。

〔胡老手握一沓钱，与志国、和平交谈。

胡老　……我在外头看他们那个"分体式"啊、"一带二"啊，动不动就上万！咱们这个，两千九！嘿嘿，这不跟白捡差不多么？

和平　胡伯伯，我们志国长这么大头回白捡，您怎么能忍心呢……

胡老　哟，那我长这么大还一回没捡着呢。志国年轻，往后机会多得很——慢慢捡吧！

〔傅老暗上。

胡老　（点钱）行了！（起身，把钱递给志国）这是两千九，数好了！

〔志国、和平为难。

胡老　怎么着？还不好意思要钱？嘿嘿，那好啊——就算你孝敬我的了！

傅老　凭什么呀？他是我的儿子，凭什么孝敬你呀？

志国　我没说孝敬他呀！那我先把钱收下了……（欲接钱）

傅老　不要收！先不要收……（推开志国）老胡啊，不要着急，坐下坐下。

胡老　坐下干嘛？我不坐我不坐，家里还有事儿呢……

傅老　是这个样子的，（把胡老按在沙发上）这个空调问题嘛，我们还得再研究一下。

胡老　嗯？（向志国）这怎么回事儿？不都说好了么？怎么又变了？

〔志国向胡老使眼色，指傅老。

胡老　（向傅老）嘿，我就知道，准是你的主意！你这个人一贯就如此。归根结底，你还是舍不得钱！（起身）

傅老　我怎么是舍不得钱哪？（又把胡老按在沙发上）我是舍不得你！我看报纸上说呀，吹空调对老年人确实没有好处——有一种"空调综合症"啊，听说过没有啊？

胡老　没听说过！

傅老　头昏眼花，四肢无力——弄不好啊，还有生命危险哪！甭管怎么说，你也算是个国家的人才嘛，你要是真出点什么事儿，我还真负不起责任！所以呀，我就决定把空调留给自己了。

胡老　噢，对我有危险，对你就没危险？我是人才，你就不是人才？——就算你不是人才，你大小也是条性命啊，就这么随随便便地让空调给吹死？这我不答应。咱们这么多年在一块儿了，这不行，不行……（起身，要给志国钱）

傅老　老胡啊！（起身拦）这你就放心吧，我多少还比你年轻几岁嘛，吹空调这种非常危险的事情还是我冲在前面吧……哎？怎么，你要走啊？（紧着向外推胡老）怎么不待一会儿啦？我就不送你了啊！

胡老　你甭送我！我还得待会儿呢！我要跟你说道说道……

傅老　甭管你怎么说，反正这台空调我是不卖给你了！

胡老　你呀，卖不卖的无关紧要——大街上有的是，无非我多花俩钱儿！我要说的是你这个人！颠来倒去，反复无常，今儿一个主意，明儿一个念头……这么多年了，我认识你几十年了，你怎么还没改造好呢？

傅老　怎么是我改造啊？应该是你改造嘛！

胡老　就是你改造，你改造，你改造！（下）

傅老　我就不改，就不改，就不改！哎，你等一会儿，我还没跟你说完哪……（追下）

〔日，傅家客厅。

## 第84集 世态炎凉

〔傅老身穿长袖衬衫喝热茶,和平缩着脖子自里屋跑上。

和平　同志们,同志们……今年这天儿怎么这么邪呀?怎么雨水这么大呀?(坐上沙发开始织毛衣)

〔志国上。

傅老　这个天儿是一会儿一变。刚下了两场雨,怎么又冷成这个样子了!

和平　爸,要不要把毛背心儿给您拿出来呀?

傅老　毛背心儿倒是用不着,我看弄不好啊,这个空调也用不着了……

志国　哎爸,这天儿变来变去不要紧啊,您可别变来变去啊。我那空调钱都交了,过两天儿该提货了。

傅老　你看天冷成这个样子,那空调不是白买了吗?我本来希望今年夏天越热越好,最好是我躲在装有空调的房间里,凉凉快快的,再看着老胡在炎炎的烈日之下——哈哈,热死他!

和平　爸,您说您自个儿凉快就得了,干嘛非得热死别人呢?

傅老　这么冷的天儿,谁都热不死!志国呀,我这两天到街上去转了转,各大商场都在展开那个"空调大战",比着往下降价呀。两千九一台还真不能算是便宜,弄不好啊,过两天两千块钱就能买上一台。

志国　那您要这么说,等过些日子咱们国家入了关,兴许一千来块钱就能买一台呢。

傅老　你看,我说嘛。所以说,咱们着什么急呀?我活了这么大岁数,经历了八十多个夏天……

和平　爸,爸,没那么些个——六十多个!

傅老　不要乱!反正是好几十个夏天,没有空调,我不也活过来了吗?现在天儿也凉快了,咱们又要入关了……

志国　爸,这俩事儿它挨不上……

傅老　不管挨上挨不上,我决定了:这个空调我不要了!老胡愿意要就让他要去吧！

和平　爸……

志国　爸，您看您……我怎么跟人家说呀？

傅老　什么叫"怎么跟人家说"呀？你到底是我的儿子还是他的儿子？（举手欲打）

志国　甭管谁的儿子，您这么变来变去，我没法儿跟人说！真是……（向里屋下）

傅老　你爱说不说！你不说呀？——我说！

〔日，傅家客厅。

〔傅老与胡老对坐。

胡老　……不要，不要，不要，我就是不要！

傅老　胡学范，你这个人怎么反复无常啊？

胡老　啊？

傅老　本来说好的是要把这台空调让给你嘛，怎么现在忽然又不要了呢？老胡啊，不是我批评你，出尔反尔、一会儿一变，你这个毛病怎么老也改不了哪？

胡老　我出尔反尔？我一会儿一变？我告诉你……（欲发作）

傅老　老胡啊，不要激动。（按住胡老）不是你自己说的么？两千九买一台空调，跟白捡的一样啊？我们志国现在还年轻，以后捡东西的机会多的是，所以我就劝他把这次机会让给你了，你不要辜负我对你的关心呵！

胡老　哼，你对我有什么关心哪你？这不明摆着么，这两天，天儿凉快了，你就想起我来了，过两天，天儿热了我看你怎么办！

傅老　这跟天气有什么关系嘛！主要是我对你的关心……

胡老　算了吧，我谢谢您喽！（起身欲下）

傅老　（拦）哎，怎么能算了呢？关心就是关心嘛！老胡啊，你看你这么大岁数了，身体又是这个样子，炎炎烈日漫漫长夏呀，没有个空调你怎么行啊？

胡老　奇怪了，我记得前不久，就在这同一间屋子，同一个人，同样的口气，可跟我说过完全相反的话呀——老人不能吹空调，要得空调综合症！

傅老　这你就不懂了——那天我说的是问题的一个方面，今天说的是另一个方面。要学会全面地看问题，懂不懂啊？

胡老　不懂！

傅老　不懂我可以教给你嘛！

胡老　你算了吧你！我没工夫跟你这儿废话……（起身）唉，我太太一直说，今年是要买个空调，既然你们家不要了，那我就把它买下来算了！（欲下）

傅老　怎么是我们家不要了？明明是为了照顾你嘛。

胡老　（转身）老傅啊，我要买可就得买个明白。你跟我说清楚——到底是你们家不要了，还是你照顾我？

傅老　挺大岁数的，你说你较个什么真儿呢？

胡老　我今天就要较这个真儿！你说清楚。

傅老　这个……当然喽，主要是为了照顾你，同时我们家也不愿意要了——行不行啊？

胡老　不行！

傅老　那……主要是我们家不想要了，同时也为了照顾你——这总可以了吧？

胡老　不可以。你说实话，就是你们家不想要了，这里头根本没有要照顾我的问题！你承认不承认？

傅老　好了好了！我不跟你耍小孩子脾气，就算我们家不想要了……

胡老　不是"就算"——就是！

傅老　好好好，就是，就是！

胡老　承认了吧？行，你承认了就好。我现在回去给你拿钱去！（下）

傅老　我承认什么了我？就不是，就不是，就不是……

〔关门声响。

傅老　（向门口喊）就不是！

〔日，傅家客厅。

〔傅老身穿背心，对着电扇猛吹，还不停扇扇子。志国上。

傅老　唉呀……这个天儿怎么又热起来了？

志国　哼！

傅老　志国呀，这两天我又到商场去转了转，看见各种空调都很畅销……

志国　哼！

傅老　短期之内恐怕不会再降价了……

志国　哼！

傅老　所以说两千九还是蛮便宜的哩！

志国　哼！

傅老　志国呀，我这两天又对国际国内的形势做了一下分析，看样子咱们入关的问题，也不是短时期之内就能解决的……

志国　爸，您想干什么您就直说吧！

傅老　所以说，这个空调问题，我决定：……

志国　爸，您不用再决定了，我已经把空调给胡伯伯送去了，已经给安上了。

傅老　安上了怎么样啊？安上了也能把它拆下来嘛……

志国　当然不行啊，没听说安上了又让人拆的啊！（欲下）

傅老　贾志国！你到底站在谁的立场上啊？你在替谁说话啊？你还是不是我的儿子了……（举手要打）

志国　（握住傅老胳膊）您要再这么折腾我，我真不想当您儿子了！

〔志国欲向里屋下。门铃响，小桂自里屋跑上，开门。

·042·

志国　谁呀？

和平　（自饭厅上）谁来啦？

〔胡老裹棉衣上，故意装作冻得瑟瑟发抖状。众人围上。

和平　哟哟哟，怎么了？

胡老　志国呀……去看看吧！你那空调是不是有毛病啊？冻死我了！老傅啊，我借你们家地方暖和暖和行么？……

傅老　哈哈哈……老胡啊，我早就说了嘛，老年人吹空调肯定……

胡老　啊？

傅老　我明白了：你存心跑到我们家气我来了！

〔众人大笑散开。

傅老　气死我了！

【本集完】

## 第85集 大奖（上）

编　　剧：梁　欢　梁　左

客座明星：何　冰　英若诚

〔日，傅家客厅。

〔傅老闲坐。和平自里屋无精打采地上。两人打哈欠。

傅老　真没意思，这会儿要来个客人就好了……

和平　哪怕来个查电表的呢……爸！我有预感要来人！

〔门铃响。

和平　嘿！真说准了！（去开门）谁呀谁呀谁呀？来了……（画外音）哎哟喂！真让我给说准……（上）爸爸爸！赶紧看看，谁来了！哎哟喂！

傅老　（闭目养神）看什么看？电表就在过道，你就让他查吧……

〔西装革履的志新上，环顾四周。

志新　（感慨）一切还都是这么熟悉……又回到曾经战斗过的地方了！

傅老　跟你说电表就在过道，什么战斗过的……（睁眼）啊哈！志新回来啦！

〔两人张开双臂。傅老正欲拥抱，志新直接坐下了。

志新　爸，您挺好的哈？

〔和平为志新递上水。

## 第85集　大奖（上）

傅老　好好好……就是忙啊，一天到晚连个说话的工夫都没有！志新，你不在海南为改革开放好好做贡献，又跑回家里来干什么呀？

志新　回来看看您哪！怕您闷得慌，陪您待两天。

傅老　我怎么会闷得慌啊？我跟你说，我每天忙得很嘞！既然你大老远地回来了，我就在百忙中抽出时间来陪你待会儿——志新呀，海南的形势怎么样啊？一片大好吧？你回去跟海南人民说一声，我的意见……

志新　哎爸！哪天等我们省长来了，您直接跟他说吧！

和平　就是，您直接跟省长说！志新，想吃什么？嫂子给你做去！

志新　不不，嫂子，甭忙，我待不住。晚上还有一饭局。

和平　嘿，怎么刚回来就有饭局呀——能带家属么？

傅老　和平，怎么这样问啊？志新那也是工作，怎么可以带家属呢？就是能带家属也轮不到你嘛——志新，咱们什么时候走？我去换件衣服……（转身欲下）

志新　（拦）哎爸，您别着急，等我把这笔生意谈下来，我好好请您一顿，您说上哪儿咱们上哪儿，然后我再孝敬您一大笔钱，您这后半辈子就算拿下了——您就是躺着花也花不完！

傅老　躺着怎么花啊？真要花，还得站起来，走出去，到外边花嘛！我听说外面的世界很精彩哩……

和平　嗯嗯，是，也很无奈。我做饭去……（向饭厅下）

志新　反正都是我的钱，您想怎么花就怎么花！（给傅老点烟）咱俩谁跟谁呀？我这人就好交个朋友……（起身欲下）

傅老　胡说！我跟你交朋友？我是你爸爸！

志新　谁也没说您不是啊！我那意思就是说呀：我这人仗义疏财——在海南我见着个要饭的也得给个三块五块的，更何况您是我爸呢！

傅老　成要饭的了我……

志新　爸，您好好待着，我外边儿给您挣钱去！（唱）"归来吧，归来哟……"
　　　（下）

〔日，高级餐厅。

〔餐厅环境优雅。胡三坐在餐桌旁，菜已上齐。志新上。

志新　嘿！

胡三　嘿哟！怎么才来呀，哥们儿？

志新　唉呀，一下飞机就被一群手持鲜花的女青年团团围住，死活冲不出来——要不是警察来得快我就算瞎了！（坐）

胡三　没听说家乡女青年这么爱戴您呢。

志新　是啊，我也纳闷儿，我没做什么呀？你不知道，那场面、那阵势啊，就跟我坐一趟飞机的香港那个叫刘德华的，连他都看傻了！

胡三　噢，刘德华来了？您这么一解释那就合理多了——吃菜吃菜！

志新　三儿，你一天三封电报大老远把我叫回来，要不是笔大生意大买卖我可跟你急啊？

胡三　当然是笔大生意！志新，我跟你这么说——起码让你挣个三千五千的！

志新　什么？才三千五千？刚够我来回机票的。

胡三　别不知足了！成，说正事儿，现在我把 DEC 电脑公司的情况跟贾志新先生简单介绍一下……

志新　什么？什么公司？

胡三　DEC 呀，不知道啊？哎哟喂，全世界最大的计算机供应商之一呀，那在美国都是数一数二的！（翻出一份资料递给志新）好好看看啊——知道这 DEC 电脑公司的中国有限公司在什么地方么？

志新　不知道。

胡三　（指）瞧见没有？就跟这楼上。我现在就跟他们那儿！

## 第85集 大奖（上）

志新　噢，我说呢，这么大一公司也难免混进个把坏人……

胡三　怎么说话呢？谁混进去了？我现在主要还是在公司外部，轻易不让我进去！——也是啊，这么大热天儿的，人家一般都喝饮料，谁没事儿老沏茶呀？

志新　噢，你是给人倒茶的？茶房？

胡三　谁说我光管沏茶了？我还管扫地呢！你还甭瞧不起，志新，在哪儿都是为人民服务，再说我在那儿也不少挣啊！（凑近）志新，头两天我给人扫地的时候，发现了我们公司一份绝密的促销文件！这可是绝密的，咱哥儿俩多年的交情，我告诉你，你可千万别给我说出去！

志新　你放心，我这人你还不了解么？什么事儿我给你说过呀？我要但凡嘴快点儿你还能有今儿个？

胡三　什么话？DEC 电脑公司在中国已经销售了九千九百多台。总部决定：当销售到第一万台的时候，要对第一万个使用 DEC 家用电脑的中国家庭实行重奖！你小子听懂我的话了么？

志新　老子听明白了！这跟我有什么关系呀？我们家又没买这电脑！

胡三　所以我把你叫过来呀——麻利儿地买呀！要得了这重奖，志新，你知道合多少钱么？

志新　多少钱？

胡三　坐稳了我告诉你——一万块人民币！

志新　一万块人民币？

胡三　啊！

志新　真有这么好的事儿你小子还不吃独食？你还想起我？

胡三　废话！我要能吃得着独食我叫你干嘛？

志新　嗯？

胡三　我们公司有规定：职员的朋友、亲属不许参加这项活动，所以我把这差

　　　　事让给你。到时候得了奖金，咱哥儿俩一人一半儿！

志新　一人一半儿？别费那劲了，我一人全得了就完了，还分你一半儿干嘛？

胡三　嘿，贾志新，你是翻脸就不认人哪你？你全得？你得得着么你？我告诉你，这电脑在中国卖得火了去了！销售网点遍布全国——你知道这第一万台什么时候卖出去呀？再说了，没我这个勤杂工当内线，您能成么？

志新　得，算我倒霉，分你一半儿！

胡三　对……呸！你还倒霉？你偷着乐去吧你！行了，咱们一言为定。你赶紧走，别让我们公司人瞧见，听见没有？在家等我电话，没事儿别来找我——从现在起，咱俩谁也不认识谁。快走！

志新　再吃点儿……

胡三　快快快……（偷偷推志新）

志新　那……行，那咱就谁也不认识谁了——你结账，我走了。（下）

〔胡三明白过来，懊恼叹气。


〔日，傅家客厅。

〔志新抱着一份电脑资料坐沙发上打盹儿，傅老自里屋上。

傅老　志新呀，我发现你这次回来进步挺大呀！起码能在家里坐得住了，跟那些狐朋狗友也没什么来往了。

志新　我在家坐得住么？我要是跟您一样天天这么在家坐着，那是要多没劲有多没劲——我这是等人电话呢！

傅老　哦，还是坐不住啊？好好好，你帮我把这个门球棍儿还给对门的老胡家，（把门球棍递给志新）做点儿力所能及的事。

志新　您本来力所能及的事儿就少，您再让我去干，那您干什么呀？您总不能天天无所事事混吃等死吧？

## 第85集 大奖（上）

傅老　你才混吃等死呢！（抬手欲打）你去不去？

志新　我就是说呀，那姓胡的他们家我也不认识，万一我再走错了门……

　　　〔门铃响。

傅老　就是原来你老郑……

志新　来人了，来人了！

胡老　（上）老傅啊，我那门球棍儿呢？快给我呀，比赛马上就开始了……

傅老　你急什么？我正想让志新给你送去呢！

志新　（起身迎上）哟，您就是胡伯伯吧？您看我正跟我爸打听您家住哪儿，说看您去，没想到您先来看我了……（跟胡老握手）

胡老　谁来看你了？我……老傅啊，你这个小儿子还蛮会说话嘛！

傅老　就那么回事儿，比我年轻的时候差远了。坐坐坐，喝口水再走。（给胡老倒水）

胡老　行行……（看到茶几上的资料）哎？DEC电脑资料！嘿，老傅啊，这哪来的？肯定不是你的，你不懂电脑啊，不像我们这些懂电脑的人啊……

傅老　怎么……不错不错，我儿子才懂电脑哪！

胡老　啊？你……

傅老　真是我儿子的。

胡老　（向志新）小伙子，你懂电脑？

志新　我当然……是不懂了，不过我打算买回家来在实践中学，不就懂了么？

胡老　这牌子在全世界还是很有名的嘞！我也正想买一台家庭用的呢——弄巧了，还能得奖呢！

志新　您也知道这事儿啊？

胡老　啊，报纸上广告都登啦！嘻，碰运气的事儿嘛，哪儿那么巧你就能拿着那一万美金啦？

志新　没错……哎？多……多少？一万什么？

胡老　美金啊——一万美金。

志新　一万美金？！好你个大骗子！（拿过资料）我找他去……（下）

胡老　我怎么成骗子了我？！

〔日，高级餐厅。

〔志新面带怒气，边吃边等胡三。胡三上，假装不认识志新，鬼鬼祟祟四处看。

志新　哎，三儿，三儿！……姓胡的！叫你呢！

胡三　（特务一样，压低声音并四处张望）是你跟前台说找我？不是说好了在家等电话吗？咱俩得装得谁也不认识谁！

志新　甭装——咱俩马上谁也不认识谁了！过来，过来！

胡三　快说！

志新　我受累跟您打听点儿事儿——这人民币跟"美子"您分得清楚么？

胡三　你才分不清楚……你什么意思？

志新　你说什么意思啊？中奖一万是不假，那是美金！报上都登了，你蒙谁呀？

胡三　（尴尬地笑，坐下）呵呵……你不是不看报么？

志新　我是不看报，可架不住有一老头儿天天替我看……你小子想涮我？你还嫩点儿。

胡三　……嘻！都是自个儿的哥们儿，什么涮不涮的呀？志新，你说哥们儿为了这点儿奖金费了多大事啊！精心策划这么长时间，每天扫地的时候长八只眼睛盯着呀！你是拿钱一买，你走了，这电脑钱还得我出呢！DEC电脑中国零售价多少钱？一万块人民币！到时候得不着奖我再砸手里……

志新　你少废话！这一万美金的奖金咱俩半儿劈，少一分都不行。

胡三　那不成！那我干嘛非找你呀？我找别人不完了么？

志新　你要觉得亏，那么着也成——买电脑这钱我也出一半儿。这行了吧？

## 第85集 大奖（上）

胡三　那也不成。奖金要半儿劈的话，电脑钱你就得全出。

志新　嗯？

胡三　你不白出啊，到时候甭管得奖没得奖，反正那电脑归你们家了！

志新　我们家要电脑没用……

胡三　这你就不懂了，家庭电脑的好处那大了去了！可以用作学习机、游戏机、家庭管理、开发智力……

志新　我这智力还用开发吗？我看你倒应该买一台——整天呆头呆脑的，连人民币跟美元都分不清楚——你应该开发开发！

胡三　你要愿意买了白送给我，我愿意开发呀！

志新　想什么呢你？我听上回你说你们公司就跟这楼上是吧？

胡三　啊！

志新　我打算待会儿跟你们那总经理聊聊……

胡三　你跟他聊什么呀？

志新　提醒提醒他，以后这草稿啊、文件什么的别乱扔，有个扫地的专门注意这东西——姓胡吧他？（欲下）

胡三　（起身拦）哎！哎哎……哥们儿，你干什么呀！（把志新拉回座位）你这不砸我饭碗呢么！我这还试用期呢现在……

志新　那我给你指的这条明道你倒是走不走啊？

胡三　成，算你厉害！那这么着，咱说好了——奖金半儿劈，电脑的钱均摊。五千块，少一分也不成！

志新　你还别难为我，不就五千块钱么？我凑也给你凑出来了。

胡三　成……

〔胡三的一个同事路过，胡三抬手打招呼，佯装轻松。同事下。

胡三　（紧张）赶快走！就装咱俩谁也不认识谁！这事儿让我们公司人看见，人家就不承认了！快走！（推志新）

· 051 ·

志新　你松开！（又吃几口菜）行，咱俩谁都不认识谁——你结账，我走了。（下）

胡三　……哎？凭什么又让我结账啊？

〔晚，傅家客厅。

〔志新与傅老对坐。

志新　……总之，电脑进入家庭，是世界的潮流，时代的需要，历史的必然！

〔圆圆自饭厅上，凑过来听。

志新　具体到咱们家，您睁开眼睛看看，没有电脑的生活多么可怜……

傅老　有什么可怜的？我看我们家生活得挺好的。志新啊，你好不容易回来一次，吃饱了喝足了，你就不能踏踏实实待一会儿啊？净说些不着四六的！

志新　怎么不着四六啊？我这不要孝敬您一台电脑么？

傅老　要孝敬点儿别的给我，我兴许就收下了……电脑我没用啊！

志新　没用？这用处大了！您不是记性不好么？您可以把电话号码、存折密码、重要的年月日输入电脑。

〔志国自里屋上。

志新　比如说，您忘了咱们家存折上存多少钱了，您忘了咱们家门牌号码了，您忘了您自己姓什么叫什么了……

傅老　我没忘！我看你倒是快忘了！

志新　甭管谁忘了，电脑都能您查出来。另外，您不是好记个事儿么？比如说，圆圆哪天又迟到了……

圆圆　啊？

志新　和平志国他们什么时候又吵架了……

志国　嘿……

志新　小桂买菜这账目清不清……家里这些鸡毛蒜皮的小事儿都能输进去！

〔和平自饭厅上。

## 第85集 大奖（上）

傅老　噢！这倒有点儿意思啊，也省得每回我想教育他们的时候，老想不起证据来。

和平　我坚决反对啊！爸这记性本来就够好的了，还弄台电脑帮他教育我们，这还让不让人活了……（坐下织毛衣）

圆圆　就是！敢情你平常不在家……

志国　就是！好不容易回来一趟，你也不做点儿好事儿啊？

志新　我这还不是做好事啊？志国，我跟你这么说啊，买电脑对你也有好处——写个材料什么的，又快又方便。

志国　噢？

志新　打印出来也好看啊。

志国　真的？

志新　就冲这一条儿，你这职务还得往上升！

志国　嘿嘿……

志新　到时候当上局长别忘了请客啊。

志国　那当然那当然……我什么时候当局长了我？

志新　（向和平）嫂子，这电脑对你的用处就更大了——且不说可以玩儿游戏解闷儿，就冲您织毛衣这一项，它可以帮你设计出各种图案，还是带色儿的。

和平　嘿！这听着有点儿意思。

圆圆　二叔，那我呢？

志新　你？买电脑主要就是为了你呀！说话这就二十一世纪了，不懂电脑等于文盲啊。你还不抓紧学你等什么呢？

圆圆　我还真等不了了！二叔，你什么时候把那个DEC电脑给拿回来？

志新　行！我这就去DEC，我拿去……我拿人家就得叫警察！那么高级的东西能随便拿么？那得花钱买！

圆圆　嗯？怎么还花钱啊？

〔众人附和。

圆圆　这不是你孝敬我们的么？

志新　我孝敬你？反了你了！我孝敬你爷爷！

傅老　我就是她爷爷——拿来吧？

志新　我拿你爷爷……我拿……我就全乱了！我就是这意思……就是说呀，我是想孝敬您，但是我这回钱带得不多，我只能孝敬您四分之一台电脑。

傅老　啊？电脑还四分之一台？那还能使么？

志新　当然是不能使了，您没明白我那意思——这电脑是一万块钱一台，我在这公司有个熟人，人家优惠我一半儿，我再出二分之一，你们大伙儿再凑凑——就是两千五百块钱的事儿。

志国　啊？两千五？你看我值两千五么？

和平　咱家目前恐怕买不起啊……

傅老　我看也不是绝对买不起，就是买了以后要在其他方面搞一点措施喽。比如说，圆圆的零花钱是不是就可以少一些啦？

圆圆　凭什么呀？

傅老　和平，是不是你那些化妆品就可以少搞一些花样喽？

和平　凭什么呀？

傅老　志国是不是也可以穿得再朴素一点？

志国　啊？爸，您看我还能再朴素么？再朴素……我干脆什么都甭穿了！我倒不怕，我就怕你们看着别扭。

和平　我们倒不别扭，就怕你上大街上群众不答应。

圆圆　就算群众答应了，警察也不答应啊！

志新　不过我听说美国搞那裸体运动，警察可不管……

傅老　去去去……这商量着买电脑的事，怎么又出来裸体了？

志新　要不这么着：就算我朝家里借两千五百块钱，等我趁着便宜把这电脑买回来，两天以后我还给你们，行不行？

〔日，傅家客厅。

〔众人围坐。茶几上摆着一台崭新的电脑。志新正在摆弄。

志新　看着啊——（点击鼠标）走你！（电脑启动，众人欣喜惊呼）我再给你们演示一下如何进入中文程序……

志国　哎哎，五笔字型我会！你给调到五笔字型。

和平　嘿！真绝了——真带色儿，神了！

傅老　志新啊，陈大妈通知居委会明天开会，你给我输进去，省得我忘了。

〔电话铃响，和平催志新接电话，自己抢过鼠标操作。

志新　你别弄坏了啊……（接电话）喂，三儿……怎么着？中了！……啊！（手舞足蹈）哎哟喂！……（挂电话）我中了！……（兴奋不已，向里屋下）

【上集完】

## 第86集 大奖（下）

编　　剧：梁　欢　梁　左

客座明星：何　冰　英若诚　英　达　莫大伟

〔日，高级餐厅。

〔志新用餐，胡三上。志新起身挥手打招呼，胡三装没看见，来回溜达，四处张望。

志新　哪儿去呀？这呢这呢，过来！快着！

胡三　（把志新的脑袋扭到一旁）小点儿声！我看看有没有认识的人……

志新　你放心，除了我没人认识你。怎么着，急赤白脸地把我找来，是不是让我领"美子"去？

胡三　（低声）还"美子"呢？褶子了！（拿餐巾假装擦桌子）昨天扫地的时候，我发现……

志新　我就见不得你这贼眉鼠眼的样儿！你大点儿声，谁能吃了你呀？（大声）你说你昨天扫地的时候发现了什么，你大点声儿跟大伙儿说！

胡三　（慌忙捂志新嘴）爷爷！这一万"美子"你不想要了？！（坐）昨天我发现一份最新的计划——总部决定：总裁要上你们家去家访！

志新　嘻，总裁挺忙的就甭去了！把奖金给送去，人就甭去了，甭客气……

## 第86集 大奖（下）

胡三　谁跟你客气呀？人家这么大的奖白给你呀？人家得上你们家去亲自调查，得知道你们家是不是通过正当渠道买的，你们家是不是专门作家庭使用的，你们家是不是纯种中国人……

志新　你们家才不是纯种中国人呢！怎么说话呢？

胡三　你这说得倒对。知道我为什么长这么漂亮么？我们家有波斯血统，我爷爷……

〔志新打断胡三。

胡三　咱们说正事儿啊……总之你得符合人家那条件，人家才把奖给你呢！

志新　没问题呀！这电脑是我亲自上DEC专卖店买的，我们家祖宗八辈儿没出过外国人，现在这电脑就在我家搁着呢，这没错儿吧？

胡三　成。最关键的——到时候千万不能提我！

志新　你倒想！这么重大的外事活动我提一个扫地的？而且我们家人都以为你已经被关起来了……

胡三　那成！那我就关起来吧——咱们就谁也不认识谁了，啊？

志新　行，现在开始，谁都不认识谁了——你结账，我走了啊！（起身欲下）

胡三　回见……（拉住志新）回来！这刚儿天呢？我请你三顿了！

〔晚，傅家饭厅。

〔和平盛饭，圆圆上。

圆圆　吃饭了吃饭了……吃米饭呀？

和平　啊，米饭。

〔志国、傅老上。

傅老　不错不错，炒土豆丝儿！

〔众人围坐打算开饭，志新手拿材料上，一脸严肃。

志新　（收各人的筷子）鉴于DEC总裁这两天有可能要到咱们家来访问，我决定在吃饭以前再进行一次突击检查——不合格者不得进食！

〔众人抱怨。

和平　你还有完没完哪？几道破题，都多少天了……

志新　这位女同志你不要轻敌啊！我先问问你，这家公司的总部设在哪里？

和平　（脱口而出）美国！

志新　对，千万不要记成越南、老挝、柬埔寨。这家公司目前在世界排名是……

和平　（脱口而出）第二！

志新　对，千万不要记成第三、第四或者第五。

和平　你要老这么瞎搅和我可真乱了啊？

志新　（给和平筷子）你可以吃了。

〔傅老伸手要筷子。

志新　爸，爸……您等一会儿！不要老给大家造成老同志特别贪吃的这种印象——等一会儿嘛！我问你，咱们家这台电脑谁去买的呀？

傅老　废话！你自己去买的，你还问我？

志新　多少钱买的呀？

傅老　你自己出多少钱我不知道，反正我出了两千五——你那个钱可还没还我呢……

志新　得得……您吃吧。（把筷子递给傅老）他们来了您就这说吧！

〔志国要筷子。

志新　志国你等一会儿——回头人家总裁到咱们家来了，咱们应该如何跟人家表示友好啊？

志国　咱们……反正就跟人家套瓷呗！咱们就告诉他，咱们在他那公司里也不是没熟人，你那哥们儿叫胡、胡、胡……

志新　你怎么哪壶不开提哪壶啊？我跟你说啊，他们来了以后谁也不许提胡三儿！谁要敢提一姓胡的我跟谁急！（把筷子递给志国）

· 058 ·

## 第86集 大奖（下）

圆圆　没错儿！到时候我就告诉人家——你们单位那个扫地沏茶的胡三儿，我们根本就不认识！

志新　这就对了……（把筷子递给圆圆）这就更不对了！这不是不打自招么？

〔日，傅家客厅。

〔全家人等候DEC总裁来访。

和平　……还没来呀？

志国　真是，这么不守时呢怎么？

和平　外国人都守时，这还差一分钟。

〔门铃响，众人慌忙站起。志新示意众人准备好。

和平　来啦！爸，您跟圆圆站那边儿，咱站两排……有点儿礼貌啊，圆圆！听见没有？有点儿礼貌啊……一会要说"哈啰"！"哈啰"就是你好……

志新　（向门口挥手）哈啰……（上前开门，画外音）哈啰，How do you do！……

〔在众人热情打招呼声中，志新引外籍助理与华人DEC总裁上，并与外籍助理热情握手。外籍助理西装革履，华裔总裁休闲装束，手拿皮包。

助理　（美式中文）你们好！

众人　好！好……

助理　我们是DEC公司的，昨天在电话里约好的，我是……

志新　甭问，您一看就是总裁！他一看就是您的随从——您穿的什么？他穿的什么？还给您拿着包……

助理　他是总裁啊！我是公司的雇员。

总裁　Hello！

志新　啊……（赶紧凑到总裁身边）一看您就是总裁！您穿得不如他那是您不爱捯饬，您自己拿着包儿那是您不放心他——（凑近耳语）外国人有时候……

助理　（指茶几上的电脑）这就是你们家刚刚购买的我们公司的电脑？

众人　是是！

志新　就是我亲自去买的！

〔众人热情让座。

傅老　志国，看茶！

志国　和平，看茶！

和平　圆圆，看茶！

傅老　早就听说你们要来了……

总裁　（低声向助理）But you told me you just called them yesterday……（你不是说昨天才打电话通知他们么……）

助理　是啊，昨天才打的电话，他们怎么会早就知道呢？

志新　（向助理）是这么回事：这就是一句客气话儿，他那意思……您也不是总裁！（向总裁）那意思是早就盼着您总裁到我们家来……（向助理）你赶紧给翻过去！

助理　他会说中国话。

总裁　（生硬中文）老人家，你，决定买我们的电脑是……自己用吗？

傅老　对对对，我用！他们大家都用！

〔众人附和。

志新　他们别人想用，我们不借给他！

总裁　怎么样？你们非常……satisfied with it——满意么？

众人　满意，满意……

总裁　那么，你们为什么决定购买我们 DEC 的——产品？

和平　您那公司是大公司啊！总部又挨美国。

志国　啊，在美国排行第二。

· 060 ·

## 第86集 大奖（下）

傅老　（背书式地）在全世界有一百多个销售网点！每年的销售额达一百四十多亿美元！（背躬向和平）我要不快说就忘了……

和平　（背躬）那可不！背好几天了……

总裁　Wait，wait……就是说你们，好几天以前，就知道我们要来？

志新　（急忙解释，外国口）它是一种预感！一种气功！特异功能……你的明白？

总裁　No！我再问一下啊，你们究竟是怎么决定要购买我们的电脑？

傅老　便宜！

和平　半价！

志国　因为有熟人！

圆圆　熟人不姓胡！

志新　（冲过去挡住圆圆）哎！（向二人）他们都有病……

助理　（与总裁嘀咕几句，起身）对不起，诸位，谢谢你们购买我们公司的产品。我们先告辞了！这里面可能有点小误会……

众人　没有啊……没有误会……不在这儿吃饭啦？……

〔志新送二人下。众人七嘴八舌互相埋怨。

志新　（上，大喊）都别吵啦！煮熟的鸭子——飞了……


〔日，高级餐厅。

〔胡三与志新对坐。二人垂头丧气，相对无言。

胡三　……都赖你！煮熟的鸭子——飞了吧？

志新　真要是鸭子飞也就飞了，可那是一万美金哪——能买多少只鸭子呀！够吃一辈子的！

胡三　你还说呢！我头两天就告诉你总裁要到你们家去，你为什么不好好准备？！

志新　就是准备得太好了，让人家一看就是假的！

胡三　咱这奖是肯定没戏了！我们公司正调查这事儿呢，弄不好我这饭碗也砸了……

志新　你说你们这公司也真是，你饭碗砸就砸了，奖金应该照给呀？

胡三　嘿！你想得够美的！志新，要不是看在咱俩多年交情的份儿上，我还得让你赔偿我损失呢！找这么个工作容易么？

志新　我损失谁赔偿啊？我来回机票你出啊？

胡三　买电脑那一万块呢？要不这么着，你给我五千块钱，我好歹让你落一台电脑，你看怎么样？

志新　别我落，还是你落吧——你给我五千。电脑归你。

胡三　不行不行！我看电视工夫长了都犯晕，更甭说电脑了……

志新　我实不瞒你说，我那五千块钱有两千五是朝我们家人借的，你现在让我上哪儿掏那五千块钱去？

胡三　你那两千五是跟人借的？我五千都是跟人借的！就这人家还追着我屁股后头要呢！志新，（掏出钱包）真的，哥们儿不骗你！你瞅瞅你瞅瞅：一共还剩三块八毛钱，你说我拿什么给人家吧？人家说了，再不还人家就动刀子了！兄弟，你就看着我死在人家手里呀你？

志新　中国那么大，死一两个坏人也无所谓……

胡三　哎，志新，你要是这么说的话，我今儿晚上就带着人上你们家找你去……

志新　怎么着？（欲翻脸）

胡三　行了行了！志新，咱哥儿俩现在是拴在一根儿线上的！志新，我那意思，赶快想辙，把这电脑卖出去——还能落一个不赔不赚不是？你说这二手货到底能卖给谁呢？

志新　你这不是跟没说一样么？

胡三　不是，咱再想想……

志新　等会儿，我想想谁要电脑来着……

## 第86集 大奖（下）

胡三　快，快……

志新　……老胡！

胡三　老胡？你是说我爸吧？他死了二十多年了……

志新　谁提你爸呀——一个蹬三轮儿的，他就是活着也指不上他呀！我是说我们那街坊胡伯伯，他要。要不然我现在找他商量商量？

胡三　快去呀！

志新　（起身）行行，行……

胡三　快去快去！志新，跟人家好好说啊！

　　　〔胡三送志新下，回到座位。服务员上，找胡三结账。

服务员　先生，账单……

胡三　（拿出钱包看了一眼，意识到志新又溜了）哎！（陷入尴尬）


　　　〔日，傅家客厅。

　　　〔志新正在把电脑装箱。门铃响。

志新　来了来了……（开门，画外音）哟，胡伯伯！来来……（引胡老上）

胡老　志新啊，我听说……（看见电脑）哈，你帮我把这电脑买来了？

志新　是啊，我这正装箱……正拆箱哪！我给您调试调试，再给您送家去！

胡老　用不着！这东西折腾一次也挺麻烦的呢。

志新　没事，我折腾好几回了……

胡老　不用，先放在这儿，回家我自己调……志新啊，我没托你帮我买电脑啊，你怎么给我买来了？

志新　这……我知道您想托我又不好意思张口——我是个懂事儿的，我哪能让您大热天的那么大岁数，一个人排队上街买去啊？我不帮您谁帮您啊？钱我都给您垫上了……

胡老　真的？那我只好谢谢你喽！我确实是想买一台电脑，可是这银行存款都不到期，现在既然你给我垫上了，等到期了我再还给你！

志新　哎……等会儿等会儿！您那存款什么时候到期呀？

胡老　我想想啊——我存的都是八年的，最早的一张是……对，八九年，那到九七年也差不多啦！到时候我一次还你！

志新　九七年？香港都回归祖国啦！

胡老　对呀，到那时候你拿这钱不是正好上香港玩儿一趟吗？多好啊！

志新　（起身，急）您手头儿没钱买什么电脑啊？您这不是蒙事儿么！

胡老　（起身）我怎么没钱？我有的是钱！我就是不想现在买！小伙子，该说实话了吧？这电脑到底是怎么回事啊？有什么问题吧？

志新　这电脑它是没问题，它就是……（对胡老耳语几句）

胡老　哦，得不了奖了就卖给我了？

志新　（赔笑）咱这不是老街坊么？跟我爸又是老同事，小时候您是看着我长大的……

胡老　我什么时候看你长大了？你这回回来我才头一次看见你！

志新　是啊，您一看我，我就长这么大了！

胡老　嘻！……

志新　行，行，您要是觉着不合适，这么着也成——我给您打个九五折好不好？一万块钱的电脑您给我九千五得了？

胡老　算了算了！你一个小孩子还跟我打什么折扣……这样，回头跟我上银行，咱把钱取出来——我再多给你个一百二百的，就算你的辛苦费。

志新　（喜）哎哎……那我这就给您搬家去啊！

胡老　你们家弄个电脑，这不浪费么！（下）

志新　是啊，他们都没文化……（送胡老，下）

〔日，傅家客厅。

## 第86集 大奖（下）

〔志新数钱给傅老。

志新　两千五——一分不少。

傅老　钱一分不少，这电脑怎么让老胡给搬走了？

志新　您还想两样儿都要啊？您只能拿一样。

〔门铃和敲门声响作一团，伴随着胡三喊志新的声音。

和平　（自里屋上）谁呀谁呀？要敲门就别按铃儿……（开门）

胡三　（画外音）志新！志新！志新在家呢吗？！（冲上）志新哪！可了不得了志新，我最新发现……

志新　行了行了！你别发现了啊，我正找你呢——（掏钱塞给胡三）五千块钱——一分不少。

胡三　哎？！你们已经把电脑给卖了？！

志新　啊！

胡三　哎哟喂！总部最新决定，甭管哪家买了电脑，奖金照发呀！你怎么卖了？

志新　哎哎哎！（急忙起身夺过胡三手中的钱）我找老胡！我买回来去……

〔志新欲下，圆圆跑上。

圆圆　二叔，二叔！昨天上咱们家那俩人，现在去胡爷爷家了！胡爷爷说他得一大奖，要请咱们家人吃饭！

〔傅老、和平等人兴奋感叹，跑下。志新、胡三呆立无言。

【本集完】

# 第87集　卡拉OK

编　　剧：梁欢　梁左

〔日，傅家客厅。

〔志新与傅老闲坐，和平干家务。

志新　……我这事儿也办得差不多了，要是实在没什么事儿，过几天我就回海南？

傅老　也好。这次回来也没听说你在工作上有什么进展，家里的事情你也帮不上什么忙——走吧走吧，早走点儿好。

志新　怎么着？您这是轰我呢吧？我跟您说，我工作上的事儿您还甭管，家里兹要有用得着我的，我就帮您办！

和平　爸跟你逗着玩儿呢。咱家能有什么事啊？有事儿还有我跟你大哥呢……

傅老　怎么就没有啊？像今天，星期天小桂休息，饭就没有人做嘛。

〔门铃响。

和平　哎哎……谁呀？（去开门）

志新　怎么着？让我做饭？想什么呢您？我堂堂总经理我给……

和平　（画外音）哟，昭阳兄弟！

昭阳　（抱影碟机和一个购物袋上）嘿嘿，嫂子……快给我来碗水喝！渴死我了……（把东西放茶几上）

## 第 87 集　卡拉 OK

和平　这是什么呀？

〔和平倒水给昭阳。

志新　（向傅老）这人谁呀？

傅老　（低声）这就是那个……孟昭阳！

志新　哦，就是小凡说轰不走的那男朋友是吧？得嘞，今儿我闲着也是闲着。爸，这事儿交给我了……（高声向昭阳）那孩子，过来！

昭阳　（手拿水杯）哟！这……这是咱二哥吧？

和平　是是！来介绍介绍，赶紧见见……（向志新）这是昭阳。

昭阳　孟昭阳——小凡的男朋友。

〔昭阳欲跟志新握手，志新却伸手接过了昭阳手中的水杯。

志新　（指影碟机）这是你给我买的见面礼吗？

昭阳　还真不是，我就是拿来让各位都开开眼……

志新　一破录像机我开什么眼啊？八百年前就是我玩儿剩下的。

昭阳　八百年前？二哥，八百年前不光没录像机，恐怕连您也不在人世吧？还不光没您，连您爸爸都没有！伯父，我说得对不对？

傅老　胡说！怎么就没有我？……对对对，不光没我，连我爷爷都没有。

志新　这是说录像机，你扯那么多干嘛？

昭阳　二哥，这还真不是录像机！您仔细瞧瞧——这叫"万燕卡拉OK影碟机"。

和平/傅老　噢！

昭阳　世界尖端产品。

和平/傅老　噢！

昭阳　中国独此一家。

和平/傅老　噢！

志新　噢什么噢啊？谁知道你们"噢"的是什么呀？

昭阳　我跟您这么说吧：（随手从傅老手中拿过香烟）有了这玩意儿，录像机您就甭买了。

和平/傅老　嗯？

昭阳　音响您也甭买了。

和平/傅老　嗯？

昭阳　卡拉OK机您就更甭买了。

和平/傅老　嗯？

志新　嗯什么呀嗯什么呀？要都不买……（夺过昭阳手中的烟）你一样一样给我偷去呀？

昭阳　瞧您说的！人家这叫三机合一体——全包括了！而且嘿……看这个，（从购物袋中拿出一张光碟）就这么一张小碟，特别精密还永不磨损！

和平　嘿，你又不送给我们，搬到我们家馋我们来了？

昭阳　瞧您说的！我这是跟我们一个哥们儿借的样品。今儿早上才听说呀，晚上在区文化宫准备搞一个"万燕杯"家庭卡拉OK大赛，奖品就是这么台"万燕影碟机"——这不等于白送给咱们家的吗？

和平　真是的！

昭阳　伯父，嫂子，还不抓紧练啊！

和平　行啊，行啊！

傅老　这个"卡拉OK"，咱们家……

昭阳　伯父，嫂子咱就甭说了，人家是专业演员！

〔和平得意。

昭阳　您呢，您在区里参加歌咏比赛不也拿过一等奖么？

〔傅老得意，假装谦虚。

昭阳　特别是咱家又增加了像我这样的，（美声腔）美声唱法的有生力量！

和平　嘻，您再吓着我……

志新　哎哎……这说我们家呢，有你什么事儿啊？

## 第87集 卡拉OK

昭阳　怎么没有我事儿啊？我告诉你，报名早就截止了，是我愣给咱家硬挤进去一个名额——倒是没您什么事儿，二哥！我不知道您回来呀，那报名表上没写上您。

志新　嗯？

〔日，傅家客厅。

〔众人齐聚，拿着影碟讨论。

昭阳　……伯父，您看您唱这个怎么样？（起身，用美声腔唱）"我是一匹来自北方的狼……"

〔众人嫌弃。

傅老　不好，不好，不符合事实嘛！什么"来自北方的狼"！我的老家在南方，我明明是从南方来的狼……啊不，来的人嘛！

昭阳　这是唱的歌儿，又不是唱您……

志国　爸，您看这怎么样？（起身，扯嗓子嚎）"归来吧！归来哟……"

傅老　更不好！狼刚走了，鬼又来了。

〔志新揉着眼睛自里屋上。

志国　什么"鬼来"……归来！回来的意思。

志新　我这不都回来了么？你们还念叨什么呀？

和平　爸，爸，就这个，特别适合您。（起身，用大鼓味儿唱）"只要你愿意，只要你愿意，让梦划向你的……"

傅老　什么我愿意？我不愿意！

志新　就是，我也不愿意！大礼拜天的不好好歇会儿，瞎嚎什么呀？

傅老　嚎怎么了？我们不光要嚎，我们还要把它嚎好！今天晚上我们参加比赛的时候啊……对了，志新啊，这次参赛的名单上没有你啊，你跟这儿起什么哄？！

志新　那我不跟这儿，我跟哪儿去呀？

傅老　跟哪儿？跟厨房！看我们大家玩得……不是，忙成这个样子，你赶快给我们做饭去吧！

〔众人连连附和。

志新　还想着做饭这事呢？我当您都忘了呢……

傅老　别的能忘，这能忘么？不光要做，还要做好，做不好不成啊！

和平　对对，就包饺子吧——省事儿。

志新　还省事儿呢？！你们这么些人吃，我一人儿包，能省事儿么？

昭阳　反正我们是省事儿了。二哥，您受点儿累，我爱吃茴香馅儿的，您包点儿茴香的！

圆圆　二叔，我不吃茴香！我只吃小白菜馅儿……

志国　还是三鲜馅儿好吃，你包三鲜的……

和平　什么三鲜啊！鸡蛋韭菜馅儿好吃……

〔众人争起来。

傅老　好了……不要争了——一样儿包一点儿，我都尝尝！

〔众人赞同。

志新　您还让不让我活呀？

和平　谁不让你活了？这不就让你去活……和面吗？和面、拌馅儿，回头我们帮你一块儿包。

志新　（走向饭厅）和面、拌馅儿——拌四种馅儿……要不你们先把我"拌"了得了？

〔时接前场，傅家客厅。

〔众人围坐在傅老身旁，对着电视一起练卡拉OK。傅老准备唱第一句，众人七嘴八舌地指导。

傅老　（高唱）"不要问我从哪里来——"

## 第87集　卡拉OK

和平　（唱，大鼓味儿）"我的故乡在远方——"

志国　（唱，跟不上）"为……为什么流浪——"

圆圆　（唱，跑调）"流浪远方——"

〔志新自饭厅暗上，身系围裙，两手沾满面粉。

昭阳　（唱，高八度美声）"流——浪——"

〔志新上前关掉影碟机。

众人　干什么呀你……干嘛呀……

志新　差不多行了啊，回头留神再把狼给招来！

傅老　志新，你这是干什么呀？我们不光是在这儿练歌……

志新　那是为什么呀？不就为这台影碟机么？我实话跟您说：这机器您买得起，这碟您可买不起……

〔和平等人扫兴散开。

昭阳　二哥，我告诉您：您说的是那大碟，人家这用的是小碟，也就五六十块钱一张。这机器您就更买得起了，也就一台录像机的钱！

傅老　这也不光是为了得奖嘛，还是为了建设精神文明。来来来，你们都过来！

〔和平等人围过来。

志新　（坐）那我凭什么就不能跟你们一块儿，在这儿建设精神文明啊？我凭什么就得一个人跟厨房里建设物质文明啊？（向和平）嫂子，我跟你说啊，那馅儿和好了——一共四种馅儿，面我也建设得差不多了，回头你们一块儿包去吧！

傅老　你先包啊！平常小桂就一个人自己包嘛！

〔众人连连附和。

志新　您还真把我当保姆了？

傅老　把你当保姆还委屈你了？这么好吃懒做——干嘛嘛不成，吃嘛嘛都香！想当保姆啊，还没人敢雇你呢！

志新　好，没人雇是吧？（扔下围裙）我还不干了！（欲下）

和平　（拦）志新！……我告诉你：我们这都练歌练得挺忙的，你就先辛苦辛苦……（把志新向厨房里推）

昭阳　（唱，美声）"不要问我从哪里来——"

志新　（挣脱）你听听：这是人的动静么？

昭阳　二哥，您夸我呢是吧？我也觉得我比一般人都唱得好……

志新　是么？我给你露一手吧，让你开开眼！（拿起话筒）

和平　啊？你会唱么你……

志新　什么歌来着？

昭阳　（唱）"不要问我……"

志新　好……（气声，深情地）"不要问我从哪里来，我的故乡在远方……"不是一个档次跟他们！你就是练一辈子，未准能赶上我！

昭阳　嘿，我怎么就……嫂子，您懂行，您给说句公道话——他真比我强那么多？

和平　谁说的？

昭阳　嘿嘿……

和平　你要真练一辈子没准儿真能赶上他！

昭阳　就是……哎？

志国　我也觉得志新比昭阳强。

圆圆　我二叔形象好，往台上那么一站，论眉眼儿，论身段儿，比有的人不知道强到哪儿去了……

志新　哎！听见群众的呼声了吧？所以我那意思是：咱们是不是找一个能力更强的同志——（指昭阳）把他给替了？

众人　谁呀？

志新　那谁呀！就是那个，歌唱得特别好……

众人　啊啊……

## 第 87 集　卡拉 OK

志新　群众威信特别高……

众人　谁呀？

志新　就那谁！

众人　谁呀？

志新　唉呀——他就是我呀！

傅老　志新，参赛名单上不是没有你么？

众人　就是……

志新　我可以替……（指昭阳）我就替他吧！我就叫孟昭阳，不就完了么？

志国　这倒是个办法。"家庭卡拉 OK"嘛，这样一来不就咱嫡亲一家三代了，对不对？省着有些个别外人掺在里头……不三不四的……

志新　（拿过围裙，向昭阳）我们全家跟这儿说点儿事，唠会儿嗑儿！你去厨房包饺子，啊？

〔志新把昭阳往饭厅推，全家人准备继续练歌。

昭阳　哎……二哥我……（向傅老）伯父，伯父！咱家这参赛机会可是我争取来的，而且那报名表上填的是孟昭阳一家——要是我不去，你们根本就没资格参赛！

众人　啊？

志新　别信他那个，咱自己报名去！

昭阳　今儿晚上就比赛，报名早过去了——除非你们想等到明年这时候。

志新　没关系，明年咱们再去！

众人　明年……

傅老　这时间不是太长了么？志新，要不这样吧——明年你参加，今年就让昭阳先代替你？

志国　对对……帮帮忙，帮帮忙……（推志新向饭厅）

和平　志新，别耍小孩子脾气！（递过围裙）戴上，戴上，辛苦辛苦……快去！

　　　　（向傅老等众人）来来来咱赶紧练……

志新　（指昭阳）嘿！那孩子，今儿你把话说清楚了……（欲翻脸）

昭阳　哎……要不然咱这么着：干脆让咱二哥当个替补队员！万一咱们谁要有个三长两短的，咱们就让他上！（拍志新头）

〔时接前场，傅家客厅。

〔众人练歌，志新自饭厅端两盘超大号的饺子上。

志新　吃饭吃饭，吃饭了啊！

傅老　好好好，先吃饭，吃完饭再练……（看见饺子）志新啊，这是什么？

志新　饺子呀！这您都不认识了？

傅老　饺子？这么大的饺子……这能吃么？

志新　给你们包的没这么大……（大声）这是给昭阳包的茴香馅儿的！

昭阳　哎哎……（凑上来看）我不吃，我不吃……我干脆跟大家一块儿吃小饺子吧！（欲溜）

志新　回来！（揪住昭阳脖领子）你哥哥我费这么大劲给包出来了，你敢不吃？吃不吃？！

昭阳　我……我吃，我吃……

志新　端着！

傅老　好了好了，都到餐厅吃去，吃完了再练！志新啊，大家练歌练得这么辛苦，你这个后勤一定要跟上！

志新　我成后勤了我……

傅老　等一会儿啊，你出去再给买点儿饮料啊补品什么的！钱就你出——赞助嘛！我就不要什么了，来两盒鲜王浆就行了！（向饭厅下）

志国　我也来俩鲜王浆，别的不要了啊！（向饭厅下）

和平　你给我买点儿治嗓子的药吧——什么药都成！（向饭厅下）

第87集　卡拉OK

昭阳　二哥，我也什么药都成……（向饭厅下）

圆圆　（凑上前）二叔，听见没有？"什么药都成！"

志新　什么意思？

圆圆　万一他要有个三长两短的……你不是替补队员么？

志新　你是说——

圆圆　您先给他吃几个半生不熟的大饺子，然后再随便给他下点儿什么药什么的，他还能去参加那个"万燕杯"么？不是咱们一家三代一块儿去了么？

　　　（与志新击掌，向饭厅下）

志新　小鬼——人才！

〔傍晚，傅家客厅。

〔志新独坐，从兜里掏出一小瓶药。圆圆自里屋上。

志新　圆圆！从爷爷那儿偷的这药叫什么灵？

圆圆　"通便灵"！昭阳叔叔吃完你那半生不熟的饺子，已经上了四次厕所了，再把这药一吃……

志新　他就甭出来了！（倒药片）二、四、六、八、十……爷爷平时吃几片儿？

圆圆　（怕怕地）爷爷平时就吃一片儿……

志新　他年纪大了！年轻人火力壮！我估计一下吃下去……没什么问题吧？

圆圆　别价呀！你回头再把他给吃死了！就给他吃俩……两个，两个……

〔昭阳自里屋上，捂着肚子，有气无力。圆圆慌忙躲到一旁。

昭阳　二哥，您这顿饺子可把我给坑苦了！回头比赛的时候要再出现这问题，我告诉你……

志新　我跟你说啊，（托着药片）我这儿有专治消化系统的药——还就是不能给你吃！

昭阳　别价呀！二哥，咱俩谁跟谁呀？再说，晚上我要唱好了，那万燕影碟机

· 075 ·

也是归您家呀！

志新　是么？

昭阳　（伸手）来点儿，来点儿……

志新　这可是你自己要吃的，对症不对症的可你自己负责？

昭阳　那当然了！您就赶紧给我吧！

志新　有个三长两短的，你可别赖我？

昭阳　您就麻利儿的吧！

〔志新把两片药放到昭阳手上。

昭阳　才两片儿啊……您再给我几片儿！

志新　再给就出不来了……再给呀，我得给我爸留点儿！

昭阳　抠门儿劲儿的！

〔昭阳把药服下。里屋传来傅老招呼众人的声音。

圆圆　妈，快点儿！

傅老　（自里屋上）抓紧了啊！

〔志国、和平自里屋上。众人往外走，招呼昭阳动身。

昭阳　（起身跟上，突然捂肚子大叫）哎哟！

和平　怎么啦？

昭阳　不行，我还得再去一趟……（向里屋下）

傅老　懒驴上磨！

志国　昭阳怎么关键时刻掉链子呀！

和平　（向志新）我告诉你，就赖你中午那顿饺子！

志新　天地良心啊，我一人儿包四种饺子我容易么？

众人　那缺一人呀……怎么办哪……

圆圆　二叔！二叔，你还不快点儿将功赎罪？替昭阳叔叔跟我们唱歌去？

志新　（作势推诿）我不会呀……

· 076 ·

## 第87集 卡拉OK

众人　唉呀，你就别客气了……走吧走吧……

志新　我就是一个保姆，晚上我还得给你们做夜宵……想吃什么？

傅老　志新啊，"救场如救火"懂不懂啊？

众人　就是……快……救个火去吧……

圆圆　算我们求你了还不成么？

志新　啊？就算求我了？

众人　求了……求求你……

志新　都求我了吗？

众人　都求了……

志新　唉呀……那我就受累去一趟吧！

〔傅老、和平、志国下。志新与圆圆悄悄击掌，下。昭阳自里屋上。

昭阳　哎，你们怎么都走了？你们等等我呀……（走到门口，捂肚子，痛苦）还是别等我了！……（向里屋跑下）

【本集完】

# 第88集　饭局

　　编　　剧：梁　欢　梁　左

〔晚，傅家饭厅。

〔志新坐在桌旁，对着手里的一张纸若有所思。小桂自厨房上。

小桂　哎？志新哥，你还没回海南呢？俺还以为……俺没准备你的饭啊！（向厨房下）

志新　没关系，没关系……

和平　（上）嘿，志新，你还没回海南呢？（向厨房下）

志新　嗯！

志国　（画外音）不想吃也得吃啊，你怎么……（上）哎，志新，你还没回海南呢？

志新　啊！没有，没有！

圆圆　（上）哟，二叔，还没回海南呢？

志新　啊！啊！

傅老　（上）哎，志新，你还……

志新　（把纸拍在桌上）我还没回海南呢！怎么啦？你能把我怎么样？你还把我轰回去么？

傅老　谁轰你了？我是说，你在海南的工作……

## 第88集　饭局

志新　什么工作呀？我在北京这就是工作。（把纸拿给傅老看）看见没有？这是我们总经理亲手给我发的传真，有一项紧急任务是非我莫属——明天总经理让我在北京请一个客户吃饭！

傅老　哈！吃饭算什么任务啊？

志新　什么任务？非常艰巨的任务！他让我必须要在一顿饭中花三千块钱！

〔众人惊讶。

志新　两个人吃三千——难哪！

傅老　两个人吃三千……这个难度是大了一点。（满面堆笑）这要是找几个人帮着你一块儿去吃，我看这个任务还是可以完成的嘛！

志新　我这不是也正考虑么……

〔傅老把烟递到志新面前，志新装看不见。

志新　为了向这位客户展示我公司的实力，我准备带上一个顾问、一个秘书、一个公关小姐、一个技术人员……

〔志新每说一个职位，众人就无限期待地应和。

志新　然后嘛……一起去赴宴。

〔志新伸手接傅老手中的烟，扫兴的傅老赌气把烟拿到一边。志国和圆圆也十分失望。

志国　不可能嘛！你们公司在北京哪儿有那么多人啊？

圆圆　就是！

志新　所以我这不是也正考虑嘛！登报招聘是来不及了……（起身）我准备挑几个看着我顺眼、又特别尊重我的同志，一起去吃这顿饭！（走过去拿烟）

傅老　什么？看着你顺眼？还对你特别尊重？这世界上哪有这样的人啊？

〔众人哄笑。傅老抢过香烟。和平、小桂端菜自厨房上，坐下吃饭。志新发现没自己的座位了，不悦。

志新　没有是吧？我倒看看有没有！（赌气下）

和平　（向志国）啊？有什么呀？……

〔时接前场，傅家客厅。

〔志新坐在傅老常坐的位置上看电视，正欲抽烟，和平自饭厅上，为志新点火。紧跟着志国自饭厅上，递上水杯。小桂自饭厅上，在志新后面为其扇扇子。三人皆笑脸相陪，殷勤非常。

和平　兄弟呀，明儿吃饭那事儿到底想好没有哇？都带谁去呀？

志新　我这不是正想呢嘛？到现在也没人主动报名啊！可也是，看着我特别顺眼又特别尊重我……这世界上还有这样的人么？

和平　有有有！……我就是头一个啊！我瞅你——怎么这么顺眼呢！浓眉大眼的，多精神啊！兄弟，自个儿家人再怎么着都比外人强！你瞅啊，（站起）嫂子我略微这么一捯饬，是不是有点儿公关经理那意思？

志新　哦？

志国　（凑上来，把和平推到一边）志新呀，你看我对你……也特别尊重！

志新　是么？平常我怎么没看出来呀？

志国　平常那是看不出来，这到关键时刻……

志新　就更看不出来了？

志国　哎……什么呀！你平常出门儿在外，我想帮也帮不上你啊，这回你好歹在北京，我怎么也得帮你一把不是？

〔圆圆自饭厅上。

小桂　志新哥，俺对你也特别地尊敬。你看俺要是扮上，像不像个秘书？

志新　哎！有点儿意思，有点儿意思……（向圆圆）那你呢？你看我顺眼么？小鬼。

圆圆　我看您……怎么这么不顺眼呀——反正我明天得上学，去不了。

志新　我压根儿也没打算带你去！

## 第88集 饭局

〔傅老自饭厅上，示意志新让座。

志新　（眼看别处）怎么还有个别同志没有表态呀？

傅老　起来起来……

志国　（连忙拉傅老坐在椅子上）爸，爸，您坐这儿……

志新　到底是看我顺眼不顺眼哪？

〔志国、和平向傅老频使眼色。

傅老　这个……志新呀，你这个阶段的进步还是挺快的嘛。我现在看你比过去啊……顺眼多了！眼下遇到一点小小的困难……

志新　等等，我遇着什么困难了？

傅老　不就是三千块钱花不出去吗？有我呢嘛！

〔志国等三人附和。

傅老　不是说还少一个什么顾问么？如果不涉及到具体的事务，仅仅是吃一顿饭而已，我也可以亲自参加嘛！

志新　参加什么呀？您要参加什么呀？我怎么听不懂啊？

和平　（急）换一个你听得懂的说法——"肥水不流外人田"！懂不懂啊？

志新　不懂，不懂……

志国　（急）唉呀！"一家人紧着一家人"！懂不懂啊？

志新　不懂，不懂……

小桂　（急）唉呀！就是"有饭咱大家一起吃"！懂不懂呀？

志新　不懂，不懂……

傅老　（急）就是咱们大家在一起……唉呀！就是那个——mia mia mia……（比划吃饭的动作）

志新　听不懂！

圆圆　二叔，你怎么那么笨呢？他们的意思就是说，让你带着他们一起去吃那顿饭！这还不明白？

志新　哦……（向众人）都求着我带你们去，是么？

圆圆　是！

志新　没问你。（向众人）嗯？

〔众人不好意思。

圆圆　你非让他们跪下求你呀？（起身，下）

志新　啊……新社会就不要下跪了嘛！（向和平）那我就肥水不流外人田？

和平　对对对……

志新　（向志国）一家人紧着一家人？

志国　对对对……

志新　（向小桂）有饭大家一起吃？

小桂　对对对……

志新　（向傅老）咱们大家一起 mia mia mia？

众人　对，就是……终于懂了……不傻……

〔众人皆大欢喜。


〔日，傅家客厅。

〔傅老、和平、志国自里屋上，个个打扮整齐。

和平　……六个人吃三千，一人合五百呀！这得吃多少好吃的呀！

傅老　怎么啦？一个人吃五百就把你吓着了？我告诉你，别说一个人吃五百了，就是一人吃五千……

志国　对！就是一人五万……

傅老　哎哎哎，你一个人吃过五万么？

志国　……没有。

傅老　没有就不要瞎说！

志国　那您一个人吃过五千么？

## 第88集 饭局

傅老　我当然……也没有。不管什么五千五万，不要光想着吃嘛，今天主要是志新那边缺人手，我们去给他帮个忙，其他都是次要的！

志国　爸，瞧您说的，那什么是主要的啊？要是一人五毛钱标准，他就是再缺人手，您去么？

傅老　我当然……你去吗？

和平　您去我就去！

〔小桂、志新自里屋上。志新西装革履。

小桂　贾总到！

志新　（南方口音）各位同仁，都准备好了么？小和、小贾、老傅！

〔众人不知道在叫谁，四下找。

志新　都不要找了，不要找了——叫你们呢！知道出去以后怎么称呼我么？

和平　贾总？

志国　贾经理？

傅老　贾……我还是管你叫小贾吧。

志新　哎算了……（向小桂）薛秘书，咱们一共这是五个人吧？

〔圆圆上。

志新　（向小桂）你立即出去，叫一辆"小型黄色出租面包车"。

〔小桂不解。

和平　就是"面的"！

小桂　中！（跑下）

众人　那咱们是不是……

志新　走啦，走啦！

圆圆　你们走了，我中午吃什么呀？

和平　唉呀，方便面！自个儿下包方便面吧……

〔众人下。

·083·

圆圆　（向门口）吃方便面我营养不够……（关门声）没人理我？一点儿都不关心我？（电话响，接电话）喂……您找贾志新呀？您等会儿……（放下电话，向门口望望，又拿起电话）我估计他现在上了"小型黄色出租面包车"——就是那"面的"……您让我追他？我跑得过汽车么我？！

〔日，高级餐厅。

〔众人坐等，志新来回溜达。

傅老　过了半点钟！

志国　又过了半点钟！

和平　志新，你到底怎么跟人家约的呀？

志新　我跟人家约好十二点……（看表）哦，这都一点了。

和平　（拉志新到餐桌旁）要不然咱……先点菜？

志国　（凑上前）我看可以啊！

傅老　（凑上前）是啊，可以边吃边等嘛……

志新　（为难）说好了是请人家……

和平　我就知道你做不了主！

志国　是他不守时，凭什么让咱们干等着呀？

傅老　咱们五个人，他才一个人，少数服从多数嘛！

志新　关键咱们是请人家吃饭……

傅老　是啊，到底谁是主人谁是客人嘛？要是这样，这顿饭不吃了！（坐到桌边）

和平　（也坐下）我也跟爸回去了——我都快饿过劲儿去了！（看菜单）

志国　我也回去了，回头饿死在饭店里影响也不好啊！（坐下）

小桂　把俺也带上！（坐）

志新　别别……那就先点菜。（向服务员）小姐！（向众人）估计菜上齐了他也差不多该来了——可说好啊：等他来了才许吃啊！

## 第88集　饭局

和平　啊啊！……真是！

傅老　（看菜单，低声）一个菜都好几十块钱啊，怎么这么贵呀！

和平　爸，您怕什么呀？（低声）又不是咱自个儿家掏钱……

志国　（理直气壮）爸，您想吃什么就点什么——有我呢！

志新　什么呀？有你什么呀？你管用吗？（向傅老）有我呢！

傅老　好好好，既然你们大家都给我撑腰，（中气十足）我就先点一个——（庄严地）龙虾！才八十块，尝个新鲜嘛！

志国　（低声）爸，您看好了，那是八十块钱一两，一斤得八百哪！

〔傅老慌。

志新　哎哎……八百就八百，点一个！嫂子，你也点一个？

和平　（兴奋）哎哟！让我也点……那我不点爸那么贵的……

志国　这个便宜……

和平　（推开志国）我知道！烦不烦人哪？（向服务员）就给我来一个，（轻描淡写地）基围虾吧！才十二块多一两，我就——来两斤尝尝。

志国　（低声向志新）得，又是二百五！

和平　废话！许你爸点八百的，不许我点二百五的？（两人争执）

志新　行了行了……志国啊，你也点一个吧。

志国　哎！那我就来一个……（喜不自禁地）我来个油焖大虾吧？（低声向志新）才五十块钱！

和平　五十块钱一只，看清楚了！

志国　那……那我有两只就够了。

和平　就你一人儿吃啊？（向服务员）给我也来两只，小姐。

傅老　干脆——每人两只！

志国　（低声向志新）又是六百啊！

志新　小桂啊，点一个吧。

小桂　中！那俺就点一个……软炸虾！

志新　哎，怎么都跟虾干上了？

傅老　不要光吃虾嘛！再来一个清蒸甲鱼！

和平　清蒸皖鱼！

志国　清炒鳝鱼！

傅老　烤鹅！

和平　烤乳猪！

志国　烤全羊！

小桂　烤全鸭……

志新　哎哎哎……你们把我烤了吧！（向服务员）小姐，算一算多少钱啦？

服务员　大约是两千五百元左右，加百分之十五的服务费——大约是两千八百元。

志新　好好，先不点啦！还有一些酒水呀，就差不多啦。

志国　我来俩扎啤！

和平　我来两听可乐！

小桂　俺要两个冰葫儿！

傅老　好了好了，我就不要什么了——再给我来一瓶"人头马"吧！

众人　啊？！


〔日，傅家客厅。

〔傅老、志国、和平、小桂上。

傅老　不错不错！……

和平　主要是那基围虾……

志国　鱼做得也好……

和平　虾好……

## 第88集 饭局

〔众人讨论热烈。志新上,面带怒气。

志新 好什么好?!客户根本就没来,你们让我回去怎么交代?!

傅老 怎么交代……我们一直是边吃边等他的嘛。

和平 这人那么不守信用,以后别跟他做买卖了!

志国 志新,你怎么了?

志新 你说我怎么了?哦,人家老板给我钱,让我请客户吃饭,结果咱们都给吃了……我给公司怎么交代呀?

傅老 实事求是嘛!你约好了他,他自己不来,责任不在你身上嘛。

志新 他不来这责任是不在我,可是钱呢?老板打电话一问这钱怎么花的,噢,我跟老板说我们全家"mia mia mia"……说得过去么?

傅老 是啊是啊,是不大妥当……人没来,这个钱怎么花出去的?

志新 问谁呢您?不是你们张罗着非要先点菜么?

志国 (向和平)都是你啊,急急忙忙……

和平 爸先坐那儿的……(争执)

傅老 好啦好啦……不要吵了!依我看,既然饭已经吃了,那就吸取教训吧——下次注点儿意就行了!

志新 什么?!下次?您还想着下次呢?这次我都过不去了!我跟你们说啊:这顿饭钱咱们自己出!

〔众人意外。

和平 兄弟,兄弟,您瞧这么一大伙子人都陪着您,还管您叫"贾总"……不就三千来块钱么?自个儿掏得了呗!

志新 嘿,嫂子,明儿我也叫一群人管您叫"和总",您出三千行么?

和平 话可不能这么说啊……

志新 那你说怎么说呀?不管怎么说,这钱也不能我一人儿出!

傅老 是啊是啊,志新一个人出也不大妥当,毕竟是我们大家一起出去吃的嘛。

· 087 ·

　　　　这样吧，我带个头！（掏钱）志新啊，这是三十块钱……

志新　哎哎……爸，这还是留着您自己花吧啊！

傅老　拿着拿着！跟我你还来这一套干什么？（把钱塞给志新，转身欲下）

志新　回来！谁跟您来哪一套啊？您甭想溜啊！今儿咱们这顿饭是三千！（把钱塞回给傅老）知道么？还好意思往外拿……

傅老　三十块钱是少了一点。要不，我出五十？

志新　嗯？

傅老　一百？

志新　再说一遍？

傅老　……我干脆一会儿到银行给你去取三百块钱！谁让我是你爸爸呢？（拍拍志新的脸）

志新　您就是我爷爷，出三百块钱我也不嫌多！您想想您刚才"mia mia"吃那样子，您吃了多少啊！算了，跟我爸我就不计较了。（向和平、志国）你们二位呢？怎么意思啊？

和平　啊？我们……三十？

志新　嗯？

和平　五十？

志新　再说一遍？

和平　一……要不我们也出三百！——我们俩人儿啊？

志国　俩人啊！

志新　算我倒霉！小桂呢？

小桂　啊……俺出三十？五十？一百？一百零五？……（哭腔）一百一十五还不中么？

志新　算了算了！以后在我们家好好干活儿啊——你那份儿我替你出了！

小桂　哎，谢了！

## 第88集　饭局

〔圆圆提书包上。

众人　（抱怨）唉呀……真是的……鱼又不好吃……那虾也没味儿……

圆圆　吃饱了喝足了，你们都回来了？我纳闷儿，人家客户又没去，你们跑那儿吃什么劲儿啊？

〔众人意外。

志新　你怎么知道没去呀？

圆圆　人家来电话了，人家说补到了一张去海南的飞机票，直接跟你们经理签合同了，还让我追你们去——我哪儿有那工夫啊！（向里屋下）

众人　哎！你这孩子……耽误事儿……要不然不至于……真是……

志新　等会儿等会儿……签合同？那就是说这笔生意要成啊？没事儿了，没事儿了！那钱算了！您想啊，咱们请他吃饭为什么呀？不就让他签合同么？他只要一签这合同，别说花三千，就是明天再花三千也没问题！

众人　唉呀……真好嘿……那虾嘿……真好吃……

志新　明天我就回海南吧！

傅老　（起身）志新呀，那明天就给你饯行……

志新　不用不用……

傅老　咱们还是老地方，把那三千块钱也花了它！

众人　哎对对……（上前围住志新）

【本集完】

# 第89集　名门之后（上）

编　　剧：梁　欢　臧　希

〔晨，傅家饭厅。

〔傅老、志国、圆圆吃早饭，有说有笑。和平上。

和平　哎，怎么没我筷子呀？（向厨房）小桂！小桂……

傅老　和平，不要什么事情都麻烦人家！自个儿又不是没长着手……

和平　我错了，我自个儿拿去！

圆圆　妈，顺便给我带碗儿豆浆——（递碗）

和平　（模仿傅老语气）不要什么事情都麻烦人家，自己又不是没长着手！

傅老　和平啊，圆圆待一会儿还要上学，你就给她盛一碗又能怎么样？

和平　我又错了，我这就给她盛！

志国　给我也带一碗儿——一个羊是赶，俩羊也是轰……（递碗）

傅老　那给我也带一碗！（递碗）

和平　没什么，都是我应该做的……（发现油条被众人拿完了）哎？怎么没了？（生气坐下）小桂！

小桂　（自厨房上，手中拿着一根油条）哎！来了。大姐，不忙，来得及，吃完饭你再帮俺收拾。

## 第89集 名门之后（上）

和平　谁帮你收拾啊？怎么没我油条啊？

小桂　（把拿油条的手背到身后）坏了，俺给忘了。要不您吃……（递上自己的油条）……呵呵，锅里有馒头，俺拿去。（向厨房下）

和平　凭什么你们都吃油条我吃馒头啊？让我吃这破馒头！

傅老　和平，我可以把我这根油条让给你，但是你这种提法我很不同意——什么叫破馒头啊？你也是穷人家的孩子嘛。拿去拿去……（递过咬了一半的油条）

和平　爸，我怎么能吃您的油条呢？

傅老　不要紧……

和平　您都咬一口了……我是说，咱在座的有一个算一个，哪个不是穷人家的孩子呀？凭什么你们吃油条给我吃……您在旧社会还要过饭呢吧？

圆圆　啊？爷爷，真的？

志国　怎么了？要饭怎么了？旧社会要饭，光荣！是吧爸？

傅老　那当然喽！不过说起来也相当惭愧，其实我们家祖辈上也是名门望族，江宁一带一提起织造府贾家，没有不知道的。《红楼梦》看过吧？贾宝玉、大观园……（起身）

和平　噢，都是您家的？

傅老　艺术虚构嘛！（下）

志国　甭管怎么说，我们家是有来历的。

和平　那有什么呀？我们家……我们家虽然没来历，那也不能你们吃油条我吃馒头啊！

圆圆　（起身）妈，我觉得您确实是个穷家小户的——一根儿油条都争，没见过世面。我那份儿不吃了，给您了。有什么办法呀？像我这种大户人家的孩子，我不稀罕那个！（往外走）

和平　（起身欲追打）你是谁的孩子？！

〔圆圆跑下。

和平　不在这一根儿油条！就你们这种看不起下层劳动人民的态度，哼！我们娘家是文化低点儿，经济上穷点儿，怎么了？那也不能……这也忒明显了吧？！

志国　行了行了，不就为口吃的么？你看你真是……（起身）对了，刚才你妈来电话，说她中午要做炒疙瘩，问你回不回去吃？

和平　你怎么不早告诉我呀？害得我喝了大半碗这破豆浆。

志国　我怎么知道这种平民食品对你有那么大的吸引力呀？知道老北京管这一类食品叫什么吗？——穷人乐！（下）


〔晚，傅家客厅。

〔志国独自看报纸。圆圆自里屋上，看表。

圆圆　我妈去我姥姥家怎么还不回来呀？完了完了完了……

志国　什么叫"完了"呀？你这孩子怎么说话呢？

圆圆　我妈她不是文化程度低、分辨能力差嘛！报纸上说了，这类型的中年妇女最容易上当受骗——尤其是晚上。

〔傅老自里屋上，迎面见和平进门。

傅老　和平……

和平　哎！

圆圆　妈，回来了！

和平　回来了。

傅老　安全地回来了啊？

和平　啊……这话怎么那么别扭啊？我回娘家又不是深入虎穴，有什么安全不安全的？

志国　我爸那不是关心你嘛，怕你道上出什么事儿。

## 第89集 名门之后（上）

和平　怎么样啊？我这一天没挨家，家里挺好吧？没出什么事儿吧？

傅老　没出什么事儿……这也挺别扭的！

小桂　（自饭厅上）大姐呀，晚饭吃了么？俺特意给你留了点儿红烧肉，知道你爱吃。

和平　哎哟嘿！那……（兴奋站起，又收敛笑容）那就不用啦！谁说我爱吃红烧肉啊？这等粗食如何吃得？我闻都不要闻——平民食品，穷人乐！

志国　我没记错吧？早上起来还有人为根儿油条急赤白脸的呢，这会儿连红烧肉都……你炒疙瘩吃多了吧你？

和平　炒疙瘩是什么东西？不认得！

傅老　和平啊，这刚出去一天的工夫，回来怎么就忘本了？

和平　我不是忘本了，我是找着本了！算了算了，也就甭瞒着你们了，看你们一个个的也还算靠得住——今儿我才知道：我们家也是有来历的！知道我是谁么？

众人　谁呀？

和平　剥削阶级后代！

众人　啊？

和平　（得意）你们知道就成了，就不要外传了啊，也不是什么光彩的事儿嘛！

志国　不会吧？和平，你怎么又成剥削阶级后代了？看着您这形象，怎么看怎么像被剥削阶级啊？

和平　那不是岁月无情嘛！要不是历史上你们这些劳动人民不甘心受我们的剥削，今儿个"啊——"起义，明儿个"嗯——"造反，后儿个"啊——"……（边说边比划）反正是把我们折腾成今天这样了！我们剥削阶级容易么？

傅老　和平，怎么替剥削阶级鸣冤叫屈呀？立场哪去了嘛！

圆圆　妈，我打听打听：您是哪位剥削阶级后代呀？

和平　甭提了！（拿出一本书展示）瞅瞅，这是你姥姥的老家刚寄来的《新编

· 093 ·

和氏族谱》。据这上面的周密记载：我是大奸臣和珅的第十三代传人。我算是让你们人民群众给揪出来喽！

圆圆　完了，那我就成第十四代了。

傅老　和珅是乾隆时候的人吧？

和平　对对，就是那个。

傅老　是奸臣吗？

志国　奸臣，没错儿！前两年和平唱大鼓还把他骂一狗血喷头呢……

和平　你说我怎么成了他的后代了？原来我的祖先就是骑在你们大伙儿祖先头上作威作福的人啊？这么一想嘛，我平常挨你们家受点儿委屈，我也就忍了吧！报应啊报应啊……

傅老　有认识就好嘛，再说都是十几辈子以前的事了，就不要老没完没了地检讨了——出身不由己，道路可选择！

志国　对，就看你站在哪边儿了。

和平　我能站哪边儿啊？我当然站在你们这边儿啊。我坚决跟他们姓和的"咔——"（作切断状）划清界限，永远当一辈子无产阶级的好儿媳妇！

〔晚，志国和平卧室。

〔和平在床上看书，志国举哑铃健身。

和平　哎哟，妈爷子……志国，志国！

志国　怎么了？

和平　你瞅瞅我们原来多有钱！你听我给你念这一段啊：（读）"房屋两千多间，上好良田四十多万亩。开着十个银行、十个当铺。金库里的金子有五万多两，银库里的大银元宝有九百多万个。当时清政府一年的收入是七千万两银子……"我们家的财产比政府十年的收入都多！

志国　你看的什么书啊？

和平　啊——《历代昏君奸臣恶霸土匪传》！

志国　我说你们家祖宗也归不到好人堆儿里呢！

和平　你们家祖宗……我们家祖宗真不是什么好人！多少家产啊！就被你们胡吃海塞给折腾光了——你给我留点儿啊！九百多万个大银元宝，你哪怕给我留一个，我今儿过日子也不至于着这么大急啊！

志国　行了行了行了，不都划清界限了么？还做什么梦啊？

和平　我冤哪！

志国　你有什么可冤的？不就一个和珅么？不就一个大奸臣么？皇帝都有被推翻的，人家冤不冤？人家说什么了？

和平　不行，我咽不下这口气！我胸口堵得慌！我……多大一份家产啊！

志国　那也是剥削劳动人民来的。

和平　甭管怎么来的，反正最后落我们家了，反正最后什么都不落了，我这心里能好受么？不行，志国，你赶明儿得对我好点儿……

志国　凭什么呀？我招你惹你了？这都十几辈子以前的事了！

和平　那不行！你想啊，我这么有钱人家的闺女，我今儿沦落到这步，嫁给你们家，我吃不上穿不上，要什么没什么……我还活个什么大劲啊？我干脆一头撞死——找我祖宗去得了！（以头撞床）

志国　（上前拦）哎哎！行了行了……我对你好行吧？让我干点儿什么呀？

和平　给我打盆洗脚水……

〔晨，傅家饭厅。

〔傅老、志国、圆圆吃早饭，有说有笑。和平上。

和平　噢？筷子也摆好了？豆浆也盛好了？油条也买好了？爸，我可得声明一下：不能因为我们家是有来历的，我算是名门之后，就对我搞特殊，就特别照顾我，甚至害怕我——这就显得有点儿不合适了吧……（坐）

傅老　还叨叨昨天的事儿呢？我早都忘了！

和平　别忘了呀。志国，昨儿晚上我给你念那个，你跟爸说了没有？我们家那情况……

志国　大早上起来我还没顾得上说呢。

和平　不说就不说吧，省着听了难受！你说要搁从前，我们家早上起来，哪能吃这个呀？

圆圆　那你们吃什么呀？

和平　我们什么都不吃！我们根本不起来！我们盯个十点十一点才起床。起来以后，我们先喝一大碗香油！

圆圆　妈，你们不怕闹肚子呀？

和平　你懂什么呀？喝完了再吐了！那叫漱口，知道么？喝完香油，我们再喝一大碗牛奶，也吐了！再喝一大碗人参汤，也吐了！再喝……反正喝什么我们都把它吐了——有钱嘛，就爱这么花！明白了么？

圆圆　我明白，就是有钱，喝什么就吐什么——我上学去了！（起身欲下）

和平　回来！你现在也算半拉名门之后了，得懂规矩，讲礼数——上学去说走就走？

圆圆　不对，我忘了跟大家说再见了——再见！（欲下）

和平　回来！什么"再见"！这哪像个大家闺秀啊？早晨起来，得跟大人请早安。得问："您歇得好？"我说："歇得挺好的，玩儿去吧！"这你才能走，记住了么？

圆圆　记住了——您歇得好？

和平　我歇得挺好的，玩儿去吧！

圆圆　我玩儿去了，不上学了！（下）

和平　胡说！这孩子……

志国　我，上班去了……（起身欲下）您歇得好？

和平　我……废话！咱俩一块儿歇的，你还不知道好不好？赶紧上班儿去！别迟到了。

傅老　（起身欲下）您歇得好？

和平　我……爸！您是长辈，这得我问您——（起身请"蹲儿安"）您歇得好？

〔小桂自厨房上。

傅老　我歇得挺好的——玩儿去吧你！（下）

和平　我上哪儿玩儿去呀我？

小桂　（收拾碗筷）大姐，吃完了吧？

和平　哎哎，放下！什么叫"吃"完了吧？那叫"进"完了吧——吃饭叫"进膳"，懂吗？以后也得教你点儿规矩：每回吃完饭，你得问我："您进得好？"我说："进得挺好的，撤了吧。"这你才能撤碗，知道吗？

小桂　知道了，大姐。您进得好？

和平　我进得挺好的，撤了吧！

小桂　中！（拿过和平的碗向厨房下）

和平　哎哎！……我还没吃呢！……（追下）


〔夜，志国和平卧室。

〔和平坐在床边，脚放盆里，志国往盆里添热水。

和平　再倒……再倒……再倒……怎么着哇？！舍不得水呀？

〔志国赌气猛倒。

和平　哎！……你要烫死我呀？！这是洗脚水呀？杀猪水！褪猪毛合适了。

志国　毛病！下回洗脚自己倒水啊。

和平　就不！

志国　这都多少天了？天天让我干这个？我好歹也大学毕业，好歹也领导干部——这要传出去回头让人笑话。

· 097 ·

和平　笑话什么呀？我告诉你，这也就是在现在！要挨过去，就你这职务，就你这学历，想给我们家当女婿？想给我倒洗脚水？你也配！

志国　怎么着？我连倒洗脚水都不配了？对，要搁过去呀，我早参加农民起义了！我是振臂一呼，揭竿而起——"王侯将相宁有种乎"！"石人一只眼，挑动黄河天下反"！"吃他娘，喝他娘，打开大门迎闯王，闯王来了不纳粮"！

和平　怎么着？你还真要造反啊你？！（跺洗脚盆站起）

志国　哎哎……烫着了吧？

〔敲门声响。

和平　谁呀？进来。

〔小桂与圆圆上。

和平　哟，你们俩干嘛呀？

小桂　大姐，没事儿，俺就是来问问——您要不要进点儿夜……夜膳？俺给你准备好了。

和平　嗯，这还差不多！难得你想着——免了，今儿我不进了，你跪安吧！

小桂　（行礼）嗻！（下）

圆圆　妈，那我也先跪安了——您歇得好？

和平　我歇……我还没歇呢，我哪知道好不好？这孩子，就学会了这么一句，一天到晚颠来倒去的……也不分个早晚。退下！

圆圆　（行礼）嗻！（下）

和平　嗯！你们家人要都这么尊敬我，把我放在心上，那我心里就不像前两天那么憋得慌了，我就有点儿找着感觉了。

志国　是，你是找着感觉了，我们一家子可没感觉了呢！和平啊，你就别老想你们家那点儿破事儿了啊！你也干点儿什么——哎，怎么好几天没看见你打毛衣了？

和平　没法儿打！你说要搁过去，我们家养着多少裁缝啊！一年四季，春夏秋冬，多少衣服一身儿一身儿挨那儿摆着、摆着，我们都不穿！现在让我一针一线给你们家打毛衣，我心里头能好受么我？

志国　你看你看，又来了！你呀，就是在家没事儿待着憋得你！多想想工作上的事儿——就说咱曲艺不景气吧，你也找找路子，上外头给人家唱两场去……

和平　我能唱去么我？想当年我们家逢年过节都请堂会，都是人家给我们演——噢，现在我还得上赶着给人家演，还得找路子？我对不起我祖宗啊我……（以头撞床）

志国　（拦）嘻嘻！你看你这是干什么呀……你干点儿什么呀？你总不能天天在家想祖宗吧？

和平　（突然醒悟）我知道我干什么了！


〔日，傅家客厅。
〔和平独自打电话。

和平　（向电话）喂，喂，您是和同志么？我也姓和……不不不，您不认识我，我是挨这电话本儿上找到您家电话的！您是不是姓"扭轱辘"氏，正红旗满洲啊？……没错儿没错儿，咱是一家子！我是和珅的第十三代嫡亲外孙女儿……啊？您是第十二代呀？哟！那我得管您叫声大姨儿呢吧？……没错儿没错儿！老家来信了……对对对，咱的族谱都编出来了……对，他们准备联络散居在全国各地及海内外的和氏子孙……（在本儿上记）噢噢，追根寻源？认祖归宗？血浓于水？情深似海……啊？今年是咱们老祖宗诞辰二百四十四周年？哟！那得好好纪念纪念……对，光指着老家不行，北京是首都啊……对，我正准备一个一个打电话呢！大姨儿，您就擎好儿吧……哎，那得嘞，那就这样——再见！（挂电话,大鼓腔儿)"我的故乡并不美——(拨电话)低矮的草房,苦涩的井水——"(向电话)哎哎!哎!喂!喂,请问您是和同志吗?……您不认识我,我也姓和,我是和珅的第十三代嫡亲外孙女儿。您看今年是和珅诞辰二百四十四周年,我们准备举办一个大的纪念活动……啊?您是不是姓"扭轱辘"氏,正红旗满洲啊?啊……你才吃饱了撑的呢!

(怒挂)

【上集完】

# 第90集　名门之后（下）

编　　剧：梁　欢　李　春

客座明星：韩　影　雷恪生　林　丛　雷瑞琴　江永波

〔日，傅家客厅。

〔和平独自打电话。

和平　（向电话，傻乐）哈哈，哈哈，哈哈哈……是是……成！那就这样啊？拜拜，拜拜！

〔和平挂电话，继续翻电话本，准备拨下一个电话号码。傅老自里屋上。

傅老　和平啊，你过来一下！

和平　（不理会）我这正有事儿呢！我正办事儿呢……

傅老　我要说的就是你这事儿。过来！（指书桌前的椅子）坐这儿！

〔傅老坐在书桌后。和平极不情愿地在椅子上坐下。

傅老　我必须跟你正式地谈一谈！和平呀，你这几天的情绪不大对头啊！自从知道自己是名门之后……也算不上什么名门之后嘛，不过是个大奸臣、大坏蛋、大贪污犯嘛！他要是活到现在，也是反腐败的重点打击对象嘛……你做了他的后代，不说深刻地反省，反而欣欣然有喜色，天天还觉得自己怪不错的！

和平　（收敛笑容）我没有啊，我没有啊！您瞧我挺沉痛的……

傅老　你沉痛？那是你对你祖宗罪有应得的下场有所不满！对了，和珅那个老坏蛋最后到底是怎么死的来着？

和平　爸，您别这么说呀，您骂他不是跟骂我一样么？他老人家呀，是嘉庆皇帝上台之后给他立了二十大罪状，逼着他老人家自杀，还把我们家的东西都抄走了——（悲痛）一样儿都没给我们留下！

傅老　哈，大快人心嘛！自杀还算便宜了他——应该枪毙！那你们这些奸臣的后代还往一块儿凑什么呀？我今天就看见你偷偷摸摸打了好几十个电话，是不是要串通一气搞什么阴谋啊？

和平　我们怎么能搞阴谋啊？我们是想办一个"和氏宗族联谊会"，把国内外这些和氏子孙都聚拢在一块堆儿，开展一些活动——也是为了建设家乡做好事嘛……（开始继续忙自己的事）

傅老　哦，这倒还有点儿将功赎罪的意思嘛！建设家乡办好事，你们在各自的工作岗位上都可以做嘛，为什么非得跟这种封建的家族关系搅在一起呢？雷锋一辈子做了那么多的好事，也没听说他参加什么"雷氏宗族联谊会"嘛！我一辈子也做了不少好事，我也没参加什么"贾氏宗族联谊会"嘛。你们远学雷锋，近学我，比比这差距有多大！

和平　这不是血浓于水嘛，这不是一个姓儿透着近乎嘛……

傅老　近乎什么？不科学嘛。亲不亲，阶级分，怎么能靠姓氏划分呢？我原来姓贾，贾宝玉也姓贾，我跟他就没有什么关系嘛；我后来改姓傅，傅作义也姓傅，我跟他也不是一回事儿嘛——北平和平解放，他参加了，我就没参加呀！

和平　（继续忙自己的事，背躬）谁也没说您参加了呀……

傅老　还有，自从你认了那个坏蛋祖宗以后，里里外外把封建主义那一套全都搞到我家里来了——还让志国给你打什么洗脚水！洗脚水不是不可以打，当年我也经常给你婆婆打……

和平　嗯？

傅老　呃，我们那是轮流值班，一人一天！你呢，天天让志国给你打洗脚水，这就不公平嘛！甚至于见了我你都爱搭不理的……（夺过和平手中的笔记本）简直反了你了呢！

和平　没有啊，爸，我没有……（伸手欲抢回，傅老不给）

傅老　有则改之，无则加勉！不管有没有都要好好检查！检查不好啊，今天晚上的"膳"你就不要进了！（扔下本，下）

〔晚，傅家饭厅。

〔傅老、志国、圆圆端坐，沉默。小桂自厨房上，摆好饭菜。

小桂　爷爷，能叫大姐来吃饭么？

傅老　先等一等，先问问她检查写好了没有！

小桂　哎。（坐）

圆圆　我妈也够笨的，不就是一检查么？都多半天儿了！要我，十篇儿检查都写完了。

志国　你就这点儿能耐！爸，我建议啊，如果和平不深刻反省……洗脚水问题，她的检查就不能通过！

圆圆　还有，让我天天给她请的什么安！

小桂　还有，她天天要进的那个"夜膳"！

傅老　你们放心吧，这些问题我都跟她谈过了！想在我家里搞封建主义复辟，门儿也没有！

和平　（上）唉呀，吃吧吃吧！别都那么怕我，一块儿吃！（入座）

志国　谁怕你了？爸，您瞧和平多不自觉呀！

圆圆　我妈是不想学好了……

傅老　怎么老问题没有解决,新问题又出来了?(夺下和平手中的筷子)和平啊,你先不要吃!你先说说:你自己的问题是怎么考虑的?

和平　我……我考虑哈,您批评我批评得对!我们这个"和氏宗族联谊会"是不该搞,这等于把广大不姓和的群众都排除在外嘛,这不利于建立更广泛的民族统一战线嘛!

傅老　这个认识还是比较深刻的啊……

和平　所以我们决定取消"和氏宗族联谊会",建立"和氏宗族亲友联谊会"!

志国　嘿,你这不是换汤不换药么?

和平　怎么不换呢?全换了!和氏宗族亲友——谁是亲友呀?你们啊!我作为和珅的第十三代嫡亲外孙女儿嫁到你们贾家来,咱爸就是我们和家的亲家公啊,多亲啊!所以我们联谊会一致推选爸当我们的名誉会长兼秘书长——就是不知道他老人家乐意不乐意?

〔傅老感兴趣。

志国　(拦傅老)你少把我爸往里绕啊,我爸才不愿意管你们这破事儿呢!

圆圆　没错儿,您的那套都是我玩儿剩下的,我爷爷才不会上当呢!

傅老　(正颜厉色)我当然不会上当了。(转身,充满期待地)和平啊,他们真是一致推举的我吗?

和平　那可不?大伙儿都说了:说我们老和家这好几千口子亲友当中,就属您级别高、觉悟高、水平高、个头高……就是您什么都高!像您这么德高望重的老同志要不给我们引引路,回头我们还不得走错道儿啊……

傅老　是啊是啊,(向志国)我也是很担心啊!

圆圆　爷爷,您还真要上我妈的当啊?

志国　就是!爸,您真要给他们当领导啊?

傅老　领导不领导的,工作总得有人抓嘛!

和平　就是嘛!

傅老　和平啊，我考虑你们这个联谊会出发点还是好的嘛。联谊会这个阵地我们要是不占领，封建主义就一定会去占领！

和平　没错！

傅老　（起身）和平，先不要吃了！我们赶快研究一下：看看这个联谊会今后的工作怎么尽快地、全面地开展起来！

〔傅老下，和平跟下。

志国　哎！哎，这……

〔日，傅家客厅。

〔沙发和桌子上到处是信件等杂物。傅老打电话，和平在旁边忙前忙后。

傅老　（向电话）……唉呀，你们快一点嘛，刻个公章也是很简单的事情嘛……对，我们这个联谊会等着急用呢……什么钱不钱的，都是一家人嘛——你先给垫上吧！（挂）

志国　（上）爸！（环顾四周）你们怎么又把家里弄得这么乱七八糟的呀？

和平　（拿过一封信）哎哎！爸！爸，您看，咱家亲友当中还有在匈牙利开饭馆的呢嘿！

傅老　好嘛好嘛，根据这几天的统计，和氏亲友都是活跃在工农商学兵各条战线上的骨干力量啊！

志国　得了吧，就她们家，经商的没有超过经理的，当兵的没有超过连长的，还骨干力量呢？

和平　怎么没有啊？你不都副处级了吗？

志国　噢，没人了，愣把我给算你们家人了？

傅老　那怎么着？都是一家人嘛！志国呀，明天星期天，我们准备召开一个筹备会，你帮着我们布置一下会场，啊？

志国　啊？爸，您这一天收十几封信、打好几十个电话还不够啊？您还要把真人招家来？咱们家这搁得下么？

傅老　也不都招来，我们只是把和氏后代中比较有代表性的、优秀的同志招来，共商大计嘛！

志国　能优秀到哪儿去啊？哼，上梁不正下梁歪，起根儿上就是一大奸臣，繁殖到现在，也就是一窝儿……反正除了一窝儿……

和平　嘿！嘿——你们家人一窝儿一窝儿的？

傅老　哎！他们家也不是一窝儿一窝儿的。

和平　你们家就是……哦对了，爸，您也是他们家人——我都让他给我气糊涂了！

傅老　志国，不要进行人身攻击了！来，你毛笔字写得好，回头帮我们写一个会标——就照这个写。（递上一个纸条）

志国　（读）"和氏宗族亲友联谊会筹备会议预备会议暨纪念和珅诞辰二百四十四周年预备会议筹备会议"……（扶住沙发，长出一口气）哎哟，我的妈哎……

〔日，傅家客厅。

〔客厅被布置成了会场。众多各色人等七嘴八舌地聊着。和平与众人挨个打招呼。

和平　……一瞅您就是有身份的人！您是不是打国外回来的？您坐您坐……哎哟喂！您是不是第九代嫡亲啊？我得管您叫声老祖儿！您坐上座儿，坐上座儿……大姨儿！您瞧瞧您，咱娘儿俩光挨电话里说话了，头一回见面，得给您请个安！（请"蹲儿安"）您姑爷跟您外孙女一会儿就见着您了……（向里屋）圆圆！志国！赶紧的，开会了，开会了……

〔志国、圆圆自里屋上。

志国　（低声）我也就不说什么了啊，你自己看看你招的这帮人！这还你们家精英呢？哼，乌合之众！

和平　废话，我们老和家人……内秀！

志国　啊？就这帮人还内秀呢？我告诉你吧，就这帮人，也就是我们贾家让他们挨这儿待会儿，要换别人，早就送收容所直接遣返原籍了！

〔志国、圆圆入座。

和平　（高声，向众人）哎！大伙儿静一静，静一静啊！咱注意了啊，咱准备开会了啊……（清清嗓子，掏出一张稿子来读）"各位父老乡亲、叔伯婶娘、兄弟姐妹，现在开会。首先，请主持人上场！"小桂！放音乐，赶紧放音乐……

〔《运动员进行曲》响起，众人和着节奏鼓掌。和母、傅老自里屋上，表情严肃，走到"主席台"位置。

和平　（向小桂）音乐停……（上前，向众人）这两位都不是外人，我做一下介绍。（指和母）这位——是我娘家妈妈！（带头鼓掌，指傅老）这位——是我婆家公公！（带头鼓掌，指和母）这位——是走南闯北、名扬四海的老艺术家——走掌儿！（带头鼓掌，指傅老）这位——是声东击西、威震八方的老革命家——走掌儿！（带头鼓掌）现在，大会正式开始！（坐到旁边）

〔二老各自掏出讲稿。

傅老　（读）"天气热，雨水多，苍蝇蚊子……"这个是给街道上做报告的那篇儿！……（把稿纸装进衣兜，又从另一个兜拿出一张）

和平　（向众人）嘻！拿串了，拿串了……别见笑啊！……老开会，老发言……

傅老　（高声读）"南国春风惹人醉，今天成立了联谊会！"

〔众人鼓掌叫好。

和母　（高声读）"联谊会成立暖人心，老和家人见面儿亲！"

〔众人鼓掌叫好。

傅老　（读）"在这举国上下一片欢腾之时……"

和母　（读）"在这全族老少难得相聚之刻……"

傅老　（读）"春色不老，人儿也不老！"

〔众人鼓掌叫好。

和母　（读）"天气不错，心情也不错！"

〔众人鼓掌叫好。

傅老　（读）"忆往昔，诚峥嵘岁月……一场游戏一场梦啊！"

〔众人哄笑。

和母　（读）"看今朝，数风流人物……让我欢喜让我忧！"

〔众人哄笑。

傅老　我……也想不起别的，我就先说到这儿吧。（坐下）

和平　哎！您坐这儿。

和母　我……要没什么说的，我先下去了。（坐下）

和平　您先下去。

〔一位按辈分是和平"大姨"的妇女鼓掌站起。

大姨　大表姐，亲家公，哟，唱得真好……哦，讲得真好，跟唱的一样！我真感动啊！咱们老和家人是人才济济——有人才啊！

〔众人附和。

傅老　这算什么人才嘛，我还有很多本事没有露出来呢！

大姨　各位亲友，诸位叔伯姐妹们！咱们老和家人，聚到一块儿可不易呀！咱们的先祖和珅，自打那年被万恶的嘉庆皇帝给赐死以后，咱们老和家的子孙是死的死亡的亡、躲的躲藏的藏啊！那可真是满门抄斩、株连九族啊……（哭）

志国　不对吧？不是满门抄斩了么？今儿怎么还来这么多人啊？

傅老　哎！野火烧不尽，春风斗古城……不是，春风吹又生嘛！

志国　那怎么就生得出来呀？

和平　嗯？！

志国　不是，我不明白呀……

圆圆　爸，人家家的事儿您弄那么明白干嘛呀？

和平　去！什么人家家事儿？！就是咱自个儿家事儿！（向大姨）大姨，您先坐这儿歇会儿，让别人也发发言。

〔一位按辈分是和平"老祖"的老头站起。

老祖　对对对！俺讲两句儿，俺讲两句儿！

和平　您讲两句，您讲两句……

老祖　刚才这位大姐说得好啊，咱们的……哦对了——您是第几代嫡亲？

大姨　十二代嫡亲。

老祖　哦，我是第九代。我算算辈分……（掐指一算）哦对！刚才这位大重孙女儿说得好啊，咱们的老祖宗这辈子活得不易啊！俺小时候听爷爷说呀：他起初是给銮仪卫当的差，后来从小太监一步一步往上爬呀……

志国　（向和平）合着你们家祖宗是一太监？

老祖　哎，对喽！

傅老　太监怎么了？太监在旧社会也是受迫害的嘛！

和平　哎……不对！（背躬向老祖）咱家祖宗要是太监，咱这些后代打哪儿来的呀？

老祖　太监，太监有时候也……

和平　您先坐下歇会儿！您坐下歇会儿……

老祖　我不累，我不累，我正说到兴头上——这个太监……

和平　（急拦）哎！老祖儿，老祖儿！您先歇会儿……（背躬向志国）待会儿指不定说出什么来呢。咱换个别人儿说……

〔后排站起一位广东口音的小伙儿。

小伙　我来说两句……

和平　哎！您说两句，说两句！您过来……

小伙　（走到前面）获悉我们同族子孙，在两百年以后的今天，又聚在了一起呀，我听说这个消息，我的心情是非常地激动啊！我是连夜从广东赶到这里来的……

和平　听听！

〔众人感叹。

小伙　（掏兜）啊对了，（向和平）这是我的灰（飞）机票……

和平　（向众人）哎哟，坐灰（飞）机来的！

小伙　我坐的是头等舱，是一千五百块啦……

〔和平面向众人，连连赞叹。

小伙　麻烦您给报销一下啦！

和平　啊？！

志国　你们还有这笔经费呢？

和平　没有哇！（向小伙）这位……我不知道您的辈分啊，不知道怎么称呼您，谁告诉您要给您报销机票啊？

小伙　我是第"习细"（十四）代的。

和平　"习细"代？"习细"代是……

小伙　（比划）我是第"习细"（十四）代的！

和平　哦！十四代……

小伙　是的是的。嗯……你说得对，不能光报路费，我的吃饭、住宿，等我走的时候你是要给我买单的呀。

和平　我凭什么我……（扭头背躬）我有病啊？我给你买……大侄子，您先回去，先回去……

老祖　（起身）俺接着说啊：俺代表家乡的父老乡亲啊，向北京的本家要点儿

第90集　名门之后（下）

赞助！另外呢，我这次来除了修编族谱，还要建造"和家祠堂"，供奉祖宗！

〔众人叫好。

老祖　另外呢，就是村里的乡办企业希望大家给联系点儿业务……

和平　（拦）老祖儿……

老祖　再有呢，就是乡里的本族子弟特别多，都想在北京给安排个工作……

和平　（拦）哎哎，老祖儿您……

志国　这回惹麻烦了吧？

大姨　（起身）我这次来呢，是想让同宗同族们帮我讨回个公道。我那个儿媳妇欺负我没有娘家人，天天跟我吵跟我闹，非要把我轰出去——我上哪儿去啊？上哪儿去啊？你看，一下出来这么多个亲人，我就不怕了！（向和母、傅老）大表姐，亲家公，你们两家谁家房子宽绰？我住下了，不走了！

〔老祖、小伙及其他众人纷纷上前向和平、志国等人表达诉求，乱成一团。

志国　我不管……我管不了……（逃向里屋）

圆圆　不是……我不姓和……我姓贾，我不姓和……（逃向里屋）

和母　那什么……你们先忙着，我也先回去了啊……（逃下）

和平　爸，您看……

傅老　（拍桌高喊）出去！都给我出去！


〔日，傅家客厅。

〔和平独自打毛衣，傅老自里屋上。

和平　（赔笑）呵呵，爸爸，您这……

傅老　哼！

志国　（夹皮包上，手拿一封信）爸，咱老家来信了！

傅老　老家？我都好几十年没回老家了，老家已经没什么人了嘛……信里怎么说的？

志国　（看信）说老家正在修建祠堂，还编了"贾氏族谱"——说据考证：您是贾似道的第三十五代孙，还说他们正准备纪念贾似道诞辰八百七十一周年，成立了"贾氏宗族联谊会"，请您担任名誉会长兼秘书长……（把信递给傅老）

傅老　这个……怎么还搞这一套嘛！（扔下信）

和平　志国，贾似道是干什么的呀？

志国　（自豪地）干什么的？宋朝宰相——大奸臣！比你们祖宗厉害多了！谁不听话——杀！《李慧娘》看过吧？那就是我们祖宗杀的！（连连比划杀人动作）"咔"！"咔"！"piu"……

圆圆　（跑上，慌）爷爷！不好了！一个女疯子到咱们家来了！说是李慧娘第三十五代亲孙女，要找贾似道的第三十五代亲孙子算账！

众人　啊？！……

〔一女疯子全身戏妆戏服，手拿宝剑杀上。

疯女：（亮相，高喊）呀——呔！看剑！

〔众人惊慌四逃。

【本集完】

第81集 情暖童心（上）

老苏："我看这样吧，工资就按你的演出费翻两番行不行？"

和平正陪苏苏玩游戏机，老苏端碗暗上，凑近和平，越贴越近。

见苏苏欲寻短见，和平："干脆，你别找你亲妈了，我找你亲妈去得啦……（哭）"

# 第82集　情暖童心（下）

和平一边择菜，一边神色痴痴地出神。

老苏："我经常想，我们三个人要是老在一块儿啊……当然，我也知道我这个想法是不正确的，挺好的事儿给想歪了——你要对我狠狠地批评和教育！"

圆圆捂肚子大叫，扑倒在沙发上打滚儿。
圆圆："哎哟！疼死我了！疼死我了！唉呀……"
和平："啊！怎么了？怎么了？你怎么每天晚上吃完饭都肚子疼啊？"

第83集　家庭吉尼斯

聊到"吉尼斯"，圆圆说话没大没小，傅老生气中。

圆圆称目前全家最清闲的人是傅明老人，"他每天基本上不做任何事情，逍遥自在，安度晚年。"傅老："我，怎么不做事？我每天……"

和平："昨儿晚报上登的——护城河边儿那无头女尸……是您杀的？"

# 第84集  世态炎凉

天热，圆圆站在傅老身后给他扇扇子。傅老得意非常。

傅老："怎么是我改造啊？应该是你改造嘛！"
胡老："就是你改造，你改造，你改造！"

炎天暑热，胡老家安了空调，故意穿着棉衣到来，作瑟瑟发抖状。
傅老："我明白了，你存心跑到我们家气我来了！"

第85集　大奖（上）

志新："是啊，我也纳闷儿，我没做什么呀？你不知道，那场面、那阵势啊，就跟我坐一趟飞机的香港那个叫刘德华的，连他都看傻了！"

志新从胡老那儿听说DEC电脑大奖奖金是一万美金，不是一万人民币，得知被胡三骗，怒气冲天："一万美金？！好你个大骗子！"

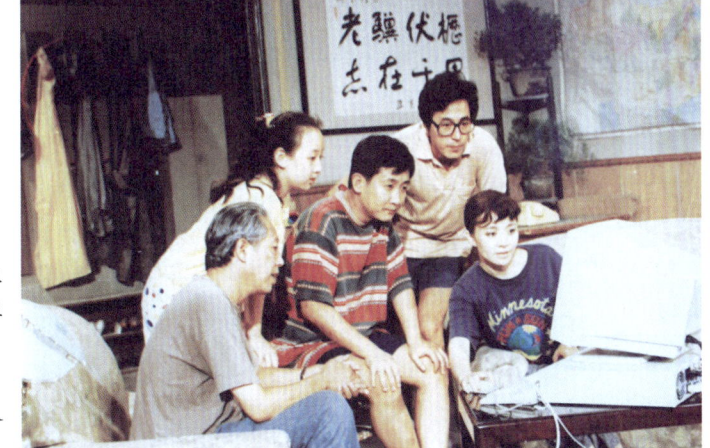

傅老客厅，众人围坐。茶几上摆着一台崭新的电脑。志新正在摆弄。
志新："看着啊——走你！"
志新点击鼠标，电脑启动，众人欣喜惊呼。

# 第86集 大奖（下）

胡三："咱们说正事儿啊……总之你得符合人家那条件，人家才把奖给你呢！"

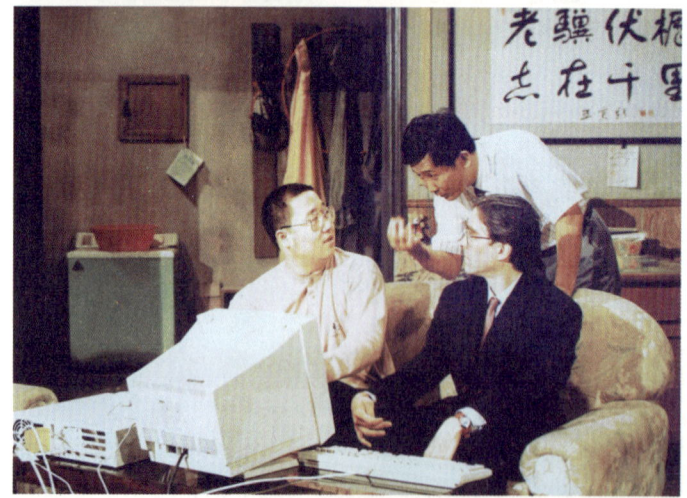

总裁："Wait,wait……就是说你们，好几天以前，就知道我们要来？"
志新急忙解释："它是一种预感！一种气功！特异功能……你的明白？"

志新："这电脑它是没问题，它就是……"
胡老："哦，得不了奖了就卖给我了？"

第87集　卡拉OK

孟昭阳指着"万燕卡拉OK影碟机",得意地向众人介绍。

孟昭阳高八度唱:"流——浪——"
众人抗议受不了。

"万燕杯"家庭卡拉OK大赛即将开始,孟昭阳临阵掉链子,众人恳求志新去救场。

# 第88集　饭局

志新："我还没回海南呢！怎么啦？你能把我怎么样？你还把我轰回去么？"

志新："知道出去以后怎么称呼我么？"

志国："我来俩扎啤！"
和平："我来两听可乐！"
小桂："俺要两个冰葫儿！"

第 89 集　名门之后（上）

和平："我不是忘本了，我是找着本了！"

和平在床上看《历代昏君奸臣恶霸土匪传》，志国举哑铃健身。

圆圆："妈，那我也先跪安了——您歇得好？"
和平："我歇……我还没歇呢，我哪知道好不好？这孩子，就学会了这么一句，一天到晚颠来倒去的……也不分个早晚。退下！"

# 第90集　名门之后（下）

傅老训斥和平："你呢，天天让志国给你打洗脚水，这就不公平嘛！甚至于见了我你都爱搭不理的……简直反了你了！"

和平："这两位都不是外人，我做一下介绍。这位——是我娘家妈妈！这位——是我婆家公公！"

老祖："再有呢，就是乡里的本族子弟特别多，都想在北京给安排个工作……"

## 第91集　神秘来信

编　　剧：梁　欢　梁　左

客座明星：赵忠祥

〔傍晚，傅家客厅。

〔和平拿一封信对着光细看。志国暗上。

志国　（悄悄凑到和平身后）找什么呢？

和平　哎哟！你吓死我了！

志国　干坏事儿别这么胆儿小，我说别人给我来信我怎么老收不着呢——拿来吧！

和平　美死你！瞅瞅……（读）"贾圆圆同学收"。

志国　嘻……哎？圆圆的信你老拿着干嘛呀？

和平　你瞅瞅这落款嘿……（读）"中央电视台"！

志国　啊？哟！（拿过信，也开始对着光细看里面）

和平　我就纳闷儿嘿——一国家机关，谁会给她写信来呀？我长这么大了，我挨中央电视台里也没有……我当然也不是绝对没认识人，上回来咱家采访那马主持……当然人家也不一定记得我了——你说她这么一小屁孩儿就能挨咱们中央电视台里有认识人？

志国　这有什么新鲜的？当年我们同学他爸还是电视台的呢，我们常上他们家玩儿去，他爸特平易近人！

和平　哟！你们同学还有这爸呢？挨电视台里干嘛呀？

志国　看大门儿。

和平　那是得平易近人。

志国　听明白了："文化大革命"的时候——受迫害！知道么？

和平　"文化大革命"以前干嘛呀？

志国　烧锅炉。

和平　嘻！那更得平易近人了！

志国　放心吧，甭管谁写的，反正咱人民的电视台里没坏人。

和平　那可没准儿……我是说，万一要是个骗子呢？冒充成电视台里的导演，告诉圆圆——（装模作样地）"贾圆圆，我让你演一电视剧，演一个小龙人儿。"回头在一个月黑杀人夜，把她带到河边小树林儿！啊——（夸张地比划）

志国　嘿！……别说了！亏你还是当妈的呢，不盼点儿好！我估计也就是圆圆的什么同学，家长在电视台，用公家的信封给圆圆……按说这也不对呀，公家的东西你随便拿家来用，这……合适么？

和平　可不嘛！要是同学，天天见面还写什么信啊？再说你瞅这字儿嘿，（指信封）这可不像小孩儿字儿！那字儿能练成这样，这人起码得四十多了——这要跟她是同学，这得多少年的蹲班生啊！不成，我得把它拆开……（欲折，又递给志国）还是你来吧？

志国　（欲折，又还给和平）也知道这么做违法是不是？

和平　违什么法呀？我挨我自个儿家里！这是我自个儿亲闺女！

志国　对对……你们家这是传统，你这也是遗传，要不当年我给你写的情书你妈怎么背得溜着呢！

## 第 91 集　神秘来信

和平　我妈挨家守寡闷得慌，我妈看看它解闷儿！

志国　我这不活得好好的么？你不是还没守寡呢么？什么时候我不在了，你再看圆圆信解闷儿吧！

和平　我是为解闷儿么我？我今儿还明人不做暗事儿了——我现在我就给她送去！哼……（下）

〔时接前场，圆圆卧室。

〔圆圆认真做作业。和平暗上，悄悄走到圆圆身边。

圆圆　（突然发现和平，吓得大叫）啊！

和平　（同时吓一跳）啊！你吓死我呀你！

圆圆　妈！干嘛呀？鬼鬼祟祟的，跟女特务似的！

和平　瞧这孩子怎么说话呢？有你妈这么漂亮的女特务么？

圆圆　妈，您看您把我思路都给打乱了……您要老这么着，我以后不欢迎您来我屋了！

和平　嘿！还反了你……（轻声）圆圆，妈今天是给你来送封信的……

圆圆　啊？

和平　啊？

圆圆　真的？！

和平　唉呀，你等谁的信呢？

圆圆　您先给我！

和平　（拿出信）是不是这个——

圆圆　（拿过，惊喜）唉呀——他还真给我来信了——

和平　他是谁？

圆圆　他是……无可奉告。

和平　圆圆，你告诉妈——妈不告诉别人。

圆圆　妈妈——

和平　哎！

圆圆　我就是告诉别人——

和平　啊？

圆圆　我也不告诉您。

和平　嘿！（轻声）圆圆，你就瞅着你妈把这信给你送过来的份儿上……

圆圆　嗯，挺让我吃惊的，按说这信落您手里应该早被拆了。

和平　可不么！你瞅瞅哈，你妈现在也挺有进步的……

圆圆　那您就继续努力吧！等我觉得适当的时候，我会告诉您的。

和平　等你觉得适当的时候就晚了！

圆圆　嘿嘿，妈，大人都挺忙的哈？（向外推和平）您就忙您的去，我就不留您了，您慢走……

和平　嘿……怎么着？你还轰我走哇你？！

圆圆　妈，您的事儿我可从来都没打听过……

和平　你打听得着么！你还管我？

圆圆　那咱谁也不管谁，行么？

和平　行！我不管你！有人管你！（下）


〔傍晚，傅家饭厅。

〔傅老准备入座，圆圆哼歌上。

圆圆　（唱）"夜夜想起妈妈的话……"

傅老　你这么一唱，爷爷还真想起了你妈妈的话——听说你最近的社交活动很广泛啊，已经打入了中央电视台？

圆圆　这有什么奇怪的？您在《人民日报》里头不也有内线儿么？

傅老　你说的是已经退下来的范总啊？那我们是多年的老朋友了嘛！

## 第 91 集　神秘来信

〔志国上。

圆圆　我这也是刚认识的新朋友嘛！

志国　圆圆，我知道怎么回事了：你是不是给《七巧板》节目投稿了啊？

圆圆　您的想象也就到这儿了。

和平　（自厨房上）圆圆，到底谁给你来的信？赶紧告诉你爸你爷爷，省得他们跟着瞎着急！

圆圆　哦，我爷爷……

和平　啊！

圆圆　我爸……

和平　啊！

圆圆　不是没您么？您就别这瞎掺和了。

和平　嘿！

昭阳　（拿一封信，背手上）哟嗬！

〔众人急忙入座开饭。昭阳对众人挨个干笑，众人回以干笑。

昭阳　圆圆，看不出来你还挺有道的啊！什么时候跟咱这中央电视台牵上线儿啦？（把信递给圆圆）

圆圆　啊！又给我来信了！我好幸福哟，哎呀……（拿着信下）

〔昭阳坐圆圆位置，开始吃。

傅老　这来往还很频繁嘛！

志国　我看这孩子是有问题了……

和平　（向昭阳）都是你！你干嘛给她呀？

昭阳　那上边写着"贾圆圆收"，我不给她给谁？

和平　给我呀！

昭阳　您改名叫贾圆圆了？

和平　对呀……对什么对呀？我瞅这样八成就得出事儿！

・127・

傅老　我看没有那么严重吧？当年，我小的时候还给电影明星阮玲玉写过信呢——后来很快就忘了。

和平　您这叫忘了？您现在都记那么清楚。

志国　这事儿是挺邪的哈，中央电视台连着给圆圆来两封信——能是谁呢？

昭阳　依我看呀，你们也别费这个劲了，我给你们出个主意！我告诉你们啊——

〔昭阳起身低语，众人凑过来听。

〔时接前场，圆圆卧室。

〔圆圆丁字步站在书桌旁，举着稿纸练习演讲。

圆圆　"作为一名十二岁的少年，我即将走上人生……"

昭阳　（上）圆圆，一个人在屋里说话玩儿呢？

圆圆　有玩儿说话的么？没听说过！这是老师布置的演讲任务。

昭阳　你们老师也真是的，回家也不让你们歇会儿……累了吧？圆圆，昭阳叔叔请你吃冰激凌去？

圆圆　（欲走，犹豫）直觉告诉我，你没安好心！不过……冰激凌？那我就受累吃一个吧！

昭阳　嗯！受累吃一个，受累吃一个……

〔昭阳领圆圆下。和平、志国上。

志国　……哎哟我说，这合适么？

和平　别啰嗦！赶紧着——拢共十分钟！

〔两人开始翻找。

和平　（不小心碰掉笔筒）啊！唉呀，吓死我了……

志国　这小偷不像想象的那么容易当吧？

和平　可不嘛！我这手到这会儿还哆嗦呢……

志国　头回都这样，锻炼锻炼就好了。

和平　我有病！我练它干嘛？哎哟，这孩子也忒有心眼儿了——瞅这抽屉还给上上锁了！

志国　你以为都像我那么老实啊？

和平　哼，少提你！（伸手掏抽屉的里侧）嗯……哎，志国你过来，过来帮帮我！快点儿，你胳膊比我胳膊细——赶紧着，我够不着！

志国　我没那本事，钥匙在圆圆身上呢，你找她要去得了。

和平　废话！我要能找她要还费这么大劲？我告诉你：凭我这第六感觉——那两封信就在这抽屉里。

志国　我告诉你，凭我这第七感觉：你肯定找不着！

和平　你还甭将我！今儿夜里——瞅我的！


〔夜，圆圆卧室。

〔屋内漆黑寂静，和平蹑手蹑脚溜上。

和平　（轻声呼唤）圆圆——圆圆！小桂——小桂！（自语）都睡着了！（轻轻拿过圆圆的衣服，各兜翻找）哎哟……小姑奶奶哎，你给放哪儿了？……

圆圆　（在黑暗中淡定地）左边儿第二个兜儿。

和平　（按提示，果然找到）嘿！（警觉）嗯？！什么声儿？

圆圆　（打开桌头灯）妈！

和平　（吓坏）啊！

圆圆　我等您半天了。

和平　你要吓死我呀你？！

圆圆　您还差点儿吓死我呢。

和平　我这……（强装镇定）啊，妈这是来瞅瞅你冷不冷啊，要不要加条毛毯啊？

圆圆　现在是夏天。

和平　你瞅妈这记性——妈给记成冬天了。赶紧睡吧，这么晚了，赶紧！赶紧闭上眼睛……

圆圆　那我就不起身送您了。

和平　你送什么劲儿啊，这孩子！赶紧睡啊，省着明天上学到时候又迟到……
（把圆圆的衣服挂在原处，得意地握着钥匙）

圆圆　顺便告诉您一声儿，您手里那钥匙……

和平　嗯？（双手赶紧背到身后）

圆圆　没用。我那抽屉——（关灯）腾空了。

〔晚，傅家客厅。

〔傅老、志国、和平、昭阳闲坐聊天。

傅老　哈哈……圆圆不愧是我的孙女啊！这种方法当年在对敌斗争中我也用过几次，效果相当不错——惊破敌胆啊！本来我想晚儿年再把这招教给圆圆，可没有想到她无师自通！

志国　哈哈……爸，您干脆教给教给我得了！

和平　嘿！你们都向着谁说话呀？

昭阳　嫂子，我为这事儿可算是尽了力了——两盒冰激凌外加一车好话。为了延长时间，我在大马路上愣跟她跳了半天猴皮筋儿！你说我一大小伙子在大马路上现眼，我容易么我？

和平　你能跟我比么？深更半夜的，你好不容易偷偷摸摸溜进去了，你挨这儿正自言自语呢，突然一个声音接你下茬儿！"左边儿第二个兜儿——"吓死活人么这不？

圆圆　（自里屋上）我觉得你们大人也挺可怜的……

志国　哎哟，圆圆来了！圆圆，我们这儿正夸你呢，说你最近进步得特别大——

## 第91集　神秘来信

尤其是在斗智斗勇方面——我正琢磨着怎么向你学呢！

圆圆　得了吧，我再怎么斗能斗过你们大人啊？你们大人那么狡猾。我有什么事儿能瞒过你们呀？

和平　哎！这还差不多。

志国　看这意思，你是要彻底坦白呀？

圆圆　我坦白什么呀？我们学校想开个演讲比赛，我想找人给我辅导辅导……

傅老　什么？中央电视台的给你辅导？

〔众人哄笑。

圆圆　怎么了？

和平　谁理你呀？

圆圆　本来我也想人家不会理我，没想到我给人家写了封信，人家就给我回了一封，信里对我做了鼓励。我就又给人家写了封信，人家就又给我回了封信……一来二去，我们就成了朋友。你们也不是不认识他，他可是个名人啊！

和平　吹！吹牛！名人？你以为你妈就没见过名人？礼拜二，国贸大厦，那英提溜着一双新买的皮鞋，打我身边儿走过去的！离我这么近，我都没理她！

志国　上星期五在公主坟大转盘，副市长挨着个儿握手——就我前边儿那排！

傅老　（兴奋抢话）我小时候还给阮玲玉写过信呢……

众人　行了行了……您这个就算了……

圆圆　（得意）可惜你们那都是过去，我这可是现在进行时。

和平　嗯？什么现在进行时？

圆圆　我就跟你们实话实说了吧：我又给人家写了一封信，信中说：你们都特别想见他，约他今晚八点到咱们家。（看表）现在离八点还差三分钟！

傅老　圆圆，这个人到底是谁，你告诉我们，我们也好准备准备呀……

〔众人哄笑。

昭阳　圆圆，圆圆，告诉我吧——叔叔胆儿小！

和平　（笑）这孩子！人家逗你玩儿呢！还真当真……

〔门铃响。圆圆一声惊呼，跑去开门。

圆圆　（画外音）哟，您真来了！

赵忠祥　（画外音）圆圆？

圆圆　（画外音）对！……

赵忠祥　（画外音）你好你好……

昭阳　嗯？咱家电视关着呢吧？

和平　不能呀……

傅老　听这声音好像……

志国　有点像那个……

〔圆圆引赵忠祥上。

圆圆　（向赵忠祥）我给您介绍一下——（向家人）这位就不用介绍了吧？

赵忠祥　各位好，各位好……

〔众人惊喜，簇拥上前，争相握手。

昭阳　赵哥！

和平　哎哟，您跟电视里长得一样嘿！真像嘿……

志国　您比电视里真着！……

〔众人围住赵忠祥七嘴八舌。圆圆一脸茫然。

【本集完】

## 第92集　目击者

编　　剧：梁　欢　臧　里

客座明星：姜　文　刘　斌　林　丛　金雅琴

〔晚，傅家客厅。

〔小桂接电话。

小桂　（向电话）喂……啊，他们家人都不在家，一个人都没有……俺当然是人了，你才不是人呢……哼！（挂，欲下）

圆圆　（画外音，急喊）小桂阿姨！小桂阿姨！（跑上）我爸他……

小桂　他咋啦？！

圆圆　（哭腔）我爸在门口遇上一个坏人，我爸他……

小桂　牺牲了？

圆圆　吓晕了。

小桂　啊？！

圆圆　快帮我抬他去！

〔两人跑下。傅老、和平、小桂七手八脚抬着昏迷的志国上，将志国平放在沙发上。众人大呼小叫乱作一团。

和平　志国！哎哟，这可怎么好哇！

傅老　小桂，快去端一盆凉水来！

小桂　哎！（向饭厅下）

圆圆　唉呀！我的亲爹呀！（扑到志国身上，号哭）

和平　你哭什么呀！你爸没事儿，就是吓昏过去了。

圆圆　哦！

和平　志国！志国，赶紧醒醒……志国，别害怕！那坏人他不是冲着咱们来的，他冲别人捅刀子呢，没咱们什么事儿！

傅老　怎么叫"没咱们什么事儿"啊？维护社会治安人人有责！要不是他吓得这副鬼模样子，我当时就冲上去，一把抓住那个持刀行凶的歹徒，再为人民立新功嘛！（指志国）耽误事儿！

圆圆　唉，要不是受我爸的拖累，我也早成那"见义勇为好少年"了——等下回吧！

和平　哎，你怎么还盼着有下回啊？

小桂　（自饭厅端一盆水上）凉水来了！

傅老　快，照脑袋泼！

〔和平、小桂轻轻往志国脸上洒水。

傅老　唉呀，不是让你给他洗脸嘛！来，拿来。（端盆）迎头一盆凉水，让他猛醒……（欲泼）

和平　（急拦）哎！爸……这已经晕过去了，您要再弄一盆凉水……您这可有点儿"中美合作所"那意思。

傅老　你懂什么呀？这叫作"凉水猛击清醒法"——都闪开！

志国　（有气无力地）啊……

和平　醒了！真灵嘿！（扶志国坐起）

傅老　看，我说什么来着……这水还没泼嘛！（放下水盆）

和平　志国，志国！

圆圆　爸！

第92集　目击者

志国　（迷迷糊糊地）我这是在哪儿啊？我还活着吗？

和平　活着活着！你活得好好的，死的是别人！

志国　那就好，我就不管别人死活了……（拉住和平）和平，你没事儿吧？和平……

和平　我没事儿我没事儿！

志国　圆圆呢？（拉住圆圆）圆圆让坏人吓着了吧？

圆圆　爸，坏人没把我吓着，您倒把我吓着了！

志国　（将二人的手放在胸前）你们俩人都没事儿，我就放心了……

傅老　（怒喝）贾志国！

志国　到！（站起）爸……

傅老　谁都问到了，你怎么就不问问我呀？你怎么就不担心我呀？你对我是什么感情？！你把我摆在什么位置上了？你的立场站到哪里去了嘛？！

志国　我不是早以为您抓坏人去了嘛！……

〔晨，傅家饭厅。

〔傅老与圆圆在座。志国上，抚额。

志国　唉，昨晚一宿没睡踏实，净做噩梦了……

和平　（自厨房上）瞧你那点儿出息！

傅老　我也是一夜没有睡好啊……

和平　也瞧你那点儿出……您这是非常正常的现象！爸，我要到您这岁数，遇上昨儿晚上那事，我还不如您呢，我也得吓得睡不着觉，呵呵……

傅老　怎么叫"也得"呀？我那是吓得吗？枪林弹雨我什么没有见过？一九四五年抗……

和平　爸，爸，像这种一般刑事案件咱就别联系一九四五年啦！

傅老　就说嘛，不过是一个小小的歹徒，怎么能够吓着我呀？我是内疚啊！身为一名老战士，关键的时候为了照顾自己吓晕过去的儿子，竟没有冲上

· 135 ·

去跟歹徒展开搏斗，我对得起谁嘛！想当年，"徒手夺刀"我又不是没有练过，怎么关键的时候就没有展现出来呢？

和平　听听，听听！同样是睡不着觉，这差距多大呀！

圆圆　唉，我也是一夜没睡好啊！眼看着老一代的同志倒了下去，自己却没有继承他们的遗志……

〔志国闻说不悦。

圆圆　……继续冲上去，我怎么对得起我那死去的……

志国　怎么着？

圆圆　……晕死过去的父亲呀？

和平　听听孩子这觉悟！其实我也就没说，我昨儿也折腾一宿。我在深思：身为一名新中国的文艺工作者，为什么在关键的时候不能抛弃自个儿的丈夫，而紧紧抓住——那个男的……怎么这么别扭啊？

志国　行了，别越说越邪乎了！实事求是地说，我要不是为了保护你们几个，我能站在最前边吗？以至于——吓着我自己吗？

〔众人不以为然。

和平　你倒是想到后边去呢，你那腿也得动弹得了啊你！

圆圆　你也得动弹得了哇你……

傅老　痛心啊痛心！战争年代我没有放跑过一个敌人，可在和平时期，竟为了儿女私情让坏人逍遥法外了……志国也是，你也太令我失望了！都说虎父无犬子，我身上那么多的优秀品质，你怎么一点儿没继承啊？

圆圆　就是的！唉，隔代遗传——都继承我身上了。

和平　是啊是啊，一想到那坏蛋干完坏事儿挨家睡大觉呢，咱们想抓他都不知道上哪儿逮去！我一想到这个，我真想现在马上把警察叫来，干脆把他当坏蛋抓起来得了！

志国　做梦去吧你啊！你让警察来警察就……

## 第92集 目击者

余大妈 （上）唉呀，你们都在这儿啊？我把警察给你们带来啦！

〔男女两刑警小段和小宋上。

和平 听听，听听！我一叫警察，警察立马……（回头看见刑警，惊慌躲开）您不是分局刑警队的小段儿和小宋同志吗？

余大妈 哈哈……警察同志说了，他们就认识我，他们还就相信我！（得意）

和平 是啊？（向刑警）我跟您说呀：我们家志国没犯什么大毛病，昨天……扶我一下，我站不住……（瘫坐）

志国 我这腿也发软……

圆圆 我这浑身也不对劲儿……

傅老 我也……你们都怎么啦？！昨天见着坏人你们害怕，今天见着好人怎么还害怕呀？到底有没有你们不害怕的啊？人家民警同志也没有什么事儿，不过就是来串串门儿、聊聊天儿、深入深入群众——（向刑警）我说得对不对呀？

小段 嗯，差不太多吧！我们是调查昨天晚上发生的一起行凶杀人案的，据说你们全家都是现场的目击者？

〔众人兴奋，争相发言。

小宋 一个一个来，一个一个来！我们要做详细的记录。


〔时接前场，傅家客厅。

〔两位刑警向傅老了解昨晚的情况。

傅老 （官腔）……案情是严重的，性质是恶劣的！究竟恶劣到什么程度，我没有深入调查，也不好随便定性……

小段 不是，我们不是请您给案子定性——那是法院的事儿。

傅老 哦对对……总而言之啊，在光天化日之下，发生这起持刀伤人的案件……

小段 老同志，案件发生的时间是晚上。

傅老　哦对，是晚上……晚上，就可以为所欲为吗？不管白天晚上，都要遵纪守法，不要以为是晚上，就可以随便杀人啊！同志，我这个话说得对不对呀？

小段　对对，您这话没错，不过，说不说都成……

傅老　嗯？

小宋　您给我们说点儿有用的。您就说您当时都看见什么了——越具体越好。

傅老　哦，这个具体的情况——昨天晚上……是周末吧？

小段　对对。

傅老　我们全家一起出去吃的饭，然后又聊了聊天儿，散了散步，又逛了逛商店，买了买东西……

小段　老同志，您也用不着这么个具体法儿！

傅老　到底怎么个具体法儿嘛？你们二位是不是把意见统一好了再说？

小段　我们意见是统一的，关键是您——您就从发现情况说起！

傅老　哦，发现情况……对！快到家的时候，我们就发现了情况！先是一个老头儿，走在我们的前头，他是越走越快，越走越快，一拐弯儿——没了！我看他是啊……到家了。

小段　这到家的您就不用说了，您说那没到家的！

傅老　没到家的啊……哦，就在我们的后头，有一个卖冰棍儿的老太太！

小段　一个老太太？她怎么着了？

傅老　没怎么着，卖冰棍儿呗！就在这个时候，在我们前头，突然出现了一个女同志！越走越快，越走越快……

小段　好了好了……要是她也没怎么着的话，那就不用您一一地详细给我们介绍啦！说出来不怕您不信，我们在大街上也经常能够看见那种——越走越快越走越快的同志！

傅老　她就是那个受害人啊！看岁数大概有个十四五六……不对，十六七八……也不是，十八九二十郎当岁吧！身上穿的就是那个……那个那个……

小段　哎哟我说老同志啊，您简直快把我们给急死了！这受害者身上穿的什么您就不用说啦，反正她现在是什么都没穿……

傅老　啊？！

小宋　在医院抢救呢！您就给我们形容一下那个凶手。

傅老　唉呀，当时我什么都看清了，还就是那个凶手——一点儿没看清。

小段　您看您这不是瞎耽误工夫吗？得，换下一个，换下一个……

傅老　同志，你听我把话讲完嘛！那个凶手长什么样子我虽然没有看清，可他的动作我倒是看清楚啦！当时啊，他是横穿马路，从背后向受害人猛刺一刀！（向小宋比划）我儿子当时就倒下了！

小段　不对呀，这个受害者是个女同志啊，怎么又冒出个您的儿子啊？那您的意思是这凶手他捅倒了两个？

傅老　捅倒了一个！吓倒了一个！当时要不是我儿子不争气，我就冲上去一把抓住那个凶手——也省得你们二位现在这么费事儿啦！

小段　好好……老同志，您提供的情况呢……确实挺重要，谢谢您的合作！

傅老　哦，完啦？（指小宋手里的记录本）要不要我在上边签个字？

小段　您爱签就签吧。

小宋　不用了不用了，不麻烦您了……

傅老　工作嘛，有什么可麻烦的？这证词我要是不签字怎么能够生效？拿来拿来……（夺过记录本，看）怎么这上边什么都没有记啊？

〔时接前场，傅家客厅。

〔两位刑警向和平了解昨晚的情况。和平站在一旁。

和平　……能够有这样的机会，跟人民警察坐在一起，探讨问题、研究案情，我的心情很激动，也很紧张！我一定坦白交代……我一定积极配合，争取早日破案，为人民再……

小段　好了好了！这位大姐，您用不着跟我们在这儿表态。您坐。

和平　哎，谢谢您。（坐）

小段　您还是谈谈昨天晚上的情况。

和平　昨天晚上？哦，情况是这样的——我说不出去吧，嘿！我公公偏拉着我们去！我说走那条道儿吧，我丈夫告诉这条道儿近！嘿，结果怎么样啊？全傻眼了吧？人家警察找上门儿来了吧？……

小宋　我们来是为了了解情况。

和平　我正有情况要向您二位汇报呢——我瞅见凶器了！就是凶手使的那把刀！（比划）差不多得这么长吧，这么宽吧……

小段　我说大姐，您说的那可是青龙偃月刀！那是三国里边关云长使的……那凶手用的就是一把普通的小蒙古刀儿，我们在现场已经找到了。

和平　是吗？不对吧……我怎么记着好像特别老大呀？

小段　这也没什么奇怪的，一般人在受到惊吓以后往往会夸大其词，不过像您这样儿夸大的，也是我们比较少见的——如果说您不是故意捣乱的话……

和平　瞧您说的，我哪儿能故意捣乱啊？呵呵……

小段　好好……您还是说说您看到的凶手吧。

和平　您算是问到点子上了！这凶器我确实没看清，可是这凶手啊……我就更没看清了——我就瞅见一个背影儿！

小段　那好，你说说他背影什么样？

和平　背影儿——反正也就和一般的犯罪分子的背影儿差不多吧！反正是……（模仿）鬼鬼祟祟的，缩头缩脑的……您干这工作接触的坏人比较多，我就不具体给您描述啦！

小段　那起码能看出个高矮胖瘦吧？

和平　高矮胖瘦——也就跟您二位差不多吧！

小段　你这是什么话！我们二位？我们二位这高矮胖瘦差哪儿去啦？！

第92集　目击者

小宋　这个……大姐恐怕是受了点儿什么惊吓哈？谢谢您合作，走吧！

和平　哎，我可以走了吗？

小段　走走走……

和平　哎哎，谢谢您！

〔时接前场，傅家客厅。

〔两位刑警向圆圆了解昨晚的情况。

圆圆　……就听见一声惊叫："啊——"一个人影倒了下去，那就是被害者。又听见一声惊叫："啊——"又是一个人影倒了下去，那是我的爸爸。又是一声惊叫："啊——"又一个人影倒了下去，那是我的妈妈去搀扶我的爸爸。又是一声惊叫："啊——"……

小段　行了行了！小朋友，请你不要再发出这种"啊啊"的惊叫声了。跟我们说说：你见到的凶手是什么样子？

圆圆　凶手？他早在就一片惊叫声中趁着茫茫夜色逃走了！那真是——您找他，苍茫大地无踪影！他杀您，神兵天降难提防！……

小段　行了！你小小年纪，这是灭谁的威风长谁的志气？什么"难提防"！什么"无踪影"！像你说的，我们警察都是吃干饭的吗？

小宋　（劝）别跟孩子一般见识……

小段　我这不是跟她——是跟他们这一家子！咱们来了一上午了，白白的，什么线索也没得到！

小宋　我看这家也是……不大正常。

小段　就是！

圆圆　（天真可爱状）警察叔叔，警察阿姨，我能走了么？

小段　你不走还待在这儿干什么啊？

圆圆　哎！（欲跑）

· 141 ·

小段　回来！

圆圆　啊？

小段　那个……我们走！（欲下）

〔圆圆向饭厅溜下。两位刑警欲离开。

志国　（从背后冲上，大喊）不许走！

小段　（吓一跳）你是谁呀？干什么的？

志国　我——现场主要见证人！你们谁都问了，为什么不问问我呀？

小段　不是说您当时昏过去了吗？

志国　造谣，完全是造谣！这是谁造的谣？

小段　您的父亲、妻子、女儿，总之都是您的亲人！

志国　我的亲……当时我就是为了掩护他们才假装晕倒啊！同时也是为了保存我自己以留下现场见证——（低声）我看清凶手的相貌了。

小段　真的？那好，来来来……小宋，记录！

小宋　哎！

〔三人落座。

小段　说说，凶手什么样子？

志国　……反正吧，他走大街上，我一眼就能把他认出来！他长得特别像一个人——

小宋　像谁？

志国　身材魁梧，大长脸儿，扇风耳朵，小豆眼儿——有点儿像电视剧里那个……

小段　电视剧？

志国　那个那个……

小段　猪八戒？

志国　对……不对！那个电视剧，那个，《北京人在纽约》！里边那个……王启明！

小段　不能是他吧？

〔日，外。画面是几位嫌疑人的特写。志国与负责指认的刑警均是画外音。

警察　您认一下。

志国　好的。

〔展示嫌疑人。

警察　是这人吗？

志国　不是！

〔换嫌疑人。

警察　这个呢？

志国　也不是，这太胖了！

〔换嫌疑人。

警察　这个？

志国　这太矮了，不是。

〔换嫌疑人。

警察　你再看看这个？

志国　哎！这有点像……不是他，不是他。

〔换嫌疑人。

警察　这个呢？

志国　人呢？……哦，有点儿像……太小了。

〔换嫌疑人。

警察　你再看看这个——

志国　这……像……就是他！

【本集完】

## 第93集　谁比谁傻（上）

编　　剧：张　越　梁　左

客座明星：倪大红　英若诚　郑振瑶

〔日，傅家客厅。

〔门口传来杂乱的声音。

小桂　（画外音）找谁呀？找谁呀？！……

〔弱智壮男阿大不顾小桂奋力阻拦闯了进来。

小桂　你咋进来了呢？！你咋进来了呢……

和平　（自饭厅上）找谁呀？找谁呀？……

小桂　俺也不知道，说是来认爹的，非要进来不可！

和平　嘿！咱家怎么净出这事儿啊？

志国　（自里屋上）这是谁呀？

阿大　（向志国鞠躬）爹！

志国　（惊讶）这……（环顾四周）谁是你爹呀？

和平　（向阿大）你管谁叫爹呀？你管他叫什么？啊？（一把拉过志国）好哇你！贾志国，（步步紧逼）你这个骗子！你这个坏蛋！你这个汉奸！

〔和平跺在志国脚上，志国负痛跳起，抱脚。

## 第93集 谁比谁傻（上）

和平　你到底外面有几个呀？！

〔阿大坐在沙发上，自己剥香蕉吃。

志国　我就一……我一个都没有啊！

和平　那人家那么大人能随便管你叫爹呀？你瞅瞅，你瞅瞅他岁数比你都大，人家能随便说瞎话么？

志国　岁数比我都大……我能是他爹么？！

和平　那谁知道你们怎么……那是不能。我问问他。（向阿大）谁是你爹呀？

阿大　我爹就是我爹。

和平　可不你爹是你爹么，我爹还是我爹呢！（向志国）坏了坏了，是不是你爸年轻时干的好事啊？

志国　不可能不可能！（向阿大）你别着急，你慢慢说——你爹姓什么呀？

阿大　行不更名，坐不改姓！我爹他姓……我不知道！

和平　自己爹姓什么都不知道？躲开——（向阿大）你从哪儿来呀？

阿大　打家来。

和平　可不打家来么——打庙里来那是和尚！你们家在哪儿啊？

阿大　河北沧州胡家庄。你到那儿一打听阿大、大傻子，那就是我！

和平　河北？（向志国）你爸在河北待过么？

志国　我爸倒是在河北打过仗，"大闹野猪林"什么的……

和平　那是鲁智深！

志国　我就是说是那地方！我爸在那儿……说是发动群众，搞地方工作……

和平　哟！那会不会是跟那当地的……

志国　你别血口喷人啊！

和平　我怎么血口喷人啊？人家都找上门儿来了……

志国　那找上门儿来也不……

和平　小桂，爷爷呢？

145

小桂　上胡爷爷家打牌去了。

和平　赶紧叫回来，叫回来……

小桂　哎，中！（跑下）

〔时接前场，傅家客厅。

〔和平、志国低声讨论。

小桂　（上）大姐……（指身后）回来了。

〔和平、志国迎上。

傅老　（画外音）有什么了不起的？（上，冲门外喊）不玩儿就不玩儿！我还不想跟你玩儿呢！

和平　爸，您这又是跟谁呀？

傅老　还能跟谁？对门儿的老胡！打桥牌他老呲噔我，嫌我不会用英语叫牌。（冲门口喊）叫牌为什么非得用英语呀？我"一梅花""二方块"不也叫了一辈子啦？哼！（向和平）正好小桂叫我回家，说有急事……出什么事了家里？

和平　没事儿……您先站稳了，我告诉您一个好消息。

傅老　什么天大的喜事儿？还怕我站不稳……

和平　可不是从天上掉下来的喜事么——我大伯子来了！

志国　没错儿，我大哥来了……（向里屋下）

傅老　哦，好好，既然来了……什么来了？（冲里屋）你不就是老大么？还哪儿来的大哥？

〔志国领阿大上。

傅老　这位是？

〔傅老欲握手。阿大傻乐，打开傅老的手。

和平　爸，您就甭装糊涂了！

## 第93集 谁比谁傻（上）

傅老　我装什么……我真有点儿糊涂了！他是谁？

志国　爸，您好好想想：河北那边儿？妇联主任什么的？

傅老　什么妇联主任！我看这位同志好像是个男的嘛……

阿大　（四下乱看乱摸）对，我好像是男的，爹。

傅老　什么？你再大点声，我耳朵不好。

阿大　爹！

傅老　（向和平）我没听错吧？他管我叫爹？

和平　对对，您没听错。他是专门从河北来找您的。

傅老　河北？我倒听说陕北风俗是管爸爸叫"大"，原来你们河北是管大爷叫"爹"？你看看，差点儿闹出笑话来了嘛……

志国　已经闹笑话了！（拉过阿大）爸，这是怎么回事呀？您就实话实说吧！

和平　真是，反正我婆婆也去世了，又不追究您的责任！

傅老　怎么都冲着我来了？（向阿大）你说：你到底是谁？看着我的眼睛，看着我的眼睛！

阿大　（唱）"一双美丽的大眼睛！"

傅老　你说：你爹到底是谁？

阿大　（招呼傅老凑近，低声）我爹小名叫"狗剩"，我从来不告诉别人。

傅老　什么"狗剩""猪剩"的！说大名，他姓什么叫什么？

阿大　大名我不知道，反正我姓胡……嗯？我估计他一定随我，也姓胡。

傅老　怎么是他随你呢？应该是你随……胡？！胡学范吧？你是胡学范的……哈哈哈……好你个胡学范啊！（狂笑，鼓掌，起身下）

〔时接前场，傅家客厅。

〔傅老拉胡老上。

傅老　来……来来！

胡老　干什么？干什么——我那儿正玩儿得好好的呢……

傅老　玩儿得好好的？我看你是玩儿大发了！

胡老　就因为我刚才多说了你两句？老傅啊，英文叫牌十分简单，下次我教给你……（转身欲下）

傅老　还是我先教教你吧——胡狗剩同志！

胡老　（转身回，意外）你怎么知道我这个名字的？

傅老　你先靠着墙根儿给我站稳了——你看看那是谁？

　　〔和平、志国推阿大自饭厅上。

胡老　这位是？

　　〔胡老欲握手。阿大傻乐，打开胡老手。

胡老　（向傅老）这位是——

傅老　记性不错嘛，连自己儿子都给忘了？

阿大　爹！

胡老　哎哟……

阿大　我是阿大呀！

胡老　（仔细看看，大惊）阿大呀……阿大！你跑这儿来干什么？你好好在家待着嘛！（向众人）他是我一个亲戚的孩子，他妈妈是我表姐……

傅老　既然是这样，那就赶紧领回家去。（把胡老与阿大的手往一起拉）

胡老　（忙躲）不不……领回家去？你说这不是活要我命么……

傅老　怎么是活要你命啊？谁家还不许来个亲戚什么的？赶快把他领回去，不要自己高兴，也让你太太高兴高兴嘛。

胡老　她高兴得了么……

和平　胡伯母不是挺好热闹的吗？来个亲戚她还能不高兴？

胡老　那是平时……唉！你们不明白，这倒是亲戚，可这亲戚……他太亲啦！他妈不光是我表姐呀，还是我……哎哟，这包办婚姻害死人啊！

和平　明白了——前房儿女。

胡老　到底是大侄儿媳妇，一猜一个准儿！唉，不好意思，不好意思呀……

傅老　做都做了嘛，还有什么不好意思的？

胡老　那我也不是成心的呀！我当时也是被逼无奈嘛！

傅老　好了好了，你就不要遮遮掩掩了，赶紧坦白交代！

胡老　好好，我交代……我反封建我交代什么？我反对包办婚姻，我光明正大！

傅老　你做了这种事情还光明正大？那好，既然这样，那就请吧——把他带回去，到你们家里再光明正大。

胡老　到我们家我还能光明正大么？我认罪都来不及！弄不好……（恭敬地）老傅？傅明同志？傅局长？

〔傅老摆架子不睬。

胡老　我……我彻底坦白还不行么？

傅老　那就要看你的态度如何了——志国！记录。

胡老　别记录，别记录！这都七老八十的人了，别给后代留下话把儿……

志国　不记就不记，到底怎么回事儿？您说吧。我们给您保密。

胡老　还能怎么回事……唉，我那时候在县城里头念书，我妈非要给我包办婚姻，说我要是不答应，就不让我上外头去上大学！我一想：好汉不吃眼前亏嘛，是不是？再说呢，我也想学……啊，多学点儿为人民服务的本领啊！所以我就假装答应了。谁知道，谁知道……

傅老　什么"谁知道"，我就知道！像你这种意志薄弱的人，后来肯定是弄假成真了。你看看——人赃俱在嘛！

胡老　唉呀，不好意思，不好意思……

和平　已经都这样了，您就别老紧着不好意思啦！我伯母不知道这事儿？

胡老　也不能说全不知道。我跟她说过，我反封建，离家出走。至于这具体细节……她没细问我也没细说。

傅老　这怎么是细节呀？（比划阿大身高）这么大的问题！不客气地说，你这是属于重婚！

胡老　我怎么能是重婚呢？我一夫一妻，一子一女。我从上大学就没回过老家，我根本不承认这样的婚姻！我出国以前还特意登报声明，跟我表姐解除这种婚姻关系！打那儿起到现在，我跟她没有来往！

阿大　胡狗剩！听我妈说：六二年你还给家里寄过钱呢！

胡老　那是……那是出于姐弟之情，不是出于夫妻之情！这完全是出于一种人道主义的考虑……

傅老　还人道主义？老胡啊，事到如今，你就不要再往自己脸上贴金了。看不出来，你表面上道貌岸然，在老家里还有一个老婆，外加七八个孩儿……

胡老　哪来七八个？就一个阿大！

傅老　有阿大，肯定就有阿二、阿三、阿四、阿五、阿六、阿七、阿八嘛！

胡老　你当下小猪呢？一窝七八个！我跟她妈就那么一回，你说这谁想得到呢……（向阿大）你妈呢？

阿大　死了。

胡老　啊？死啦？怎么死的？

阿大　病死的——不是我杀死的！

胡老　唉！表姐呀，学范对不起你呀！（沉痛）

傅老　好了好了，其实你们也都是受害者嘛，就不要假仁假义提什么对得起对不起了！现在的问题是，这个孩子怎么办？你总要负一点什么责任吧？

胡老　我有什么责任？这完全是旧社会嘛！完全是封建包办嘛！完全是包办婚姻嘛……当然我也不能说一点责任没有——阿大，这么着吧，以后我每个月给你寄生活费！

阿大　我生活不能自理，我要生活费干啥？

胡老　你都四十多岁的人了，怎么生活还不能自理呢？哎哟，这是上帝对我的

## 第93集　谁比谁傻（上）

　　　　惩罚呀……

和平　　您就甭怨上帝啦。这是一弱智，这还看不出来么？您跟您那表姐那算近亲！

　　　〔阿大拿起个瓶子乱比划，和平赶紧拦下。

胡老　　阿大，这么些年，一想起这个事来，我还真觉得对不起你妈妈，对不起你！现在你妈妈也死了，你既然也来了……行！就这么办！（起身）走！咱们回家去！我豁出去了！我怕谁呀？爱谁谁！……

和平　　您别豁出去呀！我伯母那暴脾气，您瞒着人家好几十年，冷不丁带回一——一大哥，人家不跟您拼了啊？

胡老　　拼了就拼了！我就不信我打不过她……

和平　　两虎相争，必有一伤——伤着您伤着她都不合适啊！

志国　　就是啊，半夜三更的我再给您找大夫去？

傅老　　老胡，先礼后兵，不打无把握之仗嘛！我看你还是先回去做做你太太的工作。一天不成就两天，三天不成就五天……什么时候做通了，再把他给领回去。这个孩子就先寄存在我这里，我给你看着。

胡老　　（喜）哎！老傅，那我真得感谢你了……（握手，欲下）

傅老　　不要这样子嘛！不要说是你了，就是坏分子我们还给出路嘛！

胡老　　啊？（哭笑不得，下）


　　　〔时接前场，胡老家。

　　　〔胡伯母收拾桌子。胡老小心翼翼上。

胡伯母　你看看，一出去这么半天，人都走光了……老傅找你有什么事儿啊？

胡老　　没事，没什么事……单位的事，找我商量商量。

胡伯母　呵，连他现在都不管事儿了，还找你商量？

胡老　　是啊……太太，你看，这一晃咱们就这么大岁数了！孩子们呢，出国的出国，工作的工作，现在身边是一个孩子也没有……嘿嘿，你说这会儿要是忽然蹦出一个大儿子来，这挺好玩儿的哈？

胡伯母　净说梦话！我都这岁数了，还想让我再给你生儿子？

胡老　你是不能生了，我能生啊……我现在不能生，我过去能生啊！

胡伯母　说什么呢你？

胡老　这不是，我们那同事嘛——刚才老傅把我叫过去就是为这事儿——这同事啊，嘻，年轻的时候一不留神，跟他农村那原配生了个儿子。现在这儿子进城来认爹来了，你说这事叫人为难不是？

胡伯母　那呀……那就得看他现在的太太是什么意见了。

胡老　他哪敢找他现在太太说呀！

胡伯母　那有什么不敢的呀？丑媳妇傻媳妇早晚都得见公婆呀！

胡老　是么？那我就说了……要是……如果，这事……这人就是我，那你怎么办呢？你总不能让人家一个无依无靠的孤儿老远跑来，把他一个人又给轰走，是不是？

胡伯母　我当然不能把他一个人轰走了——（愤然起身）我连你一块儿轰走！

　　　　（向里屋下）

胡老　啊？


〔时接前场，傅家饭厅。

〔傅老在座，小桂上菜。和平、志国领阿大上。阿大换了新衣服。傅老鼓掌欢迎。

和平　来了来了，赶紧瞅瞅……真是人配衣裳马配鞍啊，你瞅我们阿大这么一捯饬，活脱儿一个中小城市出差干部——还不是跑供销那种。

阿大　（忸怩）我不穿，我不穿，我不喜欢漂亮……

傅老　为什么不穿呢？为什么不把自己打扮得漂亮一些啊？不要因为自己智力

上有问题，就放松对自己的要求嘛。

和平　（递过饭）来来来，赶紧吃吧。（向厨房下）

傅老　吃，吃……你看也没有什么菜……

阿大　（拿起桌上一盘菜）这不是菜？这是饭？！

傅老　（低声向志国）连句客气话都不懂，还不如他爸爸呢！

和平　（端菜上）他怎么能跟他爸……（向阿大）吃吧，甭管是菜是饭，赶紧吃吧。

〔阿大狼吞虎咽。

傅老　你看饿得……好几天都没吃饭了吧？吃吧吃吧！这都是那个胡学范造的孽！这都是给你准备的，一定要把它吃好，吃饱。

〔阿大吃得打嗝。胡老垂头丧气上。

傅老　老胡啊，怎么这么早就来接他了？

胡老　还接他呢，连我也给轰出来了！（抬手亮出手提的一袋洗漱用品）

〔阿大用筷子敲碗，大笑。

【上集完】

# 第94集　谁比谁傻（下）

编　　剧：梁　左　张　越

客座明星：倪大红　英若诚　郑振瑶　林　丛


〔晚，傅家客厅。

〔傅老、胡老、和平、志国在座。

傅老　……看样子只好由我亲自出面了——我劝劝你太太，她对我一贯还是很尊重的。别人的话她可以不听，我的话……她当然也可以不听喽！

和平　爸，那您打算怎么谈呀？

傅老　思想工作嘛，还是要动之以情喽！我准备一进门，就紧紧地抓住她的双手，盯着她的双眼，然后深沉地说——"你受委屈啦……"我就不相信她听了会不感动！

胡老　去！你让她感动什么？！老傅啊，你可不许乘人之危！

志国　胡伯伯，我倒觉得这方法行——一般比较拙劣的电视剧都是这么开场的。爸，您下边打算怎么演啊？

傅老　然后我就语重心长地对她讲：要想得开一点，看得远一点。老胡这个人，别人不知道，我还不知道他吗？一贯就是不拘小节、花天酒地、游戏人生啊！你现在后悔已经来不及了，恨只恨你当初瞎了眼啊！……

## 第94集 谁比谁傻（下）

胡老　别别……我听着你这不像劝架的，你这像挑事儿的！你还怕我们老两口儿吵不起来呀？

傅老　你这就不懂了不是？我这么一说，她听了肯定急，然后反过来替你说好话，说着说着她就把自己说服了。手段并不重要，目的才是一切嘛！

志国　嘿！爸——我看您还没完全老糊涂啊！

胡老　那倒是，老傅是没完全老糊涂，可是我太太是完全没老糊涂！不客气地说，老傅一撅尾巴，我太太就知道他要拉……就这个意思嘛！再说呀，我太太对老傅可不是什么一贯尊重，倒是一贯地十分——看不起！

傅老　什么？她一个妇道人家竟然对我看不起，还"十分"？！

胡老　事到如今，我也不必瞒你了。她常跟我议论你，她说老傅哇——没教养、没文化、没水平、没气质、没风度……反正啊，该有的是一样没有，那不该有的呢，他倒一点儿不缺！什么自以为是啊，自命不凡啊，自己觉得自己怪不错的呀，自己觉得没有自己了，地球就不转了或者转太快了……

傅老　（气，站起）她怎么会知道的？肯定都是你跟她说的！哼，你们两个这些年狼狈为奸！没有一个好东西！我不管你们的事了！

〔和平、胡老阻拦未果，傅老向里屋下。

和平　胡伯伯，我公公不管您我管您！伯母不是对我公公的印象不怎么太好么？这样，我跟她谈。干脆咱们投其所好，把这事儿干脆都说是我公公做的得了。

志国　嘿！……你怎么还让我爸背黑锅呀？我爸身上黑锅够多的了啊……

和平　反正已经够多的了，再多一口也没什么嘛！咱就把那用情不专、移情别恋、金屋藏娇、私生弱智等等，桩桩件件……把那些屎盆子、尿罐子、洗脚水、裹脚布、行巴唧一股脑儿稀里糊涂全扣我公公脑袋上得了！

胡老　（高兴）扣他脑袋上？太好了！太好了……这些倒霉事儿要都是他干的

那多好哇！

志国　你把这乱七八糟的都算我爸身上，你想干什么呀？

和平　你想啊：胡伯母是个热心之人，她必定来劝爸，劝着劝着就把她自个儿给说服了，就把那孩子给认下了——明白了没有哇？

〔时接前场，胡老家。
〔胡伯母独自伤心落泪，和平上。

和平　伯母。

胡伯母　你来得正好。我们家胡学范是在你家吧？让他赶紧回来。

和平　啊？他一时半会儿还回不来了，正跟我公公谈话呢，我们家全乱套了！

胡伯母　你们家也乱套了？为什么呀？

和平　我公公又给志国生了个大哥！

胡伯母　啊？！不能吧？你公公那么大年纪，一时也没找着合适的，怎么可能呢？再说要生也应该生弟弟嘛，怎么一生还就生哥哥呢？

和平　不是现在，是过去！过去挨乡下的时候，爹妈非逼着我公公跟他一个表姐成亲，还把他们俩人反锁在一屋里——我公公那人您知道啊，意志又不太老坚定，结果志国他大哥就生出来了。

胡伯母　这一类事情呀，在我们这一代人中间倒也不足为奇。

和平　是是，现在奇就奇在这位表姐去世了，他这儿子找上门来认亲来了。

胡伯母　哦？嘿，难怪下午你胡伯伯跟我讲了个同样的故事，我看他吞吞吐吐的呀，还有点儿疑心呢。原来是老傅干的呀？好！好……这下我就放心了！我心里这块石头可算是落了地啦！（欣喜不已）

和平　（自语）没落地，全落我心里了……

胡伯母　啊？

和平　不是……我是说我们家现在都乱了营啦！

· 156 ·

## 第94集　谁比谁傻（下）

胡伯母　乱就乱吧，反正跟我们家也没关系！

和平　（自语）没关系？全是你们家的事儿……

胡伯母　嗯？

和平　不是……您瞅咱对门儿住着，您总得帮着我们拿个主意吧？

胡伯母　我能拿什么主意呀？横竖你婆婆也去世了，他既然来认亲，那就认下就是了——凭空有这么个大儿子，够多高兴啊！

和平　您说得这倒轻巧！我公公这人好个面子，全家又不同意——您想啊，他跟他表姐是近亲，生出来那孩子是弱智——您家冷不丁来一个四十多岁大傻子，您能高兴么？

胡伯母　别拿我们家比啊！我们可是正经人家儿，能干出这种事吗？

和平　（自语）嘿！她倒落一正经人家儿。可不就是你们家……

胡伯母　说什么呢？（递上一水果）

和平　谢谢您——我就说这事已经这样了，你说他妈妈也去世了，他老婆也早跑了，给他轰回乡下去吧，就得眼睁睁瞧着他饿死……

胡伯母　唉，怪可怜见的！你说这孩子有什么罪呀？

和平　是啊！他一听说他爸不认他，就什么东西都不吃，光坐那儿哭，谁瞅着谁不心疼啊？——您家有剩饭没有啊？我想吃两口。

胡伯母　有有……你也是伤心得吃不下啊？

和平　什么吃不下——哪儿还有哇？全让那大哥给吃了！什么东西都让他吃精光！（二人向厨房下）


〔时接前场，傅家客厅。

〔胡老、胡伯母小声交谈。和平扶傅老自里屋上。傅老满心的不情愿，胡老偷向傅老作揖恳求。

和平　爸，您坐这儿……

·157·

〔傅老不情愿地坐下。

胡伯母　老傅啊，你的情况我已经完全掌握了——你在乡下有个孩子，是不是啊？

傅老　我没有哇！

胡老　哎哎……有则改之无则加勉啊！

傅老　这事儿有"加勉"的么？再说我都这把年纪了，就是想犯错误也难了。

胡伯母　我清楚，这事儿也不能完全怪你……

傅老　那是！完全不怪我。

胡老　哎……老傅，你不能把自己推得一干二净啊！

傅老　我本来就一干二净！我还用推？（见胡老偷偷作揖恳求）好好……就算我有这事儿……（向胡伯母）那您说，我现在应该怎么办？

胡伯母　怎么办？把孩子认下来呀！虎毒还不食子呢，自己的亲生骨肉能不认么？哎，那孩子在哪儿呢？先带来我见见。

和平　挨客房歇着呢，我给他叫来！（下）

傅老　等等……您说得倒容易！打个比方：比如说这个孩子是老胡的，您能随随便便就让他认么？

胡伯母　嘿！这事儿有打比方的么？我们可是正经人家儿。

傅老　呵呵！还正经人家？我实话……

胡老　（抢上前）我告诉你：我太太教训你教训得对，你不许顶嘴！（向胡伯母）自己犯了错误，你看态度还这么不好……（向傅老）你要再这样，我们不管你了啊！

傅老　那我还不管你了呢！（见胡老偷偷作揖恳求）啊……我就先让你们管一管吧！

胡伯母　说你你也得听啊！老傅啊，你看你，也是这么一大把年纪的人了，说出去呢，你也是个老同志了嘛，年轻的时候怎么就这样把握不住自己呢？

158

## 第94集 谁比谁傻（下）

傅老　我……（见胡老偷偷作揖恳求）好好好……

胡伯母　怎么就干出这样伤天害理的事情呢？

傅老　我怎么……（见胡老偷偷作揖恳求）对对对……

胡伯母　年轻的时候也就算罢了，老了你还想伤天害理呀？

傅老　啊？（见胡老的可怜样）我冤死了！

〔和平拉阿大自里屋上。

和平　别睡啦！你都睡一天了。来来来，见过胡伯母——

阿大　胡伯母？是你胡伯伯的媳妇？

和平　哎！多聪明啊这孩子。

阿大　那一定是我后妈！

胡伯母　（大惊）什么？！

阿大　我姓胡，我爹也姓胡。你嫁给我爹，就是我妈！

〔胡伯母吃惊，转身看胡老。胡老羞愧躲开。

阿大　（张开双臂）后妈！

〔胡伯母晕倒。众人乱作一团。


〔日，胡老家。
〔胡老搀扶悲伤虚弱的胡伯母自里屋上，坐在沙发上。

胡老　怎么样？太太，今天觉得好点儿么？

胡伯母　好什么呀？你干下这种事，好得了么？唉，本以为嫁给你呀，我是终身有靠，没想到你骗了我四十年！四十年来呀，风风雨雨呀……哎哟，真是当头一闷棍、背后一板砖啊！直打得我五迷三道、七荤八素啊！你看看你……这我还能信谁呀？

胡老　太太，也不能因为我犯那么点儿小错误，您就对生活失去信心啊……

胡伯母　什么？你这错误还小哇？！

胡老　那我下回一定改，行了吧？

胡伯母　你都这岁数了，你下回想不改也得行啊！

胡老　是！您看，我这就是在哪儿摔倒了，在哪儿爬起来！咱们前赴后继、继往开来——太太，你就看我将来的实际行动吧！

胡伯母　少跟我来这一套！"文化大革命"我参加过，表决心我也会！你就说眼前的吧——那孩子老搁人家老傅家也不是个事儿……

胡老　哎！还是太太考虑得周到——我现在就去接孩子！

胡伯母　你敢！你想把我气死呀……

胡老　那您说这事怎么办啊？把这孩子轰回去？让他饿死？我这……我这心里也过不去呀？

胡伯母　对，你把他接回来，把我气死，你心里就过去了！

胡老　太太，您自己不是也说吗？孩子本身没罪……

胡伯母　他没罪我有罪，成了吧？

胡老　不不……你也没罪，我有罪！我罪大恶极、罪该万死、死了活该、就地活埋……

胡伯母　唉呀，不要胡说！都死了还怎么活埋呀？

胡老　那真是要活着埋我，太太不是下不去手么？太太，您就说人家老傅啊——当然了，老傅也不是什么好东西——可是，这孩子，人家收留了这么多天，又管吃又管住。人家都不嫌弃咱孩子，咱们自己能嫌弃咱们自己的孩子么？

胡伯母　别老跟我"咱""咱"的——那是你的孩子。我可没生那孩子。

胡老　不管谁的孩子吧，都是祖国的花朵嘛！

胡伯母　你别气我了——有那模样的花朵么？

〔日，傅家客厅。

## 第94集 谁比谁傻（下）

〔阿大独坐，手里拿着一个小玩具。敲门声响。

阿大　（向小玩具）有人来了！我应该说什么？（向门口喊）再见！……（向小玩具）不对？（向门口喊）欢迎再来！……（向小玩具）也不对？……

〔胡老、胡伯母上。

阿大　（向门口喊）我吃饱啦！（向小玩具）这回对了吧？

胡老　没给你送饭来！知道你吃饱了……

阿大　爹！胡伯母好……

胡伯母　这孩子，怎么管你叫爹，管我叫上胡伯母了？

阿大　我知道你跟我爹好。你姓"狐"对不对？

胡伯母　我不姓胡，我嫁给你爹以后……

阿大　不对！我妈跟我说了，你姓"狐"，我还知道你叫狐……狐狸精！

胡伯母　你才叫狐狸精呢！你妈才叫狐狸精呢！你爸才叫狐狸精呢！

胡老　（向胡伯母）别别……别把我饶进去！他一个弱智，别跟他一般见识……

胡伯母　弱智就能随便骂人啦？那我也弱智！

阿大　弱智可不是随便好当的——你也配！

胡伯母　你也配！

阿大　我就配！

胡伯母　我也就配……（自觉不合适）哎哟，你看看我……多标准的一个弱智呀！

胡老　（向各屋喊）老傅！老傅在家么？我跟我太太接阿大来了！（向阿大）走吧，回家去吧？

阿大　（兴高采烈）我……我要回家了？我要回家了！我回家了……

〔日，傅家客厅。

〔一村姑不顾圆圆的阻拦闯入。

161

圆圆　哎！你找谁呀你就进来？！你干嘛呀？！你找谁呀？……

和平　（自饭厅上）圆圆，怎么回事啊？找谁呀？

圆圆　她说认爹！

和平　嘿！咱家一天到晚怎么净这事儿呀？

村姑　（喊）爹！

志国　（自里屋上）怎么了？（向村姑）你找谁呀？

村姑　找我爹！

和平　贾志国！怎么回事呀？

志国　谁……怎么又冲我来啊？（向村姑）你别忙着喊爹，你爹是谁呀？

村姑　行不更名，坐不改姓——姓胡，叫胡阿大！

和平　阿大？阿大是你爹？他老家不是没人了么？

村姑　谁说没人了？我妈早就跟他离婚了，带着我改了嫁。听说我奶奶死了，我妈跟我后爹都让我把亲爹给接回去！

和平　什么后爹亲爹乱七八糟一大堆的……你爸爸现在跟他亲爹——就是你爷爷——在一块儿呢，挺好的……

村姑　我奶奶说了：我爷爷早死了！

和平　啊？没死啊，人家活得好好的呢！不信一会儿我带你瞅瞅去……

村姑　我奶奶又说了：对于我们来说，他就等于死了！

和平　姑娘，你爷爷年轻的时候对不住你奶奶，他心里头本来就够难受的了——你把你这亲爹给他留下，多少对他心里是个安慰呀。

村姑　我不！我不让他得到安慰！我就把我爹带走！我让他后悔一辈子！（下）

和平　哎！姑娘，你别这么急吼忙慌的呀……（追下）

【本集完】

# 第95集　特别的爱给特别的你（上）

编　　剧：梁　欢　梁　左

客座明星：马　羚　牛　莉　陈心黎

〔晚，傅家饭厅。

〔和平端饭上桌。圆圆、志国上。

志国　（向客厅）爸，快点儿，就等您了。

傅老　（上）好像还缺一个嘛！

和平　嘿！您还挺惦记他，好容易有一顿饭没挨咱家蹭！您就怕他饿着。

圆圆　昭阳叔叔不会来咱们家吃饭了。刚才他跟我借了两块钱，说是做一笔"大——生意"！

志国　两块钱还做一笔"大——生意"？你借他了？

圆圆　唉呀，虽然说这钱对我来说不是个小数目，看在我小姑的份儿上，我就借他了。爸，他说借您那"金利来"领带先戴两天——什么时候还就不一定了。

〔小桂自厨房端菜上。

志国　哎！……什么？他借我那电动刮胡刀到现在都没还我呢！

和平　（自厨房上，端一盘扒鸡）小桂，我让你买只扒鸡，你买的这什么呀？

这净鸡骨头鸡脖子……什么呀？

小桂　昭阳哥走的时候说要吃点儿东西垫垫。他说"鸡吃骨头鱼吃刺"……

众人　（抗议）没听说过！……什么呀……

小桂　他说鸡胸脯、鸡大腿的肉反正也没啥味道，就不给你们留了！嘿嘿……

和平　（猛拍桌）这个孟昭阳！净干这偷鸡摸狗的事，实在是太不像话了！

志国　（猛拍桌）太不像话了！

傅老　（官腔）这个孟昭阳的问题呀，一定要解决，上半年解决不了，我们就下半年解决……

和平　哎爸……

傅老　今年解决不了，我们就明年解决……

志国　哎爸，您这不……

傅老　小桂呀，把我的酒给我拿来！

小桂　没了……最后半瓶，也给昭阳哥喝了。

傅老　（猛拍桌）还有没有王法了嘛！这是我的家，我不许他胡作非为！这个孟昭阳的问题，得马上解决！

〔时接前场，傅家客厅。

〔志国、和平闲坐看电视，傅老与二人谈话。

傅老　看来呀，这个孟昭阳的问题，还是得我亲自出面跟他好好地谈一谈……

〔和平、志国欲插话。

傅老　我可以用对比的方法，既给他讲人民解放军的"三大纪律八项注意"，也给他讲一讲日本侵略者的"三光政策烧杀抢劫"……我就不多说什么了，让他自己去对照——看看他到底像谁！

和平　爸，您这去不了根儿啊——认错儿谁不会呀？架不住他不改呀！我说要不然咱就不解决，要解决咱就彻底的！

## 第95集　特别的爱给特别的你（上）

志国　哎！不过在方式方法上咱们可以策略一些。咱们可以用外交上的语言，遗憾地通知他——（作恭敬微笑状）"你已经被宣布为不受欢迎的人，并限期离境，顺致最崇高的敬意！"

傅老　什么？你对他还有崇高的敬意？！

志国　就那么一说……

傅老　一说也不成！孟昭阳是谁呀？我还是不是一家之主啦？日本人都让我给赶到东京去了嘛！蒋介石都让我给赶到台湾去了嘛！贾志新都让我给赶到海南去了嘛！贾小凡都让我给赶到美国去了嘛！一个小小的孟昭阳，我就不信赶不走他！

和平　爸，您用不着这么指天问地的，赶走他还不容易么？咱不是碍着小凡的面子么……

志国　哼！不过我看小凡跟他也就那么回事儿！

傅老　我当初就不同意！

和平　那也得让孟昭阳自个儿走，要不然小凡回来非跟咱没完不可……哎，要不咱就说小凡挨美国找了个老外？

傅老　（正在喝水，气得呛到）……她敢！哼！

志国　我看这不行，现在昭阳还天天叨叨着远水解不了近渴呢，你再把他那水源一掐，他还不得在咱家撒泼打滚儿寻死觅活呀？

和平　那你说怎么办哪？

志国　依我说呀，这节流不如开源——咱干脆给昭阳介绍一对象，让他上别人家去折腾去！

和平　你这忒损了吧……

傅老　我看可以考虑。反正他跟小凡也成不了，咱们也不能耽误了人家嘛！我年轻的时候有个朋友，最近全家从陕西调到北京来了，前两天还托我给他女儿介绍对象呢。那个姑娘小的时候我见过，特朴实！

志国　这年头儿朴实可不算什么优点……（关切地）长得怎么样啊？

〔和平瞪志国，志国收敛。

傅老　这个……我的印象就不大深了——反正比《爱你没商量》里的周华要强一些。

和平　演周华那人长得还不如我呢……不过呀，咱还得先说服孟昭阳！

志国　嘻，这还用说服啊？这你就不懂了，只要是男的，谁不想多认识几个女的呀……

和平　（瞪志国，阴阳怪气地）是——么？

志国　（赔笑）当然也有极个别的哈——像我这么忠贞不渝的……


〔日，傅家饭厅。

〔全家人及昭阳在座，傅老手边放着烟和打火机。众人吃完饭，昭阳还欲夹菜，盘子被小桂强行收走。

志国　哼！（下）

圆圆　哼！（下）

傅老　哼！（下）

昭阳　哼！（坐傅老位上接着吃）

和平　哼……（起身收拾碗筷）昭阳兄弟，我们小凡妹妹有日子没给你来信了吧？

昭阳　也不知道她现在好不好，是不是也一样没烦恼……

和平　我瞅着你最近可够烦恼的。

昭阳　像个大人般地恋爱，有时难免心情糟。

和平　你说她跟你隔着那么老远，说不定那心早在别人身上了……

昭阳　只要她过得比我好，什么事都难不倒！

和平　你也别太委屈了自个儿，要是真有合适的呢……

## 第95集 特别的爱给特别的你（上）

昭阳　漫漫人生路，我上下求索了三十年——没有比她更合适的了！

和平　哎！我昨儿听我公公说啊，他有一个朋友的孩子，跟你特般配！

昭阳　（兴奋，又恢复平常）考验我不是？我跟您说，嫂子，您就一百个放心，我对小凡嘿，那就是铁了心了——天崩地裂不撒手，海枯石烂不松口！

和平　（拍桌）别价呀！你别死咬着一口肥肉不撒嘴呀！种地还有个休耕呢！您也上别处转转，您也容我们缓缓行不行？真是……（端碗筷向厨房下）

〔傅老上，拿过桌上的烟，点上一支。

昭阳　伯父……来一根……

〔傅老把烟盒递到昭阳手上。昭阳接过，从容拿烟，又伸手要火，然后也点上一支，顺手把烟放入自己衣兜。

傅老　哼……昭阳啊，我那个老战友家里条件是相当不错——亭台楼阁，花园洋房，厨师炒菜，卫兵站岗，吃的是山珍海味，穿的是绫罗绸缎，妻妾成群，前呼后拥——那是刘文彩他们家……

和平　（自厨房上）关键不在家庭，关键在人好……

傅老　对，那个姑娘啊，特朴实！

和平　那可不！长得还百里挑一呢。

昭阳　那她长得像谁呀？

傅老　周华！

和平　周……润发他妹妹。

昭阳　这是真的？那她得好看成什么样啊……

傅老　我已经打电话通知她了，待会儿她就会来的。

昭阳　什……什么？一会儿就来？（欲下，转身）那我得赶紧找我大哥借身儿好衣裳穿！（跑下）

和平　哎？你别穿你大哥衣裳啊……（追下）

167

〔时接前场，傅家客厅。

〔昭阳西装革履端坐，傅老、和平相陪。

昭阳　平姐，我这么着，是不是有点儿对不住我小凡妹妹呀？人家还在大洋彼岸那边苦苦地等着我呢……

和平　你就别自作多情啦！这年头儿谁等谁呀？

〔门铃响。

和平　来啦！来啦……（上前开门，画外音）哟，谁呀？你找小桂吧？小桂没在，来来来，进屋里等……

〔和平引农村打扮相貌土气的春妮上。

和平　（向傅老）找小桂的，不是……

春妮　（向傅老，浓重陕西口音）我思谋着，你就是我傅大爷吧？我爸唤我来的……

傅老　啊，你就是老韩的女儿？

春妮　我就是春妮……

〔昭阳大惊，往后躲。

傅老　真是岁月无情啊！你这变化也太大了嘛！

春妮　乡亲们也说，我是女大十八变，越变——（羞涩）越好看……

〔傅老招呼春妮坐。

昭阳　（拉过和平）嫂子，她这还是变的？我真想象不出来她没变以前是什么样……嫂子，我也不说什么了——您看：她跟我，般配么？

和平　是不般配。

昭阳　哎！

和平　……你比她差点儿！（拉昭阳到春妮近前）人家都没嫌你呢！真是……

傅老　我给你们介绍一下——（指和平，向春妮）这是你嫂子。

· 168 ·

## 第95集 特别的爱给特别的你（上）

春妮　嫂子！

和平　哎！哎……（拽过昭阳）

傅老　这就是我跟你爸爸说的那个——孟昭阳。

春妮　（羞涩低头）哥！

昭阳　啊不，不敢当！那什么……傅伯伯，要不你们先聊着？我外边儿凉快凉快去……（欲下）

傅老　（抓回昭阳）我们聊什么呀！要不这样——你们聊着，我到外面凉快一下……（欲下）

昭阳　（扶回傅老）您可不能去，回头再冻着您！还是我去……（欲下）

傅老　（再抓回昭阳）要不然就让春妮陪你一起去？

昭阳　别别别……还是让春妮陪您一块儿聊天吧……（逃下）


〔日，傅家客厅。

〔和平、昭阳闲坐。

和平　……唉呀，你就也别埋怨老爷子啦，他也是病急了乱投医。

昭阳　他急，我可以把周润发他妹妹让给他！反正我不急。

和平　你是要急死我呀！

昭阳　嘿嘿，嫂子，有我大哥你还急呀？

和平　你大……对了，你大哥他们单位新分来一女大学生，那真是年轻貌美、才华横溢呀！这么跟你说吧，现在兹是他们单位里的男的，全找不着北了——包括你大哥在内！要不要我给你介绍介绍？

昭阳　不会吧？要真有这么个人，我大哥能告诉您？

和平　架不住我啪啪啪……（做抽嘴巴动作）我严刑拷问哪！

昭阳　那我受累打听打听：这回又是谁的妹妹？

和平　姓林——林妹妹！待会儿你大哥就把她拉来。

昭阳　林妹妹？算了吧！就您那眼神儿，一个周妹妹就够我受的了！嫂子，求求您了，您饶了我吧……

圆圆　（跑上）妈！妈……不好了！我爸和一女的亲亲热热往咱家来呢！

和平　（拍大腿）反了他了！……嗐！是我让她来的！去，回屋做功课去！有你什么事儿呀？这孩子……

昭阳　（起身）嫂子，我该外边凉快凉快去了……

和平　别走啊！

〔志国与年轻漂亮的小林上。

志国　和平，昭阳，这是我们单位的小林。

昭阳　（被小林的美貌惊呆）嗬……嫂子，北在哪儿？

和平　嗬，我也没找着呢……

小林　（有点害怕）贾老师，他们这是怎么了？

志国　……他们见生人就这样！小林，我给你介绍一下——（指和平）这是我爱人和平。

〔和平傻乐一下。

志国　（指昭阳）这位是……这是我们家一亲戚！

小林　你们好！

昭阳　（凑近，握住小林的手）林妹妹好！那什么，嫂子……不是，和平同志！贾志国同志！这儿没你们事了，你们到外面凉快去吧……

小林　（抽开手，躲，娇嗔）贾老师，您家这亲戚怎么这样呀！

志国　他跟你逗着玩儿呢……

昭阳　不！我不是逗着玩儿呢，我是当真的！林妹妹，要不咱俩出去单独聊聊？屋里人忒多，不方便……

小林　（慌，躲志国身后）贾老师，我不去……

志国　咱不去！有我呢！（温柔地）别怕啊……

## 第95集 特别的爱给特别的你（上）

昭阳　（向志国）你躲开点儿！这儿有你什么事啊？

志国　那怎么着？既然小林不愿意，我就不能不管，我得保护她——为了她，粉身碎骨我也……

和平　（怒，拍桌子）贾志国！你终于跳出来了啊！为了她你怎么着啊？粉身碎骨啊？

志国　不是……我不是那意思……

〔小林慌忙跑下。

昭阳　林妹妹，等等我！等等我……（追下）

和平　（向志国）你追去！你追去呀！……

志国　瞧你说的，我干嘛追去呀……

和平　哼！

志国　……在单位不是天天能见着么？

〔和平怒目而视，志国赔笑。


〔日，傅家客厅。

〔昭阳躺沙发上，迷迷糊糊，半死不活。志国、圆圆看着他束手无策。

昭阳　（哼唱）林妹妹呀——

傅老　（自里屋上）怎么搞的嘛。我让你们把他轰走，没让你们把他气病！这可倒好，天天还得给他做病号饭！

昭阳　我记着我这两天没吃饭呀……

志国　你是没吃饭——你喝了三天王八汤了！我们家受得了么！

昭阳　（哼唱）林妹妹呀——

〔小桂抱一篮子菜上。

志国　小桂！（看菜篮里）怎么着，还给他补啊？他天天躺在这儿这么号丧，还有功了？！

小桂　大姐说给昭阳哥找了个大夫，晚上到咱家来吃饭……（向饭厅下）

傅老　还嫌不够乱哪！

志国　还找大夫干嘛呀？干脆找个车——直接送安定医院得了！

　　〔和平引年轻女子小骆上。

和平　来来来……我介绍介绍啊：这是我们单位唱大鼓的小骆，专程来看孟昭阳的！（指昭阳，向小骆）那儿呢——

志国　（拉过和平）怎么着？她会治病啊？

和平　专治五迷三道！

小骆　哎，我说你们是不是该出去凉快会儿啊？

和平　（向众人）走，咱哪儿凉快哪儿待会儿去……

　　〔众人下，只剩小骆与昭阳。

昭阳　（哼唱）林妹妹呀——

　　〔小骆凑近端详昭阳，昭阳转头看见，吓一跳。

昭阳　我说这位同志，人家这儿正伤心呢，别离这么近行不行呀——留神传染！

小骆　（笑）瞧你说的，指不定谁传染谁呢！我这心都伤了二十多年了，不是照样微笑着走向生活么？

昭阳　我的心是用玻璃做的，不能跟你比呀！

小骆　其实呀，都一样。伤心人对伤心人，我理解你。

昭阳　真的么？

小骆　嗯！要不然怎么你叫"昭阳"，我叫"骆日"呢？

昭阳　（坐起）是么？难怪我一看见你就觉得眼熟！

小骆　是么？我也有一种相见恨晚的感觉！

昭阳　骆日，难道没有人跟你说过你有一双波姬小丝的眼睛？

小骆　哦，那倒没有，不过倒是有人说过，说我这双眼睛长得像波斯猫！

·172·

第 95 集　特别的爱给特别的你（上）

昭阳　这……这是谁说的？！简直是诬陷！您先等着，我把他杀了就来……（起身）

小骆　（拉住昭阳）哎哎……说这话的呀——是我姥姥。

昭阳　（抚摸小骆的手）是咱姥姥说的呀……这也难怪，她老人家岁数忒大，对美反应迟钝……

小骆　是，这么解释就合理多了！昭阳呀，你好点儿了么？

昭阳　（温存地）好多了！（坐到小骆身边）我这就吩咐他们传膳。吃完饭，咱俩看电影。

〔小骆羞涩推开昭阳，二人眉目传情。

【上集完】

# 第 96 集　特别的爱给特别的你（下）

编　　剧：梁　欢　梁　左

客座明星：马　羚

〔晚，傅家客厅。

〔志国、圆圆闲坐，傅老唱着歌上。

傅老　（唱）"解放区的天是明朗的天，解放区的人民好喜欢……"

〔和平自里屋上。

志国　爸，瞧您唱出唱进的，粉碎"四人帮"也没这么高兴吧？

傅老　应该感谢生活哟……

〔小桂自饭厅上。

和平　爸，吃水不忘挖井人——那祸害被谁赶走的呀？应该感谢我呀……

傅老　人民是不会忘记你的！

小桂　爷爷，还有俺呢！要不是俺给他们做那顿饭，他们呀……

圆圆　那我还给小骆阿姨盛汤呢！

傅老　做了好事应该是不留名嘛！

圆圆　我做的那不是好事——我偷偷往那碗里放了四勺盐！

和平　嘿，我说那汤怎么那么咸呢！这孩子……

## 第 96 集　特别的爱给特别的你（下）

傅老　好了好了，不要争了！黑暗的日子已经过去了，光明的……

〔急促的敲门声响起，小桂起身开门。

小桂　（画外音，大喊）唉呀娘啊！女鬼来啦！……

〔小桂惊叫逃向里屋。小骆手提旅行包哭着上，戏妆被鼻涕眼泪冲得满脸花。

和平　小骆！……你怎么这模样……我说过吧？你以后卸了妆再从剧场出来，你这模样上大街，深更半夜不得吓趴下几个呀？

小骆　（哭诉）哎哟大姐呀，你可得给我做主呀！……你们帮我评评这理，你看有他姓孟的那样的么？人家好心好意地约他去看人家的演出，可是啊，我在台上唱一句，他在台下喊一声"好"……（把一盒纸巾放茶几上，连连抽纸擦鼻涕）

志国　这就对啦！一唱一和，遥相呼应嘛！

小骆　什么呀！他喊的是——"下去吧！换人吧！"……

傅老　这怎么可以嘛！观众影响多不好啊……

小骆　伯伯，观众影响倒没什么——台底下拢共坐了十来个人。关键是啊，后台三十多号演员都看着我呀！……大姐呀，你说让我这脸往哪儿搁呀……（哭）

和平　哎……小骆，我看昭阳兄弟这也是好心办坏事。他去看你演出，说明对你业务特别支持呀，你看你大哥——跟我结婚十多年了，他都不知道我是干什么的……

志国　就是……谁不知道啊？

小骆　（向志国）她是唱大鼓的，跟我一样！

志国　知道知道……

圆圆　小骆阿姨，您别难过了，下回昭阳叔叔唱"卡拉OK"的时候咱也哄他！

和平　瞎说什么呢你……

傅老　小骆同志啊，孟昭阳的艺术欣赏水平是差一点，等找机会我一定好好教育他！但是，为了我们家的安定团结，为了能让我们吃饱穿暖，我请你一定要千斤重担一人挑啊！要硬着头皮顶住！一定要硬着……

和平　（拦）哎爸，爸！行了行了……

〔傅老被和平推进里屋。

志国　小骆，我爸那意思是说呀……你还是应该多看看昭阳的优点，比如说能说会道、杂学旁收、擅长个雕虫小技五六的……

小骆　啊，那倒也是……

和平　对！这个人你要能降得住啊，那你可真叫本事——我们全家都降不住他！

小骆　真的呀？行，那我再试试吧……（哭）

和平　哎！试试吧……这就好比乌龟吃老虎——成了，开天辟地头一遭；不成，脑袋一缩，接着当你的乌龟——有什么的？

小骆　什么？当什么？

和平　不是！我就是那意思……得，你先回去。（向志国）你送送她！

志国　啊？（低声）让我送啊？

和平　这么晚了，回头别再遇着坏人……

志国　遇着坏人？就她这模样，指不定谁吓唬谁呢！

小骆　怎么了？怎么了你们……不方便是吧？没关系，我能凑合——今儿我就住这儿吧！

〔志国、和平急拦。

志国　方便方便，非常方便！我就爱半夜三更的……遛马路！

和平　他就好送个女的！

小骆　真的？行，那咱们走……（伸手让志国搀扶，起身）

和平　走……拿着包……

小骆　还有手纸……

〔和平送二人下。

## 第96集　特别的爱给特别的你（下）

〔日，傅家饭厅。

〔昭阳独自喝酒，志国推门上。

志国　嘿！你怎么又来了？

昭阳　你们是不是串通好了？怎么谁见我都是这句呀？

志国　他们人呢？

昭阳　都吓跑了——连小桂都擅离职守了，害得我只好自个儿动手，丰衣足食。

志国　（坐）孟昭阳啊，你整天这么在我们家赖着，你有意思么你！

昭阳　急了，急了……没关系的，大哥，我不怪你。我现在算是真理解你了——跟一唱大鼓的十几年，不易！

志国　（接过昭阳递过来的酒瓶子）唉，谁说不是呢……（喝）

昭阳　（举杯）来，大哥！为了咱们共同的不幸命运——干了这杯！

〔二人碰杯对饮。

昭阳　大哥，你说这唱大鼓的是不是都特爱吃醋？我觉得你们家那位她不这样啊……

志国　天下乌鸦一般黑——都一样！

昭阳　那就怨不得了。其实我跟小凡的事大哥你最清楚——往好了说，我们是谈恋爱；往坏了说，也就是我单相思。可是我们那唱大鼓的，她非逼着我写交代材料，像什么——去过几回公园，照过几回相，看过几回电影，上过几回床……她这不是逼良为娼么?!

志国　唉，写吧，我年轻时候也没少写……

〔和平暗上。

志国　你这刚刚开头，苦日子在后头呢，兄弟！

昭阳　不！我不写！哪里有压迫，哪里就有反抗！砍头不要紧，只要主义真。杀了我孟昭阳，还有你贾志国！

〔昭阳起身，发现门口生气的和平，吓得瘫坐在椅子上，频频向志国使眼色。志国全然不知。

志国　我老了，无所谓了，你还年轻——跟你说句掏心窝子的话：赶紧跟那唱大鼓的"撒优那拉"！嘿嘿……

和平　（揪住志国的衣领）好哇！反了你了！……

志国　（慌）哎……你放手，放手……要文斗不要武斗！（挣脱）文斗能触及灵魂，武斗只能触及皮肉……（逃下）

和平　我呀，我先不管你灵魂什么样儿——我先触及触及你皮肉吧！你给我站住……（抄起酒瓶子，追下）

昭阳　志国老兄！我来救你……（站起，醉倒在地）

〔日，傅家客厅。
〔和平织毛衣，小骆上。

小骆　（向门口）来呀，快进来……

和平　谁呀？

小骆　我男朋友。

和平　哟，昭阳来啦？来来来……（起身迎）

〔一青年男子上。

男子　（向和平点头）大姐。

小骆　来来，随便啊，跟到自个家一样。坐！

〔两人坐。

和平　……我们昭阳兄弟怎么几天没见变这模样啦？要说还是我小骆妹妹会改造人啊——明儿你教给教给我，我把你大哥也照这模样改造改造。

小骆　（起身推和平到一边）什么眼神儿啊？人家新交的男朋友……

和平　男……跟孟昭阳吹了？

## 第96集　特别的爱给特别的你（下）

小骆　啊！我就得让那姓孟的看看：我姓骆的不是没人要的主儿！打小活到现在，街坊、邻居、单位、学校……追我的人那不得一个加强营啊——还不算那些八十岁以上、四环路以外的！我怕谁呀我？

和平　您要跟孟昭阳斗您外面斗去，别来我们家斗，成么？您把这么一个带我们家来，这算怎么回事儿啊？

小骆　大姐，您不是介绍人么？这事儿我不得跟您打声招呼……

和平　甭！甭跟我打招呼，您爱嫁谁嫁谁！您就是嫁那八十岁以上的、四环路以外的……您嫁南沙群岛去我都不管您！

小骆　大姐，你生气了？（哽咽）其实……其实我这心里也挺难受的。我知道昭阳他……对我还是有感情的……

〔男子把手中杂志一摔。

小骆　我，我……唉呀……（跑下）

和平　哎哎……小骆，小骆……（欲追）

男子　大姐，您先别走，咱俩谈谈？

和平　咱俩……咱俩谈算怎么回事啊？您那位都跑了，还不赶紧追去！

男子　我追她没用啊，她听您的！我想麻烦大姐您帮我劝劝她——这事儿拜托您了！

和平　嘿！怎么又来这么一位呀……


〔日，傅家客厅。

〔志国看书。昭阳上。

昭阳　（向门口）来，进来吧……

志国　哎，你怎么又来了？那天害得我挨顿臭骂……后边谁呀？

昭阳　我女朋友。

志国　噢，小骆来了？

·179·

〔一年轻女孩上。

女孩　（向志国）大哥！

昭阳　到这了就跟到咱家一样啊……（扶女孩坐）

志国　嘿，几天没见，小骆怎么变这模样了？昭阳，要说你真会改造人。哪天咱俩探讨探讨，我把你嫂子也照这模样改造改造！

昭阳　（起身，拉志国到一边）什么眼神呀？这是我新交的女朋友！

志国　跟小骆吹了？

昭阳　哼，我就为让那姓骆的看看：我姓孟的也不是没人要的主儿！打小活到现在，街坊、邻居、单位、学校……追我的人起码有一独立团——这还不算那些入了敬老院的、没出幼儿园的！我怕谁呀我！

志国　孟昭阳，你要跟小骆斗气你们俩外边儿斗去，别斗到我们家来呀！你把这位带我们家来，这算怎么回事呀？

昭阳　您是介绍人啊，我不得跟您打个招呼……

志国　你甭跟我打招呼啊！你爱娶谁娶谁！你就是娶那入了敬老院的、没出幼儿园的……你就娶一个入了太平间的我也不管！

昭阳　大哥您生气了？其实我心里头也舍不得小骆——她对我还是有感情的……

〔女孩摔下杂志。昭阳掩面哭着跑下。

志国　昭阳！昭阳……（欲追）

女孩　大哥，您先别走，咱俩谈谈？

志国　咱俩谈算怎么回事？那……（环顾四周）咱俩谈谈？

〔志国欲挨女孩坐下。开门声响，吓得志国赶紧起身。和平上。

志国　你还是跟你嫂子谈谈吧……（逃下）


〔晚，傅家客厅。

## 第96集  特别的爱给特别的你（下）

〔圆圆独自写作业。敲门声急响，和平自饭厅上。

和平　谁呀谁呀……

圆圆　肯定是他们俩中间的一个。

小桂　（自里屋上，跑去开门）谁呀……

和平　要不然就是他们四个当中的俩！

〔昭阳慌慌张张地跑上。

昭阳　小桂，小桂，快把门关上！谁来了你都别开门，千万别说我在这儿……

〔傅老自里屋上。

和平　怎么啦？

圆圆　昭阳叔叔，多少警察追你呀？

昭阳　就一个……

圆圆　啊？

昭阳　不是警察，是一唱大鼓的……

和平　哎，我挨家待着没出门儿啊！

昭阳　不是您，是我们那波姬……那波斯猫！

傅老　你瞧瞧你，让一个女同志就给追成这个样子了。想当年，一个团的日本鬼子追我，我也没有吓成你这个样子嘛——很英勇哩！

昭阳　伯父，您多厉害呀，我哪能跟您比呀？再者说了，她多厉害呀，日本鬼子哪能跟她比呀！

傅老　怎么着？她比日本鬼子还厉害？

昭阳　那当然了！好比说，您要是让鬼子抓住，顶多挨一枪子儿，您要叛变呢，还能给您留条活路……

傅老　胡说！谁敢叛变？

昭阳　可她连叛变的机会都不给我呀！我要是让她抓住，就照死了折磨我一辈子……

〔急促用力的打门声响。

小骆　（画外音）孟昭阳！你给我出来！

昭阳　（慌）各位叔叔、大爷、大妈、大婶、大侄女……千万别开门啊！

小骆　（画外音）孟昭阳，你要再不出来的话我可踹门了啊！

和平　（急喊）嘿！我们家那门不结实！……

昭阳　大姐，我求求您了，门踹坏了赶明儿我给您换一铁的。

小骆　（画外音）街坊邻居们，大叔大婶儿们，谁家有改锥呀？借我使使！我要把这门给卸下来……

〔众人惊慌。

圆圆　妈……爷爷……赶紧出去看看，待会儿咱家改过道儿啦！

傅老　太不像话了嘛！和平，你去把门打开！我到底要看看在我家里谁敢胡来！

〔志国自里屋上。和平开门。

昭阳　伯父，你可得给我做主啊……

〔杀气腾腾的小骆踩着锣鼓点儿冲上。

小骆　（咬牙切齿）孟昭阳！

昭阳　是我，你……你怎么着吧你……（躲远）

小骆　你……你把今儿跟我说的话，再当着大伙儿的面儿，给我重复一遍！

昭阳　……说就说，再说十遍我都不怕。

小骆　说！

昭阳　政府还保护恋爱自由呢。今儿我当着我哥哥、我嫂子、我侄女、我岳父，我跟你一刀两断！

小骆　你——

〔小骆抄起暖壶欲砸向昭阳，志国连忙拦住。

昭阳　（躲远）我告诉你啊，这是我未来岳父的家，不是你唱戏的台子！

傅老　小骆同志啊，你先把东西放下——有话慢慢讲嘛！

## 第 96 集　特别的爱给特别的你（下）

和平　真是，这是怎么档子事儿啊？

小骆　这么回事——今儿啊，我约他出来，本来是我想跟他说：我，我要跟他一刀两断！

志国　这不正合适吗？

小骆　不合适！我还没说呢，他先说了呀……（坐下哭）

和平　嘻，谁说不一样啊？

小骆　不一样！我咽不下这口气！

和平　那你打算怎么着啊？事情已然这样了。要不这样吧，当着我们的面儿，（向昭阳）昭阳，来给赔个不是……

〔志国拉过昭阳。

小骆　行！这么着吧，孟昭阳，当着大伙儿的面儿，我也不为难你……

众人　哎！

小骆　（抬手冲上前）我扇你俩大耳刮子！

〔众人急拦。

小骆　从此咱们俩谁也不欠谁的，一刀两断！要不然……

昭阳　啊呸！你做梦。我孟昭阳堂堂男子汉——士可杀不可辱！

志国　昭阳，你给我住嘴！

傅老　小骆同志啊，你也不要太孩子气，你看咱们能不能找一个折中的办法，比如说让他给你来个三鞠躬，也就算个告别仪式嘛……

圆圆　爷爷，那是不是叫"遗体告别"呀？

小骆　不行——我扇你没商量！

〔小骆又欲动手，众人拦下。

昭阳　我这儿更没商量！

傅老　都没商量……昭阳，你就让一点儿步嘛？

昭阳　不行！宁为玉碎，不为瓦全，宁可笑迎屠刀，绝不屈膝投降！

· 183 ·

傅老　刚才还说人家不给你叛变的机会，现在给了机会你又不要嘛！

和平　孟昭阳！你太不像话了！（走近，低声）你就让她扇你俩嘴巴有什么呀？怎么了？我给你当裁判，保证让她不使劲儿！

志国　就是，扇完不就完了么？这儿又没外人。她就是不同意，她要同意，我替你挨都行。

圆圆　昭阳叔叔，你就让她扇吧，我不看还不成么？

昭阳　哎……嘿嘿嘿！怎么茬儿，怎么茬儿啊？你有没有搞错呀？我是那被打的，你们怎么都向着那打人的呀？

众人　要这样没法帮你……没法帮……

昭阳　这姓骆的是梨园世家你们不是不知道，俩嘴巴？我受得了么？

小骆　哼，一个嘴巴就得要你的命！

昭阳　我算是看出来了，反正也没活路了，我干脆自个儿跳楼！（高喊）贾小凡同志万岁……

〔昭阳冲向饭厅。众人慌忙追下。

〔晚，傅家饭厅。

〔志国等人围坐等待开饭。小桂端几样菜自厨房上。傅老上。

傅老　喔！今天的伙食不错嘛……

〔众人期待。

小桂　这是昭阳哥让俺给他单做的……

众人　啊？！

小桂　他说他现在身体还没恢复，就在床上吃了。

志国　那我们的饭呢？

小桂　来不及了——俺凑合着给你们下了点挂面，你们自己拌酱油吃吧！（下）

众人　拌酱油？……拌酱油怎么吃啊……

和平　（无奈）哎哟……这哪天是个头啊……

圆圆　妈！您放心——等我长大了，我绝对不找昭阳叔叔那样的男朋友！

【本集完】

# 第97集　女儿带来男同学（上）

编　　剧：戴明宇　梁　左

客座明星：王　斌

〔日，傅家客厅。

〔傅老看报，和平打毛衣。二人都闲得无聊，接连打哈欠。

和平　……呵！您就这么一天到晚挨家闲待着？呵！……您也不出去转转？呵！……您就不嫌闷得慌？呵呵……

傅老　懒得动弹。出去也没意思，还不如待在家——你怎么不出去转转？

和平　我多忙啊我！家里里里外外就我一人儿干活——我得挨这儿织毛衣，我火上蒸着包子，我回头还得……啊？我忙得过来吗我！

傅老　呵，没看出来……

〔圆圆上，后跟斯文的男同学文良，穿西装，戴金丝眼镜。

和平　哟！圆圆来客人啦？

傅老　呵呵，来来来……

圆圆　这是我们班同学文良——（向文良）这是我爷爷……

文良　（彬彬有礼）爷爷好！

圆圆　这是我妈妈……

## 第97集　女儿带来男同学（上）

文良　妈……阿姨好！

和平　哎！赶紧坐下吧……

〔小桂自饭厅上。

傅老　来来来……爷爷正在看报，没有时间跟你们聊。

圆圆　谁想跟您聊了！

和平　圆圆，赶紧给同学拿点儿饮料喝。

〔圆圆给文良倒水。

文良　谢谢阿姨。

和平　别客气！

小桂　大姐，（指饭厅）看这包子行不行？

和平　成，成。（向文良）坐这儿。这孩子，多文静啊……（向饭厅下）

〔圆圆递一杯水给文良。

文良　（尴尬，没话找话）爷爷，您精神挺好的？

傅老　呵呵，老喽，不行喽，不如你们年轻人的精神头好喽！呵呵……

文良　（干笑）哈哈哈……圆圆，你爷爷真幽默！

圆圆　我真不明白，这就算幽默？

文良　当然，这是很典型的那种。（向傅老）爷爷，看您这风度、气质，以前一定当过大干部吧？

傅老　嘿嘿……不能这样说，都是为人民服务喽！（向圆圆）圆圆，我看你这个同学很聪明嘛！来，我们一块儿聊聊……

圆圆　他当然聪明——我们班除了我以外，他是最聪明的。

文良　圆圆，我真羡慕你，你有这么好一个爷爷——我就没爷爷！

圆圆　不能够！你没爷爷你爸爸从哪儿来的呀？那怎么有你呀？

文良　我是说我从来没见过我爷爷——他已经死了。听我爸爸说他活着的时候也不是什么正经人，只不过是个要饭的……跟咱爷爷哪儿比去？

傅老　不能这样讲！旧社会穷人去要饭，那也是因为……

〔和平自饭厅端包子上，小桂跟上。

和平　爸！尝一个尝一个，刚出锅的……烫着呢！（分包子）来一个吧，同学？

文良　谢谢阿姨！

和平　甭客气。

文良　我还真有点儿饿了。（接过包子，端详）真好吃！阿姨不光长得漂亮，手也巧——我妈就做不出这么好吃的包子来！

和平　（得意）瞧这孩子说的……我就随便那么一做。

圆圆　假了吧？你手里的包子还没吃呢，怎么就知道好吃啊？

文良　这还用吃？看着就这么好，吃起来还不定有多好呢！

小桂　这包子是俺跟圆圆妈妈一起做的……

文良　（指小桂，向圆圆）圆圆，这位姐姐是谁啊？我怎么看着……那么眼熟啊？好像在哪部电视剧里见过。（向小桂）哎，您演什么来着？

〔小桂被夸臊了。


〔时接前场，圆圆卧室。

〔文良低头而坐，圆圆正在数落他。

圆圆　……虚伪！我今天才知道什么叫虚伪——你瞧你把我家人哄那样儿！说真的，我们家有一个你真喜欢的人么？

文良　有……

圆圆　谁呀？

文良　……你。

圆圆　（也臊了）这我知道——我是说其他人！

文良　你希望我怎么说呀？说"有"还是"没有"？

圆圆　我希望你说实话。

## 第97集　女儿带来男同学(上)

文良　说实话……就我见过的你们家人来说——还真没有。不过我想你们家肯定还有别的人，对不对？

圆圆　差不多都在这儿……

文良　不能够！你爸爸呢？你总得承认你有个爸爸吧？要不然你从哪儿来的？嗯……也许我和他——我们男人和男人之间更有共同语言。

圆圆　真奇怪，你能叫"男人"呀？

文良　这有什么奇怪的？我要算女人才奇怪呢。

圆圆　我的意思是说，我们这个年龄根本就不能叫"人"！

文良　什么？！你要不算你甭算，反正我得算人。

圆圆　废话！我当然也得算。我是说我们不能算成人，只能算少年，而且没有男女之分——你听说过男少年、女少年这类说法么？

文良　没有。不过我想……我算少年，你算少女。

圆圆　少年好像应该包括少女吧？要不然干嘛光有《中国少年报》，没有《中国少女报》？总不能不让我们这一类人看报纸吧？

文良　嘻！看不看两可。我爷爷说了：女子无才便是德！

圆圆　你听他瞎说……你爷爷不是死了么？这是他给你留的遗嘱？

文良　瞎说！我爷爷活得好好的，谁说他死了？

圆圆　哎，我亲耳听见你告诉我爷爷的呀！

文良　我那是为了让你爷爷高兴。

圆圆　你爷爷死了我爷爷干嘛高兴啊？

文良　你想啊：别人死了他还活着，能不高兴？其实，我爷爷活得比他好——这会儿，兴许在高尔夫球场打第十三洞呢！

圆圆　哟！你爷爷从一要饭的，到一打高尔夫球的——进步真快！

文良　谁说他是要饭的了？……我那也是为了让你爷爷高兴。

圆圆　你爷爷要饭我爷爷也高兴？真不明白……

·189·

文良　等你长大了就明白了——小姐！

圆圆　讨厌！你才比我大几天呀？先生！

〔时接前场，傅家客厅。

〔圆圆送文良往门口走。

文良　圆圆，不跟爷爷、阿姨、姐姐他们告个别啦？

圆圆　算了算了，你又不喜欢他们，干嘛那么虚伪？

〔志国提公文包上。

圆圆　爸！（指文良）这是我们班同学文良。

文良　叔叔好！

志国　好。怎么……走啊？

文良　随便！您要非留我的话呢，我也可以再待会儿——（坐）反正回家也没事儿。

志国　我干嘛非留你呀？你要没事儿你就待着。

文良　叔叔，您每天都上班，可以算"上班族"了吧？

志国　嘿嘿，可以这么说吧！

文良　您就没别的本事了？

志国　你这话什么意思啊？

文良　您没听人这么说吗——有本事的当老板，没本事的摆小摊儿，不三不四去上班儿？

志国　（气）这……你这孩子怎么说话呢？你才不三不四呢！

圆圆　（低声）文良，你说话注意点儿，别太过了！

文良　你放心，这回我不虚伪了！我心里怎么想，嘴里就怎么说——我实诚着呢！（在志国对面坐下）

圆圆　你是实诚——你实诚大发了！

## 第97集 女儿带来男同学（上）

志国 （没好气）你爸爸是干嘛的？

文良 您让我说真话呢还是说假话？

圆圆 （背躬）说假话吧！我求你了……

文良 啊，他是……收废品的，业余时间也捡点儿破烂儿，算是第二职业吧！

志国 我说的呢，一个捡破烂儿的能教育出什么好……不对吧？你说实话，你爸干嘛的？

文良 我不敢说，我怕您着急。

志国 我又不认识他我着什么急……哦，我知道了——关进去了？杀了几个呀？

文良 杀人？他连鸡都不敢杀……

志国 哦，那贪污了多少啊？

文良 没有……

志国 哦！明白了——唉呀，按说都是有儿有女的人了，不应该呀……你妈跟他离婚了吧？

文良 您误会了，我爸现在混得不错——不是坏得叫您着急，是好得叫您着急。

志国 好？好就好呗，我着什么急呀？

文良 都是同龄人，看别人比您混得好，您能不着急？

志国 好能好到哪儿去呀？王府饭店是你们家开的？呵……

文良 啊，差不多吧——他们几个人一块儿！有饭店、别墅、乡村俱乐部、高尔夫球场……叔叔，有时间欢迎您去玩儿。顺便问一句：您有车么？

志国 没有！

文良 （背躬）有才怪呢……没关系，我叫我爸爸司机送你！

志国 （怒）还是我先送你吧！（起身，手指门口）请！

文良 （稳坐）不行……

志国 为什么？这是我的家！

文良 叔叔，在这一点上我跟您没有分歧。这是您的家——可我不是您请来的，

191

　　　　我是贾圆圆小姐的客人——除非她请我走。

志国　圆圆，让他走！

圆圆　（左右为难）……文良，你刚才不就说你要走吗？

文良　现在不，除非你轰我。

志国　圆圆，轰他！

圆圆　爸，人家是我请来的客人，咱得有点儿礼貌……

志国　对不懂礼貌的人讲什么礼貌？轰他走！

圆圆　（无奈，向文良）我爸让你走……

文良　那你呢？

圆圆　（回身看志国，见志国满面怒气，只好转向文良）……我也让你走！

文良　（从容起身）学生告辞了！（把志国举着的胳膊按下，下）

志国　（气极，向圆圆）把书包给他送去！

圆圆　（拿起书包）书包！文良……（追下）


〔当晚，傅家饭厅。

〔傅老、志国吃饭。圆圆生气不吃。和平自厨房端包子上。

和平　赶紧吃……哟，圆圆，还真绝食呀？瞅妈做这包子，这香嘿！傻子不吃！

　　　（咬一口）

圆圆　傻子才吃呢！

傅老　（闻言不悦）什么话？我们大家都在吃，我也在吃，还有今天你们那个同学也吃了——我们大家都是傻子啊？

和平　就是为那同学！志国你也是，人家孩子是来找圆圆做功课的，你干嘛一回来就给人家轰走啊？

志国　你问圆圆啊——我再不轰他他该轰我了！

圆圆　根本没有！人家不过跟您随便聊聊——说实话，那是看得起您！

## 第97集 女儿带来男同学（上）

志国　我用他看得起？就他那话里话外挤兑我劲儿的，我没大耳贴子给他扇出去就算给你留面子了！

和平　瞅你那本事！你多大呀？你跟人家孩子置这气……圆圆，甭理他！赶紧吃饭。今儿是你爸爸不对！妈回头批评他！

傅老　回头我也得批评他！圆圆再小，她也是我们家庭的一个成员嘛，她的客人就是我们大家的客人嘛，怎么能随随便便地把人轰走呢？

志国　我那是随随便便轰的吗？那孩子……那孩子也忒没礼貌了！

〔小桂端菜自厨房上。

和平　怎么没礼貌啊？我们今儿都见着了——爸也见着了，多有礼貌啊！

小桂　俺也证明，确实不错！

傅老　又聪明又讲礼貌，我还让圆圆向人家学呢。

志国　谢天谢地吧！还向他学？哼，见了鬼了！

圆圆　妈，你瞅我爸这态度，对错误有认识吗？

和平　（向志国）你对错误有认识吗？！（小声）赶紧让孩子吃饭！（大声）你认个错儿！

志国　（不情愿地）……那，我先认个错儿！

圆圆　真的认识了？

和平　嗯？！

圆圆　深刻不深刻？

傅老　嗯？！

志国　深刻！

圆圆　改不改？

志国　（不耐烦）改改改！一定改！

圆圆　那好吧，再给您最后一次机会——明天放了学，我带文良来咱们家，您替我好好招待他！记住，别忘了留他吃晚饭。

和平　没问题!

〔圆圆急忙拿过包子往嘴里塞。

和平　你先……哎哎,你慢点儿!

〔傍晚,傅家客厅。

〔傅老、志国、和平闲坐。圆圆带文良上。

圆圆　（高声）我们同学来了啊!

文良　大家好!

和平　（起身上前）哟……来了! 我们这儿等您老半天了……

圆圆　谁让您等了? 爸,我的客人来了。

志国　（强忍,向文良鞠一躬,递上水）您请坐! 请喝茶!

文良　谢谢。叔叔,以后您沏茶最好让客人选择一下——（向和平）我在家一般喝绿茶。

志国　（转头低声）人儿不大毛病不少!

和平　赶紧坐吧?

文良　我不了,我还是站着吧。

和平　你别客气呀……

文良　不是客气,我坐不惯您家这沙发——昨天坐了一会儿,回去就腰疼。

傅老　对对对,小孩子坐沙发是不太习惯……

文良　是不习惯坐您家这种沙发——我习惯坐真皮的。对了,爷爷,您家干嘛不买一套真皮沙发呀? 赛特就有,不贵,才一万多块钱! 不至于……买不起吧?

志国　听见了没有? 昨儿比这还损呢。我能不轰他走吗?

傅老　听着是够别扭的……

圆圆　（拉文良到旁边）注意点儿! 别太过了。

## 第97集 女儿带来男同学（上）

文良　我就这实诚，想改也来不及。

和平　实诚好啊！阿姨就实诚啊！那咱实诚人跟实诚人之间就不客气了——昨儿是你叔叔不对，圆圆也生气了，我也批评他了。今儿请您来呢，就是让他给您道个歉。

文良　算了算了，大人不把小人怪。

和平　呵呵……啊？你这孩子怎么说话呢？

文良　阿姨，我说走嘴了——我不跟叔叔一般见识！

和平　哎！……啊？谁不跟谁一般见识啊？

文良　……反正我让着他。

和平　哎，这差不多……

志国　差多了！谁让着谁啊？你说你这么……

圆圆　（打断）文良！上我屋待会儿去啊……（拉文良）

文良　我愿意跟他们聊。我也好长时间没深入普通劳动人民生活了。

志国　嘿！合着上咱家深入生活来了？你没问我们愿意不愿意搭理你呢！你说你这么点儿小……

圆圆　（打断，低声）爸，您注意！态度好点儿……

文良　我想你们应该愿意吧？听贾圆圆说，今天不光是她一人儿请我，是你们全家都请我。你们要是不愿意，干嘛请我呀？（向傅老）您说呢？爷爷。

傅老　啊……是啊——干嘛请你呢！你们聊着，我出去一趟。（低声向和平）我到老胡家去串个门儿，在我回来之前你必须想办法把这孩子给弄走！我看着他心脏难受！（下）

志国　你们也聊着吧，我再上单位看看去……（欲下）

圆圆　哎爸，您不是刚下班吗？怎么又去呀？

志国　谁让我没本事呢？我"不三不四去上班"——我不得上班儿去吗？！（下）

和平　那我也出去溜达溜达……

〔和平起身欲下，回头见圆圆与文良坐在沙发上，得意非常。

和平　（怒）嘿！……敢情我们一家子给你们俩人腾地方呢？（向文良吼）你给我出去，出去！

〔文良吓得站起。圆圆欲说话。

和平　（向圆圆）你要说个"不"字儿，你跟他一块儿给我滚！

【上集完】

# 第 98 集　女儿带来男同学（下）

编　　剧：梁　左　戴明宇

客座明星：王　斌

〔晚，傅家客厅。

〔和平独坐发呆。门响，和平赶紧望向门口。傅老上，看时钟。

傅老　这都快三个小时了，圆圆怎么还不回来呀？她真是送同学去了吗？

和平　（愣神）嗯？（强笑）呵呵……啊。（继续发呆）

〔志国上。

志国　那叫什么"文良"的孩子家住哪儿啊？住通县也该送回来了。

和平　（愣神）嗯？（傻乐）呵呵……谁说不是啊！（继续发呆）

傅老　和平啊，我看你的脸色……不大对劲儿啊？我们走了以后家里没出什么事儿吧？

和平　没有啊，呵呵……没有啊……我就是把她那个同学给轰走了……

志国　轰得好！

和平　就连圆圆也一块儿轰走了……

傅老/志国　好……啊？！

志国　她走的时候说什么没有啊？

和平　没有啊，呵呵……没有啊……她就说她以后再也不回来了。

傅老／志国　啊？！

志国　（急）你怎么不早说呀？！

和平　（突然号啕大哭）我这不是怕你们着急嘛！我想她在外边待饿了还不就得回来呀……我这就找……我上哪儿找去呀？

傅老　怎么搞的嘛！你不喜欢她的同学，你可以躲出去呀！我不就躲出去了吗？志国不也躲出去了吗？你怎么就不能躲出去呀？

和平　（哽咽）我想……我是她妈，我凭什么躲她呀？她应该躲我呀……

志国　是！她这回躲你了——你找去吧！

和平　我找去找去找去……（起身欲下，又停住）我上哪儿找去呀……我找，大不了就是我找不回她，连我自个儿也一块儿丢了……（哭着跑下）

傅老　和平啊，和平……志国！快一点儿，我们俩一起出去找！

志国　（拦）爸，爸……您这么大岁数，身体又不好，您就别去了！回头再累着您……

傅老　怎么着？我怎么就别去了？我当然要去！身体越是不好越要去！明明知道我身体不好，还让我着这么大急！我与其在家里急死，还不如在外面累死呢！

志国　瞧您说的，也没这么严重……

傅老　啊？这孩子都丢了还不严重啊？还有比这更严重的吗？！我告诉你们啊，圆圆要是有个三长两短，我就跟你们——拼老命！

志国　您怎么冲我来呀？干脆，您别跟我拼，还是我跟您拼了吧！平常还不都是你们惯的？说不能说，碰不能碰！这回这同学我看就不是个东西，我让他不准来了吧，你们非得让他来——这回来了好吧？让他再来呀！……（欲下）

小桂　（自饭厅上）哎大哥，这饭都热了好几次了，圆圆咋还不回来？

志国　还热什么饭啊？孩子都不知道丢到哪国去了——赶紧跟我找去吧！

小桂　哎，中！（跑下）

志国　爸，您听我的啊，哪儿也不准去，您守着电话负责联系——算将功赎罪吧您！（下）

傅老　好……啊？（向门口）我有什么罪啊？！你们的孩子自己不好好管，还……唉，什么事儿都不让我省心！唉……（坐，自语）圆圆啊！你这是到哪儿去了？唉，你什么时候……回来呀？

〔傅老幻想画面：傅家客厅，警察领幼年圆圆上。

幼年圆圆　爷爷，我回来了，是警察叔叔送我回来的……

〔傅老幻想画面：傅家客厅，赵老师领上小学的圆圆上。

圆圆　爷爷，我回来了，是老师送我回来的……

〔傅老幻想画面：傅家客厅，一小伙儿领青年圆圆上。

青年圆圆　爷爷，我回来了，是我男朋友送我回来的……

〔傅老幻想画面：傅家客厅，一中年男子领中年圆圆上，圆圆手中抱一婴儿。

中年圆圆　爷爷，我回来了，是我爱人送我回来的……

〔晚，傅家客厅。

〔傅老伸出双手要留住圆圆，才发觉这都是幻觉。傅老百感交集，深情凝视远方。

〔晚，小公园。

〔圆圆与文良坐在长椅上，沉默无言。

文良 ……不管怎么说，天都这么晚了，你也该回家了——甭跟你们家人一般见识！

圆圆 不！我不回家！我说过了我永远也不回家——中国人民说话从来都是算数的！

文良 你以为外国人民说话就不算数了？问题是要看你说的话对不对。对就坚持，不对就改正，坚持真理，改正错误，这样才能由胜利走向新的胜利。

圆圆 我不回家就是因为我坚持真理——我爱我家，但我更爱真理！

文良 那你说说：你的真理是什么？

圆圆 真理就是……他们得尊重我！他们不尊重你，不尊重我带来的客人，就是不尊重我！俗话说：打狗还得看主人呢！

文良 哎，谁是狗啊？你这叫尊重我呀？

圆圆 你别往心里去！我就是这么一形容……我们家不带这样儿的！我虽然是小孩儿，也应该有我的地位、我的人权吧？

文良 这你就不懂了——人权首先是生存权。你小小年纪就离家出走，回头再饿死在街头，连命都没了，还什么人权不人权的？

圆圆 我就不信我能饿死！俗话说：老天爷饿不死瞎家雀儿！

文良 哎？你今天怎么那么些俗话呀？我还告诉你呀，就算你饿不死，（夸张地比划）到了深更半夜，来两个人贩子，把你那么一捆，带到深山老林里卖了，让你一辈子给人做童养媳！到时候你哭都来不及！

圆圆 那童养媳有当一辈子的吗？大了不得转成正式的呀？

文良 就算转成正式的，你愿意呀？

圆圆 那也得看给我找的那位是什么脾气，跟我能不能过到一块儿去——哎？文良，你怎么净向着我们家人说话，不向着我说话呀？我离家出走一多半儿是为了你……

· 200 ·

## 第98集 女儿带来男同学(下)

文良　哎别别……别把我扯进去,我不掺和你们家事儿……（拿包欲走）

圆圆　（急）嘿!你平时说得天花乱坠的,事到临头你怎么往回缩呀?!你还是男人呢你?

文良　（赔笑）你不是说的吗——咱们这个年龄不分男女,也根本不能算人……

圆圆　你又不算人了你?!那你走!你把我一人儿留这儿等人贩子!今儿个人贩子要不把我拐走——我都跟他没完!

文良　那我走了?回家太晚了得挨说……圆圆,要不你也走吧……（欲下）

圆圆　你走?你走!你倒是走啊……

文良　（一狠心）我真走了——再见!

圆圆　还再什么见?!走了以后永远别来见我!

〔文良跑下。圆圆又委屈又害怕,哭。

〔晨,傅家客厅。

〔傅老独坐昏睡,被开门声惊醒。

傅老　啊,谁呀?

〔筋疲力尽的志国、和平架着迷迷糊糊的圆圆上。

傅老　（揉眼睛）我不是在做梦吧?

圆圆　（有力无力）是我,爷爷,是他们送我回来的……您不像是在做梦,我好像是在做梦……（站不稳）

傅老　这孩子怎么了?

〔筋疲力尽的小桂上。

和平　她困啊……（呼唤）小桂!赶紧扶她回屋睡觉去……眼睛都别眨啊!得看着她——再丢了我管你要人!（把圆圆交给小桂,自己瘫坐在沙发上）

小桂　啊?大姐啊,你别找俺要人了,干脆俺先跑了吧!（一松手,圆圆欲倒,赶紧又扶住）

· 201 ·

志国　唉呀，你跟这儿裹什么乱呀？好好的没事儿你跑什么呀？

小桂　俺帮着找圆圆，一夜都没睡，你们到现在还不让俺眨眼，有你们这么不讲理的吗？你们就知道疼自己家的孩子，就不知道疼别人家的孩子了？

和平　行行……我疼你！去带着她睡去吧，回头把房门反锁上！

〔小桂应一声，扶圆圆往里屋去。

圆圆　（回身）那你们就不怕我从窗户上跳下去吗？

〔众人慌，急拦。

圆圆　你们放心！我既然回来，暂时不会走的——中午睡醒了再跟你们讲理……（下）

〔志国、和平瘫坐，累得睁不开眼。

傅老　总算给找到了。这是在哪儿找到的？

志国　公园。

和平　我们跑遍了大半个北京城……后来还是志国说，我们得去找那个叫文良的小坏蛋，问他们在哪儿分的手——后来我们就到了公园儿……（睡着）

傅老　到公园……（向志国）到公园……

〔傅老见志国也已经睡着，打了个哈欠，也坐下入睡。


〔晚，傅家饭厅。

〔小桂端菜自厨房打着哈欠上。和平、志国依次打着哈欠上。傅老上。

傅老　圆圆怎么还不来吃饭？这都睡了一天了，怎么还睡不……（打哈欠）够啊？

小桂　（自厨房又端饭菜上）睡够了。她说她不想见你们，让俺把饭端到屋里去。

和平　嘿嘿嘿！她还摆什么谱啊？让她起来吃！

## 第98集 女儿带来男同学（下）

傅老　算了算了，让她自个儿反思一下也好！

〔小桂端饭菜下。

和平　（向小桂背影）你告诉她啊——起来以后我正式找她谈！

志国　怎么谈啊？咱们赶紧商量个对策吧——谁唱红脸儿谁唱白脸儿？是围剿还是招安？

和平　彻底围剿！绝对的！小小的年纪就学会离家出走夜不归宿了，长大了还了得了？一定把她这种苗头掐死在摇篮里！省得将来后悔！

傅老　我看还是招安吧？和风细雨、和颜悦色、和蔼可亲、少发火儿……

和平　爸，您那叫"三和一少"——典型的修正主义！

志国　我看也是。圆圆这次出事儿的根本原因就在于平常咱们对她心慈手软！这里头和平有责任，咱爸也在里头护着。

和平　嘿嘿嘿——你怎么把自个儿推得一干二净啊？最大的责任就是你！

傅老　哎……

和平　其次就是爸！

傅老　哎……啊？！怎么都赖在我身上了？你们自己的孩子，自己养自己管……

志国　那这里头也有遗传的问题吧？我发现她身上好多缺点都是从您这儿遗传过来的——就说这离家出走，您十六岁那年不也这么干过吗？

傅老　我十六岁？我十六岁出走那是参加革命，跟圆圆是一个性质吗？她是为什么呀？勾搭男同学！这一点我看就是你遗传的！当然喽，你是勾搭女同学。（向和平）他那会儿比圆圆现在这个岁数还小呢！

和平　（向志国）嗯？有这事儿？……

志国　嘿嘿，你别听爸瞎说！

傅老　我怎么是瞎说呀？那会儿你刚上五年级。（向和平）总共班上是十九个女生，他给每人送了个纸条儿——一共是送了二十一张！

志国　哈哈，爸，您瞧您连个瞎话都编不圆。哦，十九个女同学，我送二十一张纸条儿?

傅老　有两个特别漂亮的,他给人家送了双份儿!

和平　嗯?!贾志国,有这事儿没有?

志国　我那不是……我当时是班长,通知大伙开会……

和平　得了吧你!蒙谁呀?就跟谁没接着过班长纸条儿似的。开会你不会写板报通知啊?不会口头通知啊?还一个一个塞条儿啊?

志国　我那会儿不是刚考上少年宫的美术班嘛,我顺便练练美术字儿。

傅老　不对吧?那班上还有那么些男同学,怎么没听说你给人家递纸条儿练美术字儿啊?

志国　我那不是……嘿嘿嘿!这儿说着圆圆,怎么拐到我身上来了?

傅老　我就是提醒你一下:你、志新、小凡,你们小的时候犯的错误都不少,我是打了你们啦还是骂了你们啦?我不都坚持那个……就是和平给我归纳的——

和平　"三和一少"……

傅老　啊对。实践证明还是正确的,你们后来都成长了嘛。他们两个都长大成才了,你呢,虽然差一点,也长大……成人了嘛!

志国　嘿!他们俩都是"才",我是"人"?!啊对!我还是人……那就这么着吧,今儿晚上咱们就"三和一少"吧!


〔傍晚,傅家客厅。

〔傅老打电话,和平在旁边听。

傅老　(向电话)……老师啊,谢谢你啊。(挂)怎么样?还是我的"三和一少"管用啊!

〔志国自里屋上。

傅老　这几天圆圆上学、放学都很正常嘛!和那个叫什么文良的也不来往了!

## 第98集　女儿带来男同学（下）

志国　唉呀，可她这情绪好像还不大稳定……

傅老　这就需要我们和风细雨地再做工作嘛！

和平　她那脸色让人受不了——出来进去没个笑模样儿，就跟全家人都欠她点儿什么似的！

傅老　不要着急，慢慢来，啊？

〔圆圆上，神清气爽，满面笑容。

圆圆　爷爷，爸，妈——我回来了！（行礼）

〔众人欣喜，凑上前。

和平　嘿，今儿总算见着笑模样了……

圆圆　这几天我也想明白了——你们不喜欢文良是对的，把他轰走也是对的。我也发现这个孩子确实没有什么品位，而且特别俗，我再也不要理他啦！

志国　想对了就好，家长还不都是为你好啊？

傅老　但也不是绝对的不理，正常的同学关系还是要保持，就是关系不要太密切了……

和平　圆圆，妈包了好些包子，赶紧洗手，妈给你拿一个去……（欲进饭厅）

圆圆　你们等一会儿！我给你们介绍一位新朋友——特有艺术品位！（向门口）进来吧——风！

〔一染发戴墨镜、手拿电吉他的摇滚少年上。少年弹奏吉他，巨大声音惊得众人四散奔逃。

【本集完】

## 第99集　94世界杯

编　　剧：梁　欢　梁　左

客座明星：英若诚　英　壮　牛星丽

〔晚，楼下小花园。

〔胡老、志国与邻居闲聊。

胡老　……你得知道什么叫真球迷！

志国　我每天上上闹钟，夜里起来看球……

〔杨大夫抱一西瓜上，打哈欠。

志国　杨大夫，下班了？

杨大夫　哎？骂谁呢，骂谁呢？我根本就没上班儿，我下什么班儿啊？我呀，打"世界杯"开幕那天起，我就全休了，全休了！再说了，现在也没到下班的时间呢！（看表）现在连上班的时间都没到呢——现在刚早上七点钟，七点钟……

志国　咦，这明明是晚上八点——您这哪国表啊？

杨大夫　美国表，美国表！我现在是按照美国东部标准时间安排作息！还告诉你啊：我这好不容易才把时差倒过来，别再给我搅和乱喽！我先回去了……（抱西瓜打着哈欠下）

## 第99集　94世界杯

志国　这可是真球迷……

胡老　那也不如我！

〔傅老摇扇子暗上。

胡老　我从半年前就日夜颠倒——你白天什么时候看见过我？

傅老　（插话）这也并不奇怪嘛！任何社会，总会有一小撮人，白天你根本就看不见他，一到了晚上，他们就……（夸张比划各种描述犯罪活动的动作）这个！这个！这个……格外地活跃呀！这就是为什么到现在，我们还要在一定的历史时期内保留警察呀，监狱呀，法院啊……

志国　爸，爸……我们这儿说"世界杯"呢，您给扯哪儿去了？

傅老　"世界杯"？什么"世界杯"，跟你有什么关系呀？赶紧回去。今天小桂休息，和平让你帮着拖拖地……

志国　哎……（欲下）不对吧，爸？我今儿擦了一天玻璃了，这拖地的活儿是您的吧？

傅老　我？我还有别的事情嘛！

胡老　你就是懒！你有什么别的事情？

傅老　我怎么没有别的事情啊？比如说这个"世界杯"……我总得关心一下嘛！

胡老　你知道"世界杯"是怎么回事呀，你就关心？

傅老　我怎么不知道啊？就是那个足球比赛嘛！依我看，这次的冠军还得是——咱们中国的！

胡老　咱们中国的？人家根本不让咱们去！

傅老　怎么着？他们那些国家在一块儿，就不带咱们中国玩儿？岂有此理嘛！

志国　爸，爸……这您就不懂了，这"世界杯"比赛不是谁想去谁就能去的，您得够那条件——咱们这不争取好几年了嘛！

傅老　有什么好争取的？不去就不去！不就是全世界为那么个小皮球，争得脸红脖子粗吗？我们还不跟他们玩儿呢！

胡老　整个儿一"球盲"……

傅老　流氓？

胡老　（向其他人）别理他别理他！咱们接着谈咱们的——今儿晚上谁对谁？

志国　哥伦比亚对美国啊！

胡老　哥伦比亚？哥伦比亚肯定赢啊！没什么好看的……

志国　我看也是，这美国……

傅老　谁说的？连一点儿辩证法都不懂——要是现在就肯定谁输谁赢，那人家还比赛个什么劲儿嘛？老胡啊，不是我说你呀，你看，这么些年你的"主观唯心论"还没有改造好嘛！

胡老　我今天还就要主观了——我就认为哥伦比亚肯定赢！怎么样，跟我打赌？敢吗？

傅老　这有什么不敢的？你说吧，赌什么？

志国　（拦）爸，爸！可不敢胡说啊……

胡老　算了算了……我饶他这一次，就算他什么也没说！

傅老　凭什么"什么也没说"呀？我就说了又怎么着？我就说……那个什么队来着？就是你们刚才说它输的那个队——我就偏说它赢！

胡老　老傅啊，这事儿不能赌气！你连哪个队儿都没搞清楚，你根本没资格跟我打赌啊！我要这么轻而易举地赢了你的钱……

傅老　谁说赢钱啦？

胡老　赢你的东西……

傅老　谁说赢东西啦？

胡老　噢，闹了半天我白赢啊？

傅老　谁说白赢了？咱们要赌啊，就……（看见志国）对，咱们就赌——拖地！等今天晚上比赛一结束，我要是赢了，你就扛着拖布到我们家去拖地——拖不干净还不成！（下）

## 第99集 94世界杯

胡老　行行行……你要是三更半夜非上我们家去拖地，我也不拦着你！

〔凌晨，傅家客厅。

〔电视里在直播"世界杯"。志国对着电视打盹儿。傅老靠着沙发昏睡。和平打着哈欠上。

和平　你爸赌哪队赢啊？

志国　你看哪队踢得差，他就赌哪队赢！

和平　那为什么呀？

志国　他急着上人家拖地去呗！

和平　凭什么呀？咱家还没人拖地呢……

傅老　（不知何时醒了）没有关系呀，等一会儿老胡就会帮咱们拖！

志国　爸，您还真以为那……您大概忘了您赌的哪队赢了吧？

傅老　我怎么会忘啊？不就是那个……（看电视，惊喜）啊！你看那个家伙！满脑袋都梳的是小辫儿嘛！

志国　那是哥伦比亚队的巴尔德拉马，人称"金毛狮王"！

傅老　金毛，还狮王？不男不女，不三不四，看着很不顺眼嘛！我该不是赌的他们队赢吧？

志国　还真不是——您赌的是美国队。

傅老　美国……啊？我现在怎么跟他们站到一块儿去了？好啦，就让他们赢一回嘛！

和平　（看电视）哎，进了！进了！

志国　爸，进了！

傅老　进了并不奇怪嘛，很正常嘛！足球比赛要是老踢不进球去，那叫什么足球比赛呀？那不就成了——长跑了吗？现在到底谁输谁赢啊？

志国　二比一，美国队还真赢着呢。爸，您这瞎猫还真碰上死耗子了。

傅老　（得意地）呵呵！我这个……谁是瞎猫？我说什么来着？我怎么会输给那个胡学范嘛！这回不用着急了，咱们慢慢熬着吧——离比赛结束还有多长时间啊？

志国　（看表）马上就完了……

〔电视机里传出一声哨响。

志国　完了，爸！完了……

傅老　完了？（兴奋跳起，走向门外）哈哈……（转身）是我赢了吧？

和平　嘻！您怎么还弄不清楚输赢呢？当然是您赢了！

傅老　我赢了？！哈哈，这个老胡，他完了——

〔胡老扛着拖布垂头丧气地出现在门口，众人笑作一团。


〔晚，楼下小花园。

〔胡老与志国等人闲聊。杨大夫用轮椅推杨老上。

胡老　……我告诉你们：马拉多纳一停赛，这阿根廷没戏了！肯定的——信不信？谁不信我跟他打赌！（回身见杨老）哟……

志国　哈哈，胡伯伯，您又急着上谁家拖地去呀？

胡老　你甭管，我乐意！谁跟我打赌？

杨大夫　您放心，您放心，这儿没人跟您打赌！阿根廷啊，阿根廷都被淘汰好几天了！蒙谁呀您？蒙谁呀？连我爸都蒙不了……（向杨老）爸，是吧？

杨老　（中风症状，手一直抖）小胡啊，这赌博是害死人的！

胡老　老爷子，您这是哪儿跟哪儿啊？我们又没赌别的，就赌的这个——拖地！

〔傅老上。

傅老　而且还拖得很不干净！（向杨老）杨老在这呢？好几天没有看见你出来转转了——气色不错嘛！杨老啊，你坐在这个轮椅上一定很舒服吧？

210

杨老　还可以，还可以……小傅啊，你坐上来试一试吧？

傅老　那我就试一试……

志国　哎爸，爸……先说下啊，我可不管推您啊。

傅老　我又没让你推！我可以让小杨……

〔杨大夫躲。

杨老　……不要紧嘛，我来推你啊？

傅老　您敢推呀——我也不敢坐呀！我看就让……就让老胡推嘛！

胡老　我凭什么推你呀？

傅老　你打赌输给了我！

胡老　噢，我输给你一次就管你一辈子？我可跟你说好了，你要照这态度，我可不让着你！你要有本事，咱们再赌一次？

傅老　赌就赌，我也不让着你了！（向志国）今天晚上谁跟谁呀？

志国　保加利亚对德国呀。

傅老　你估计他们谁赢的可能性大一点？

胡老　傻子也知道啊，当然是德国赢了！

傅老　傻子都知道？这么说，你跟傻子站在一个立场上去了？你就那么肯定？好，那你说德国赢，我就偏说那个……

杨大夫　保加利亚，保加利亚……

傅老　对，我就偏说保加利亚赢！

志国　哈哈，爸，这可不敢胡说啊——人家德国队世界冠军！

傅老　冠军怎么了？当一次冠军就管它一辈子了？老胡啊，回头你要输了，就用杨老的这个轮椅，大街小巷，你推着我绕世界转这么一转！

胡老　行，你非要推着我转转呢，我也没意见！

〔凌晨，傅家客厅。

〔电视里在直播"世界杯"。志国、和平在沙发上睡着。傅老对着电视，情绪激动。

傅老　……很不公平嘛！凭什么就让他们离门儿那么近就去射门？还不让别人去拦着他们。哼，要是这样的话，我也可以踢进去！

〔傅老猛拍沙发，志国、和平惊醒。

和平　谁赢了？

志国　爸，您不懂别瞎说，那叫罚点球。

傅老　要罚也该罚他们嘛！为什么要罚我们啊？

和平　什么他们我们的，爸您千万别想不开啊！您就真输了，我们也不会不管您——大不了我推着胡伯伯大街小巷绕两圈儿。

傅老　我怎么会输啊？（看电视）你看，这个保加利亚现在有转机嘛。从左边儿……好，传到右边儿！诱敌深入，出其不意……

和平　爸，爸，你好好坐着成不成？我瞅着您闹心……

傅老　（听不进去）看看，看看——罚任意球啦！好，要大胆谨慎……起脚射门！

三人　（惊呼）啊……进了！……

志国　唉呀，真没有想到啊！

傅老　是啊是啊……怎么没有想到？这应该早就想到了嘛——多亏了我的正确指导。（看电视）好，乘胜追击，再接再厉嘛！你看：二过一啊……传中！该传中了！

和平　（向志国）瞧咱爸，人才！这刚几天呢，全改专业术语了！

傅老　头球射门！啊！

三人　进了！……又进了！……

〔傅老跳起来，手舞足蹈。

## 第99集　94世界杯

〔晚，楼下小花园。

〔胡老用轮椅推傅老上。傅老坐在轮椅上得意洋洋。

傅老　（高喊）同志们！都来瞧都来看啊！（冲老胡）快一点儿，快一点儿……

胡老　还要多快？

傅老　推车就累成这个样子——你比劳动人民差哪儿去了？

〔志国、和平等上，见状大笑。胡老把轮椅停在石桌旁。

傅老　其实啊，我也是为了教育你，你以为我爱让你推呢？人家知道的是你打赌打输了，不知道的还以为我新添什么毛病了呢！

〔杨大夫上。

杨大夫　哎哟！傅老啊，您有毛病？哪有毛病，哪有毛病？我给您治，我给您治……

傅老　您啊……我真有毛病，也不敢让您治——你看你把你爸爸治得那个……（模仿杨老中风的样子）

杨大夫　您要是真没毛病，就别老坐在这儿装我爸爸了行吗？这轮椅我还有用呢……

〔傅老站起。杨大夫推起轮椅。

杨大夫　赶紧回去睡觉去——今儿晚巴晌儿啊，决赛！（下）

傅老　决赛啊？我的机会又来了！老胡，你说谁赢？

胡老　你还不知道哪队跟哪队呢，你就问我？

傅老　我不管它哪队跟哪队，我就问你谁能赢？

胡老　呃……这我还真不好说了——那你说谁能赢？

傅老　我说……（向志国）志国，谁跟谁呀？

志国　巴西跟意大利。

傅老　你说谁能赢？

志国　要我说，应该是巴西呀！

傅老　（向胡老）我就说——巴西赢！

胡老　那……我也说巴西。

傅老　那不行，你得跟我反着说。

胡老　我凭什么跟你反着说？

傅老　凭什么？每次都是你先说，然后我跟你反着，这次你非得让我先说……怎么，你不敢跟我反着？你服我了是不是？服我那就算了嘛！

胡老　凭什么我服你呀？我告诉你：那意大利队也未必不能赢！反正咱们俩就这一回了，比个高低！赌吧！赌什么？

傅老　赌……那就赌"谁彻底服谁"！要是巴西赢了，你就站在这儿，当邻居们的面儿，给我来个三鞠躬……

胡老　遗体告别呀？

傅老　那倒也是！那就……那就说三句话，你就说——"老傅同志了不起！老傅同志教育了我！我要向老傅同志学习！"就这三句。

胡老　（自己盘算）要是我赢了呢，就是——"老胡同志了不起，老胡同志教育了我，要向老胡同志学习"……行！咱们就这么定了啊，就这三句话！

〔晚，楼下小花园。

〔众人闲坐聊天。傅老拉胡老上。

胡老　……（指无人角落）咱们那边儿说去行不行？说完就算完了。

傅老　那不行啊，这边人多，非得在这边说！

胡老　（央求）老傅啊，咱们共事那么多年，你这么一来，我在这一片儿抬不起头来了嘛！这么着，我请你吃饭——你愿意上哪儿我请你上哪儿，怎么样？

傅老　好好好，请我吃饭？这个饭我是要吃的——这个话你也得说！来来来……（高声向众人）老胡同志有话要跟大伙儿说——很重要的话呀！

　　　　（向胡老）说吧。

胡老　（难为情）是这样，我跟老傅打赌——当然也是开玩笑了……

傅老　不要避重就轻啊，就说那三句话！喊啊，喊口号——

胡老　（举臂高呼口号）老胡同志了不起！（边喊边跑）老胡教育了老傅！要向老胡学习！（逃下）

　　〔傅老追下。

【本集完】

# 第100集　小饭桌

编　　剧：梁　欢　梁　左

客座明星：英若诚　郑振瑶　唐纪琛


〔日，傅家客厅。

〔傅老看笑话书傻笑。门铃响，傅老举着书起身。小桂从里屋跑上，开门。

小桂　（画外音）陈大妈！

陈大妈　（画外音）哎！老傅！（风风火火地上）唉呀，老傅啊，可了不得了！您说这可怎么办啊？您说她还是不是个东西呀？

傅老　谁呀？你还没告诉我是谁，我怎么知道她是不是东西？

陈大妈　还能有谁呀，她余大妈呗！在这关键时刻，她居然躺倒不干了！

傅老　她躺倒不干了——没躺倒的时候她干什么了？

陈大妈　"小饭桌"啊！那是为了解决双职工子女的午饭问题，咱们居委会在她们家办了个"小饭桌"。谁知道她早不病晚不病，单单这两天区里要来检查工作，她倒生起病来了！

傅老　有病治病嘛。既来之则安之……

陈大妈　安得了么？那么些孩子还等着吃饭呢！哎哟……（赔笑）老傅啊，我看——她躺倒了，要不您接一下？

## 第100集　小饭桌

傅老　她躺倒了，我接一下？我接得住么我？

陈大妈　您还有什么接不住的？您都准备得差不多了吧？

傅老　我准备什么了我准备……

陈大妈　您要还缺什么您说话，那小桌子小椅子我们那儿还有富余呢……（起身欲下）

傅老　（拦）哎……对对对！心里头啊，我是非常想带这个头，你知道我一向主张要为群众办实事、办好事！可是这个炒菜做饭也不简单啊，关系到下一代的健康成长，所以……

陈大妈　所以您不带头谁带头啊？把下一代交到您手里头，我们全体居民那是一百个放心啊！还有，老傅啊，听说区上马上要评选"校外教育积极分子"了，我们正准备把您推荐上去呢，您就别瞎谦虚了……（起身欲下）

傅老　（拦）哎……我怎么是瞎谦虚呢？这个"积极分子"我就不谦虚了，"小饭桌"……你看一天得招那么些孩子来吃饭，还是相当麻烦的哩，这个我还是谦虚一下吧！

陈大妈　嘿，见荣誉就上，见困难就让？这可不像您的一贯风格！谁不了解您啊？为了下一代，您能怕麻烦么？再说这又是临时的，拢共也没几个孩子。就这么定了啊！（起身欲下）

傅老　（拦）就是一个孩子也不能马虎，这个事还是要慎重的喽！这"小饭桌"嘛，要么就不办，要办就要把它给办好！我看这样吧，抽时间我去找一个专门的人才来搞，我们把它搞出个样子来——你看怎么样啊？

陈大妈　您这么一说我可就听不明白了，我一直以为您就是专门的人才呢——敢情我看走眼了，怨我怨我……（起身欲下）

傅老　我怎么不是专门的人才呀？在别的方面——比如说鉴定饭菜质量上……

陈大妈　这方面啊？这方面我也是人才！得了得了，您要不干我赶紧找别人去。哎，您说你们对门老胡怎么样啊？

傅老　他呀？呵呵，这个人我了解：一辈子好清静，怕麻烦，你要找他，他给你办才怪呢！

陈大妈　我不能光听您一面之词，我看老胡也像个热心人，我先找他问问去……我顺便说一声啊，上报区里的那一个名额还没最后定下来呢！（下）

〔日，傅家饭厅。

〔傅老准备吃午饭。小桂、和平端菜。

傅老　圆圆放学怎么还不回来呀？是不是又让老师给留下了？

和平　呵，说起来圆圆也是您亲孙女，您怎么就不盼她点儿好啊？

傅老　唯心主义嘛！我盼她好她就好了？我还盼全世界人人都过得比我好呢，管用么？现在还有三分之二的人达不到这个标准嘛。

和平　说圆圆呢，您提全世界干什么呀？没让老师留下，上胡伯伯家参观"小饭桌"去了！

傅老　那还不如让老师给留下呢……啊？怎么？老胡他办"小饭桌"啦？

和平　啊！谁都嫌麻烦，人家胡伯伯就挺身而出了！

傅老　什么"挺身而出"？他这叫"不自量力"——迫不及待地跳出来了！"小饭桌"也是随便谁都能办的么？那是你陈大妈准备让我办的，我不过稍微谦虚了一下……

和平　您谦虚一下还不许人家找别人？

傅老　找谁也不能找他嘛！胡学范——什么好人啊？一天到晚没正形儿，活到这么大岁数，没犯什么大错误就算他万幸！还"小饭桌"呢——你问他这辈子做过饭么？说不定连黄瓜西红柿他都做不熟！

和平　做不熟人家不会吃生的？

傅老　那肉做不熟也能吃生的？鸡做不熟也能吃生的？鸭子做不熟也能吃生的？——这是喂孩子还是喂狼嘛！我看呀，谁敢把孩子交给他，除非不

第100集　小饭桌

想要了……

和平　那怎么那么些孩子去啊？咱家圆圆不也去了么……

傅老　她去干什么？我可说下啊：这个孩子我可还想要呢！

和平　没说把她送人！这不先去参观参观，要好就留下，不好就回来。

傅老　想去就去，想走就走——她倒来去自由啊？不行，我得把她找回来……

（起身，下）

和平　哎爸，您吃完饭再去……


〔时接前场，胡老家。

〔几个孩子围坐吃饺子，胡老一旁照看。胡伯母端饺子上。

胡老　哎哟，又来了又来了……

胡伯母　刚出锅的，又来了啊……快吃……

〔敲门声响。胡伯母开门，傅老上。

胡伯母　哟，老傅同志啊……

胡老　哟，老傅，你也来入伙啊？欢迎欢迎！圆圆，快给新来的小朋友弄个小凳儿！（向胡伯母）你快去，给新来的小朋友弄双筷子！我快去，给新来的小朋友盛碗饺子……

傅老　开什么玩笑？我都吃过饭了，我是叫圆圆回家去的！

圆圆　我不回去——您吃完了我还没吃完呢。

胡伯母　老傅同志别客气了，请在这儿再用一点儿。

〔敲门声响。胡伯母开门，陈大妈上。

胡伯母　哟，陈大妈……

陈大妈　哎！

傅老　小陈儿，你……

陈大妈　（不理傅老，向孩子们）哎哟！都吃着呢？吃饺子？太好喽！（向胡老、胡伯母）胡先生啊，胡太太呀，你们可真是帮了我的大忙啦！要不这帮孩子中午可怎么办啊？刚才区里领导来检查工作，我在汇报的时候还专门提到您老二位了！

胡老　哎哟，区区小事，何劳陈主任挂齿啊？

胡伯母　陈主任，您在这儿也用一点儿吧？（拿小凳子过来）

陈大妈　那我就不客气了啊，忙到现在还真没吃饭呢！（坐）

众小朋友　（递上碗筷）陈奶奶……您用我这个……

陈大妈　谢谢，谢谢……我跟区里领导说了：我们这片儿住了一位胡先生，那才真叫是"爱国知识分子"呢！打小在美国念的书，一听说中国解放了，甭管美国给多少钱也不在那儿待着了！人才呀，美国舍不得呀！不让走怎么办呀？好家伙，冒着枪林弹雨呀，愣从美国偷渡——人家是游泳游回来的！

胡老　您倒不怕我累死啊？

圆圆　陈奶奶，您说的那是"海底两万里"吧？

陈大妈　两万里三万里的我倒闹不清楚，反正不近——慢慢儿游呗！

胡老　（向胡伯母）她倒把我豁出去了……

傅老　小陈啊，我看你这个说法就不实事求是嘛！

陈大妈　（装刚看到）哎哟！老傅同志也在这儿啊？我跟领导说了，别看胡先生、胡太太如今上了年纪，可报国之心未改，关心下一代人家做出了榜样。一听说"小饭桌"遇到了困难，人家二话没说，一下子就把任务接过来了！（瞟一眼傅老）不像有的个别人啊，嘴上说得热闹，真正到了危难时刻啊，就是显不出身手，推三阻四的……当然了，我说的这"个别人"肯定不是老傅同志啊！

傅老　这种人确实是有，但肯定不是我！

陈大妈　就是嘛！（向胡老）咱们不能看人家一次的表现，咱们得看人家一贯

## 第100集 小饭桌

的表现……

傅老 （怒）我这一次表现怎么啦？！我这一次……我宣布：从明天起，"小饭桌"改在我们家办了！（下）

〔日，傅家客厅。

〔傅老和小桂布置了一桌饭菜。傅老腰系围裙，臂搭毛巾。

小桂 爷爷，这菜是不是太多了？

傅老 多什么？四菜一汤，符合中央标准嘛。

小桂 俺就是怕来不了那么多孩子。

傅老 怎么来不了？昨天在老胡家我就看见好几个嘛，今天一听说改在咱们家，还得来好几个——这里外里就十来个嘛。（看表）要下学了，快到门口去接一下。

小桂 哎，中！

〔门铃响，小桂开门。

傅老 你瞧，不接就来了。

〔和平匆匆跑上。小桂向饭厅下。

傅老 怎么是你呀？为什么不带钥匙？

和平 忘了。我回来取点儿东西，还得赶紧走——胡伯伯家那"小饭桌"啊……

傅老 "小饭桌"？不是改在咱们家了吗？怎么他还在办啊？

和平 没人通知不让人家办啊？

傅老 怎么没通知？昨天当着你陈大妈的面儿……

和平 哦对了！陈大妈说了：谁办都成——自由竞争嘛！

傅老 什么？自由竞争？我跟他去竞争？这还有没有领导了？还要不要……

和平 （往外走）爸，爸，我不行……我听不了……我得赶紧上人家去……（欲下）

傅老　给我回来！……不管谁办，"小饭桌"是为了解决双职工子女的吃饭问题——你都三十多了，你瞎掺和什么？

和平　您不知道，胡伯伯说那些孩子中午吃完饭不让满世界瞎跑去，他就教教他们英文——我三十大几了，"四人帮"耽误那么些年，我跟着旁听旁听。我告诉您一声啊：我跟圆圆都不回来吃午饭了！（下）

傅老　这个……（向里屋喊）小桂！小桂呀……

〔小桂自饭厅跑上。

傅老　快快快，到老胡家里，把和平圆圆都给我找回来！顺便告诉一下那些孩子：赶紧上咱们家来，咱们吃完饭也学英语！

小桂　哎……（欲下）爷爷，您教得了么？

傅老　我怎么……我教不了英语我可以教别的嘛！他那叫"英语小饭桌"，我这就叫……"历史知识小饭桌"！我给他们讲一讲万恶的旧社会，咱们穷人哪吃得上这"四菜一汤"啊？多少人妻离子散、家破人亡。像吴清华他们家，杨白劳他们家，还有喜儿他们家……

小桂　爷爷，俺记得喜儿跟杨白劳好像是一家人啊？您咋给人家分家了呢？

傅老　不管是一家两家，反正最后都是家破人亡了……唉呀，这个故事是不是太老了一点啊？

小桂　嗯！

傅老　缺乏现实意义……要不，我给他们讲一讲当今社会老有所为的故事？这个我最拿手——我就是这方面的典型嘛！给孩子们讲一讲身边的人物，他们听了一定是很感兴趣！

小桂　（欲下）老有所为？他们才多大呀，听这个是不是早了点儿啊？

傅老　对对对，是稍微早了一点儿……现在教育孩子也不那么简单。讲深了他们不懂得；讲浅了吧，又起不了什么作用；讲远了他们没有见过；讲近了他们又不当一回事——这样吧，不管讲什么，你先把人去给我找回来！

第100集　小饭桌

小桂　　中,那俺去了……(欲下)爷爷,要是他们不肯过来,俺能不能也在旁边儿听一会儿?

傅老　　你敢!

〔小桂溜下。

〔时接前场,胡老家。

〔和平、小桂、陈大妈及圆圆等孩子们听胡老教英语,胡伯母一旁陪坐。孩子们陆续起身与胡老告别。傅老上。

胡老　　京京再见!关柯再见!红红再见!老傅再见!

傅老　　(满面笑容)我刚来怎么就再见啊?开玩笑嘛,老胡。

和平　　爸,您瞧您,又来叫我们来了……我们这就回去!走,小阳阳!(领小朋友刘阳下)

小桂　　爷爷!您别生气,俺就来了一会儿……胡爷爷,再见!

胡老　　再见,再见……

傅老　　学吧学吧,学英语又不是什么坏事情……(向陈大妈)小陈啊,你也在这儿旁听?

陈大妈　是啊是啊,听个热闹嘛!要说胡先生的英语呀,讲得是真叫好哇!我在这儿听了这么半天啊——愣一句没听懂!

圆圆　　陈奶奶,您一句都没听懂怎么就知道好啊?胡爷爷再见!(下)

胡老　　再见!

陈大妈　听不懂才叫好呢!那英语要让我听懂了还能叫好么?有的人讲的英语——一见面儿"哈啰",一分手"白白"——我不光能听懂,连我都会说,好得了么?

傅老　　老胡啊,听听:很受群众欢迎嘛!(拍胡老的头)

胡老　　(躲开)我用得着你肯定么我……

· 223 ·

傅老　（领导口吻）小陈啊，我早就说过：要向你推荐一名专门的人才！经过这一段时间的检验，老胡还是过关的，我看基本上可以胜任嘛！

胡老　我怎么越听越别扭啊……

傅老　小陈啊，对于老胡这种人，我看我们还是可以放手使用！我决定啦："小饭桌"就设在他们家了！我还准备聘请他专门教孩子们学英语！你看，你还有没有什么意见啊？

陈大妈　哎哟，瞧您说的，我还能有什么意见呢？

胡老　我有意见！怎么说来说去变成你聘请我了？要真像你说的这样儿，我还不干了！

陈大妈　胡先生……（急，欲劝）

傅老　（拦陈大妈，向胡老）有意见可以提，不要撂挑子嘛！小陈啊，上次说的那个"校外教育积极分子"的名额，我就不要了！让给老胡同志嘛！鼓励鼓励他——他图的不就是这个嘛？其实也没有什么，青出于蓝胜于蓝啊……

胡老　我图什么了我？！谁是"青"谁是"蓝"？老傅你给我说清楚！

傅老　这个你不想听，那咱们就换一个说法——"雏凤清于老凤声"……

〔傅老拍胡老肩膀。胡老躲开。

胡老　更不像话了！

傅老　不对……"病树前头万木春"怎么样？我是"病树"还不成么？

胡老　不成不成！你凭什么在这儿跟我摆老资格呀？

傅老　那就……"沉舟侧畔千帆过"——我都沉下去了，总可以了吧？

胡老　不行不行！只要把我跟你掺和到一块儿，就是不行！

傅老　看看看看，老毛病又犯了吧？做了一点成绩就翘尾巴！不跟这个不跟那个，这样下去，是要栽大跟头的！

〔胡老百口莫辩。

傅老　我早就对你说过：群众是真正的英雄，而我们自己往往是幼稚可笑的——幼稚可笑的，听见没有？

胡老　（怒）你才幼稚可笑呢！什么"小饭桌"……我不管了！（向里屋下，关门）

陈大妈　胡先生！胡先生……你说这——

傅老　他这个人就是这样："老子天下第一"，什么都不放在眼里，以为离开他地球就不转了……有什么了不起的？（向里屋）你不管，有人管！

〔保姆小云上。

傅老　（向陈大妈和小云）快点儿，帮我把这些桌子椅子都搬我们家去！

〔三人搬小桌椅下。

【本集完】

# 第 91 集　神秘来信

和平拿一封信对着光细看。

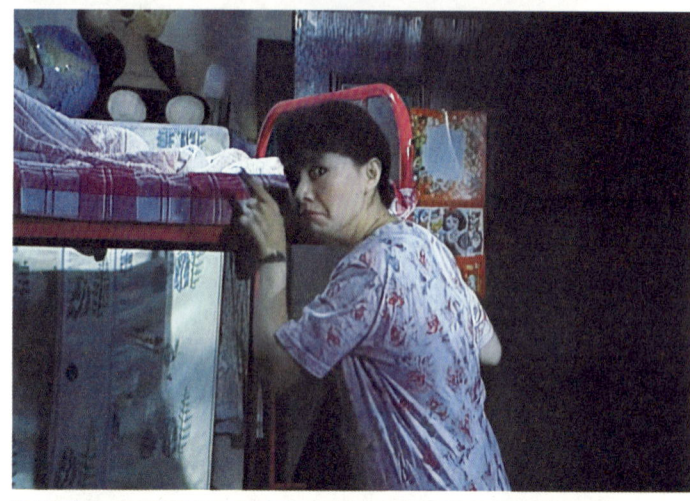

夜半，和平蹑手蹑脚地来到圆圆房间，试图窃取圆圆的神秘来信。

圆圆的朋友，中央电视台主持人赵忠祥登场，众人惊喜拥上。

第 92 集  目击者

志国被坏人吓昏,刚刚醒来,拉着和平和圆圆的手:"你们俩人都没事儿,我就放心了……"

和平:"背影儿——反正也就和一般的犯罪分子的背影儿差不多吧!反正是……鬼鬼祟祟的,缩头缩脑的……"

镜头扫过众多嫌疑人的脸,都不是志国见过的凶犯。终于,志国指着眼前人叫道:"这……像……就是他!"

# 第93集　谁比谁傻（上）

阿大向志国鞠躬："爹！"
志国惊讶地环顾四周："谁是你爹呀？"

胡老解释当年在县城念书时家里给包办婚姻的经历。

阿大狼吞虎咽地吃着饭，吃到打嗝。胡老提着一袋洗漱用品唉声叹气地进门。

## 第94集　谁比谁傻（下）

傅老讲述自己将如何规劝胡伯母："我准备一进门，就紧紧地抓住她的双手，盯着她的双眼，然后深沉地说——'你受委屈啦……'我就不相信她听了会不感动！"

胡伯母以为是傅老在乡下有一个孩子，傅老矢口否认，但见胡老偷偷作揖，只得配合："好好……就算我有这事儿……"

听闻胡老和胡伯母来接自己回家，阿大兴高采烈地跳了起来："我……我要回家了？！我要回家了！我回家了……"

# 第95集 特别的爱给特别的你（上）

志国试图用下面的说辞赶走孟昭阳："你已经被宣布为不受欢迎的人，并限期离境，顺致最崇高的敬意！"

傅老欲给昭阳介绍的对象春妮登场。

见到和平单位唱大鼓的小骆，昭阳把"林妹妹"抛到脑后，和小骆眉目传情。

## 第 96 集　特别的爱给特别的你（下）

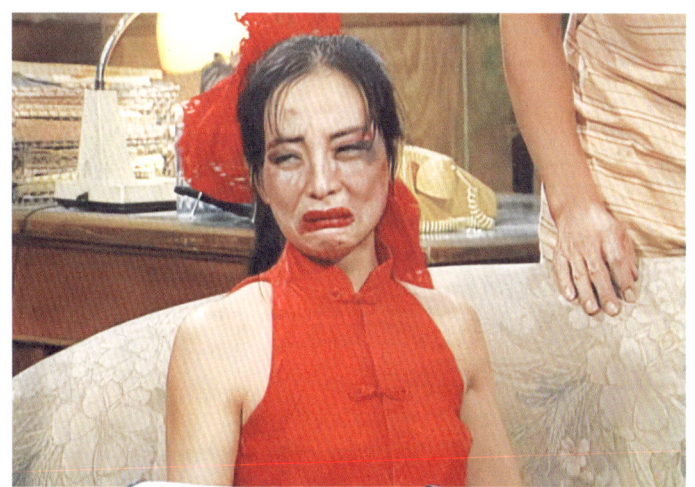

小骆哭诉，昭阳在她表演大鼓时，她唱一句，昭阳就在台下喊一句："下去吧！换人吧！"

小骆："啊！我就得让那姓孟的看看：我姓骆的不是没人要的主儿！"

小骆要给昭阳俩嘴巴，以了恩怨。

# 第 97 集　女儿带来男同学（上）

文良称傅老幽默，圆圆不解："我真不明白，这就算幽默？"

文良："我算少年，你算少女。"

和平拉着志国欲给文良道歉："昨儿是你叔叔不对，圆圆也生气了，我也批评他了。今儿请您来呢，就是让他给您道个歉。"

第98集　女儿带来男同学（下）

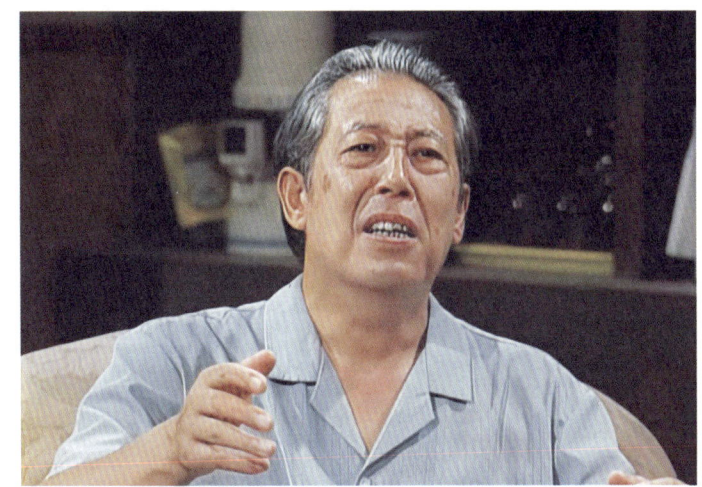

圆圆离家出走，傅老焦急万分，百感交集，深情凝视远方。

傍晚，文良欲把圆圆一个人丢在小公园："那我走了？回家太晚了得挨说……圆圆，要不你也走吧……"

圆圆向众人介绍："我给你们介绍一位新朋友——特有艺术品位！进来吧——风！"

# 第99集　94世界杯

胡老："我今天还就要主观了——我就认为哥伦比亚肯定赢！怎么样，跟我打赌？敢吗？"

傅老兴奋地看着球赛："你看，这个保加利亚现在有转机嘛。从左边儿……好，传到右边儿！诱敌深入，出其不意……"

傅老高声向众人宣布："老胡同志有话要跟大伙儿说——很重要的话呀！"

第100集　小饭桌

傅老:"这个'积极分子'我就不谦虚了,'小饭桌'……你看一天得招那么些孩子来吃饭,这还是相当麻烦的哩,这个我还是谦虚一下吧!"

陈大妈见傅老来,笑称"小饭桌"让胡老一家接下了。

傅老说胡老和自己比是"青出于蓝胜于蓝"。

# 第101集　彩云易散（上）

编　　剧：戴明宇　梁　左

〔傍晚，傅家客厅。

〔傅老、志国、和平闲坐。圆圆背书包上，手拿试卷。

圆圆　（将拿试卷的手背到身后，干笑）呵呵，爸爸好！

志国　好好好。

圆圆　呵呵，妈妈好！

和平　嗯。

圆圆　呵呵呵，爷爷好！

傅老　好好好。

圆圆　……今儿天儿可真热！（拿杯水）你们喝水吗？爷爷喝水吗？

傅老　你喝你喝！

圆圆　妈妈喝水吗？

和平　你喝你喝！

圆圆　爸爸喝水吗？

志国　你喝你喝！

傅老　圆圆可真是女大十八变，越变越……懂事啊！昨天还为买玩具的事儿满地撒泼打滚呢，今天就这么懂礼貌了，真让人高兴啊！

志国　啊对。

和平　真让人着急呀！

志国　啊对……哎？圆圆懂礼貌你着什么急呀？

和平　哼，得透过现象看本质！我这多少年经验了？兹她回家一卖乖，指不定挨学校又犯什么错儿了呢……

〔圆圆心虚，溜向里屋。

和平　圆圆过来，过来！说，挨学校干什么了？

圆圆　嘿嘿，其实也没什么……我就是帮老师擦了擦黑板，帮同学做了做值日，小红数学题不会我教了她一下，扣子在操场上摔一跟头我扶了她一把……都是我应该做的！（扭头欲向里屋下）

和平　你甭说那应该做的——跟妈说说那不该做的！

圆圆　不该做的？不该做的我没做呀！圆明园的火，不是我放的；波黑冲突，不是我挑的；日本侵略中国，我没参加；美国……

志国　圆圆你少犯贫啊！你妈是问你在学校犯没犯错误！

圆圆　妈妈真聪明！知道女儿不可能是十全十美的，犯一点小错误也是难免的——这是我语文卷子，（躬身送上）请家长签字！

和平　（看试卷，惊）啊？72分！瞅瞅……

圆圆　妈你别着急，还有比我更差的呢！

和平　嘿！你怎么不跟好的比，你怎么老跟那差的比呀？

圆圆　唉呀，我得72分您就急成这样，那人家62分的家长还活不活了？

和平　我管他活不活呢，我就管你！说话就要考中学了，你……

小桂　（自饭厅上）大姐，吃点儿啥饭哪？

和平　唉呀，等会儿等会儿！（向圆圆）你怎么能考上重点中学呀？你长大想干嘛呀？想跟小桂似的给人当保姆啊？你个没出息的孩子！

〔小桂听见，怒。

志国　（小声）说话注意点儿……

小桂　（摔围裙）用不着注意！在你家啥地位俺自己知道！俺一天到晚辛辛苦苦忙里忙外的，结果也就是给圆圆当个反面教员！教育她好好读书，省得长大了像俺一样！俺已经这样了，咋办呢？真是一场游戏一场梦！俺还活着有啥劲儿啊……（哭，向饭厅跑下）

和平　哎，不是……哎，小桂！（追到饭厅）

〔时接前场，傅家饭厅。

〔小桂伏桌上大哭，和平凑近劝慰。圆圆跟上。

和平　都怨大姐，光顾着跟那个臭……（回头见圆圆，戳一下圆圆的头）臭贾圆圆生气了，就忘了我小桂妹妹了！小桂，大姐绝没有看不起你的意思……

小桂　（哭）有又咋样？看不起俺，俺有啥办法？做人难，做女人更难！做年轻的女人，更是难上加难！做年轻的女人，又给人家当保姆，简直难上青天了！

〔傅老上。

小桂　俺这样拼死拼活地给你家干，还不落好——俺好命苦啊……

傅老　不能这样说……你生在新社会还说命苦，那我们旧社会过来的人还活不活了？想当年，我给地主家扛长活的时候……

〔志国上。

圆圆　嗯？爷爷，您怎么每回说的话都不一样啊？您不就是地主家的人吗？您怎么又给地主家扛长活了？

傅老　我……

志国　爷爷就是这意思！

和平　哎，就那意思！这孩子！

志国　要搁旧社会吧，小桂在咱们家就算赶上好人家了，挨打受骂一回都没摊

## 第101集　彩云易散（上）

上过……

小桂　啥？还要挨打受骂？你们还想让俺干什么？！（哭）

傅老　多啦！旧社会要像你这样的，那罪过可就大了！半夜就起身，回来落日头！地主鞭子，地主鞭子……

志国／和平　抽得你鲜血流！（齐唱）"可怜你个孤儿，向谁呼救……"

和平　（继续唱）"不忘那一年……"就是那歌！

志国　哎爸，爸！新旧社会两重天，这旧社会的事儿咱们是不是就别提它了哈？

傅老　启发启发她的觉悟嘛！

小桂　俺觉悟再高也是个保姆！（趴桌上哭）

圆圆　小桂阿姨，你心里要老这么不平衡的话，我从现在不好好学习了！我长大当保姆——专门儿给你们家当！也算一报还一报，啊？

小桂　你这么一说，俺听着就舒服多了……（由悲转喜）

和平　你舒服多了，我可难受了我……

小桂　大姐，你为啥要难受呢？俺干得，圆圆就干不得？就许俺伺候她，不许她伺候俺？你还是看不起俺们这一行！……

傅老　看不起也不要紧，旧的传统观念也不是一下就可以克服的。其实干什么不是为人民服务啊？你现在当保姆是为人民服务，我过去当局长也是为人民服务嘛！

小桂　爷爷，当局长俺也愿意……

傅老　哦？你是想在局长的工作岗位上发光发热啊？这个问题可就复杂了，我一个人说了也不算数，得经过组织上的考察、培养、讨论、通过……等等等等！还有这个年龄啊，资历呀……你是哪一年参加革命的？

小桂　俺也不知道，那俺就从到你家那天算起吧！

傅老　就你这个资历，一下要提拔到局长的工作岗位上，全国还是没有先例的。

小桂　爷爷，俺也不一定非当局长——能像大哥大姐那样，也就凑合了！

志国　什么？你还凑合了？混到我这份儿容易吗？我可是大学毕业！

和平　我也中专毕业……

小桂　俺也是中专……没考上。

和平　嘻！那你说它干嘛呀……（下）

傅老　没考上也不要紧啊！高尔基，连中学都没有考上，后来不也自学成才了？高玉宝，连小学都没有考上，后来不也成作家了嘛！还有那个叫高更的，根本就没有学过画画，后来也当了画家啦！还有那个……高什么来着？

小桂　爷爷，这几个姓高的都是一家子吗？

志国　什么一家子？差着好几国呢！爷爷的意思是说呀：你现在抓紧学习还来得及，将来也好……换个为人民服务的岗位呀！是吧？（下）

小桂　换岗位俺倒愿意，可俺怎么学习呀？俺有这条件么？俺基础又差、水平又低、又没人教俺，这一大家子活儿、一大摊子事……

傅老　不要强调客观啊！有条件要上，没有条件创造条件也要上嘛！这样吧，从今天起，爷爷来教你——咱们学政治，学文化……

小桂　那我——

傅老　那个家务活？就让他们都给你分担一下，啊？

〔日，傅家客厅。

〔傅老捧书给小桂上课。

傅老　……所以说，一部中国近代史，就是帝国主义的侵略史，就是中国人民的反抗史，就是封建王朝的没落史，也就是各族人民的革命史……（发现小桂在打瞌睡）小桂！

〔小桂醒。

傅老　我说了这么半天，你听见没有？

小桂　听见了——一样的东西，又是这个史又是那个史的——到底是什么呀？

## 第101集 彩云易散（上）

傅老　到底是……（自语）真是朽木不可雕也！

小桂　（往本上记）噢，朽木不可雕……

傅老　哎！不是不是……

〔和平提菜篮上。

和平　哎，小桂，学完没有哇？赶紧跟大姐做饭去……

傅老　好了，那今天的课就先上到这儿吧？

小桂　不中！爷爷，俺还是没弄明白！您再给俺讲讲！（指书）这儿……

傅老　这种刻苦钻研的精神还是值得提倡的。等我们讲完了近代史，再讲现代史，讲完现代史再讲革命史，讲完了革命史我们再回顾一下改革开放的历史，等回顾了改革开放的历史……

和平　爸，爸……您这得讲哪年去呀？

傅老　如果抓得紧一点的话……有个三五年差不多了。

和平　三……饭还吃不吃了？（欲拉小桂）

小桂　（躲开）哎！吃饭事小，学习事大——对吧爷爷？

傅老　对对对！和平，你就去把饭给做一下嘛！

和平　爸，要不然这么着吧——您去做饭，我辅导她！（递上菜篮）

傅老　我去做饭？我当然是可以做饭了，可是，这个课你教得了吗？你看看这上面这么多的立场、观点、方法，你都掌握了吗？万一要是讲错了，那就从根儿上误人子弟啦……

和平　嘻！我干嘛非给她讲政治啊？我可以给她讲艺术啊！（硬把菜篮塞给傅老，向小桂）你不是一直想当演员吗？

小桂　啊！

和平　大姐今儿系统地开始辅导你。（拉过椅子）过来，过来……

小桂　真的啊大姐？太好了！（起身上前）

傅老　不行啊，和平！小桂的学习是有计划的，现在是打基础的阶段，过早地定向了，将来万一当不成演员怎么办哪？

和平　爸，爸！多学点儿东西怎么了？艺不压身这叫！（向小桂）跟着我，（摆好喊嗓子的架势）起！（发声）啊——咦——

小桂　啊——咦——

〔傅老无奈，拎菜篮向饭厅下。


〔傍晚，傅家饭厅。

〔全家人吃饭。傅老吃完站起。

傅老　小桂啊，等一会儿让他们帮你刷一下碗，我们接着讲近代史。今天我给你讲一讲鸦片战争前后的中国经济状况——很重要哩！（下）

小桂　中！太好了，爷爷。（向其余众人）对不起，那你们辛苦了！（下）

志国　嘿！嘿……咱爸也真是，还鸦片战争时候的中国经济状况，也不看看咱们家现在的经济状况——一个月连吃带用花好几百请一保姆容易吗？连碗都不带刷的……真是！干嘛来了？上我们家带薪进修来了？

和平　没法儿说，真是！得，也只好辛苦你们俩了——我这还得给她辅导艺术去，我累死了我！（下）

志国　嘿！嘿……

圆圆　爸，那就只好辛苦您一个人儿了——我得备课，我教小桂阿姨学画画！（下）

志国　你……（向客厅）小桂，小桂！从今天开始我教你学外语！跨世纪人才不懂外语怎么行啊！


〔夜，傅家客厅。

〔志国教小桂外语，二人都很疲倦。

志国　（连打哈欠）你……你把前边那几个字母再念一遍！

小桂　矮，百，赛，逮……

志国　唉呀！行了行了……你说你这河南英语谁听得懂啊？算我倒霉，刷了碗不说，半夜三更的不能睡觉还得教你学英语……（打一大哈欠）也不知道是我花钱雇你还是你花钱雇我。

小桂　大哥，你咋这样讲话呢？俺也不是深更半夜的非要学习，明明是你非要教俺嘛！俺现在困得俩眼都睁不开了——俺说什么了？

志国　谁非得教你了？我那是为了躲刷碗……教你你倒好好学呀！

小桂　俺咋不好好学了？实在是因为小时候家里太穷了。

志国　学英语跟家里穷有什么关系呀？你上英国看看去，甭管多穷的孩子那英语都溜着呢！——我这说的也是废话！

小桂　是啊是啊，俺小时候就是没遇到像你这样好的老师——俺们学校那英语老师，发音还不如俺呢！俺现在要是学，还来得及吗？

志国　那绝对的……来不及了！看来你这英语是彻底没戏了……哎？要不咱们再改学日语试试？

小桂　中！学日语更好——到时候俺可以直接给高仓健写信了。

志国　唉呀，可我这日语会得可不多呀……你懂点儿不？

小桂　（摇头）嗯……不过俺听说，日语里边有好多中国字，兴许俺还真能认识一个半个的！

志国　不错，日语里是有汉字，可意思不完全一样。你比如说"手纸"两个字，在日语当中就是"信件"的意思……

小桂　那俺希望有一天，高仓健能收到俺的手纸！

〔日，傅家客厅。

〔小桂手拿几份笔记来回溜达。傅老、志国、圆圆坐，皆手拿教学资料。

小桂　……（读）"清道光二十年，即公元一八四〇年开始的鸦片战争，是中国由封建社会进入半殖民地半封建社会的转折点。"（换一本，读）"素描及绘画，即一切造型艺术的基本功之一，用以锻炼观察和表达物象的形体、结构、动态、明暗关系。"（再换一本，唱单弦）"王国福，家住在大白楼，身居长工屋，放眼全球！""再见——撒优那拉！再见——撒优那拉……"

圆圆　完了完了，这孩子算毁咱家手里了！

傅老　一下子学那么些杂七杂八的东西，贪多嚼不烂嘛！

志国　多学点儿好，甭管什么时候，肯定能用上——谁知道哪块云彩有雨呀？

〔和平拿一空瓶子自饭厅上。

和平　小桂呀，学完没有啊？赶紧帮大姐做饭去！

小桂　不中。爷爷说了，今天不把这些东西背完，不叫俺吃饭。

和平　嘿！哦，你不吃我们全家也饿着？你什么时候背完哪？

小桂　估计等你做完饭……嘿嘿，也就差不多了！

和平　改你吃现成儿的了！圆圆，甭假模三道挨那儿用功！赶紧赶紧，帮妈换瓶儿酱油去！快点儿……

圆圆　我实在脱不开身——我这儿备课哪！晚上我要给小桂阿姨讲"速写的基本原理"。要给学生一杯水，老师先得有一桶水！

和平　咱家有的是水，就是没酱油……志国，要不然你去换一趟去？快！

志国　有没有搞错呀？是学习学习重要，还是"咪西咪西"重要啊？我这里备课大大的，你的捣乱的不要！开路开路的走！

和平　咱都甭吃！我可真开路了我！

傅老　行了行了……不就是换一瓶酱油吗？我去我去！（接过瓶子）

小桂　爷爷，慢走。（恭恭敬敬捧过一封信）俺这里有一封"手纸"，请您帮俺寄一下！

〔日，傅家饭厅。

## 第101集 彩云易散（上）

〔傅老、志国无聊地等饭，不停地敲着筷子。和平端两碗面条自厨房上。

和平　干嘛哪？

志国　哎！大礼拜天就吃这个呀？不是包饺子吗？

和平　我包啊？我一人忙得过来吗？

傅老　小桂呢？她这礼拜不休息呀！

圆圆　（上）她说她要去公园写生去……今天早上我扫的地，我把屋子都擦了一遍！

志国　我也没闲着呀，我把所有衣服都给洗了！

和平　我不光做了饭，我还把厨房归置了一遍——忒脏了也！

〔小桂昂首挺胸上。

小桂　我回来啦！

和平　嘿！回来得真是时候。

小桂　俺一猜，大姐就把饭做好了！为了支持俺的学习——大姐，你辛苦了！

　　　（拍了一下和平，向厨房下）

和平　没什么！都是我应该……我凭什么应该做呀我？

圆圆　我觉得也太过分了！

志国　爸，这都是您的主意啊。您说句话吧。

〔小桂返回饭厅。

傅老　这个这个……呵呵，小桂前一个阶段的学习还是不错的嘛！掌握了不少有用的知识，可以成为一个知识分子了嘛！将来一定可以大有作为的。小桂呀，你这一阶段的学习就算圆满地结束啦！从现在起我正式宣布……

小桂　咋样啊？爷爷……

傅老　你就光荣地走上——原来的工作岗位！

小桂　啥？俺现在都是知识分子了，咋还让俺干这个呀？！（摔筷子，下）

【上集完】

## 第102集 彩云易散（下）

编　　剧：何　鲤　梁　左

〔晚，傅家客厅。

〔和平坐在沙发上喝水，圆圆头重脚轻地上。

圆圆　（虚弱地）妈，我饿得不行了……小桂阿姨买菜怎么还不回来呀！（瘫坐沙发上）

和平　（虚弱地）我也熬不住了，再这样……

〔圆圆拿过水杯喝水，和平伸手拿了个空。

和平　嘿！……再这样非出人命不可呀！

志国　（步履蹒跚地自里屋上）谁能想到呢，在这改革开放形势一片大好的今天……我居然饿死在自己家里！（坐）

圆圆　我就不信：这么大一个家，找不出一点儿吃的来？（起身欲进饭厅）

傅老　（自饭厅上）别找了！我都找好几遍了……和平啊？这个小桂买菜买到哪里去了嘛？到天津也该回来了。

和平　会不会路上出什么事儿啊？

志国　难说呀！这孩子本来意志就不够坚定，这一段儿又学了些乱七八糟的，人五人六的，也觉着自己是知识分子了，这心潮起伏就更不安分了，再碰上个人贩子，还不一拐就跑啊？

傅老　什么逻辑嘛！照你这么说，知识越多越反动了？没有知识才容易让人家给拐跑呢，知识多了，分辨是非的能力就强了嘛！

志国　爸，我饿成这样了，我也懒得跟您辩论了啊……听说过这句话吧——"人生最大的痛苦，就是梦醒之后无路可走。"小桂呢，本来是在半梦半醒之间。知识唤醒了她，她不跑还等什么呢？

圆圆　坐着说，不如起来行！咱们先给公安局打个电话报个警……（摇摇晃晃站起，又瘫倒在沙发上）

傅老　对对对，以防万一！我打电话报警——和平，快点儿买菜，买菜！

和平　哎哟，我看也只好这样了，总不能坐以待毙呀！（起身向饭厅下）

傅老　（拨电话）占线占线……（向电话）公安局，啊……

〔小桂手提空菜篮大摇大摆地上。

傅老　（向电话）没事了！……你才吃饱了……我就是向全体公安干警同志们问声好……（挂电话）小桂！你跑到哪里去了？这买菜都买了四个钟头了嘛！

志国　一大家子好几条性命这儿眼巴巴地盼着你呢！你真是……

和平　（自饭厅上）你瞅瞅，老的老小的小，你说饿死哪个……

圆圆　妈！我不行了！为我报仇……（倒下）

小桂　咋了？你们自己就没长手？就不能自己买菜做饭的？一定要等俺回来吗？难道俺命里注定就是干这个的吗？

志国　嘿！怎么意思？买趟菜的工夫，回来说话都变了……你道儿上碰上谁了？

小桂　一个导演。

和平　（笑）导演？导演那不满大街都是啊！上次门头沟出那车祸知道吗？轧死八个人，六个导演——还有俩制片主任！

傅老　遇着导演，也用不了这么长时间哪。他都跟你说什么了？

小桂　唉呀，也没什么！就是让俺明天去试试镜头……

圆圆　唉呀！（拉住小桂）小桂阿姨你要当明星了？

小桂　可能吧。对不起——（推开圆圆的手）你们先聊着，俺还有好多准备工作要做，就不陪你们了。哦，顺便说一句——菜，俺忘买了！（把空菜篮塞给和平）

〔时接前场，傅家饭厅。

〔傅老、圆圆在座。志国自厨房端简单的饭菜上。

志国　来来来，快吃快吃……

傅老　小桂怎么不来吃啊？当了演员也不能不吃饭嘛！

和平　（端小菜上）挨里屋试衣裳哪，瞅瞅明天穿哪身儿合适……

圆圆　爸，小桂阿姨她还真要当明星啊？

志国　看她那嚣张的气焰，有点儿像真的。

傅老　别是遇见什么骗子吧？现在一般骗子都喜欢冒充导演。

和平　不会的！小桂说了，人家都在街上拍外景哪，一大帮人呢。那导演还有点儿名儿，叫冯小刚——听说不是骗子。

傅老　这就是机遇嘛！想不到我退居二线以后，还为国家培养出这样的人才！

和平　爸，爸……怎么你培养的呀？我教她的表演！我就随便那么一教，人家往街上一走，立马儿就被导演瞧中了！

志国　哎？那你这当老师的怎么老没让导演看中啊？

和平　我……我不是不好个抛头露面吗！真是！

圆圆　妈，主要是我的功劳，我教小桂阿姨学画画儿……

志国　还有我呢，当明星不懂英语怎么能走向世界呀？

傅老　关键还是我，一个演员……

## 第102集 彩云易散（下）

〔小桂上，衣着靓丽。

和平　哟，小桂！

小桂　放心吧，俺不会忘了你们全家的！

圆圆　小桂阿姨……

〔圆圆拉小桂胳膊，小桂睥睨圆圆，圆圆知趣松手。

小桂　俺这身时装咋样啊？

众人　好看好看！……配套嘿……

小桂　唉呀，这饭菜虽然简单了一些……也罢也罢！谁去开瓶酒来？说不定这就是我们的告别晚餐了呢？

志国　我来我来！

〔晚，傅家客厅。

〔和平带小桂练形体基本功。

和平　撑！

小桂　撑。

和平　（踢腿）走！

小桂　（踢腿）走！（往前踉跄一大步）

和平　嗐！抬高点儿……

小桂　行了吧大姐！俺咋越练越不对劲儿啊？

和平　要想人前显贵，都得人后受罪！你说你这基本功这么差，立马就要试镜头了，你不赶紧练成吗？

小桂　大姐，那你基本功那么好，你咋也没上镜头啊？

和平　我……我不是老没赶上机会嘛！

小桂　大姐，你放心，等俺明天见了导演，抽空把你的情况反映一下，说不定他老人家一开恩，让你给俺演个配角啥的！

和平　我给你演配角？！（不快，欲下）

小桂　大姐，别生气！那就不让你演了……

和平　（回身）那你还是让我演吧！咱不练功了，咱现在开始练声！把大姐教你那儿段儿大鼓来给重复重复。

小桂　大姐，那试镜头还用唱大鼓吗？你这是不是有点儿外行了？

和平　嘿！说什么呢丫头！我外行？知道试镜头是干什么吗？试镜头，就是挨镜头里头看看你的形体、体型儿、身体、外形儿……啊，说不定人家还让你演点儿什么……到时候你给唱个歌，朗个诵，演个小品……到时候你就给唱段儿京韵大鼓，多绝！

小桂　那就等到时候再唱吧……其实大姐你放心，俺这艺术功底在这儿摆着呢，他要什么俺不会呀？琴棋书画俺无所不通——光外语俺就会两门儿——俺怕谁呀！

和平　哎哟，你这孩子怎么这么不虚心哪！你刚进文艺界的门槛儿，大姐挨这儿多少年了？（给小桂纠正形体）道行多深哪？也就是你，一般人我教吗？真是的！跟着我练——

小桂　大姐，你饶了俺吧，你还是把俺当一般人吧！

和平　怎么回事啊？都知道你是我的学生！

小桂　你放心大姐，谁都不知道，俺绝对不往外说！

和平　跟着我练！啊——咦——

小桂　啊——咦——

和平　站直喽！啊——咦——

〔傅老穿睡衣上。

小桂　啊——咦——（声嘶力竭）

傅老　小桂……这么晚了还没有睡啊？

小桂　没事儿，爷爷！俺们文艺界的同志都习惯晚睡晚起，这也是工作需要嘛，要不以后晚上拍戏咋办呢？

和平　爸，爸，我这儿正辅导她呢，您赶紧歇着去吧！我教教她发声……

小桂　如果一定要辅导的话，俺还真宁愿让爷爷给俺辅导……

和平　嘿！

傅老　呵呵……那我就再辛苦一下！（推和平到一旁，坐）小桂呀，你现在已经进入文艺界了，实现了自己多年的梦想，很好嘛！但是你知道，作为一个演员最重要的是什么啊？

小桂　俺不知道……

傅老　最重要的就是……和平你告诉她！

和平　最重要的就是……（向傅老）我不知道您要说什么。

傅老　最重要的就是……要从生活出发嘛！现在有的电视剧，管它合适不合适，两个人根本不认识，刚凑在一起就抱着不放——这个不真实嘛！

〔和平打哈欠。

傅老　还有的电视剧，一集还没有演完就出来私生子了！我现在把这个问题摆在你们文艺界同志面前，希望引起你们足够的重视！

〔小桂打哈欠。

和平　爸，小桂是去演电视，不是当文化部部长。您瞧您跟她说这有什么用啊！
　　　（向里屋下）

小桂　咋没用呢？你放心爷爷，你的意见俺很重视！明天俺见了导演，抽空跟他商量一下——抓紧落实！（下）

〔傅老打哈欠。


〔晨，傅家饭厅。

〔小桂端坐在傅老位置，志国在座。

志国　我一会儿还要上班，就不能送你了……小桂呀，到了新的环境，这外语学习可不能放松啊！

小桂　（港台味）瞧你，志国哥，我还不一定能不能走成呢！

志国　是啊是啊，这也算你人生的十字路口吧。你这一步如果能够跨出去，你将来的生活就大不一样了！你知道吗？古时候，有人看见白布就哭，因为它可以黄可以黑；看见岔路也哭，因为它可以南可以北……你现在，就如同白布和岔路啊——可以当明星，也可以当保姆嘛！

小桂　大哥说得我心里好紧张噢！

志国　唉，我当初就是一步没有走好，才沦落到现在这样……要说，我的人生经历还真有点儿戏剧性啊！小桂啊，你要是愿意听，我哪天给你好好讲一讲，对你们影视圈的人来说，这是难得的好素材呀！

小桂　大哥愿意讲，我当然愿意听啦。

志国　愿意讲愿意讲！不过今天时间来不及了，我就给你讲最重要的一次啊。嗯……那是一九七三年的冬天，当……

小桂　一九七三年我还没有出生哪！

志国　你出生没出生不要紧，我说的是我！当时……

小桂　我没有出生以前发生的事情，跟我有什么关系呢？

志国　唉呀，当时啊……

圆圆　（上）小桂阿姨！小桂阿姨，这儿有我以前教你画的画儿，帮我在这上面签个名儿。

小桂　瞧你，圆圆，我还没有当明星嘛，嗯？（签字）我再受累给你写上一句话要不要啊？写个"祝你快乐"？

圆圆　不用了不用了，有个签名就够了。我这也是长效投资。你要真当了明星，这画儿可就值钱了……

志国　小桂咱们接着说啊！当……

圆圆　这也是你艺术创作的第一步。

志国　当……

圆圆　哎对了，这儿还有几幅，你都给我签上吧？万一你要有个三长两短的，我可就发了！

志国　圆圆你别胡说啊！小桂咱们接着讲。当时呢，我们兵团正准备给我办提干手续，偏偏又下了一个朝阳农学院"工农兵学员"的指标，正赶上我母亲生病，家里来信要给我往北京办"困退"，我跟你和平大姐又刚刚认识……唉呀，这几件事全都岔在一……

傅老　（上）小桂呀！昨天晚上我想了想，还有几点意见要补充一下……

和平　（上）哎哎哎！小桂你怎么还在这儿干坐着？赶紧活动活动筋骨……

志国　你们先等我说完了……

圆圆　小桂阿姨，你给我签完了你再走啊！……

〔众人乱作一团。

小桂　（变回河南口音）唉呀——你们把俺杀了吧！


〔晚，傅家客厅。

〔全家人在座。

傅老　也不知道小桂选上没有……

和平　选上了吧？这都什么时候了？这么长时间不回来，肯定选上了！

傅老　这以后她又拍片子，还得帮助咱们料理家务，真够她忙的！

和平　爸，您这儿想什么呢？人家还给您……赶紧找人吧！

圆圆　我还真有点儿舍不得小桂阿姨……

〔关门声响，小桂垂头丧气上。

和平　哟，回来了！回来了……

〔众人上前围住小桂。

和平　小桂，选上了没有啊？没选上？

小桂　选上了……

〔众人激动惊呼。

和平　我知道了！回来取东西来了——我给你归置去！

小桂　不用了大姐！拍完了——让俺演一个保姆，就一句台词——

众人　什么台词啊？

小桂　（哭喊）"俺好命苦啊！"——就这词儿……

【本集完】

## 第103集　好缺点

编　　剧：张　越　梁　左

〔晚，傅家饭厅。

〔圆圆上，入座。小桂、和平一道道地上菜。

傅老　（上）哦，拌黄瓜条！好，开胃呀！

志国　（上）哦，拌土豆丝！好，清香。

圆圆　嗯，拌笋块儿！好，下饭。

〔小桂又端上一盘。

众人　这是什么呀？

小桂　这个呀，是大姐叫俺拌的——西瓜皮。

志国　好……好什么好？你这儿喂兔子呢你？

傅老　天儿热，适当配点儿小菜儿吃吃，对身体有好处嘛！

和平　哎！就是。赶紧吃吧。

傅老　不忙，等大菜上来再吃也不晚……

和平　没大菜了，就这些了。赶紧吃吧！

志国　啊？我上一天班就让我吃这个呀？

圆圆　我上一天学就让我吃这个呀？

傅老　我上一天……我一天没出去，就让我吃这个啊？

和平　吃这怎么啦？吃这就不错了！今年气候不好，什么菜都贵，吃上这就不错了——过两天揭不开锅的时候还有呢……

傅老　胡说嘛！我、你、志国，我们三个人的钱加起来有一千多块呢，什么样的锅揭不开呀？

和平　爸，您也忒不了解外面行情了吧！一千块钱也算钱哪？也将够吃顿早点的——扔大街上都没人捡。

傅老　胡说！一千多块钱，扔大街上都没人捡？

和平　哎！

傅老　我就捡……

和平　嗯？

傅老　当然喽，我捡了也是还给人家失主嘛！和平啊，我看你最近一阶段思想不大对头啊？

和平　思想对，钱不对。

傅老　钱不对头，思想也不对头。

和平　思想对，钱不对！真是……

圆圆　别吵了别吵了……等我长大了给你们挣大钱，让你们天天吃香的喝辣的！

和平　哎！还是我闺女孝顺我——就是我等不到那天……

傅老　和平啊，不要那么悲观嘛！我比你大那么多，我都有决心等，你就没决心等了？圆圆，说说你的想法：将来怎么去挣大钱？

圆圆　那还不容易？我先考上个好中学。

众人　嗯！

圆圆　然后呢，进个好大学。

众人　嗯！

圆圆　然后呢，找个好单位。

众人　嗯！

圆圆　最后呢，再找个好对象……

众人　嗯！……嗯？

圆圆　剩下的事儿我就不多说了。他的钱不就是我的钱吗？我的钱不就是你们大家的钱吗？

傅老　说来说去，还是靠别人啊？挣钱得靠自己！懂不懂啊？

志国　圆圆这个思路……基本是正确的嘛！

圆圆　哎！

和平　正确什么呀？头一条就行不通！现在重点中学得小学推荐——（向圆圆）就你那表现，小学谁推荐你呀？

志国　圆圆的学习成绩还是可以的嘛！

圆圆　就是的！

和平　光看学习成绩？得全面发展！就她身上那些缺点……

圆圆　我们赵老师说了，让自己总结一下自己的优缺点——我刚才已经总结完了——不好意思，全是优点，没缺点。

和平　嘿！


〔晚，傅家客厅。

〔圆圆举小本儿念总结，众人听。

圆圆　（读）"尊敬老师，热爱老师；团结同学，帮助同学；认真听讲，完成作业；锻炼身体，保卫祖国；坚持真理，改正错误；聪明美丽，天真活泼。各方面都比一般人强，为全世界的小学生做出了榜样！"

傅老　等等，等等！我怎么越听越不对劲儿啊？这是你吗？

和平　真是的！这是我闺女吗？我听着像雷锋他闺女！

志国　就是！要有这号学生，还上什么中学呀？干脆上国家教委当主任去得了！

傅老　是啊，金无足赤、人无完人嘛！上哪儿去找这么十全十美的啊？不就是总结一下优缺点吗？圆圆，你说说：你的缺点是什么？

圆圆　我不是说了吗？不好意思，全是优点，没缺点。

志国／和平　嘿！这又来了……这孩子！……

傅老　不可能嘛！人吃五谷杂粮，怎么会没有缺点呢？我都有缺点，你就没有缺点了？都是爹妈生、父母养嘛！

圆圆　那我爹妈跟您爹妈又不是一人……

和平　爹妈本来就不是一人！没听歌里唱的吗？"爹是爹来娘是娘"！

傅老　是啊！再说你爹跟我爹怎么能够相提并论呢？你爹，他得管我叫爹；我爹，你得管他叫……叫什么来着？叫老祖宗吧？

和平　老祖，老祖……

傅老　是吧,得叫老祖……哎？说着眼目前儿的事,怎么提起老祖宗来了？圆圆，你不知道你的缺点，那我就给你提一条——自由散漫！你承认不承认？

和平　目中无人，你也有吧？

傅老　过于早熟——还追求什么张国荣！

和平　思想复杂——还往家带什么摇滚少年。

傅老　学习也不爱动脑子。

和平　家务也不爱干。

傅老　有时还不够诚实。

和平　经常撒谎。

傅老　尊老敬老，我看你一点儿都没有！

和平　欺负弱小，你是经常的！

傅老　说你缺点成堆呀，那都是轻的！

和平　我看这孩子根本要不得了！

圆圆　别别……别价呀！你们还是不是我亲妈亲爷爷了？我要把这些缺点都写

## 第 103 集  好缺点

上，那人家小学能保送我吗？人家中学能留我吗？这是我一辈子的大事，没工夫跟你们开玩笑！

志国　是啊，事关圆圆的前途，我看这些缺点就不必提了吧……

圆圆　哎！

傅老　那依着你怎么办哪？光写优点，不写缺点？

志国　那倒也不现实。咱们自己不写，老师也会写。与其让别人写，还不如咱们自己写，这样还可以多写上几条"好缺点"。

圆圆　爸，缺点有好的吗？

和平　我也是头一回听说。

傅老　志国呀，我看你这就不实事求是嘛！缺点就是缺点，优点就是优点，还有什么"好缺点""坏缺点"？

志国　嘿，当然有了！缺点和优点在一定的条件下是可以互相转换的。比如说，圆圆不爱做家务劳动，这算是缺点吧？可同时也可以说明她把主要精力集中在了学习上——这又成了优点了！这就叫转换——转换！懂不懂，圆圆？

圆圆　我懂了，爸爸。您快帮我转换转换吧。（摸志国头）

志国　（推开）哎！转换那是随便能转的吗？那得动脑筋！

圆圆　爸爸，您看咱俩谁跟谁呀，是不是？您就帮我转换转换吧……

志国　好好好……我来我来。今天晚上我就是不睡觉，也帮你想出几条"好缺点"来，好好地转换转换，让北京市的所有好中学都抢着要你！

傅老　哼！这么点儿孩子，你就教她弄虚作假，我看倒是你自己该好好转换一下了！

〔日，傅家客厅。

〔众人在座，听手拿小本儿的志国发言。

志国　……考察培养一个学生和考察培养一个干部，性质是完全一样的！我多年从事这方面的工作，经验是有的，教训也是有的。今天嘛，我不想多谈，只想谈三点。第一点……

傅老　志国志国，不就是帮着圆圆总结个优缺点嘛，哪那么些三点四点的？我今天倒要看看你是怎么转化的！

志国　爸，您别着急嘛，慢工出巧匠——（继续大声讲话）总结也好，鉴定也好，都关系到一个人的前途，所以一定要慎之又慎！……

和平　你别说得那么玄成不成啊？不就给圆圆找几条缺点嘛！

志国　缺点就更不能小看了。如今我们考察干部看什么呀？主要就是看缺点！优点谁没有啊？全心全意为人民服务、密切联系群众、艰苦奋斗、任劳任怨、拒腐蚀、永不沾……这都是一个国家工作人员应该具备的嘛！至于缺点，每个人就不一样啦。只有缺点，才能反映出一个人的特点。

圆圆　爸，您这儿说的跟我都没什么关系呀？

傅老　是啊，这不越说越远了吗？

和平　我觉得也是……

志国　是什么是？现在说的就是圆圆！圆圆，你自己先说说，这两天，从昨天到现在，你想好自己的缺点没有啊？

圆圆　我想了一晚上，我也想不出来——我哪儿有缺点呀？

和平　嘿，这孩子又来……

傅老　不能正确认识自己的缺点，这就是你的缺点！

和平　志国！这得算一条吧这个？

志国　你怎么了你？就算我爸岁数大了，一时糊涂……

傅老　啊？

志国　圆圆年纪太小，又不太懂事……

圆圆　嗯？

志国　你这不老不小的，你怎么也跟着稀里马虎的呀？噢，不能正确认识自己的缺点？这条缺点一写上，不光她所有的优点都没了，而且把所有的缺点全都包括进去了。我昨天反复强调的是什么？转换！转化！明白不？要写"好缺点"！

圆圆　爸，实在要写缺点，那就写我锻炼身体不够——这能算"好缺点"吗？

傅老　这已经就是避重就轻了！

志国　啊？这还轻啊？最重就属这条了！"三好学生"的第一条是什么？身体好。你不锻炼身体能好吗？身体不好，还谈什么现在的学习和将来的工作呀？就冲这一条，重点中学就不能要你！

和平　照你这么说，您这标准，咱上哪儿给圆圆找"好缺点"去呀？

志国　上哪儿找？上我这儿找啊！昨天晚上我一宿没睡，随随便便就找了七八条——都是好得不能再好的缺点！

〔和平、圆圆兴奋不已。

和平　随随便便就找七八条？赶紧说说！

志国　我说说……（摆谱）这么热的天儿你们让我怎么说呀？

和平　我，我给你扇扇，扇扇……（拿扇子扇）

志国　这就好多了……昨儿我一宿没睡，觉得有点儿累，要不咱们改天吧？（欲下）

和平　别别别，改天就来不及了！圆圆，赶紧给你爸捏捏呀、捶捶呀……

圆圆　噢……（给志国捶肩）

志国　唉呀……我的茶哪？

傅老　（递茶杯过去）要不您先喝我的？

志国　嘿嘿，这还差不多……（欲接）

傅老　（拿回茶，自己喝）哼！

志国　那你们都不记录，让我怎么说呀？

〔众人泄气。

〔时接前场，傅家客厅。

〔众人在座。志国发言，圆圆拿本儿记录。

志国 ……关于圆圆的缺点，我考虑——第一条：就写她在政治上没有按比少先队员更高的标准要求自己。在读报纸、听广播、看电视新闻、关心国家大事方面坚持得不够！

和平 关心国家大事？她关心什么大事啊？她还坚持……（向圆圆）你坚持什么了你？

傅老 是啊，现在对小学生恐怕也没有这种要求嘛！

志国 所以呀，通过这条缺点，就可以看出圆圆对自己是"高标准严要求"的呀——虽然坚持得不够，也比一般的同学还是强一些的嘛，是不是？这就属于"好缺点"。

圆圆 对对对……爸，您接着往下说！

志国 第二条：在学习上，没有调动出全——部的积极性，没有发挥出全——部的聪明才智，没有挖掘出全——部的潜力，没有……

和平 哦，这条我明白了，就是明里说坏暗里说好，对不对？

志国 不光这条，下边的全是一样！第三条：在帮助同学方面，有时候光注意自己进步，忽略了帮助别人进步，今后一定要注意改正！

和平 哦，这条我也明白了，就是说咱圆圆特别进步。

志国 对对对……第四条：在课堂学习回答问题方面，有时候非得等老师提问才能积极回答，老师不提问就不能主动回答，反映出了在学习的主动性方面的差距还是很大的。

圆圆 这条不对！上课的时候老师不问我，我也经常主动回答问题……

和平 你那叫接下茬儿！老师最烦你这条儿了。

志国 是啊，正因为老师烦这条儿，我们才必须写上这条儿。我们写上了这条儿，才说明我们没有这条儿——懂不懂，圆圆？

## 第 103 集　好缺点

圆圆　不懂不懂不懂……

志国　不懂慢慢学吧你！在劳动方面，有时候因为积极参加家庭劳动和社会劳动，而没有把主要精力集中在学习上，有时候又因为把主要精力集中在学习上，而没有积极参加家庭劳动和社会劳动。今后，这两种倾向都应该注意克服！

圆圆　我可越听越不懂了……

傅老　你爸的意思是夸你呢！说你不单能把主要精力集中在学习上，还能积极参加家庭的、社会的劳动，多好的优点哪……哼！

和平　我这么听着，合着咱圆圆除了学习就是劳动，什么好吃懒做呀、贪玩儿呀什么的这些缺点都没了？

傅老　志国啊，你这种做法我坚决反对！

志国　爸，您反对什么呀？您看出我的水平来了吧？就这几条"好缺点"，就把她所有的坏缺点全都给弄没了！嘿，这也就是我，换他们别人试试——谁行？

傅老　嗯，可不就你行吗？别人谁行啊？

和平　听听听听，你爸为你上一重点中学费多大心思啊！

志国　这不是自己的亲女儿吗？又不是外人。下一条：在性格方面，有时有急躁情绪，在学习上贪多求快，恨不得早——点学会，早——为人民做贡献，欲速则不达……

和平　还想早——为人民做贡献！你有那觉悟吗你？还早——为……

傅老　正因为没有，才要写上——对吧，贾志国？

志国　就是！爸，没错，您比他们都聪明……（得意地捅傅老一下）

傅老　去！

志国　还有，在团结同学方面，有时候光注意和女同学搞好团结，和男同学的团结就不够好，有时候甚至还不爱和男同学说话……

和平　就她还不爱和……她不少说她！她上课都说不完，她下课还说！她没事儿还往家带个仨俩的来……

志国　没错，正因为她有这方面的缺点，咱们才非得把这条写上，化消极为积极，变被动为主动。要不然怎么叫转化呢——是不是？

傅老　（站起）贾志国！你这几年转化得够可以的啊！

志国　（得意）爸，您瞧您又夸我！

傅老　（扬手欲打）我夸你我……

〔日，傅家客厅。

〔傅老、和平在座。

和平　……行了，爸，您也甭生气了。志国也是为了孩子能上个好中学，将来能有个好前程。

傅老　我不管他为什么！我这辈子最痛恨的就是弄虚作假！昨天晚上，我亲自帮圆圆总结了一下她的优缺点——一是一，二是二，黑是黑，白是白！今天上午，让她交学校去了……贾志国来这一套，他能斗得过我？

和平　爸，我说出来您别生气啊——他还真斗得过您！

傅老　啊？

和平　今儿早上，他起了个大早，把总结给重写了一遍——写的都是"好缺点"，圆圆已经交学校了。

傅老　什么？他竟敢……不行！我得亲自到学校去！我要跟圆圆他们老师啊……（激动欲下）

和平　（急拦）别价别价！爸，您别……您干嘛呀……

圆圆　（跑上）啊？怎么了怎么了？我爷爷要寻死去呀？

和平　寻什么死去呀？要寻你去！赶紧坐这儿……

傅老　过来！圆圆，我正有话要问你呢：今天上午到学校交的是我帮你写的那份总结呀，还是你爸爸帮你写的？

· 264 ·

## 第 103 集　好缺点

**圆圆**　我交我爸写的那份儿……

**傅老 / 和平**　嗯?！

**圆圆**　您不得跟我急呀?

**傅老**　哦……真是个好孩子啊。

**圆圆**　我交您写的那份儿……

**傅老 / 和平**　啊!

**圆圆**　我不是自个儿毁我自个儿吗?再说了,我也犯不着为这么点儿小事得罪我爸呀!

**和平**　你到底交的哪份儿啊?

**圆圆**　很简单——我干脆没交。

**傅老 / 和平**　啊?

**圆圆**　我跟老师说我忘写了。到时候她爱给我写什么就写什么吧。

【本集完】

# 第104集　新的一页

编　　剧：梁　左　张　越

客座明星：孙凤英

〔日，傅家客厅。

〔傅老、志国闲坐。圆圆自里屋上。

圆圆　（心虚）我妈开家长会怎么还不回来呀？（殷勤敬烟）爷爷，抽根儿烟！

傅老　好好……

圆圆　爸爸，抽根儿烟……对，您不抽烟。

志国　平常上学不知道着急，等你妈开家长会你才想起着急来——管什么用啊？

圆圆　（赔笑）不是，我是怕老师随便跟你们家长反映点儿什么，你们没什么准备……

志国　我们是准备好了——笤帚、皮带、洗衣板儿！（咬牙）就是你自己呀，做好思想准备吧你！

圆圆　我也准备好了，我这就穿棉袄棉裤去……（欲下）

傅老　不要吵嘛！这么热的天儿，再穿上棉袄棉裤，不打死也得捂死！圆圆啊，我听你妈妈说了，这次家长会啊，是关于你上中学的问题。

志国　（欲发作，忍住）您瞧她平常那表现，她能上什么好中学呀？

## 第104集 新的一页

傅老　是啊是啊——二中、四中、五中、八中、师大附中、北大附中……好学校多的是嘛！圆圆，你打算挑哪个中学呀？

圆圆　我想挑……爷爷，不是我挑人家，是人家挑我！

傅老　万一人家要都挑上了你，你不也得挑挑人家嘛！

志国　爸爸爸……您越说越不沾边了啊！就她……您太不了解您这孙女了！她……

傅老　我怎么不了解啊？我看这孩子在各方面表现都不错嘛。

志国　就她……

傅老　首先是不跟大人顶嘴！就这一点啊，就比你强！

圆圆　（向志国）嗯！

志国　你……

圆圆　嗯？！（向傅老）爷爷，虽然我比我爸强一点，我做得还很不够。

傅老　你看，谦虚谨慎——又比你强！

圆圆　对！我还是要继续努力。

傅老　不断进取——还比你强！……就是比你强！

志国　她说什么了她就比我强？行行……她比我强！我当年那可是保送上的大学，就看她今年能不能保送上个好中学了！

傅老　你当年啊，你当年被保送上大学，纯属是"四人帮"的干扰！

圆圆　对！

傅老　要依着我的意思啊，你干脆就在农村改造一辈子算了！

圆圆　改造你一辈子算了！

〔志国抬手欲打，圆圆躲开。

傅老　我们圆圆现在算赶上好时候喽！上个重点中学，我看没有什么问题嘛！

圆圆　我看也没什么问题！

〔开门关门声，圆圆惊得跳起。

圆圆　（声音颤抖）爷爷，问题来了……

〔和平上，面色沉郁，盯着圆圆。

傅老　和平回来啦？

志国　怎么样？老师说什么了？

和平　贾圆圆同学，赶紧准备准备吧！

〔志国、和平捋胳膊挽袖子，抬手欲打。

圆圆　我准备准备……我套棉裤去！

傅老　哎，你们敢！我早都准备好了——我看你们俩谁敢动她！哼！


〔时接前场，傅家客厅。

〔全家人在座。

和平　（手拿小本儿）……您也甭老护着她。人家赵老师都说了，这孩子无组织无纪律，自由散漫、惹是生非；没事儿还好耍个小聪明啊，使个小诡计啊，上课听烦了接接下茬儿啊，下课跑到操场上欺负欺负小同学呀；挨班里，就喜欢拉帮结伙跟老师作对……就这些，哪条儿不得打！

志国　还不光得打，一个小学生犯这么多条儿，那简直就该枪毙！（起身向圆圆）

圆圆　（跑开）犯错误也应该批评教育啊！怎么就直接枪毙了呀……

志国　你这犯的是一般的错误吗？让你自己说说，小学生能犯的错误，你哪条落下了你？！还留着你干嘛呀？长大了祸国殃民啊你？！

傅老　唉呀，不是说孩子上中学的事吗？干嘛又打又骂又枪毙的？这要是把圆圆真枪毙了，她也上不了中学了，问题倒简单了。

圆圆　呵呵……爷爷，还是别把问题简单了，复杂点儿吧。

和平　人家学校说了，现在上中学不考试了——大拨儿轰，优秀生由小学直接推荐到重点中学——您瞧她这表现，老师能推荐她吗？

圆圆　怎么就不能啊？从一年级到六年级，把那考试成绩排排，我比谁差呀？

## 第 104 集　新的一页

　　　　我不优秀谁优秀啊？！

和平　人家赵老师说了——学习固然重要，可是"德智体美劳"得全面发展！你就是在这方面不全面的典型！

圆圆　赵老师？您听她的呢！她一贯对我就有看法！上次我那小队长就是她给我撤的……我长大了，我跟她没完我！（将胳膊挽袖子）

和平　嘿！您听听！听听……她跟老师这么大仇，老师能推荐她吗？

圆圆　就她一人儿说了算啊？

和平　可不就她说了算吗？她不说了算谁说了算啊？我都懒得跟你废话了！你呀，你就等着上咱门口这大拨儿轰的"二百五中学"吧！

志国　哟！那学校能进吗？听说那学校那学生嘿……初一就谈恋爱！

和平　啊？

志国　初二就非法同居！

和平　啊？

志国　初三嘿……反正上了高中就有带着孩子来上学的了！

傅老　志国，你不要说得那么夸张嘛！真是这种情况，我看计划生育部门也不会放过他们的……圆圆啊，上普通中学也没有什么不好嘛！人家能上，你怎么就不能上啊？

圆圆　我不！我要上重点中学。你们也得替我想想啊，上中学是我新的一页，第一步就让我给走歪了，那我以后能好得了么？

傅老　上哪个中学也不能管你一辈子嘛！重点中学也有坏学生，普通中学也有好学生……这就全靠你自己的努力了。

圆圆　我怎么努力呀？我上不了好中学就考不上好大学，考不上好大学就进不了好单位，进不了好单位就找不着好对象，找不着好对象……我这一辈子不就毁了吗？

志国　噢，合着你活一辈子就为这个呀你……不过倒也是哈，要是找不着好对象，这一辈子活得是够累的——我不就是一现成例子吗？

和平　嘿！嘿……你少来劲啊你！

傅老　我不也是现成的……要不我再找圆圆她们赵老师，好好再谈谈？

和平　该说的我都说了！我瞅人家对我那态度，爱搭不理的，肯定是对她有特别大的成见！我也就甭挨那儿瞎耽误工夫了！

圆圆　哎？怎么是耽误工夫啊？那我学习成绩不好没办法，我成绩挨那儿摆着呢，她愣不推荐我……冤死我了！

和平　你呀，冤就冤点儿吧！谁让你跟老师不搞好关系的？

志国　和平，咱们能不能想个办法绕过这赵老师啊？

和平　那哪儿绕得过去啊？班主任不推荐，别的老师能推荐吗？连校长都绕不过班主任去！

傅老　那要不，咱们就连它学校一起绕过去！直接去找重点中学！

圆圆　爷爷！（冲过去跟傅老握手）

和平　哎？


〔日，傅家饭厅。

〔桌上摆满大小盒子，小桂还在不断抱上。和平清点，志国记录。

和平　……你们单位发的月球车磁疗按摩器一个；我妈送咱家的还没用过的果汁搅拌器一部；朋友送的当年新酒一瓶；自家买的陈年茶叶两罐儿；我们单位发的演出服两套；扣子送给圆圆的张国荣的贴画五张；当年从学校宣传组顺出来的大字报纸一捆儿；你爸爸过生日咱们打算送给他的美国花旗参一盒……

志国　嘿……这就给我爸留着吧？

和平　不成！一律充公。

志国　你说咱好容易孝敬我爸一回，你就……

## 第104集 新的一页

和平　嘿！你这么大岁数，怎么分不清个轻重缓急呀？你爸这十来多年最疼谁呀？圆圆哪！圆圆要是上了重点中学，你爸还用吃这什么美国花旗参哪？你爸还不得一蹦三尺高……多活一百二啊？

志国　瞧你说的！我爸今年就六十多了，再活一百二，那他得多少岁呀……

和平　多少岁？照着二百多岁敞开儿活！圆圆要是上不了这个重点中学，你爸爸吃多少花旗参也没用啊，是不是？你爸爸回头一口气没上来，完了……

志国　啊？我爸就这么就完了？那是你爸！

和平　是！我爸当初不就是因为我学习不好，才一口气没上来嘛？我不能把我爸害死了，还让我闺女把你爸害死呀！

小桂　（抱几个盒子自厨房上）大姐，咱家能送人的东西，都在这儿了！（向厨房下）

和平　哦哦……（向志国）赶紧查查你那纸——这两天咱们都求了谁了？

志国　人是不少，可管用的没几个……要说嘿，还得是我们同事他表妹，听说她在那学校代过课，干脆这花旗参送她得了？

和平　同事的表妹？还送花旗参？长什么样啊？多大岁数啦？

志国　长得是不错，岁数也……

和平　嗯？

志国　……啊，大了点儿——过年就六十九了！

和平　你们那同事多大岁数啦？

志国　（心不在焉地）我们同事今年三十多吧……

和平　同事今年三十多，表妹今年六十九？你蒙谁呀你！

志国　你说我……我这不就为孩子上学嘛，你怎么老往歪了想啊？那是我们同事他爷爷的表妹行了吧？

和平　谁的表妹都不行！（抢过花旗参）不送！一个代课老师能起得了什么作

· 271 ·

　　　　用啊？还不如我们同事他表叔呢，我们同事他表叔挨那学校嘿——烧锅炉！

志国　我当谁呢，就一烧锅炉的呀？

和平　怎么啦？你别拿豆包不当干粮！宰相门房七品官，知道吗？烧锅炉怎么了？校长喝得上喝不上开水可全看他了。

志国　表叔权力再大，那也是后勤部门，真正战斗在教学第一线的还得说是表妹！花旗参还得送她呢……

和平　唉呀，表妹可以送别的，得先送表叔！

志国　表叔可以送别的，咱先送表妹！

和平　去你的吧，什么表妹……

　　　〔二人争抢花旗参，傅老上。

傅老　什么表叔表妹呀？没事儿招那么些亲戚干嘛？

和平　这不为了圆圆上中学嘛，我们这儿打算送礼哪……

傅老　都赶紧给我打住。请客送礼？这一套我最看不惯了！

志国　您看不惯？您看不惯也凑合看着吧！没别的办法了。

傅老　怎么叫没别的办法？办法多的是嘛！小桂呀……

小桂　（画外音）哎，来了。（自厨房上）

傅老　把这些东西都给我放回原处。

志国　哎？这……

傅老　来来，你们俩跟我过来。我们开一个小会，好好研究研究。（下）

志国／和平　又开会……（嘟囔着下）


　　　〔时接前场，傅家客厅。

　　　〔傅老、志国、和平三人开会。

傅老　……我准备呀，找这个学校的领导亲自谈一谈。我可以给他们当一个义

## 第104集 新的一页

务的校外辅导员嘛！讲一讲传统啊，讲一讲故事啊……

志国　爸爸爸……您当校外辅导员我不反对，可是您这动机……好像不太纯吧？哦，就为您孙女儿能进那学校？

傅老　胡说！圆圆就是不上这个学校，我教育下一代也是责无旁贷嘛！

志国　那您就说教育下一代，甭跟圆圆入学搅和在一块儿……

和平　不搅和怎么着啊？……哎？要说发挥个人优势，我这个著名演员更有优势啊！

志国　哟，你还"著名演员"？

和平　哎哎，兹他们学校把圆圆给收喽，咱跟人家说，逢年过节他们学校这联欢会我给承包了！我认识多少大蔓儿啊——阿敏阿玉阿英，阿东阿欢阿庆……

志国　得……得了你！你认识人家，人家也得认识你呀！

和平　他就是不认识我，我请他……他当然就不来了！他不来不要紧，顶不济还有我呢，我就不信我一人儿盯不下来一场联欢会？

傅老　什么？你一个人就演一台联欢会？

和平　一台有什么呀？爸，整本儿的《西厢》全唱完了得三天！我就不信嘿，（将胳膊挽袖子）我……

志国　行……行了你，你饶了孩子吧！人家学校开联欢会，你一人儿跟那儿唱三天？回头再把狼给招来！

和平　你才把狼给招来呢！那你说怎么办哪？

志国　怎么办？哼，还得靠我！趁着现在我大小还是个副处级，我给他们学校办点儿事儿，不就全得了吗？

傅老　志国呀，以权谋私的事情咱们可千万不能干啊！

和平　真是！回头你再犯了法——孩子是进中学了，你也进监狱了！

志国　那……那要不用权，就得用钱了。要不然咱们凑点儿钱捐给他们学校，

· 273 ·

也算是"捐资助学"吧——这总不犯法吧？

傅老　好好好，捐资助学！这个提法很好啊！圆圆上了学，我们也助了学——两全其美嘛！我决定，这个月我的工资全都捐了！

志国　爸，您一个月的工资才有多少钱，那管什么用啊？我跟您说啊，我早打听清楚了，这种性质的捐款——至少得两万。

傅老　呵，两……两万？！

和平　爸，您别害怕！我们的小金库，再加上您的个人存折，咱也就差不多了。回头……

傅老　我的存折啊，是准备我死了之后交给组织上的……

和平　嘻！组织要您那钱干什么呀？还不是为了培养下一代吗？您捐给圆圆也是一样嘛，反正是肉烂在锅里了！

志国　就是……（一劲儿伸手凑近傅老）

傅老　问题呀，是肉烂在谁的锅里……我统共就这么几个体己，你们也要算计了去？

和平　爸，我们没算计您！这不是我们没辙吗？

〔圆圆上，三人停止谈话。

和平　贾圆圆，过来！这一大早上起来又上哪儿疯玩儿疯闹去了？啊？大人为你操心受累的……

圆圆　你们还是别操心了，我自己的事儿我自己办吧！

和平　嘿……

圆圆　刚才我去了一趟171中学。

众人　啊？……就是那区重点？……怎么样啊？……

圆圆　星期天没人。

众人　嘻！

圆圆　后来我又去了一趟校长家里，跟他正式地谈了谈，给他看了看我的成绩

274

单，把我的情况全面地向他介绍了一下，又表达了我对这所学校的仰慕之情。校长考虑了很久，对我说……

众人　说什么？

圆圆　保送学生的权力完全在小学，不归他们管。

众人　嗐！

圆圆　跟他们也没关系……

傅老　什么？没关系？

和平　烧了半天香，还拜错佛了！

志国　就是！这怎么办啊？绕来绕去，又绕回那学校去了……

圆圆　后来我又回到了我的小学。

众人　噢？

圆圆　星期天没人。

众人　嗐！

圆圆　后来我又到了赵老师家里。

众人　啊？

圆圆　赵老师不在家。

众人　嗐！……这不白去嘛！……就是……

圆圆　不白去。赵老师他们家人告诉我，赵老师利用星期天走访几个学生家长，其中包括一个叫贾圆圆学生的家长。

众人　啊？

〔门铃响。

和平　哟！是不是赵老师来啦？（向门口）来啦！谁呀？

〔众人起身迎上。小桂自里屋跑上开门。赵老师上。

和平　哎哟！赵老师！赶紧，来来来……

〔众人寒暄让座。

赵老师　我今天来呀……也没什么事儿。（坐）

众人　嗐！

赵老师　这贾圆圆快毕业了，我顺便来看看她，也向你们家长表示一下祝贺！

和平　您这还祝贺什么呀？我们都快急死啦……

赵老师　哎？你们还不知道吧？

众人　啊？怎么了？……

赵老师　学校已经保送贾圆圆上171中学了！

〔全家人惊喜欢呼。

赵老师　（拍手示意安静）你们还有什么意见吗？

志国　我们当然没意见！我们就怕您有意见！

赵老师　我怎么能有意见呢？贾圆圆是我向学校推荐的。

和平　您当时不是说她……这个那个……那个这个……

赵老师　是啊，一个孩子，怎么能要求她没有这样或那样的缺点呢？特别是这么一个聪明的孩子。不过，贾圆圆，上了中学以后，缺点还是要注意克服！

和平　听见没有？圆圆！

圆圆　我有缺点当然要改正。赵老师说的……有些我不认为是缺点。

和平　你这孩子怎么还……

志国　嘿！你这……赵老师您别跟她一般见识啊！

和平　回头我们说她！

赵老师　没关系没关系！这么些年了，我们就是这么磕磕碰碰过来的，有时候我也真生她的气……不过我觉得，贾圆圆倒是一棵好苗子，以后肯定会有大出息的！圆圆，再见了！

圆圆　（不好意思）赵老师，您好久没这么夸我了！

和平　德行！这孩子……

第 104 集　新的一页

赵老师　我走了。

〔众人簇拥送赵老师。

【本集完】

# 第105集　芝麻开门（上）

编　　剧：戴明宇　梁　左

〔晚，傅家饭厅。

〔小桂端菜上桌。和平、圆圆上。

和平　小桂，咱今儿得赶紧吃——一会儿《正大综艺》就开始了！

小桂　中！

和平　圆圆，几点了？

圆圆　我？没戴表啊。

和平　什么没戴表！你手腕子上金晃晃的那是什么呀？

圆圆　这个呀？我今儿下午在我爷爷屋里玩儿，从抽屉里找着的——这是不是叫镯子呀？（递给和平）

傅老　（上）你怎么敢乱翻我的东西？

圆圆　我没乱翻，我就在抽屉里找张纸画画，找出这么一玩意儿——妈，看完赶紧还我！

和平　还你？我先戴两天！（向傅老）爸，这是真的假的呀？

〔志国上，凑近端详镯子。

傅老　这个呀……我也不知道。这还是你婆婆留下来的呢。

第 105 集　芝麻开门（上）

志国　嘻！真不了！我妈也是劳动人民家庭出身，当年家里要有这么大镯子，还能出来参加革命么？

傅老　怎么不能啊？有金镯子就不能参加革命了？你妈她们家原也是书香门第，在江南一带很有名气，属于江南望族！望族——懂了么？就是那个大款、大蔓儿、大地主、阶级敌人、反革命分子……在旧中国搜刮了无数的民脂民膏，钱多得都不知道怎么花……

圆圆　唉呀，她不知道怎么花找我呀！有多少钱我都能给她花了……

傅老　你就这点儿能耐，跟你奶奶哪比去呀？她当时就是因为看不惯家里那副剥削阶级的嘴脸——光花钱不劳动，她不乐意呀——这才毅然跟封建家庭彻底决裂，带着一箱子金银财宝参加革命了！

和平　跟封建家庭彻底决裂，还带着一箱子金银财宝？

傅老　大家庭嘛，那是分给她的一份嫁妆……后来她准备交给组织上支援革命，刚好赶上解放，组织上说那属于私人财产，就让她留下了。

志国　那……后来呢？

傅老　后来呀……这还用问么？后来她就嫁给我了——那个嫁妆也就跟过来了。

和平　哟！这么说这是真的了？（掂分量）少说得有二两嘿！爸，刚才您说有一大箱子呢，那里头还有什么呀？

傅老　唉呀，刚刚解放，百废待兴，我工作那么忙，哪有时间去看那些女人家的东西呀？反正无非也就是一些戒指、耳环——像这样的镯子大概有十来个吧……

众人　（惊）啊？！

傅老　这个还算是小的，大的能套在脖子上。

和平　爸，您别外行啊！套脖子上那叫项圈儿……（赔笑）爸，您什么时候把那箱子给我打开，让我参观参观？让我开开眼？

傅老　箱子啊……早没了。

众人　嗐！

傅老　后来又搬过几次家，又赶上"文化大革命"，谁还留这些东西呀？这个镯子，今天要不是圆圆给翻出来，我都不知道藏哪儿了……

和平　哎哟，别价呀！好好一大箱子金银财宝，咱别没了啊！那得值多少钱啊？我到您屋帮您找找去啊……（欲下）

傅老　不用找，肯定没有！我天天打扫卫生，我还不知道？

圆圆　那您最后一次见着那箱子是什么时候啊？

傅老　什么时候啊……那会儿你爸爸刚会管我叫爸爸。

和平　哟，那得有四十多年了……（急）好好一箱子金银财宝就这么白白地……

志国　和平，你别急成这样！要不然咱这么办：我有一个兵团战友现在在金店工作，我吃完饭就上他们家，让他帮着鉴定一下——如果这要是假的呢，咱就甭着这份儿急了，那一箱子肯定都是假的啊！

和平　对对！那……要是真的呢？

志国　真的？——（咬了下金镯子）挖地三尺，也要把它给我找出来！

〔晚，傅家客厅。

〔傅老看报，和平端水杯凑近。

和平　爸！（递上水杯）

傅老　哦，好好……（接过）

和平　爸，您再给我比划比划，那箱子到底有多大呀？（给傅老扇扇子）

傅老　不是都跟你们说过了嘛？那箱子也就……（比划）不对……（比划大一圈）也不是……（再大一圈）就这么大吧！（继续看报）

和平　您别越比划越大呀……那里头除了首饰，还有什么呀？（给傅老扇扇子）

傅老　反正是白的黄的一大堆——当时我工作那么忙，也没有工夫细看嘛！

和平　（急）哎哟，您再忙能忙得过这事儿去么？爸，您再好好回忆回忆！（给

## 第105集　芝麻开门（上）

傅老扇扇子）

傅老　我想想啊，白的黄的……好像是白的少黄的多。

和平　没错，银的少金的多！

傅老　还有……绿的。

和平　绿的？玉器？

傅老　好像是吧——翠绿翠绿的，是叫"祖母绿"呀也不知叫什么……

和平　哎哟，妈爷子！那可值老了钱了！

傅老　还有那个闪闪发光的——是不是宝石我就不知道了，反正在玻璃上能划出一道一道的……

和平　啊？！钻石啊！金刚钻儿没错啊！

傅老　还有那个挺圆的，串成一串儿一串儿的，大概有二三十串吧——是珍珠吧？

和平　（一把扔掉扇子）哎哟，那肯定是啊！那还有跑么？爸，爸！您再好好回忆：还有什么呀？

傅老　唉呀，我实在想不起来了，好像还有几十张名人字画……

和平　我的玉皇大帝哎，这可了不得喽！

傅老　这不新鲜嘛！书香门第，办嫁妆光是些金银财宝，这不太俗气了？怎么也得有点儿古玩字画嘛！再说你婆婆的曾祖父好像跟"扬州八怪"的那个郑板桥交情不浅啊，郑板桥的那个"难得糊涂"几个字，就是送给他的。

和平　啊？"男的糊涂"？我看这女的比这男的还糊涂！你说我婆婆你也是，那么一大箱子金银财宝，你怎么不好好看着呀？……

傅老　除了这些东西，好像还有一些什么从宫里带出来的东西——反正都是些乱七八糟！

和平　哎哟，我的妈老爷天老爷！爸，您这要馋死我呀！我我……我替您上您那屋找去啊……（欲下）

傅老　回来！坐下！

和平　啊？

傅老　不要急嘛，总得弄清楚是真是假呀？

和平　我能不急么？甭管是真是假，那东西它总该在这儿呀，它不能就没了呀，是不是？活不见人死不见尸？物质不灭呀！我把你劈成渣儿，它也应该有渣儿啊！我把你烧成灰儿，它也应该有灰啊……（捶胸顿足）

傅老　唉呀，和平啊，你看你急成这副样子……不是我批评你，年轻人怎么能够把金钱看得这么重啊？唯物主义嘛——生不带来死不带去……

和平　爸，也不是我批评您，您说您活了大半辈子，您对人民、对国家、对子孙后代总得有个交代吧？您不能干革命干了一辈子把一箱子金银财宝都给干没了，是不是？那东西属于您个人吗？不！属于国家、人民，属于子孙后代！您知道么您？

傅老　这个意见提得也对……特别是那些文物啊，字画呀，那还真是特别宝贵。

和平　什么不宝贵呀？咱赶紧找去吧……（拉傅老欲进里屋）

志国　（画外音，大喊）真的！真的！

〔志国跑上，手举镯子，兴奋到情绪失常。

志国　完全是真的！而且成色相当好，很具有工艺品价值，要在市场上公开出售，起码这个价！（伸出一个巴掌）

和平　五千块？

志国　一万五千！

和平　哎哟！我的上帝呀上帝呀妈爷子……一个就是一万五啊，（模仿傅老比划箱子大小）这么……这么……这么大一箱子啊！我得找去……（匆匆下）

〔傅老、志国跟下。

## 第105集 芝麻开门（上）

〔晚，傅老卧室。

〔傅老、志国、和平翻箱倒柜。屋里一片狼藉。

傅老 （疲惫地站起）和平、志国呀，我可是实在盯不住了，要不今天咱们就先找到这儿？让我也休息一下。

志国 不可能吧……

和平 绝对不可能！

傅老 怎么叫不可能？我劳动了一个晚上，我连休息的权利都没有了？

和平 爸，您歇您的！（向志国）真是不可能嘿，这么大一个家，都翻得底儿朝天了——连你小时候奶嘴都找出来了——（比划）这么……这么……这么大一箱子……

志国 我看是没什么希望了——就差拆墙了！

和平 拆墙？你这倒提醒我了！我取斧子去……

〔和平欲下，志国急拦。

傅老 国家的墙怎么能说拆就拆呀？

和平 我不拆，我就把墙皮揭哧下来！我婆婆要是把那箱子藏墙里边儿总得有点儿痕迹吧？

傅老 那也不成！国家的墙不能随便损坏！

和平 怎么不能拆呀？甭说拆一面墙，就拆一座楼又怎么样啊？兹我把那箱子能找着，我再盖一座，我还给他！有什么的呀……（欲下）

志国 （拦）哎，和平，不行不行……

和平 （往外冲）干什么？干什么你……

志国 （抱住和平）和平！别激动……咱们再商量……分析一下！你说我爸都不知道，就我妈一个人——她没你这么大劲儿——她能把墙拆了，把那么大一个箱子藏到里头么？

和平 言之有理……那咱再到别的屋找找去吧？

志国　行了，你饶了我吧！这都快天亮了，待会儿我还得上班儿呢……

和平　你还上什么班儿啊，我的哥哥？兹咱把那箱子找着，咱这后半辈子就算拿下了，我的哥哥！走吧，你怎么回事儿，赶紧赶紧……（拽志国下）

〔晚，傅家客厅。

〔众人其乐融融看电视。和平跑上，裹毛巾，戴手套，满脸泥灰。

和平　哎！哥哥兄弟叔叔大爷，咱别闲待着成不成啊？赶紧的呀……

傅老　怎么，你还找呢？这都好几天了……早知道，我还不如不告诉你们呢！

和平　爸，既然您告诉我们了，我们就不达目的绝不罢休了！（向小桂）小桂，别挨这儿坐着，赶紧回屋把你那箱子里东西一样一样翻出来找！

小桂　大姐，你家到底丢啥了？这两天，天天让俺帮你找东西，你就放俺一天看看电视中不？

和平　不中！怎么回事呀你？兹那箱子能找着，你还看电视？到时候我们在电视里头看你！

小桂　真的？俺也能上电视？

和平　那当然！大姐把电视台给买下来，天天让你上！

圆圆　有人看么？

和平　管它有人看没人看呢，有钱我们乐意这么花！懂么？先甭说别的，大姐先给你的工资涨到一百倍！

小桂　一百倍？

和平　一百倍！

小桂　俺的娘啊！那一个月，就是一万多块钱？

和平　那可不？——还不算奖金！另外，再专门找俩人伺候你。

小桂　还有人伺候俺？那俺干什么呀？

和平　你什么都甭干，天天床上躺着，吃香的喝辣的，就跟过去大地主一样！

## 第105集 芝麻开门（上）

小桂　中！那俺这就找去！（跑下）

圆圆　妈，那小桂阿姨都这样了——我呢？

和平　你最远大的理想是什么吧？

圆圆　我远大理想——就是在我们学校当个大队长……

志国　你野心还真不小，瞧你在学校那表现！

和平　表现怎么啦？没问题，妈把学校给你买下来！当大队长？让你直接当校长！

圆圆　啊？！谁都归我管？

和平　那可不！

圆圆　太好了！那我先把我们班主任给开除了！妈，到时候我还想认识几个港台明星……

和平　没问题！

傅老　荒唐嘛！……

志国　爸，您甭理她！她是小人得志，穷人乍富！

和平　我乍什么富了？我这不是还没富呢嘛……

圆圆　妈，别着急！我这就帮您找去……说好了啊，我们学校一定得给我买下来！（跑下）

和平　买下来买下来……（拉志国）赶紧，走走走……

志国　唉呀，你就饶了我吧！我看没什么希望了——都找了好几天了……

和平　我也知道没什么希望了，可是那咱也不能就罢休了呀！是不是，哥哥？兹把那箱子找着，咱们这后半生就算拿下呀，哥哥！

志国　要说也是哈，还不光咱们俩，咱们一家子都拿下了，是吧？

和平　绝对的呀！

傅老　（看电视）轻一点儿，轻一点儿……

和平　尤其是咱爸，辛苦操劳一辈子了，不好吃不好穿，就好个公益事业。到时候，咱把街道居委会给他买下来，让他拿着玩儿去！

傅老　一个破居委会有什么好玩儿的？想当年，我在局里好歹还是二把手嘛！就居委会那点儿工作，都是我玩儿剩下的。

志国　就是啊，一个破居委会就把我爸打发了？我爸，干大事业的人！到时候咱掏钱给我爸办一大公司！让我爸当董事长，兼总经理——既支援国家建设，又自己开心解闷儿，多好啊。

和平　这主意太好了！

傅老　这个……董事长我可以干，总经理就让志国去当吧——年轻人嘛，不锻炼怎么可以成长呢？

志国　我干不了……

和平　怎么不行啊？你就放手地干，绝对没问题……

傅老　还有啊，我准备箱子找到以后，要拿出一大笔款来——支援贫困山区，支援三峡建设，支援希望工程，支援……你们不会不同意吧？

和平　这不全在您一句话嘛？我婆婆也去世了，箱子找着卖了钱那不都归您一人支配么？到时候您支援了国家，国家必得亏待不了您！

傅老　（喜）不用不用……

和平　别客气了您……（赔笑）爸，您瞧我妈那边儿也挺困难的，您要不要支援支援我妈那边儿？

傅老　你妈那边儿啊——那就算了吧！

和平　怎么就算了呀？

傅老　不管怎么说，她也比老少边穷地区人民的生活好一些吧？再说我们家还有志新啊，小凡啊，这些都要统筹考虑嘛！

和平　（生气）哼！

志国　（劝）你看你……

和平　（甩开）行了行了……

## 第105集　芝麻开门（上）

**傅老**　好了好了！你要实在惦记你妈，到时候我就随便给她两串项链儿，起码也能卖个二三十万吧？

**和平**　（转怒为喜）哎哟！（起身，请安）谢谢爸爸！谢谢爸爸……

**志国**　爸，这钱还没影儿呢，您怎么全给分完了？

**傅老**　怎么叫没影儿啊？只要有决心，什么事情都可以办到，什么东西都可以找到嘛——走！（欲下）

**和平**　（拦）爸，爸，咱也别乱找！您再想想，您能不能再提供点儿新的线索？

**傅老**　线索啊？你妈不在了，线索我怎么……对了，志国！马上到我房间去，就在那个柜子顶上——那个小皮箱给我拿来！

〔志国、和平欲向里屋跑下。

**和平**　（转回）爸，那小皮箱我们找好几遍了，没有金银财宝啊……

**傅老**　唉呀，你就知道金银财宝！那都是你妈多年写下的日记，那里头肯定——有线索！

〔三人向里屋跑下。


〔晚，傅家饭厅。

〔众人吃毕晚饭，独缺志国。

**傅老**　志国怎么还不过来吃饭？还在那儿研究那一箱子日记呢？

**和平**　嗯嗯，跟单位请了三天假，白天黑夜挨那儿研究呢——这会儿刚研究到一九六六年。

〔志国脸色苍白，昏头胀脑地上。

**傅老**　志国，怎么样？研究出什么线索没有？

**志国**　别的都研究出来了——就是线索没研究出来。

**和平**　别的？什么别的呀？

**志国**　比如说吧，有一首爱情诗，明显不是给我爸写的。

傅老　什么？爱情诗？不写给我写给谁的？

志国　我也不知道，可能是抄的吧！还有一篇日记，明显是影射攻击您的！

傅老　什么？她竟敢……

和平　志国，让你研究线索呢，你研究这干什么呀？

志国　我也就是随便说说……不过我发现吧，我妈自己从一九六六年下半年，独自外出散步的次数明显增加了，每天晚饭以后总是一个人在葡萄架下徘徊。爸，是不是你们俩人的关系出现裂痕了？

傅老　什么裂痕？那会儿我已经给揪出来了……

和平　等等！葡萄架下……爸已经给揪出来了……妈挨那儿徘徊……那一箱子财宝会不会……（作挖土状）

志国　完全有可能！要是我是我妈，我也会……（作挖土状）

傅老　对呀！当时那箱子东西放在家里已经是不保险了……

圆圆　肯定在那儿！咱们现在就下去挖……（模仿挖土）

傅老　走！

〔众人欲下。和平关门，拦住。

和平　别动——人多嘴杂，要注意保密！

志国　咱自己家的东西，咱保什么密呀……

和平　那可不么？万一要让人家知道了，麻烦事儿多了！我考虑，咱们还是分头行动。先吃饭，吃完饭睡觉——等到过了夜里十二点，趁着夜深人静，神不知鬼不觉，从各个方面向葡萄架靠拢。这次行动的代号是……

圆圆　我知道！芝——麻——开——门！

【上集完】

# 第106集　芝麻开门（下）

编　　剧：梁　左　戴明宇

客座明星：金雅琴

〔夜，楼下小花园。

〔和平身背水壶手拿宝剑，警惕地来回巡逻。远处志国低头挖土，旁边已有一大堆土。傅老轻手轻脚上，被和平发觉。

和平　谁？！

傅老　（压低声音）是我——阿里巴巴！

和平　口令！

傅老　芝麻开门！

和平　自己人？……爸，您怎么才来呀？圆圆她们呢？

傅老　太晚了，我没有叫她们——孩子明天还得上学呢！

和平　嘻，我不是说了么？等箱子挖出来，就直接把她们学校买下来当校长了，还上什么学呀？

傅老　那孩子身体还要不要了？宁可大人多受点累嘛……志国呢？

和平　（朝身后一指）挥锹抡镐，干得正欢呢！

〔志国从土坑里爬出，气喘吁吁，累得直不起腰来。

志国　不行了不行了，实在受不了了……插队时候也没这么累过！

〔和平扶志国坐下。傅老接过铁锹。

志国　和平，有饮料么？赶紧给我开一瓶……

和平　美死你！金银财宝一样没挖出来，还想要饮料？我赔得起么？凑合喝点儿凉水吧啊。

〔和平递上水壶，志国狂饮。

傅老　志国，给我留一点儿，别都喝了！（见志国把水喝光）没干多少活儿就累成这个样子，这都是平常缺乏锻炼嘛！

志国　啊？我还缺乏锻炼？这可是重体力劳动，您干一个我瞧瞧？

傅老　干就干！我劳动人民出身，我怕什么？

〔傅老扛铁锹步伐矫健地走过去挖土。

和平　嘿，瞅爸这精神！（给志国按摩）国，累了吧？一咬牙就过去了……

志国　黑暗即将过去，曙光就在前头……我还等得到那天么？

和平　别那么悲观啊，不就挖点儿土么？待会儿我还挖去呢！

志国　唉呀，要能挖出点儿什么来也行，我就怕白忙活半天，什么也挖不着……

和平　你别老往坏处想行不行啊？你往好处想想：等那箱子一挖出来，到那时候……可就不是我给你按摩了！

志国　不是你是谁呀？我爸？他愿意我还不愿意呢……

和平　怎么能是你爸呢？到时候就专门有按摩小姐——我雇个小姐专门伺候你一人儿！

志国　（惊喜）啊？真的？哎哟，那我可就……（看一眼和平）我可就更不愿意了！

和平　我都愿意，你有什么不愿意的呀？你这人就是特别虚伪啊——心里乐不得呢，嘴上不说是不是？我告诉你，到时候不光给你雇按摩小姐，再给你配上女护士，女秘书，女司机，哈！……女保镖！你一出门，身后跟

・290・

## 第106集 芝麻开门（下）

着五六个大姑娘，你这就风风光光地……上班儿去了！

志国　我到那儿就得让人家给我轰回来！我一出门儿，后边跟着五六个大姑娘？那是上班儿的么？那是拐卖妇女的！

和平　你要不乐意上班儿，在家歇着也成。

志国　啊？我跟五六个大姑娘挨家待着？这群众议论我也受不了啊……

和平　你怎么那么逗啊？你以为到那时候，咱还住这杨柳北里呀？到时候咱就——王府饭店啦！你往总统套房里那么一待……你说一个总统套房够么？要不然咱租仨？

志国　你做梦去吧你！

和平　做什么梦啊？咱这说话就梦想成真啦……

傅老　（有气无力）哎哟……

〔傅老从土坑里爬出，累得站不起来。志国连忙跑去搀扶。

和平　哎哟，这是咱爸么？怎么这么一会儿就矮那么多呀？

傅老　（坐下）都累成这个样子了，我这腰能直得起来么？想当年给地主扛活我也没受过这个罪呀……

和平　给地主扛活当然悠着点儿啦，这不是给自个儿家干呢么？爸，您挖出点儿什么没有哇？

傅老　倒是挖出来点儿……

〔志国和平连忙跑去察看。

傅老　……那个坑底下怎么出来水了？

和平　爸！这么一会儿您挖出口井来？……

〔傍晚，傅家客厅。

〔志国手拿皮包，和平端水送上。

志国　……什么？！今儿晚上还让我挖去？我白天工作一天了，天天回来这加班，我受得了么？！

和平　你再坚持坚持！兴许今儿晚上就挖出来了呢？

志国　不可能！昨天晚上都挖那么深了——都见了水儿了也没挖出来呀！我就纳了闷儿了——你说：我妈这身体她不如我呀，她怎么埋那么老深呢？

和平　金子那东西忒沉！它埋着埋着往下走……

志国　那也不能走那么深呢……反正再让我往下挖我挖不了了——要不然我上农村给你们请一打井队儿来吧！

〔傅老打着哈欠自里屋上。

和平　哟，爸来了！（起身让座）爸赶紧坐这儿歇会儿……

傅老　找什么打井队儿啊？我觉得这个地方，是不是有问题？

志国　地方？地方没问题呀——葡萄架下嘛！我跟志新小时候净上那儿偷葡萄去。

傅老　可你妈当年也不一定非得紧挨着葡萄架埋东西嘛！依我看啊，方圆一百米之内——都有可能！

志国　什么？方圆一百米之内你们都让我挖？你们还让不让我活了？！

和平　你别着急呀！

志国　金银财宝也……

〔余大妈上。众人赶紧捂嘴安静。

余大妈　哟，志国和平也在家呢？唉呀，好事儿啊，好事儿啊！您瞧，我怎么就没想到呢？按说我应该想到哇……

〔众人大惊，六神无主，瘫坐沙发。

傅老　……怎么？你都知道了？

余大妈　知道了！没有不透风的墙嘛！我在居委会大小也当过主任，什么事儿能瞒得了我呀？老傅同志，说说吧：你是怎么想的？

傅老　我……我想啊，到时候就支援国家！

余大妈　哎！

## 第106集　芝麻开门（下）

**傅老**　支援居委会！

**余大妈**　对！

**傅老**　支援……

**余大妈**　支援绿化！对不对？我都知道啦！

**志国**　（试探）余大妈，您……知道什么了？

**余大妈**　绿化呀！知道你们干好事儿——起早贪黑地给葡萄架松土！

〔众人心里一块石头落地。志国、和平起身招呼余大妈坐。

**傅老**　这都是我们应该做的嘛！

**余大妈**　那怎么就您一家应该做呀？应该大伙儿一块儿做嘛！我已经号召居民同志们向你们家学习——人人动手，绿化小区！

**和平**　不用不用，就我们一家就行了……

**志国**　反正也没多少活儿……

**余大妈**　谁说没多少活儿啊？不光是葡萄架底下，那方圆一百米之内都应该松松土嘛……

〔众人紧张，躲到一边低声商量。

**余大妈**　这植树造林嘛，谈不到！那种花种草总可以吧？

**和平**　余大妈，您这不是要我们一家子的命吗……（被傅老推开）

**余大妈**　怎么，不欢迎啊？

**傅老**　啊对，不欢……（被志国推开）

**志国**　欢迎欢迎，欢迎……

**余大妈**　你们一个一个吞吞吐吐的，家里没出什么事儿吧？

**众人**　没有没有……

**傅老**　我们就是随便地……聊聊天儿……

〔三人佯装轻松淡定。

**余大妈**　……那好吧，那就这样儿了，我先走了啊！（起身往外走，转身）你们真没什么事吧？

众人　没事……聊聊天儿……

〔余大妈下。

和平　（急）同志们，情况严重了——事情肯定已经暴露了！要不然余大妈怎么就找上门来啦？

傅老　不会呀，她刚才不是说……

和平　嘻，她肯定是试探咱们呢！我觉得她肯定是怀疑上咱家了！

志国　怀疑就让她怀疑去呗！咱自己家的东西，又不是偷来的又不是抢来的，咱怕什么呀？

和平　那不成！这一提倡搞绿化，万一咱家这箱子要被别人家挖出来了呢？比如说万一要被对门胡伯伯家挖出来了呢？他家已经都那么有钱了，到时候拿着咱家那箱子卖的钱，他就买汽车、住饭店、胡吃海塞、花天酒地、胡作非为、祸国殃民……到时候把圆圆她们学校也买下来了！电视台也买下来了！一天到晚五六个大姑娘跟在他后头……

傅老　唉呀！气死我了，气死我了！他凭什么呀？这都是我的钱！……

志国　爸，您别着急！这不还没有的事儿呢么？

和平　现在虽然事情还没出，但是前景可怕呀！我决定，藏箱子的地点日夜有人监守，严防不测……


〔夜，楼下小花园。

〔志国拿一手电筒来回巡逻。和平轻手轻脚上。

志国　谁？！古伦木！

和平　欧巴。志国，是你么？

志国　不是我还是谁呀？大晚上不睡觉挨这儿溜达，那不是有病么？

和平　你快回去睡去，这儿交给我了！（接过手电筒）

## 第106集 芝麻开门（下）

志国　我是得回去睡了——谁再敢不让我睡觉我就跟他拼了！

和平　嘿！这不是为了保护你们家财产么，哥哥？

志国　有没有都不知道呢，先保护上了……（下）

　　〔余大妈扛铁锹上。

和平　谁？（拿手电筒照）

余大妈　哎哟！别开枪……是我！

和平　口令！

余大妈　口令——不知道……这谁跟大妈逗着玩儿呢？

和平　你到底是谁？

余大妈　我听这声儿像是和平——我是你余大妈！

和平　嘻！余大妈，大晚巴晌儿不睡觉，出来溜达什么呀？

余大妈　我睡醒了，活动活动身体，早锻炼嘛！

和平　早锻炼不带个剑五的，带铁锹干什么呀？

余大妈　那不是昨儿我号召大伙儿给绿地松土嘛，我不得以身作责吗？不能像有的干部啊，光说不练——你看看那小陈儿她们就是……哎？和平，你大早上起来不睡觉，你在这儿干什么呢？

和平　没干什么呀……

余大妈　我看你有点儿不对劲儿吧？

和平　没有哇，我没有哇……

余大妈　刚才我好像看见还有一个男的，身影儿一闪就不见了——那是谁呀？是你们家志国么？

和平　啊！……

余大妈　他上这儿干嘛来了？

和平　不是不是……

余大妈　哦，不是志国呀？啊，这天刚蒙蒙亮，你跟一个男同志，啊？……那你们俩是刚睡醒从家里出来呀，还是正准备好了回家去一块儿睡呀？

和平　我？跟一男同志刚睡完觉从家里……去去去！没有！我们俩是准备一块儿回去睡……去！这……这不没影儿的事么？我呀……

余大妈　算了算了……你们年轻人的事我就不多打听了，我听你胡伯伯跟我念叨过：人家那外国都讲究尊重隐私权嘛！（转身欲刨土）

和平　（急于辩解）余大妈，您甭尊重我！您还是打听打听……

余大妈　不不不……

和平　您先别松土，您还是听我解释解释……我求求你……

〔二人争执。

和平　哎哟，您要冤死我呀……


〔日，傅家客厅。

〔和平守着笔记本和计算器，一边算账一边傻乐。小桂扛铁锹上，神情疲惫。

小桂　唉……俺真想大哭一场啊……

和平　哟，小桂回来啦！谁挨底下看着呢？

小桂　圆圆放学就过去了……可怜啊！俺一个小保姆，不光要炒菜做饭的，还要给主人家寻找财宝，天天挥锹抡镐挖来刨去。早知道这样，你说俺为啥不在家好好待着呢？反正都一样，在地里干活……

和平　你就别委屈啦。赶明大姐给你雇俩人儿，专门伺候你……

小桂　唉，俺是没那个福气了，俺跟马老家的小翠、胡老家的小云都说过了，她们说不管俺出多少钱——也不来伺候俺！没法子，天生的丫鬟命呗！大姐，晚饭俺是没力气做了，俺回屋躺着去了。（拖着铁锹向里屋下）

和平　嘿！她回屋躺着去了？还没成地主呢，一身地主毛病！

〔圆圆背书包上。

圆圆　我真想大哭一场啊……

## 第106集 芝麻开门（下）

和平　好好儿的，你哭什么呀？

圆圆　可怜啊！我一个小学生，白天在学校上了一天学，下午回家还不能做作业，还得在楼底下站岗放哨、盘查行人、保卫胜利果实——这都是过去儿童团干的……

和平　人家那些孩子岁数跟你差不多，人家能干你就不能干？

圆圆　人家干了儿童团，人家就不干少先队啦！我呢？儿童团、少先队两副重担压在我一个人身上，我承受得了吗？

和平　忍着点儿吧，姑娘！你想想将来，箱子一挖出来，妈把学校给你买下来，让你当校长，全归你管……

圆圆　我管谁呀？我谁都管不了！扣子和小红那都是我最好的朋友吧？连她们都说了，只要我一当校长啊——人家立马转学！（欲下）

和平　谁挨底下盯着呢？

圆圆　我爸爸。（向里屋下）

〔志国拿公文包上。

志国　我真想大哭一场啊……

和平　嘿，你怎么也这套啊？谁挨底下盯着呢？

志国　我爸爸。可怜呀！我一个机关干部，每天在工作单位忙活一天，回来还得参加义务劳动——这得熬到什么时候是个头儿哇！

和平　哎哟，为了全家的幸福……

志国　幸福？我可没看出有什么幸福来……对了，我问你：我可听群众反映，说你有一天半夜三更的，跟一个男的偷偷摸摸从咱们家溜出去，还告诉人家那男的肯定不是我！我还幸福什么呀？我都让别人幸福了我……

和平　你怎么那么废话呀？不是你是谁呀？我这不是懒得跟他们解释嘛？他们爱说什么说什么，反正等箱子挖出来咱就立马搬家！

志国　那要挖不出来呢？老这么拖着也不是事儿啊。我都好些天没好好上班了，我一到班儿上我就犯困……

和平　就你上那班儿，挣那仨瓜俩枣儿的，不去不去吧！

志国　哎，你别这么说呀！我在单位熬到现在这样我容易么我？

和平　有什么不容易的呀？兹咱们把箱子找出来……你过来，帮我一块儿算算——算算你爸那箱子里的东西大概能值多少钱——根据你爸爸上回说的，我粗粗一算啊——咱们俩人这辈子呢……反正是怎么都花不完了，咱们要是躺着花呢……

志国　你做梦去吧你！还咱俩人这一辈子，还躺着花坐着花——我爸刚才说了，那东西如果真找出来，他准备全部捐给国家！

和平　哎，国家怎么也得给他点儿奖励吧？

志国　给他奖励？他说他那奖励准备留出一部分养老，再接济一下我妈娘家的亲友，再给志新和小凡匀出一部分……反正分到咱俩名下就不剩什么了！

和平　嘿嘿嘿！他凭什么呀？刚才我还算着躺着花都富余呢，怎么这么会儿就不剩什么啦？我告诉你：这点儿钱可不能由着你爸这么胡来！告诉他——国家又不缺他这点儿东西，就甭捐了！

志国　我爸的东西，他要捐我有什么办法？（欲下）

和平　（拉住）怎么是你爸的东西呀？

〔傅老暗上。

和平　那是你妈留下来的东西。你是长子，你有继承权啊！

志国　对呀……

和平　我告诉你啊，你爸要是不给你那份儿，咱们就上法院告他！咱让法院传他！

傅老　不用传！我来了！

〔志国向里屋跑下。

和平　您来了……那我赶紧走吧我……（向饭厅逃下）

## 第106集　芝麻开门（下）

傅老　我真想大哭一场啊……

〔晚，傅家饭厅。

〔全家人吃晚饭将毕。

傅老　……所以呀，我仔细地回忆了一下，你妈装嫁妆的那个箱子，其实就是后来装她日记的那个小皮箱……

和平　哎？不对呀，爸，那小皮箱才这么点儿（比划），您说那箱子不是这么……这么……这么大的吗？

傅老　是啊，就是（比划，越来越小）这么……这么……就是这么大嘛！

和平　嘿！爸，那箱子里的东西呢？不是说有金银首饰还有什么古玩字画什么的吗？

傅老　我是说过吗？唉呀，反正当时我也没有工夫看，谁知道里面装的什么东西……

和平　爸！全家人这几天为了找财宝可是闹得天翻地覆的了啊，怎么这么会儿又说不知道了？

傅老　金银首饰肯定是有的，上次圆圆不还找出一个金镯子吗？至于其他的东西呀，我实在是想不出来了……当时我也就是随便那么一说，不定有没有呢……（溜下）

和平　嘿！哦，敢情除了那镯子，别的都不一定有没有？那咱这"芝麻开门行动"算白干了？（向志国）哎，那镯子呢？

志国　没在我这儿啊，我回来不是交给你了吗？（下）

和平　圆圆，那镯子呢？

圆圆　没有啊，您拿走没给我呀……（下）

和平　嘿！人家都是捡了西瓜丢芝麻，我这好嘿——西瓜没捡着，芝麻也丢了……给我找！挖地三尺要也把它找出来！

【本集完】

# 第107集　真真假假（上）

编　　剧：张　越　梁　左

客座明星：英若诚

〔晨，傅家饭厅。

〔小桂将盛放油条的笸箩放置餐桌中间。傅老上。

傅老　哦，油条？

〔圆圆跑上，入座吃油条。

圆圆　来不及了，来不及了……

傅老　我早就说……

〔和平急上，入座吃油条。

和平　来不及了，来不及了……

傅老　我早就说过……

〔志国急上，入座吃油条。

志国　真来不及了，真来不及了……

傅老　我早就说过，要养成……

和平　哎，圆圆，你们语文该阶段测验了吧？准备好了没有？

圆圆　准备好了！我们语文老师高度近视，我们准备把她那眼镜藏起来，然后

## 第107集　真真假假（上）

就开卷考试了。

和平　那你们可得藏好了！我小时候有一次就没藏……你怎么净学这个呀你？！

傅老　我早就说过……

志国　哎，和平，听说你们最近有演出，安排你演什么呀？

和平　甭提了！让我由唱大鼓改说相声！我哪儿能说相声啊我？

傅老　我早就说过……

圆圆　哎，爸，你们单位那游泳池到底对不对家属开放啊？

志国　嘻，就那么一说！谁敢啊？家属成分那么复杂，再有一两个不学好的，把病毒再传染给我们……

圆圆　其实就是你们真开放我们也不去！保不齐你们当中有一两个不学好的，再把病毒传染给我们。

和平　嗯，没错！

志国　你怎么敢污蔑我们机关干部啊？

圆圆　那你怎么敢污蔑我们干部家属啊？

〔志国、和平、圆圆各拿一根油条，下。

傅老　我早就说过，要养成早……（拿油条，发现已经没了）搞什么搞？！连一根儿都没给我剩下嘛！


〔日，傅家客厅。

〔傅老生闷气。小桂干家务。

小桂　爷爷，要不给您下碗面？

傅老　不用不用，你以为我是为争这口吃的？我是为了他们对我这种态度！大事小事——都没我的事！你说他说——就是不听我说！好像我在这个家里已经是多余的人了！那你们还留着我干什么？干脆把我活活饿死得了！

小桂　饿死您？谁敢呀？全国人民也不能答应啊！

· 301 ·

傅老　那全国人民要答应，你们就真敢饿死我啊？

小桂　那当然了……

傅老　啊？

小桂　也不敢了！公安局也不能答应啊！

傅老　那公安局要答应你们就敢啊？

小桂　当然了……

傅老　啊？

小桂　也不敢了——俺们也舍不得您呀！再说也没俺啥事儿啊，都是他们——爷爷，您放心吧，等他们回来呀，俺狠狠地批评他们。

傅老　你还批评他们呢，你以为你是什么好人啊？

小桂　俺还真以为自己是好人呢……

傅老　甭管好人坏人，收拾完屋子给我走人，今天不要让我再见到你！我今天不想见人——好人坏人都不想见！

〔门铃响，小桂开门。

小桂　（向傅老）爷爷，胡爷爷来了，非要见你。

〔胡老提一盒乐高玩具上。

胡老　哎，我可没说非要见他——不就是个老傅么？又不是什么稀罕物儿，见不见有什么关系呀？问问他想不想见我？

傅老　好人我都不见，何况你这样的坏人……我这是心烦啊！

胡老　心烦？正好。我儿子从美国给我捎来这么个玩意儿——（将玩具放在茶几上）你说我成天忙的，我哪儿有工夫玩儿它呀？送给你了，留着解闷儿吧！

傅老　这是什么呀？

胡老　（展示）这是美国现在最流行的、最新式的——儿童玩具！来我教你怎么弄……

## 第107集　真真假假（上）

傅老　拿走拿走，你是什么意思啊？哦，我老了，没有用了，得靠玩儿童玩具来消磨时光了？我现在忙得很哩！

胡老　是么？我没看出来。

傅老　没看出来呀？我告诉你：我虽然上了年纪，暂时地离开了第一线……

胡老　等等等等，你不是暂时，是永远！

傅老　你这个……好，永远就永远吧！你一个小小的燕雀，安知我鸿鹄之志啊？我的胸怀你怎么能够理解到呢？我是离休不离岗，离婚不离家——你说我老了我就老了？你说我没用了我就没用了？你让我玩儿这个儿童玩具我就非得……我倒要看看，这个东西有什么好玩儿的？（拿过盒子）

胡老　看看嘛……

傅老　来来来，赶快教教我……教不会不成！

胡老　我慢慢教你……


〔傍晚，傅老卧室。
〔傅老卧室的门正对着卫生间。志国从卫生间出来，和平手里拿瓶药，拉志国来看望傅老。傅老正独自玩儿玩具。

志国　爸，听小桂说今天您不舒服？

〔傅老专心玩儿，爱搭不理。

傅老　哼……

和平　爸，听说您中午都没吃饭？

傅老　哼……

志国　爸，您哪儿不舒服？咱们上医院检查检查去？

傅老　哼……啊，不用！

和平　您这玩儿什么呢？这都是圆圆玩儿剩下的……

傅老　圆圆玩儿剩下的？我又捡起来了，怎么着？不许呀？你们不是忙么？你们忙你们的去吧，甭管我呀！我自个儿在这儿玩儿，碍着你们什么事了？

志国　爸，您看您说的！我们不管谁也得管您啊……

和平　就是啊，您不想吃东西肯定是胃里不舒服——来，爸，给您药！（递上药）

志国　爸，给您水。（端过水杯）

傅老　……哼！

和平　要不我扶您到客厅去坐坐？

志国　爸，要不我搀您到楼下去转转？

和平　（高声，向门外）小桂，小桂！晚上给爷爷多做几个爷爷爱吃的菜！

志国　（高声，向门外）圆圆，圆圆！把晚报给爷爷拿来，让爷爷先看！

傅老　这还差不多！你们要早这样，我何至于病成现在这个样子？

和平　您病成哪儿样了？不就一顿中午饭没吃么？那不算什么大病啊……

志国　不就是今儿比平常话少点儿么？本来平常您话就太多，现在倒像正常人了。

傅老　什么？谁说我没有大病？谁说我像正常人？我那是怕你们着急，所以……（咳几声，作虚弱痛苦状）我这才强忍病痛、强作镇定、强打精神、强颜欢笑……我要真是把实情说出来呀——咱们家得吓死一个俩的！

和平　没错儿，爸，头一个就是我——我胆儿小！要不您慢慢说，咱看看还有救没有啊……

志国　就是，要真死也得死个明白呀。

傅老　好，那我就把实话告诉你们。我呀……这个病一句两句也说不清楚，反正是一生下来就先天不足……

和平　哎哟，那可了不得喽！（背躬向志国）我还以为什么病呢，敢情就一先天不足……谁足啊？我出生的时候还不够分量呢！（向傅老）爸，您先天不足啊，再怎么着您也这把年龄了，六十多年了，怎么也该找补回来了？

第107集　真真假假（上）

傅老　我找补什么呀？我年轻的时候投身革命，枪林弹雨虽然没有把我打着吧，也够我一呛——我倒不怕死，我就是怕我死了以后就没法再为人民做贡献了……

和平　爸，您就甭解释了！反正您是先天不足，后天又受了惊吓……您还有什么毛病？您一块儿跟我说了。

傅老　什么毛病都有！后来，搞革命搞建设，当领导当干部，白天黑夜，风里雨里……就是机器都得生锈啊！何况我是一个先天不足啊……

志国　爸，知道您辛苦一辈子了，可您得具体说出您有什么病吧？

傅老　什么病啊……我什么病都有！比如这几天，我就觉得我心慌，胃弱，饭量越来越小，可脾气越来越大，不爱说话，懒得动弹，四肢无力，头昏眼花呀……反正啊，医院有什么科我就有什么病！

和平　哎哟，那可不得了啦……（向志国使眼色）咱赶紧上医院挂号去吧！

志国　这挂号倒省事了，甭挑，一个科一个号——连精神病科都甭落下。

〔志国、和平欲下。

傅老　医院当然要去——（激越地）更主要的：是家庭护理要跟上！（又虚弱状）要让病人吃好、喝好、休息好，不能生气、不能劳累、不能着急。批评谁，不管对与不对都不许顶嘴！看电视，想看哪个台我自己都做得了主……总之啊——心情愉快、为所欲为，身体慢慢总会恢复的……

和平　您那身体倒恢复了——您那病全搁我们身上了！

〔傍晚，傅家客厅。
〔志国、和平闲坐。小桂自里屋上。

小桂　大姐，大哥，干完了这个月，俺想走了……

志国　怎么回事？不是这个月刚给你涨的工资么？

小桂　俺不是为这个，主要是因为爷爷……

志国　爷爷怎么你了——都病成这样了？

小桂　就是因为他这病啊——今天心口疼，明天肚子疼，后天浑身脑袋疼……您看看，一个午觉睡到现在还不起来。

和平　嘻，他睡午觉就让他睡吧……

小桂　你们上班上学都走了，家里就剩俺一个人，万一他睡着睡着睡过去了……

和平　你放心，吃饭时候他准醒——不醒你不是更省事儿么？

小桂　可他这病可跟别人不一样——嗓子疼要吃炸辣椒，肚子疼要吃凉年糕，有了鱼又要吃鸡，吃了鸡又要找鹅……俺不给他做吧，说俺不关心他；给他做吧，俺又怕他吃坏了……就这些责任俺也担不起呀！

和平　你甭担，我担，成么？爷爷想吃什么就给他做什么，成么？

小桂　俺怀疑呀……（欲言又止）

志国　怀疑什么呀？说。

小桂　小桂不敢……

志国　恕你无罪！说吧。

小桂　俺怀疑爷爷根本就没病——他是装的！

志国　你爷爷才装的呢！你说我爸那么大岁数，没事儿他装病玩儿？他图什么呀？就为骗口吃喝？这是他自己的家，他吃什么不理直气壮的？还用装啊？他跟你耍这小心眼儿干什么呀？

小桂　不是跟俺，是跟你们……（向饭厅下）

志国　那跟我们就更没必要了！他有病没病咱们对他不都一样么？

和平　你还别说，还真不一样——他这一生病啊，咱就更重视他了！我瞅这事儿老这样可不成，你爸这把年纪了，经常到医院去做做常规检查也是好。回头我劝劝他……

志国　又不是没劝过，谁劝他跟谁急，说他这病"三分治七分养"，看不看都那么回事儿，还怀疑咱们不相信他！

和平　哎对了，胡伯伯说了，说他们单位明天要组织老干部做体检。回头我跟着去——他不能说咱不相信他了吧？什么病查不出来呀？

〔晚，傅家饭厅。

〔小桂布置晚饭。

小桂　（向客厅喊）开饭喽！

〔傅老快步上。

傅老　先给我盛，先给我盛……换个大碗……多盛一点……盛满！

〔小桂给傅老盛了一大碗饭。和平上。

和平　爸，您怎么跟三年没吃饭似的？米饭不有的是啊？

〔圆圆、志国上。

傅老　久病的人啊，体虚，再不多吃一点，怎么跟病魔做斗争嘛……

志国　爸，您的病到底感觉怎么样啊？

傅老　还是觉得不好，吃什么都不香……

〔圆圆欲夹菜，傅老把那盘菜倒进自己碗里。

圆圆　嗯，嗯！这还不香啊？都香死我了！

和平　香死你，你吃啊！

〔傅老放下空盘子。

圆圆　我倒想吃，哪儿还有啊？！

〔圆圆欲夹另一盘菜，傅老把那盘菜也倒进自己碗里。

傅老　老喽，不行喽，再这样下去身体就全都垮喽……

圆圆　您倒垮不了，我们全垮了！

和平　圆圆，多大的孩子了，怎么还跟爷爷争嘴吃啊？（向傅老）哦对了，爸，今儿听胡伯伯说啊，您单位明天下午要组织老干部随便体个检……（向志国递眼色）

志国　啊？哦……

傅老　嗯？你们想干什么？！

和平　单位组织活动嘛，您得积极参加呀！组织随便体个检……

傅老　我病成这个样子，这次活动我就不准备参加了……

志国　爸，这就是您的不对了啊：正因为有病才应该体检呢嘛！

傅老　我看就不必了——医生们也很忙嘛……

和平　医生忙，忙什么呀？不就忙着给病人看病么？爸，您说您这从头到脚都是病，又查不出病因，正好是医学科研的好材料啊！您就全兹当是给医学事业做回贡献。

傅老　你看我都病成这个样子了，再让我养得好一点儿再去贡献，行不行？

和平　您养好了还有什么用啊？人家要的就是这病！

志国　就是。再说您养了这么些日子了，也应该跟我们大家有个说法吧？

小桂　就是啊，爷爷，您不能让别人说出闲话来。等咱有了医院的证明，咱病也病得理直气壮不是？

圆圆　没错儿，爷爷，我跟小桂阿姨赌了一根儿冰棍儿——我赌您真有病。别让我输了啊？

傅老　你们……（急）你们这分明是不相信我嘛！（咳嗽）我不是吹牛，我真有病……

和平　所以咱才得去医院看去呀！

志国　啊，那不是那谁说过——真金不怕火炼，真病不怕化验嘛！

傅老　好好好，我去我去……我先把话说下啊：现在的医院啊，有些医生是很不负责任，粗心大意。万一最后检查结果说我没病啊——那就是误诊！

　　　（虚弱状，下）


〔日，傅家客厅。

## 第107集 真真假假（上）

〔圆圆、志国闲坐。和平上。

圆圆　妈，化验单取回来了么？

〔小桂自里屋上。

和平　（六神无主）取回来了……

志国　我这就找我爸去，看他还有什么说的！

和平　你们先瞅瞅这个……（掏出化验单）

小桂　（接过，读）肝，肝……肝啥呀这是？

圆圆　你才认识几个字儿？癌！这字儿念"癌"！

小桂　噢，癌……

圆圆　啊？肝癌？！……（读）晚，晚……晚什么呀？

志国　（冲上前，看）这是"期"呀……肝癌晚期？

和平/志国　（慌）谁也不许告诉爷爷啊……不许说啊……别跟爸说啊……

〔傅老拄拐杖自里屋上。

和平　（强装镇定）爸……

傅老　和平啊，检查结果出来了么？我病得不轻啊，是不是？

和平　（赔笑）爸，您没什么病……

傅老　胡说！谁说我没病？谁说我没病？！我自己的身体我还不知道？我现在这个感觉呀……多半就是得了癌！而且还是晚期！

和平　（欲哭）爸，您都知道了……

志国　（急忙打断）爸，虽然医生没有查出您是什么毛病，但我们一定按照癌症晚期病人那么照顾着您……

〔傅老满意地笑。

小桂　爷爷，往后想吃啥俺就给您做啥！

圆圆　爷爷，我再也不惹您生气了！

和平　家里大事小事都得由爷爷做主！

志国　连我们单位的事都及时向您汇报……您看行么？

傅老　（笑）好好好……你们真要是做到这些呀，我还真希望能够得上癌症哩！呵呵……

【上集完】

# 第108集　真真假假（下）

编　　剧：梁　左　张　越

〔日，傅家客厅。

〔志国、和平、圆圆躺沙发上昏睡。

小桂　（画外音）大姐……大姐！

〔和平惊醒。

小桂　（画外音）吃药！

和平　嗯！……（拿药，向里屋下）

〔小桂迷迷糊糊上，倒在沙发上睡着。

和平　（画外音）志国，志国！

〔志国惊醒。

和平　（画外音）热水……

志国　来了……（拿暖壶，向里屋跑下）

〔和平上，倒下休息。

志国　（画外音）圆圆……圆圆！毛巾！

〔圆圆惊醒，向里屋跑下。志国上，倒下休息。

圆圆　（画外音）小桂阿姨，小桂阿姨！

〔小桂惊醒。

圆圆　体温表……

〔小桂拿体温表向里屋跑下。圆圆上。

圆圆　妈，妈！

〔和平惊醒。

圆圆　你们当年上山下乡也不过如此吧？

和平　别胡说——哪儿有这累呀！它不光累人，还累心啊……

〔和平将双腿放在茶几上，志国迷迷糊糊间抬腿压在和平腿上。和平抽回双腿，志国惊醒。

和平　哎哟，这熬到哪天算个头儿啊？

圆圆　肯定得熬到爷爷……

志国　啊？

圆圆　……"那什么"了以后呗！

志国　圆圆别胡说啊！爷爷怎么会……"那什么"呢？

圆圆　那我爷爷怎么就不会……"那什么"呀？生、老、病……"那什么"，自然规律！我爷爷他怎么能违反规律呀？你不能因为他是你爸，你就盼着他老不……"那什么"——那你爸不成妖怪了么？

志国　你爸才妖怪呢！

圆圆　没错！而且是一个——大妖怪！

志国　哎！啊？你这……

和平　行了行了！这一家人骂来骂去，谁占谁的便宜呀？咱就跟他熬着吧。

圆圆　再这么熬下去，咱们肯定得……"那什么"他前头！

志国　圆圆你什么意思？你是不是盼着爷爷早点儿……"那什么"呀？

圆圆　我可没这么说！反正呢，我说话就考试了——我倒是不怕蹲班，我就是怕你们家长面子上不好看……

312

## 第108集 真真假假（下）

志国　你敢！又没不让你上学。

圆圆　哦，白天让我上学，晚上回家让我上山下乡？让不让我活了？

志国　那你说怎么办？爷爷生病你就不管了？

圆圆　我没说不管呀，他生病应该上医院，哪有在家里折腾人的呀？咱们会治病还是大夫会治病？

志国　爷爷现在不还不知道自己病得要……"那什么"了呢吗？

圆圆　他怎么不知道啊？他天天说自己病得要……"那什么"了，比谁不清楚啊？（下）

和平　志国啊，我也正琢磨这事儿呢：熬着咱们倒没什么，别回头把你爸这病再耽误了，还是劝他早点儿去医院吧。

志国　是准备劝呀，不是没找着机会呢嘛？谁知道他病得要"那什么"了……

〔晚，傅家饭厅。

〔傅老独坐吃饭，十分享受。众人在两旁恭敬侧立，扇扇伺候。傅老抬手，志国递上毛巾。

傅老　哈哈，这个红烧肉，我吃着竟很受用！

和平　您受用就再多吃两口！

傅老　好好好……你们怎么都不吃啊？

圆圆　您吃完了我们再吃。

傅老　好好……虽然我现在病得很重，也不需要这么些人照顾我吃饭嘛——你们可以轮流吃一吃啊？

志国　爸，您是不是觉得您的病真是很严重啊？

傅老　什么意思？不是真的还是假的？难道你们对我的病情还有所怀疑？

和平　爸，我们是真想怀疑，我们多希望您这病是假的呀。

傅老　（笑吟吟地）怎么是假的？谁再跟我说假的我就跟谁急！我的这个病啊，

　　　　铁证如山——没治啦！呵呵……

和平　有治没治咱也得上医院啊，爸？

圆圆　就是的，俗话说得好嘛——死马也当活马……

志国　圆圆，别胡说啊！（向傅老）爸，您看咱们什么时候上医院呀？

傅老　（喜悠悠地）干嘛要上医院啊？家里多舒坦啊……

和平　您得病您不能光图舒坦，您也得考虑考虑我们……爸，您最近几天，有没有觉着肝部有点儿什么异常现象啊？

傅老　肝部啊？（摸肚子）哦，我还就觉得这个部位比较舒服……

和平　爸，您那不是肝部，您那是胃部！肝部在这儿呢……（指）

傅老　（乐呵呵地）哦，这儿啊？这儿也没有什么异常——反正我浑身现在都异常，倒也不觉得这儿有什么特别的不舒服……

和平　（低声向志国）已经扩散了？完了完了……

傅老　（美滋滋地）完了？……哦对，我吃完了——起驾！

和平　嚯！

〔傅老起身，在众人恭敬簇拥下走出饭厅。


〔晚，傅老卧室。
〔傅老躺在躺椅上。志国、和平一旁伺候。

傅老　天天这么麻烦你们，心里很不安啊！我看明天就不要做饭了——干脆你们请我到外面下馆子吧？

志国　啊？爸，那……那您走得动吗？

傅老　走不动不要紧——可以叫出租车嘛！等下完馆子，再上戏园子，还有那个什么"卡拉OK"！……我虽然不怎么会唱，听着也高兴啊！

和平　（小声）您倒高兴了，咱还过不过了？

傅老　怎么着？我都病成这个样子了，就提了这么一点儿要求——过分吗？

· 314 ·

## 第108集  真真假假（下）

志国　爸，爸！不过分不过分！您的要求我们都能满足您。只是，您说咱们什么时候去医院呢？

傅老　去医院？怎么你们老动员我去医院？你们还怕我没病不是？我就不去就不去就不去！反正是死马，我就死在家里算了！

志国　爸，您看，您也是当过领导受过教育的老同志了，这治病救人是咱们党的一贯政策嘛……

傅老　（笑嘻嘻地）我的病我自己知道——三分治七分养啊！

志国　爸，您不知道。上次体检，医生怀疑……怀疑……

傅老　他怀疑什么？我不怕他怀疑，我这是真病，呵呵……

和平　人家没怀疑您真病，人家怀疑您……您病得不轻。

傅老　那还用他怀疑？我本来就病得不轻嘛！哈哈……

志国　而且可能还不大好治。

傅老　是啊，本来就不好治嘛！所以我才不愿意上医院，就在家里养养得了！

和平　爸，您这病不是养就能养好的！干脆我实话跟您说了吧……我不说了……

傅老　（有所察觉）怎么？难道……我真的有病？

志国　爸，您可不真有病嘛！医生怀疑您……得的可能是癌症……

傅老　（大惊，站起）癌？（不知所措）这个……简直是胡闹嘛！你们看我现在……（做几个大幅度武术动作）我这个……哪儿都不疼不五的，怎么会是癌症呢？笑话嘛，哈哈，天大的笑话，哈哈哈……（强装轻松）

和平　爸，您不是说您老浑身不舒服吗？

傅老　我那是装……当然也不是装的！你看人都到这个岁数了，总不会浑身都舒服吧？这也没有什么大不了的，我自己的身体我知道……

和平　爸，您就甭安慰我们了！科学发展到今天，癌症也不是不能治的，您就鼓起勇气跟病魔做斗争吧！

傅老　（大惊失色）病魔？！它又没招我，我跟它斗什么呀？

志国　它还没招您呀？这是您上回检查的结果，您自己看吧……（递上化验单）

傅老　（看毕，慌）怎么？这是真的？……（见志国和平低头悲伤）是真的？

和平　（悲痛）爸……您看，您可得坚强！我知道您早就有思想准备……

傅老　我有什么准备啊？我一点儿准备都没有！我当初也是想逗你们玩儿，没想到还真的弄假成真了！这回我算……（晕倒在地）

〔志国、和平惊呼抢救。

〔夜，傅老卧室。

〔屋内漆黑，傅老从睡梦中惊醒，开灯。

傅老　（呼唤）志国！……和平！圆圆！……久病床前无孝子！呼天天不应，叫地地不灵啊……

〔傅老用拐杖敲打衣柜和屋门，咚咚作响。门外一阵慌乱嘈杂。

志国/和平　（画外音）地震了！地震了地震了……啊？怎么回事儿啊？……

〔傅老开门。志国从卫生间裹浴巾出。和平、圆圆凑过来。

傅老　什么地震啊？是我这儿震呢！你们都给我过来！

〔三人进屋。

志国　爸，您有什么事儿啊？

傅老　……倒也没什么事儿。

志国　嗐，没什么事……爸，不说好了吗？明天上医院。您怎么到这会儿坚持不住了？

傅老　我再三考虑：我的这个岁数，我的这个身体，我的这个病情，等明天进了医院，能不能活着出来就很难说了……

众人　看您说的……您别这么想……不至于的……

傅老　你们大家都不要劝我！趁我现在还明白呀，有一些事情要跟你们大家交

第108集　真真假假（下）

　　　　代一下，还有些东西呢，也就给你们分了吧！

和平　哎哟，爸，您瞧瞧，这不至于的！您怎么还要给我们……分东西？（感兴趣）爸，要不您先一样一样拿出来，让我们开开眼？

圆圆　妈，净想着分东西！（向傅老）爷爷，您先把事儿说了？

傅老　刚才，我昏昏沉沉的，回忆了一下我的一生。我的一生是问心无愧呀！政治上我是先知先觉，工作上我是兢兢业业，生活上我也是艰苦朴素，给你们大家树立了很好的榜样——

众人　对，您是我们的榜样……真得向您学习……

傅老　具体地说吧：从一九四五年抗日战争……

圆圆　（不耐烦）爷爷，爷爷……您别具体了，还是先把东西分了吧！

傅老　那就边分边说吧！我这一生啊，尽瘁国事，无事生产，所以给你们留下的东西不多，但都很宝贵！志国，把床底下那个纸箱子给我掏出来——

　　　〔志国从床下拿出纸箱。

傅老　把它打开。

　　　〔志国打开纸箱，里面是另外一个纸箱。

傅老　掏出来。再把它打开。

　　　〔箱子里还有一个纸箱。

傅老　再掏出来。再把它打开……

和平　您瞧啊，东西不多不要紧，只要宝贵就成，一样顶十样！

　　　〔志国打开纸箱，里面有个包袱。

和平　这里都是存折吧？裹这么严实……

傅老　就是这个……

　　　〔志国递上包袱。傅老打开。

傅老　哦，错了，这都是你奶奶早先留下的，纳鞋底子的破布头儿……（指箱里）下面……

· 317 ·

〔志国从箱里拿出一个布包,递给傅老。

傅老　志国呀,(边打开布包边说)这个是我早先行军打仗的时候用过的……一双鞋垫儿——(层层打开,掏出一双旧鞋垫)这个还是冀中的一个妇联主任亲手给我绣的呢!我把它传给你,好好走完你的人生旅程吧!

志国　哎,那我就接着吧!(接过,低声向和平)还有俩鸳鸯呢嘿……

傅老　(从箱子里拿出一块旧毛巾)和平啊,这是我当年扮演《兄妹开荒》的时候用过的一条羊肚毛巾,我把它传给你,算是老一辈文艺工作者对你的期望吧!

和平　(接过旧毛巾)哎,成……爸,您还演过《兄妹开荒》呢?您不是拢共就在幕后面学了两声鸡叫吗?爸,要不然咱商量商量得了,您还是把奶奶那个纳鞋底儿的破布给我两块得了,比这毛巾强。

傅老　东西不在多少,主要是那个意思!圆圆……(手中举着一个打开的纸包)这是一个敌人的子弹……

〔傅老从纸包里拿出一枚子弹递给圆圆。圆圆不敢接。

傅老　当年它差点儿要了你爷爷的命。我把它传给你……

圆圆　别价呀,爷爷!差点儿要了您的命的东西您给我——真不吉利……(勉强接过)

傅老　(又从箱子里拿出一个纸包)这里面啊,还有几样东西……

和平　爸,爸,您就甭一样一样掏了,也给志新跟小凡留几样!

傅老　这是几个存折儿——是你妈和我一生的积蓄啊——就按照和平的意见,给志新小凡他们留着吧!

和平　爸,我什么时候有过这意见呢……

傅老　等我死了以后,我的骨灰……一半儿埋在我的家乡。

志国　是。

傅老　剩下的一半儿的一半儿,埋在我解放前战斗过的地方。

· 318 ·

## 第108集 真真假假（下）

志国　行。

傅老　再剩下的一半儿的一半儿的一半儿，埋在我解放后工作的地方。再剩下的一半儿的一半儿的一半儿的一……

志国　爸，不带您这么折腾人的啊！这我们没法儿给您埋……

〔晨，傅家饭厅。

〔小桂摆好油条。傅老上。

傅老　哈哈……油条！

〔圆圆跑上，入座吃油条。

傅老　趁你……

圆圆　来不及了，来不及了……

〔和平急上，入座吃油条。

傅老　趁你们……

和平　哎哟，来不及了，来不及了……

〔志国急上，入座吃油条。

傅老　趁你们大家……

志国　唉呀，真不及了，来不及了……

傅老　趁你们大家都在，我还得把我这个病情和你们……

志国　爸，昨天上医院复查，您的癌症不是给排除了吗？

和平　就是啊，大夫说您身体很好——就是有点儿消化不良。

圆圆　说您能活二百多岁——还是少说！

傅老　话虽这么说，也不能掉以轻心！我还是觉得我……

和平　哎，圆圆，你那语文测验考完没有啊？

志国　和平，你们团到底安排你演什么呀？

圆圆　爸，你们单位那游泳池还对家属开放吗？

志国　嘻，就那么一说……

圆圆　其实就是真开放我们也不去，万一你们……

　　　〔志国、和平、圆圆一人拿一根油条，边聊边下。

傅老　（向三人背影）我不是吹牛，我是真有病啊……（拿油条，发现没有了）搞什么搞？！一根儿都没给我剩下嘛！

【本集完】

## 第109集　818案件

编　　剧：梁　欢　汤一原

〔晚，傅家客厅。

〔傅老、志国、和平看电视。圆圆、小桂簇拥着昭阳自里屋上。昭阳手中攥着一本书。

圆圆　昭阳叔叔，就给我看一眼……

昭阳　不行不行——儿童不宜！

小桂　昭阳哥，那俺比她大，俺总可以看吧？

昭阳　不行不行，少女更不宜！

志国　（夺过书）小凡从外国给你寄来的什么书啊？这不宜那不宜的，真有什么不健康的，你一未婚男青年最好也别看啊——我没收了！

和平　（夺过书）你一已婚男中年也不能看——我没收了！

傅老　（夺过书）什么东西搞得这么神神秘秘的？年轻人学坏都是先从好奇开始的。我先审查审查！

圆圆　万一您也学坏了呢？

傅老　我怎么会学坏啊？这种坏书干脆把它烧了算了！

昭阳　别别别……伯父，您看看可以，千万别烧，这书我还有用呢。

傅老　（瞟一眼封面）噫！坏透了坏透了……我倒要看一看它坏到什么程度！（翻看）搞什么搞？不过是一本儿菜谱嘛！（把菜谱扔在茶几上）

昭阳　怎么样，都特失望吧？

志国　好好的一本菜谱弄个大美妞当封面，多坑人啊！

和平　嘿，怎么叫不坑人呢？非得让那大美妞把那衣裳……怎么着啊？

圆圆　（翻看菜谱）瞧瞧这菜做得多漂亮，我真恨不得咬这纸一口！

和平　馋猫儿！

傅老　我倒也很想吃这么一顿。

和平　您也是馋……您这是正当要求！谁会做呀？

昭阳　算你们有口福。我让小凡给我寄这书，就是想照着学两手，将来到了美国也好有个一技之长。明儿个我就实践给你们看。

和平　这上面可都是英文，你看得懂么？知道英文"胡椒面"怎么说么？

昭阳　……（向志国）大哥，告诉她！

志国　这"胡椒面"的英文是……pe……pe……（朝和平）pepe……

和平　呸什么呀呸？瞅呸我这一脸唾沫星子！

志国　我这英文吧，就剩二十六个字母了——还不会大写。

昭阳　这就够了——我任命你为本次大宴的总翻译官！能翻出哪个菜咱就做哪个，翻不出就别来见我！

圆圆　我就光等着吃了啊？

小桂　那俺明天也正好休息呀。

昭阳　本次大宴，人人有责。我任命贾圆圆小姐为总招待！薛小桂小姐为总助理！和平女士为总采购！

和平　少废话，没钱！

昭阳　差点儿忘了：我们要特别感谢本次大宴的独家赞助商——傅老先生！

傅老　我？还"独家赞助"？改善伙食我是很赞成的，让我一个人掏钱……

## 第109集　818案件

昭阳　让我们以热烈的掌声，向他老人家表示感谢……

〔众人鼓掌。

昭阳　再次表示感谢……

〔众人鼓掌。

昭阳　再一次表示感谢……

傅老　好了好了！（掏钱，数钱）

和平　都搁这儿吧！

傅老　（扔下钱）就给五十！多了没有……（溜下）

昭阳　得得得，剩下的我出！


〔晚，傅家客厅。

〔昭阳、傅老自饭厅上。

昭阳　哎，伯父……

〔傅老摆摆手，匆匆向里屋下。和平自饭厅上。

昭阳　嫂子，怎么样啊？孟氏西餐大宴的味道还不错吧？

和平　我这回可知道干嘛外国人一天到晚往咱中国跑了——敢情挨他们自个儿国家里天天就吃这个呀？这回打死我我都不出国了。

〔圆圆自饭厅上。

昭阳　您想出也得出得去呀……圆圆你感觉怎么样啊？

圆圆　我也有一种上当的感觉——还不如干饿着看画报呢。

〔小桂自饭厅上。

昭阳　这孩子从小苦惯了，冷不丁吃顿好的还真不大适应！小桂，你感觉怎么样啊？

小桂　俺跟圆圆的想法不一样……

昭阳　瞧瞧，到底是大姑娘！

小桂　俺觉得，不管多难吃也比饿着强呀。

昭阳　这回我对女同志算是彻底失望喽！

〔志国自饭厅匆匆跑上，欲进里屋。

昭阳　大哥，您觉得怎么样啊？

志国　还行还行……（捂肚子，向和平）咱爸怎么在厕所里还出不来呀？

和平　我告诉你，出来以后我先去啊。

志国　有没有先来后到？

和平　你懂不懂女士优先啊？

圆圆　我属于妇女加儿童——我排第一！

小桂　俺排第二。

和平　那我排第三……

昭阳　别乱别乱别乱，看来我得给大家伙儿维持一下秩序……（捂肚子，痛苦）这外头哪儿有公共厕所呀？

和平　哟哟，赶紧上公共厕所去……

昭阳　同志们跟我来！

〔众人随之奔下。


〔时接前场，傅家客厅。

〔全家人在座，个个虚脱无力。昭阳站立一旁。

昭阳　……怨我，都怨我！成了吧？里外忙活一天我还不落好——我哪儿知道咱中国人这胃它根本就不适合吃西餐呀。

圆圆　谁说不适合？你在"新侨"请我吃一顿试试？保证没事儿！

和平　还是手艺不行！

志国　如果不是故意害人的话……

昭阳　瞧瞧，越说越远了不是？我能故意害人么？再者说了，我自己也是受害者之一呀！我不仅无罪，而且有功——刚才要不是我号召大家伙儿上公共厕所，那后果……不堪设想！得了，事情已经发生了，就不要追究责任了，大家都吸取教训……

志国　什么？我们还吸取教训？这事儿没完！

和平　赔偿损失！

圆圆　我明儿不能上学了！

小桂　昭阳哥，俺也做不了饭了！你替俺几天吧。

志国　还让他做？还让他做？让他请咱们到外头下馆子！

和平　下什么馆子？现在也吃不下什么……

昭阳　哎，嫂子说得对。

和平　就一人五十块钱标准折给咱钱吧！

昭阳　这不是要我命么……（向傅老）伯父，您给说句公道话？（给傅老捶腿）

傅老　我看和平这个说法就很不妥当——

昭阳　不妥当，实在不妥当！

傅老　五十块钱够干什么的？再说我已经掏了五十了——合着里外里我除了肚子疼什么也没有落下！而且我们老年人身体恢复起来也很缓慢。我看这样吧，钱我也不要了……

昭阳　哎，好……（卖力捶腿）

傅老　就让昭阳给我们买一些冰糖燕窝、鲜王浆什么的养养身子吧！

昭阳　那您还不如要钱呢——一百够么？

圆圆　昭阳叔叔，我正长身体的时候就受到这样的摧残——我要一百！（举手）

昭阳　你怎么也跟着浑水摸鱼呀你？

志国　我作为一个中年知识分子，也需要特殊照顾！（举手）

和平　我作为家中唯一的中年妇女，我也得特殊照顾！（举手）

小桂　俺大老远上你们家来了，遭这份罪，俺也应该得到啊！（举手）

昭阳　嘿！嘿！嘿！我这儿又没开银行！要不这么着吧：咱干脆把这事儿查它一水落石出——责任到底在谁还不一定呢！今儿几号来着？

圆圆　八月十八号。

昭阳　我宣布："818"案件从现在开始立案侦查！（拿过一个公文包）我任命孟昭阳同志为侦查小组组长……（走向门口，转身探头）明天中午破案！（下）

〔日，傅家饭厅。

〔全家人吃饭。昭阳手拿公文包上。

昭阳　同志们！真相大白的时刻终于来到了！我可以明确地告诉大家，凶手——就在我们当中……（环视众人，盯傅老）

傅老　（含糊）这次活动也是经过我同意的，我也负一定的责任嘛……

〔昭阳盯着志国。

志国　（心虚）也怪我，我没能及时提醒大家……

〔昭阳盯着圆圆。

圆圆　（发毛）是我先吵吵吃西餐的……

〔昭阳盯着和平。

和平　（紧张）我……小桂，你手抖什么？

小桂　（手抖）没有……俺没有啊……

昭阳　就不要贼喊捉贼啦！

和平　嗯？你什么意思？

昭阳　和平同志，我这儿有证据：（从包中掏出一张纸）这是居委会陈大妈的亲笔证词——你昨天下午一点五十五分是不是在楼下自由市场个体商贩那儿买的螃蟹？

和平　啊，你说要吃蟹肉泥呀——你当我爱买呢？那东西挺贵的……

昭阳　可问题是：你为什么要在个体商贩那儿买？

和平　个体商贩又不犯法，这是社会主义经济的必要补充。

昭阳　可你买这螃蟹是处理的吧？

和平　不是啊！人家就剩儿个了，我就给都包圆儿了，拢共便宜我五块钱……

昭阳　就为五块钱！你考虑到质量问题没有啊？新鲜不新鲜？变质没变质？能吃不能吃啊？（向众人）同志们，吃了这种包圆儿的螃蟹，能不闹肚子么？

和平　（心虚）我当时瞅着还行……

昭阳　你当时瞅着还行？你考虑到实际效果了么？害得多少无辜群众——包括我自己个儿在内——夜不能寐、一趟一趟、川流不息呀……这当中包括我们的老同志，战争年代没倒在敌人的枪口下，和平时期却险些牺牲在你的螃蟹里！包括我们的中年知识分子、四化的主力军、社会的中坚力量，他一个人倒下去不要紧，耽误了四化大业，谁负这责任？还有像我这样的年轻同志，就好像早上八九点钟的太阳，前程似锦，却要毁于一旦！尤为恶劣的是，你那罪恶的魔爪还伸向了祖国的小花骨朵！你怎么能够下得去手哇……

圆圆　（痛心）这还是我妈吗？

昭阳　好了，我就先揭发到这儿！下边大家伙儿表态吧。小桂，给我添双筷子，给我来碗粥！

和平　（谄媚地）兄弟，你先喝我这碗——没动呢！你们都喝着，我先站在一边儿反省反省，我听候大伙儿处理。

傅老　这个嘛……和平来到我们家，已经十几年了，成绩还是主要的嘛……

昭阳　成绩不说没不了，问题不说不得了！昨儿个大家伙儿是怎么说我来着？伯父，一边儿是儿子媳妇，一边儿是未来女婿，您要是有偏有向就不好了吧？

傅老　是啊是啊，害得全家人身体都受到损失，问题的性质还是比较严重的嘛！和平啊，你要深刻地反省——（向众人）然后我们大家再帮她好好提高提高认识。

昭阳　还有赔偿经济损失的问题……

傅老　我看这就免了吧！思想教育为主嘛。赔来赔去，还不是从这个碗里赔到那个碗里——干脆，肉烂在锅里算了！

昭阳　嘿，昨儿个您怎么不说这话呀？

圆圆　我揭发啊！我妈犯错误不是偶然的！她平时给我买东西就特抠门儿——不准买这个，不准买那个，最后买那个最便宜的！所以说，她今天犯错误不是偶然的。现在想想——妈，我真是害了您啊！

和平　（不忿地）没关系！你还接着害我——我不怕！

昭阳　瞧瞧，瞧瞧我嫂子这态度。（向志国）大哥，您说两句！

志国　你这不是让我为难么……

昭阳　说说，说说！

志国　（温和）和平，不是我说你——（突然）一贯这样！应该接受教训了！（温和）不是我说你——（爆发）图小便宜吃大亏！万一真出点儿事儿呢？！（温和）不是我说你……

和平　还不是你说我？！就是你说我！我告诉你贾志国，我现在这地位比较被动，我先不理你！等我回过手来……你等着吧！

志国　你瞧你现在还持这种态度，我坚决和你划清界限！我宣布啊：今儿晚上我就搬客厅住去。

和平　你倒想不去客厅住呢你！

昭阳　伯父，我这可不是挑拨啊——您瞧我嫂子这态度多不端正啊！

傅老　和平啊，这样就不好了嘛，在事实面前……

和平　什么事实啊？你们肚子疼不假，就一准儿知道是我那螃蟹闹得呀？是经

## 第109集 818案件

　　　　过卫生部的化验还是经过派出所的鉴定啊？空口无凭么！

傅老　空口无凭……那怎么办？

和平　怎么办？我建议：（拿过包）"818案件"打今儿起由我专门负责，（欲下，又扭头）今儿晚上破案！（下）

　　　〔晚，傅家客厅。

　　　〔傅老、志国看报。昭阳来回溜达。

昭阳　（向志国）大哥，还没看完呢？

　　　〔志国摇头。

昭阳　（向傅老）伯父，您看完我瞜一眼……

傅老　马上马上……

　　　〔昭阳刚一回身，傅老和志国两人交换报纸。

傅老/志国　我这看完了……

　　　〔和平拿着公文包上。

和平　同志们！真相大白了！

　　　〔圆圆、小桂自里屋上。

和平　凶手——就在我们当中！（盯着志国）

志国　（心虚）我反正问心无愧……（向傅老）爸，您手抖什么？

和平　贾志国！你就不要贼喊捉贼了！

志国　什么意思？

和平　什么意思？我这儿有两份证据。一份是咱们邻居胡伯母的亲笔证词——她昨儿也买了那种螃蟹，全家吃了以后安然无恙，另一份就是你翻译的菜谱原件——（从包里掏出杂志扔在茶几上）你是怎么翻译的？

志国　我说我翻不了，你们非让我翻啊……

和平　配料那栏——念！

志国　（读）"酱油、白醋、胡椒、芹菜……"您瞧这多大学问，这词儿多偏啊！你就真找一个美国人来，他也不准知道是什么……

和平　接着念！

志国　（读）"洋葱、瘦肉、香叶、巴豆……"

和平　停！巴豆？巴豆是什么东西呀？吃了巴豆能不拉稀么？

志国　巴豆……巴西豆啊！

众人　嗯？

志国　好像是巴西产的一种香豆……

众人　嗯？

志国　我也没弄大清楚，我就随便那么一写……

和平　你随便那么一写害了多少人啊？让我受了委屈不说，你还连累了人家昭阳兄弟。特别是咱爸，这么大年纪了，（作跑步状）一趟一趟，容易吗？还有圆圆这么小，还有人家小桂从那么大老远来的……

志国　那我先回去反省反省得了……（欲下）

和平　你站住！（向众人）你截着他！你堵着他！你拦着他……

志国　（无路可逃）我算陷入人民战争汪洋……停！和平，就算我在菜谱上写了巴豆，你作为总采购，真上药店买了巴豆了？

和平　……我能犯那傻么我？

志国　这不结了么？你既然没买，那就跟巴豆没什么关系，这也是不白之冤。我宣布，彻底平反，恢复名誉！

昭阳　大哥说得对！（向和平）他写错了你没买错，那就跟他没关系。

和平　那跟我也没关系呀！

傅老　那总得跟谁有点儿什么关系吧？要不怎么会出现那种……（比划跑步）那种局面呢？

志国　我决定：从现在开始，我来接手"818专案组"全部工作，（夺过公文包）

· 330 ·

继续侦破此案!

傅老　有侦破重点没有?

志国　哼,反正这事儿啊——昭阳挑的头儿,小凡寄的书,咱爸给的钱,和平买的菜,小桂打的下手,圆圆拿的碗筷——你们一个也跑不了!

傅老　都跑不了,那干脆我来负责侦破吧!

圆圆　不行我也得来……

〔众人争抢志国手中的公文包,向里屋下。

昭阳　嘿嘿嘿……全乱了吧?(拿过报纸,坐)我早就知道,这就是最后的结局!

【本集完】

# 第110集 葵花向阳

编　　剧：赵志宇　梁　左

〔日，傅家客厅。

〔傅老看报纸，志国写总结，和平织毛衣，一片安静。圆圆捧书上。

圆圆　（突然大笑）哈哈！

和平　（吓一跳）你小点儿声儿，吓我一跳！得，又秃噜一针……

圆圆　织毛衣又不是什么要紧的事儿，错了再织呗！（继续看）哈哈！

傅老　（也吓一跳）怎么回事嘛！我也看串了一行……

圆圆　看报纸又不是什么要紧的事儿，串了再看呗！（继续看）哈哈！

志国　（又吓一跳）圆圆你能不能小点儿声儿？我这写总结呢——又写错一字儿！

圆圆　写总结又不是什么要紧的事儿，错了再写呗！

志国　哎，怎么不要紧啊？你以为我这是光写总结呀？这是我们当领导的带领群众奔小康的远景规划！我这担多大责任呢？万一出点儿差错，到时候干不成"四化"、翻不了"两番儿"，你负责呀？

圆圆　我可负不了责，我不笑了不成吗？

昭阳　（上）哈哈！

〔全家人都吓一跳。

昭阳　大家好啊？

志国　刚好了一个怎么又来一个呀？挺清静一星期天——哼！（向里屋下）

小桂　（自饭厅上）大姐呀，一百个饺子够吃吗？

和平　差不多吧——（瞅一眼昭阳）也得看有没有人挨这儿蹭饭！

昭阳　才一百个饺子，那能够得了吗？再包再包！

小桂　那你帮俺来包去！

昭阳　算了吧……不行我吃挂面！

小桂　那挂面不也得俺做吗——哼！（向饭厅下）

昭阳　（向傅老）呵，伯父，学着呢？（拿过傅老手中的香烟盒，点上一支）

傅老　这个……

昭阳　（瞅傅老的报纸）"反腐败"？唉呀，这事儿可太重要了！要说现在有些事儿实在是让人生气——前几天我听我一朋友说嘿……

傅老　（一把夺过烟盒）哼！

昭阳　（向和平）嫂子，织着呢？我瞧出来了，这是今年最流行的，就是这针法儿特别复杂，特不好织！也就是我嫂子，这要换了别人儿……不过我听说现在这国外的毛衣通常都注重整体效果，对于具体的编织方法都不大讲究……

和平　你倒什么都懂！哼……得，又秃噜一针！

昭阳　（向圆圆）圆圆，看着哪？这是《机器猫》吧？

圆圆　哎！别闹别闹……别说话！

昭阳　你不懂，我不是教给你呢嘛！要说《机器猫》可跟《猫和老鼠》的风格完全不同——你看，从这造型上来说呀……

圆圆　哼！

昭阳　我告诉你啊，它这……

〔小桂自饭厅上，拿墩布一劲儿往昭阳脚前拖。

昭阳　嘿！嘿……（向众人）她这不是要轰我走吗？你们是不是烦我了？要烦我可走了啊！（欲下）我可再也不来了！（见没人理）说走我还真走……

傅老　昭阳啊，不要这样嘛，要走也等吃饭……

〔昭阳高兴返回，众人向傅老示意反对。

傅老　啊，抽完这根儿烟再走嘛！

昭阳　嘻！


〔日，傅家饭厅

〔和平、小桂端上饺子。

圆圆　（上）嗯！饺子……

〔志国、傅老上。

傅老　哈哈，饺子！昭阳怎么不来吃饭啊？还真生气啦？

和平　唉呀，您还挺惦记他，死皮赖脸的！（向客厅喊）昭阳，昭阳！

昭阳　（上，背手，拿一鞋盒）我孟昭阳也是有身份的人！

和平　就你还有身份？

昭阳　那是——我有身份证儿！

和平　嘻！

昭阳　我跟你们说：从此以后，我再也不能这么不明不白地在你们老贾家混下去了！

〔昭阳欲坐小桂的位子，被小桂挤开。

和平　你要干什么呀你？

昭阳　是黑是白，咱们立马儿见分晓！（拍桌子，吓众人一跳）

和平　干嘛呀你？来文的来武的我都接得住你！

志国　昭阳啊，别闹了，赶紧坐下吃吧。

圆圆　昭阳叔叔，你坐我旁边儿？

昭阳　少拉近乎！君子不吃嗟来之食！我宣布：现在关于孟昭阳的去留问题，进行民意测验！在座的每人一票。除了孟昭阳本人以外，都可以参加投票。我倒要看看你们的真实想法是什么！（将鞋盒用力扔在桌上）

和平　哎！这装鞋的盒子，别挨这儿跟饺子……

昭阳　马上就完！现在投票开始。（打开鞋盒，发每人一张纸）凡是欢迎我的，您就在上面打个勾儿；不欢迎我的、不想见到我的、这辈子都不想让我上你们家来的，您就放心在上面儿划个叉儿。咱们是民主选举，大家也不要有什么负担——好不好啊？

傅老　昭阳啊，不要这个样子嘛！谁也没说不欢迎你，呵呵……

昭阳　欢迎我，您在上面打个勾儿，您就什么都甭说了。

和平　昭阳，真是无记名投票啊？

昭阳　那当然了！要不能叫民主吗？

圆圆　昭阳叔叔，就是投完票以后也不追究责任？

昭阳　绝对不会。

志国　这个投票结果出来以后，就能立刻实行吗？

昭阳　那当然——要真让我走，我还就走！

志国　那就好办了。

众人　那就好办了……

〔昭阳走出饭厅。众人兴冲冲写完，将纸扔回鞋盒。昭阳上。

昭阳　嗯，发出五票，收回五票——投票有效！下面我开始唱票——

志国　哎哎，昭阳，由你自己给你自己唱票，这恐怕不太合适吧？

昭阳　那……那我觉着，由对我怀有偏见的人来唱票更不合适吧？

和平　你到处瞅瞅，哪位对您没偏见？

昭阳　那当然就得数……（看傅老，傅老躲）要不就是……（看志国，志国低头）肯定得……（看和平，和平低头）还得说是……（看圆圆，圆圆躲）要不这样吧，我看，咱们还是请咱全家最年轻的圆圆小朋友来唱票，并且请咱家最年长的傅明老人来监票，好不好？

傅老　呵，好好好……

〔傅老、圆圆凑到一起，唱票开始。

圆圆　第一票——打的是勾儿。

傅老　（看，低声向家人，失望地）还真是勾儿……（转向昭阳，喜悦地）勾儿哇！

〔昭阳大喜。

圆圆　第二票——打的是叉儿！

傅老　（看，向家人，喜悦地）打的是叉儿！（向昭阳，遗憾地）是叉儿啊！

圆圆　第三票——又是叉儿！

傅老　（看，向家人，喜悦地）又是叉儿！（向昭阳，遗憾地）唉，又是叉儿……

圆圆　第四票——还是叉儿！

傅老　（看，向家人，喜悦地）还是叉儿！（向昭阳，遗憾地）还是叉儿。

圆圆　爷爷，至少是三比二，胜负已成定局了！

傅老　我倒要看看最后这一票画的是什么……（看，向家人，狂喜）还是叉儿！（向昭阳，表情忘了转换，依然喜悦）还是……（急忙换成遗憾表情）还是叉儿……

昭阳　（绝望）再见吧，同志们！（跑下）

〔时接前场，傅家客厅。

〔众人追到客厅，拦住昭阳。

傅老　本来也是开玩笑的事情，你看怎么就弄假成真了……（转身坐下）

## 第110集 葵花向阳

和平　真是的，要不咱再重投一次？我保证——跟刚才结果一样！（转身坐下）

志国　昭阳啊，我看你还是想开一点儿！投票结果只能说明群众对你有一些意见，并不代表一定要轰你走——当然你愣要走我们也没办法……（转身坐下）

圆圆　昭阳叔叔……

小桂　昭阳哥……

昭阳　谁也别说了，我什么都明白了！我现在终于知道了你们是怎么看我的……不过，在你们家毕竟还有一个人欢迎我、喜欢我、希望我留在这儿，这儿我就没白来！（拉住傅老的手）伯父，我知道，就算这一票是您投的，您也不会承认。

傅老　我……（向众人）我冤枉啊我！

昭阳　（拉住志国的手）志国大哥，如果这唯一的一票是您投的，我也只能在心里……

志国　别别……我这……（背躬向众人）对天发誓不是我投的！

昭阳　（拉住和平的手）嫂子，如果这一票是您投的，我一点儿都不感到奇怪……

和平　你……你奇怪吧你！哎！（向众人）真不是我呀……

昭阳　（拉住圆圆的手）圆圆，如果这一票是你投的，那就算为咱们友谊的见证吧。

圆圆　我……真……（向众人）我没投他的票啊我！

昭阳　（拉住小桂的手）小桂妹妹，如果这票是你投的，我是最能理解的……

小桂　我……（向和平）大姐，不是俺！俺巴不得他早点儿走呢！

昭阳　我走了，再也不来打搅你们了。都请留步吧！别送！（下）

圆圆　昭……昭……

〔众人沉默。

和平　……呵呵，吃饺子去！

〔众人向饭厅下。

〔晚，傅家客厅。

〔全家人看电视。圆圆不断换台，众人都觉得没劲。

傅老　圆圆啊，把电视关上吧！

〔圆圆关电视。众人情绪低落。

傅老　怎么回事啊？大家的情绪都不高嘛！不要因为中午个别的人讲了一些话，大家就有一些什么想法……我们正常的家庭生活气氛不应该受到干扰嘛，是不是啊？

和平　（干笑）爸，瞧您说的！个别人不来了，这不好事吗？呵呵……

傅老　（向志国）啊？

志国　哈，就是，咱好不容易能清静会儿了不是么……

傅老　（向圆圆）你说呢？

圆圆　呵呵，确实，家里多清静啊，真好……

傅老　（向小桂）啊？

小桂　呵呵，俺也觉得挺好的……

傅老　是啊是啊，本来轰都轰不走的，现在自己就主动不来了，这是个大好事嘛！大快人心哪！

志国　呵呵，人心大快……

众人　人心大快，人心大快……

傅老　快、快……（看表）快八点了。我也没有什么事儿可干了，我要去早点儿休息，你们可以多玩儿一会嘛！（向里屋下）

圆圆　我们有什么可玩儿的呀？我睡觉去了，爸爸妈妈晚安。

和平　哎，晚安……

· 338 ·

## 第110集 葵花向阳

〔圆圆向里屋下。

小桂　大哥，大姐，那俺也去睡了。

和平　哎。

〔小桂向里屋下。

志国　那……那咱们也睡去吧？

和平　（欲起身，看表）这刚几点哪！哎……今儿那票是不是你投的呀？

志国　怎么会是我呢？我还以为是你呢！

和平　嗯？绝对不是我！会不会是你爸呀？

志国　也可能是圆圆？算了吧，事情都已经过去了，昭阳以后反正也不会再来了，咱老提这干嘛呀？

和平　呵，不提了不提了……反正我觉得咱家今儿干这事儿一点儿都不过分。这是咱自个儿家，咱有这权力！今儿咱家这不就……挺清静的么？呵呵……

志国　呵呵，我也觉得咱家一点儿都不过分。咱不就图个……清静么？呵呵。

〔二人面面相觑。

和平　你老看着我干嘛呀你？

志国　我觉着，这昭阳吧，虽然不怎么招人待见，可也不怎么招人讨厌。我老觉着他就跟我……我亲儿子差不多。

和平　你别说啊，他跟我大哥那孩子差不多大，我一直就拿他当亲侄子……哎，你说咱俩怎么这样啊？把人从这儿轰走了，然后一个说人是儿子一个说人是侄子，占人便宜！

志国　唉，人走了，再也不会来了。嘿，挺好，嘿嘿……

和平　（干笑）嘿嘿……


〔夜，傅家客厅。

· 339 ·

〔傅老独自看电视，困乏无聊。圆圆昏昏沉沉地自里屋上。

圆圆　爷爷，还没睡呢？

傅老　我睡不着啊……哎，你怎么不去睡觉啊？

圆圆　我也睡不着。

〔两人对视干笑。

傅老　圆圆，你说实话，今天唯一的那一张票，是不是你投的？

圆圆　不是我！我还一直以为是您呢！

傅老　嗯？

圆圆　呵呵，反正昭阳叔叔也走了，呵呵，再也不会到咱家来了……

傅老　圆圆，你说，孟昭阳这个人，是不是真的让我们觉得他特别烦人呢？

圆圆　我不知道。

傅老　哎，心里怎么想的就怎么说嘛！

圆圆　反正我不怎么烦他……

傅老　唉，是啊，有些时候，我还真把他当自己的亲孙子那样对待。

圆圆　没错！有的时候我还真把他当我亲哥。爷爷，这辈分儿有点乱呢，我哥能是我小姑的男朋友么？

傅老　乱不乱的，反正就是这个意思嘛！

圆圆　爷爷，您说咱们有没有办法再把昭阳叔叔给请回来呀？

傅老　那就……胡说！好不容易把他给轰走的，干嘛还把他给请回来呀？

圆圆　嗯？……

傅老　啊，你实在要想请他，那你就去把他给请来吧，啊？

圆圆　我怎么请得来呀？没听人家说嘛，"送神容易请神难"。

傅老　哎，那叫"请神容易送神难"……算了算了！什么"请"啊"送"啊的……（起身关电视）我困了。

圆圆　睡吧？

傅老　睡就睡！哼……

　　〔二人向里屋下。


　　〔日，傅家饭厅。

　　〔和平、小桂端上饺子。

圆圆　（上）嗯，饺子！

傅老　（上）啊，饺子，哈哈。又是一个星期天啦！

和平　啊？什么一个星期天？

傅老　没什么，我的意思是说啊，我是说……我最近想过一次生日。

志国　（上）过生日？爸，今儿才六月初八，您的生日不是腊月二十三么？

傅老　胡说！腊月二十三那是灶王爷的生日！我的生日是正月二十三。

志国　六月初八、正月二十三……这差哪儿去了？

和平　差就差吧，爸愿意过提前给他过呗！

志国　有这么提前的吗？

傅老　反正是过一次少一次了嘛！我这次想过得热闹一些，你们每个人都可以请一些朋友来，请谁不请谁的也没有什么限制……

志国／和平　嗯？

傅老　包括个别的人，说"再也不上咱们家来"的——他不来，我们也可以把他请来嘛！

志国／和平　嗯？

傅老　唉呀——明白了没有啊？

志国／和平　不明白。

圆圆　你们这还不明白呀？我爷爷的意思，一个星期之前？个别人？这样儿……（作发票状）那样儿……（挤眉弄眼，向和平）你明白没有啊？

和平　噢！我知道了，就是那个嗯嗯、嗯嗯、嗯嗯……（作打勾划叉状）

志国　噢！我明白了，就是那个啊、啊、啊……（作看票惊讶状）

傅老　哎，都不要打哑谜了！就是那个……孟——

和平　昭——

志国　阳！

众人　嘻！昭阳……孟昭阳……

〔日，傅家客厅。

〔全家人与昭阳一起给傅老过生日。歌声笑语，其乐融融。

【本集完】

第101集　彩云易散（上）

小桂大哭，和平凑近劝慰。
和平："都怨大姐，光顾着跟那个臭……臭贾圆圆生气了，就忘了我小桂妹妹了！小桂，大姐绝没有看不起你的意思……"

和平准备给小桂系统地讲艺术，傅老反对。
和平："爸，爸！多学点儿东西怎么了？艺不压身这叫！"

小桂："爷爷，慢走。俺这里有一封'手纸'，请您帮俺寄一下！"

# 第102集　彩云易散（下）

小桂买菜许久未归，终于进家，傅老急诉："小桂！你跑到哪里去了？这买菜都买了四个钟头了嘛！"

晚上，和平、傅老仍在"辅导"小桂。

小桂要去见导演了，全家围着她传授经验、索要签名、催促练功……小桂几尽崩溃。

第103集　好缺点

谈到未来"找个好对象"，圆圆说："剩下的事儿我就不多说了。他的钱不就是我的钱吗？我的钱不就是你们大家的钱吗？"

圆圆："我想了一晚上，我也想不出来——我哪儿有缺点呀？"

志国帮圆圆总结了一通"好缺点"，傅老则总结了一套"客观"的优缺点清单，正在争论应该交哪个，圆圆说自己哪个也没交。

# 第104集　新的一页

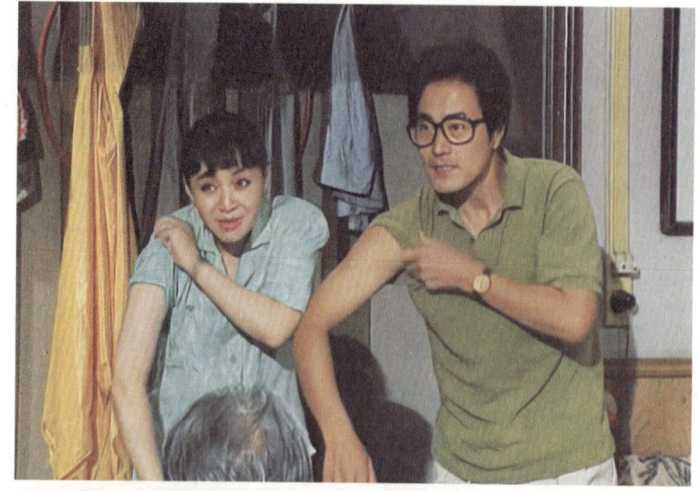

和平开家长会回来，与志国捋胳膊挽袖子，欲教训圆圆。

和平："圆圆要是上了重点中学，你爸还用吃这什么美国花旗参哪？你爸还不得一蹦三尺高……多活一百二啊？"

圆圆："赵老师，您好久没这么夸我了！"

第105集 芝麻开门（上）

和平掂掂手上婆婆留下的镯子，"少说得有二两嘿！爸，刚才您说有一大箱子呢，那里头还有什么呀？"

志国说母亲留下的镯子一个就值一万五千，和平惊呼："哎哟！我的上帝呀上帝呀妈爷子……一个就是一万五啊，这么……这么……这么大一箱子啊！我得找去……"

和平："这次行动的代号是……"
圆圆："我知道！芝——麻——开——门！"

# 第106集　芝麻开门（下）

和平："你这人就是特别虚伪啊——心里乐不得呢，嘴上不说是不是？我告诉你，到时候不光给你雇按摩小姐，再给你配上女护士，女秘书，女司机，哈！……女保镖！"

余大妈："你们一个一个吞吞吐吐的，家里没出什么事儿吧？"
众人："没有没有……"
傅老："我们就是随便地……聊聊天儿……"

和平："我告诉你啊，你爸要是不给你那份儿，咱们就上法院告他！咱让法院传他！"

第107集　真真假假（上）

傅老："来来来，赶快教教我……教不会不成！"
胡老："我慢慢教你……"

傅老："心情愉快、为所欲为，身体慢慢总会恢复的……"

志国："爸，虽然医生没有查出您是什么毛病，但我们一定按照癌症晚期病人那么照顾着您……"

# 第108集　真真假假（下）

全家轮番照顾傅老，都累得在沙发上昏睡。

傅老："我这个……哪儿都不疼不五的，怎么会是癌症呢？笑话嘛，哈哈，天大的笑话，哈哈哈……"

志国："爸，不带您这么折腾人的啊！这我们没法儿给您埋……"

第109集 818案件

傅老瞟了一眼孟昭阳拿来的"坏书","噫!坏透了坏透了……"

圆圆:"我揭发啊!我妈犯错误不是偶然的!"

和平问志国"巴豆是什么",志国支支吾吾地回答:"好像是巴西产的一种香豆……"

# 第110集  葵花向阳

孟昭阳对众人说:"你们是不是烦我了?要烦我可走了啊!"

全家就孟昭阳的去留问题投票中,傅老打开一张票,高兴道:"又是叉儿!"

全家人与昭阳一起给傅老过生日。歌声笑语,其乐融融。

# 第111集　风声（上）

编　　剧：梁　欢　梁　左

客座明星：英若诚　英　壮　金雅琴　吕文铿

〔晚，傅家客厅。

〔傅老捧一本漫画书边看边笑。圆圆拿着作业本自里屋上。

圆圆　爷爷，作业签一下字！

傅老　怎么又找我？没看见爷爷正在工作……

圆圆　嗯？

傅老　……和休息么？你妈呢？

圆圆　我妈去余奶奶家串门儿去了。

傅老　吃完饭不在家好好待着，到外面串什么门儿嘛？

圆圆　说是余奶奶家有喜事儿。

傅老　啊？喜事儿？这个小余，没有经过我的同意，怎么就私自改嫁呀？

圆圆　爷爷，连余奶奶改嫁这样的事，也得经过您的同意呀？

傅老　都说好了的么——她不再嫁人，我不再娶，不守信用！早知道她这样啊，我还不如也……

〔和平上。

**傅老** 和平啊，回来了？你余大妈嫁给谁了？

**和平** （意外）啊？余大妈要嫁人？我刚从她们家回来，我怎么没听说啊？哎哟，这可是个大事儿！我赶紧再问问去啊……（转身欲下）

**傅老** 你回来！你不刚到她家去的么？不是说她们家有喜事么？

**和平** 嗐！余大妈他们家小四儿要跟女朋友订婚，余大妈说让我过去给参谋参谋……

**傅老** 不像话！这么大的事，怎么不请我去参谋啊？

**和平** 您参谋什么呀？哎，小四儿那女朋友嘿，长得瞅着比余大妈都老——猴瘦猴瘦的，整个儿一孙悟空他二姨儿！

**傅老** 不要背后议论，有意见可以当面提嘛！

**和平** 瞧您说的，这意见能当面儿提么？后来余大妈告诉我要跟我谈点儿正经事，吓得我立马跑回来了……

**余大妈** （上）哎，和平啊！这刚一说正经事你怎么就溜啦？

**和平** 嗐，您能有什么正经事儿……

**余大妈** 我怎么就没有正经事呢？要照你这么说，难道我这都是不正经的事儿啊？

**和平** 不是，我……嗐，我不是回来取个本儿嘛——（拿过圆圆的作业本）您讲话我得做记录啊！

**余大妈** 哎！这还差不多。

**傅老** 坐吧坐吧，小余。

**余大妈** 哎。（坐，清嗓子）我们家小四儿女朋友谈得差不多了，昨天我到派出所跟小许打听了一下，什么时候能把户口迁过来……（低声）小许说呀，现在不能迁户口！这事你们知道么？

**傅老/和平** 不知道啊。

**余大妈** 没听说？

傅老／和平　没有啊。

余大妈　没听说就算了，可不要乱传了！（起身）

傅老　等等等等！小余你这话什么意思嘛？

余大妈　这个……嗐，也没什么意思嘛……暂时不能迁户口，也并不能证明说户口冻结嘛！也并不能证明说咱们这片儿马上就要拆迁嘛！尤其不能……

〔傅老、和平、圆圆闻言大惊，七嘴八舌地讨论。

傅老／和平／圆圆　啊？……咱们这片儿要拆迁呀？……绝对要拆迁……

余大妈　安静安静！怪不得小陈儿诬陷我，说我爱造谣，敢情这谣言是从你们家兴起的？据我所知，这一年半年、两三个月、三五个星期、十天八天之内，咱们这片儿啊……是不会拆迁的！（下）

和平　肯定要拆迁！


〔晚，傅家饭厅。

〔全家人吃饭，和平上。

圆圆　妈，上哪儿玩儿去了？吃饭也不知道回家啊？

和平　嘿，这孩子！这应该我说你的话，你怎么说起我来了？

傅老　那我总可以问你吧？你上哪儿玩儿去了？

和平　谁玩儿去了？我前院儿后院儿打听情况去了！这回我可弄明白了，我告诉你们啊……

傅老　和平呀，赶紧坐下来吃饭！不要听风就是雨……

和平　行。（向志国）待会儿回屋告诉你……保准让你们大吃一惊！

傅老　和平啊，有话摆在桌面上讲嘛！不要鬼鬼祟祟的……

和平　也没什么，就是点儿小道消息——我知道您又不爱听。

傅老　我怎么就不爱……我虽然不爱听，你也可以说说嘛——供批判嘛！

和平　那我说了您可不许批评我，别到时候又说我信谣传谣！据可靠人士——派出所小许子他妈透露，咱这片儿让台湾人看上了，打算跟区里签协议，要挨咱们这儿盖一个比赛特购物中心还要上档次的十八层购物中心！

志国　不可能吧，怎么听着像编的呀？

和平　编的……你也得分人啊！小许子他妈，最远这辈子没出过咱胡同口，她能编得出这瞎话来？

傅老　倒不像是她编的。

和平　哎！……倒像是我编的？我没事儿编一瞎话，自个儿蒙自个儿玩儿？我有病我！告诉你们啊：人家马上就要跟区里签协议了！到时候协议一签，咱立马就搬！

傅老　凭什么呀？我住得好好的，他让我搬我就得搬？

志国　就是……

和平　您住的谁的房啊？国家的房！现在国家要用这儿盖大楼，怎么着？您不搬？您想当钉子户？

傅老　不是那个意思嘛！国家让搬我当然得搬了。

志国　就是啊……

和平　听说这回拆迁的条件特别优惠——一水儿新楼房，只大不小！地点？四环路之内！看你们都还比较靠得住我才给你们透露的，不要外传了啊！

〔晚，楼下小花园。

〔杨大夫、胡老与邻居一大妈闲聊。

杨大夫　……还不知道呢吧，还不知道呢吧？凡是愿意迁到通县去的，每间房国家给两万块钱！（向胡老）您这四五间房也就能落个……十来多万吧！且花着呢……

大妈　敢情好，我就通县了！

〔傅老上。

胡老　那我呢？我太太一提农村就犯晕！我们反正不能去通县。

傅老　老胡啊，你太太这个思想实在是太落后了！平时你放松了对她的教育，你看看，关键时候拖你的后腿了吧？

胡老　她拖？她拉着我我也不能去！我奔七十的人了，我上通县去干嘛呀？

杨大夫　别急呀，别急呀……不去可以，可以！不去通县哪，您可以回迁。等咱这片大楼盖好了，您可以搬回来住啊！到时候每间房您给国家两万块钱。这里外里呀，国家是不赔不赚，不赔不赚……

胡老　那我可赔大发了！这里外里……十来多万哪！

杨大夫　您赔不赔的跟国家没关系，没关系。您啊，等于是把这钱拿出来……（指大妈）给她了！

大妈　那我就谢谢胡先生了！

胡老　行了行了，您先别谢我，您让我这儿先转转弯子……我凭什么啊我？我认识您是谁呀？我凭什么给您十来多万啊……长得好看是怎么着？

杨大夫　她长得好看难看的呀，您也不是把钱直接给她，不是直接给她！您是把钱先给国家……

胡老　国家也什么没落着啊，最后钱都到她手里了。

大妈　那我干脆甭谢您了，我就说国家的政策好。

胡老　好什么好？一点儿都不好！我就对这政策有意见！

傅老　怎么着？你对国家有意见啊？

胡老　我说，你可少往沟里拉我！

傅老　谁拉你了？老胡啊，你看你也一大把年纪的人了，改造了这么些年还没改造好……

胡老　你才没改造好呢！我是说，我就不信国家能定出这样的政策来！

杨大夫　没错儿，国家是没制定，没制定——这是我替国家这么设想的，而且这仅仅是第一种设想！这第二种设想啊，咱们都不去通县了！通县干嘛呀？不去！咱奔大兴！"要买房，奔大兴，进城只需一刻钟！"一刻钟……到时候啊，由国家免费给每户配备一辆"微面"——就是微型面包车。到时候绝对不会耽误您上班，您上学……

大妈　面包车？杨大夫啊，我可不怕您笑话——我不会开呀！

杨大夫　您不会开呀，不是笑话，不是笑话——您会开倒成笑话了！不会开不要紧，不要紧的！到时候国家会把车钱折给咱们——这一辆车呀，也能合五六万块钱呢，哪儿都花不完了您这后半辈子……

大妈　那我就谢谢国家了！

胡老　行了行了，您别谢国家了，您就谢他吧。这都是他替国家许愿呢，到时候国家还不一定能同意呢！

〔余大妈搬几块玻璃，气喘吁吁上。

余大妈　哎哟，累死我了，累死我了……

傅老　小余呀，这一听说要拆迁，人家都往外扔东西，你怎么倒往家里捡东西呀？

余大妈　……捡？！您想什么呢！我在玻璃店的门口整整排了一天的队呀，才最后买了这么几块儿。

傅老　哦，处理的？很便宜吧？

余大妈　处理？！这是高价买的！现在拆迁给房啊，是要根据各户现有房子的间数和平米来考虑的，所以现在有些住户就迫不及待地封阳台呀、盖厨房啊……就为了将来多分个一间半间的。这个动态你们听说了么？

众人　没有啊！

余大妈　没听说，那就别往下传了啊！跟你说呀，我这买玻璃可不是为了封阳台——我有别的用处。那回见吧，回见吧……（下）

胡老　封阳台有什么本事的？明儿啊，我就在院子里盖小厨房！

杨大夫　哎……嗯？不对吧？您住二楼，在院儿里盖厨房？这不有病么这个？

胡老　你才有病呢！

杨大夫　我有什么病啊？我有什么病啊？有病也不怕，我自个儿是大夫！我现在再给大家伙儿说说我这第三种设想！第三种设想——咱们都不去大兴了！大兴，不去！咱都改上密云，密云……

傅老　你就不要再乱说了，杨大夫！……什么杨大夫？我看你根本就是个病人！（下）

杨大夫　哎……啊？


〔日，傅家客厅。

〔全家人翻箱倒柜清理东西。

圆圆　（守着一堆旧玩具）让一个孩子在一个阳光明媚的下午干重体力活——作孽呀！

傅老　作什么孽？这是培养你的劳动观点！上次我跟你讲的刘少奇爷爷的故事——他像你这么大的时候早就帮着家里的人下地干活了！

圆圆　嗯，可他像您这么大的时候，早已经当国家主席了！

和平　（偷笑）圆圆，不许跟大人顶嘴！赶紧把你那破烂儿都扔了！

圆圆　干嘛扔啊？风风雨雨十二年，这些玩具伴随着我——容易么？现在我虽然不玩儿了，可以变废为宝，卖给比我更小的孩子……小桂阿姨，你看上哪样了你拿走，就咱俩这关系，我卖你便宜！

小桂　没一样有用的……要不，俺给你一块钱，俺都包圆儿了！

圆圆　一块钱？美死你！我还不卖呢！

小桂　那你自己留着也没用啊……

圆圆　你管我有用没用呢？我走哪儿都带着，我背着，我扛着，累死我你甭管！

（抱着玩具下）

小桂　哎，等等，那俺给你一块一中不中啊？（追下）

和平　（追）圆圆，把你那破烂儿都扔了！

傅老　和平！你不要净说圆圆，你那个破烂儿也不少，比如你梳妆台上那些过了期的化妆品……

和平　您怎么知道是过期的呀？

傅老　我怎么不知道啊？上次我去局里参加一个重要的会议，想捯饬捯饬，就到你梳妆台上弄了点儿油擦——不擦还好，这一擦啊，满脸的怪味儿！到了局里谁见了我谁躲，整个儿一个没脸见人！

和平　不可能……哎哟爸！您擦的准是志国那脚气膏儿！

〔敲门声响。圆圆自里屋跑上开门。

圆圆　（画外音）余奶奶！

余大妈　（上，谨慎地）都在呀？你们听说了么？（沉痛地）唉！我妈她……

傅老　你妈……她去了？

余大妈　她来了！还有我大姨、我二舅、我姐姐、我弟弟都来了！这事儿你们听说了么？

傅老／和平　没有没有……

余大妈　没听说啊？那好，那就别往下传了，我走了……（转身欲下）

傅老　小余，回来！你这个话又是什么意思？

余大妈　啊……没什么意思嘛！我就是怕你们听信谣言。其实我妈她们这次也是来巧了，她们主要是来看看那新媳妇，住两天就走，跟那拆迁毫无关系——也不是为了人多多要房嘛！

和平　哎哎！余大妈，人多就能多要房？您怎么不早说呀？

圆圆　对！扣子她姥姥、姥爷早就搬来了！

傅老　我听说楼下老崔把他们家老丈母娘也找来了……

余大妈　你看看你看看：我说这谣言就是从你们家兴起的么！我再说一遍

啊——这人多可也不一定能多要房，当然了，也不一定少要房。再见……（下）

和平　圆圆，赶紧给姥姥打电话——让她明天搬过来！

圆圆　哎！

傅老　（拦）怎么？让她搬过来？她来——我走！

和平　您上哪儿……哎对了，爸，干脆您就着这乱乎劲儿给自个儿娶一后老伴儿得了？

傅老　干嘛呀？我一个人过得好好的，我娶什么后老伴儿啊？

和平　您想啊，您娶一个二婚的，您再弄五六个前房儿女，然后再加上孙子辈儿的……行巴唧咱们家拢共得有二十多口子人，还不得要个……三十多间房啊？

〔晚，傅家饭厅。
〔小桂布置晚饭。圆圆、志国、傅老上。

傅老　和平呢？又跑哪儿去了？我准备利用吃饭前的这点儿时间开个小会。她人呢？

圆圆　爷爷您放心，我妈她是跑得了和尚跑不了庙——我就不信她一辈子不回家！

志国　就是，爸，咱吃饭之前就别开小会了……

傅老　啊？

志国　……我那意思是说：要不咱吃完饭开个大会得了？

傅老　这个建议很好嘛！吃完饭开个大会……

志国／圆圆　对。

傅老　……也不妨碍饭前开个小会嘛！

志国　爸，其实您不开会我们也知道您要说什么。和平已经跟我表态了，说坚决不让她妈来了!

傅老　我说的不是那个事儿。

圆圆　那您是说给我找后奶奶那事儿?

志国　圆圆,别没大没小的啊!爸,和平说这事也可以先放一放,还有封阳台那工程,立即下马!

傅老　这还差不多。我是说啊,这几天刚有一点拆迁的风声,咱们家立刻就乱了套——尤其是你的那个和平……

〔和平上,傅老没发现。

傅老　简直像个没头的苍蝇,四处乱飞,嗡嗡嗡!

圆圆　(向傅老递眼色)爷爷!爷爷……我妈她怎么是没头苍蝇呢!

傅老　就是没头的苍蝇!到处打听小道消息,四处来回飞,嗡嗡嗡!

志国　(向傅老递眼色)爸,爸……您就别嗡嗡了……

傅老　就嗡嗡,就嗡嗡!嗡嗡嗡!哼!(回头见和平,吓一跳)呵呵,和平,你回来了?我正在给他们布置……要打扫卫生——打苍蝇!

和平　行了爸,您就甭藏着掖着的了!不就嫌我四处打听小道消息么?哎,消息我还就打听着了——不说了!

傅老　又有什么消息,说说嘛?

和平　我就不说,就不说,就不告诉您!

傅老　你不告诉我什么呀?

和平　我不告诉您——台湾人买地这地界就划在咱这楼!

傅老　哦,划在咱们这楼……你还不告诉我什么呀?

和平　还不告诉您——前楼人家已经买下了。

傅老　哦,还有呢?

和平　后楼人家不要!

傅老　那咱们这楼呢?

第 111 集　风声（上）

和平　咱们这楼……没准儿！

傅老　没准儿？到底是买还是不买呀？

和平　那我能告诉您么？谁让您说我是没头苍蝇四处飞呢？

傅老　唉呀你急死我了！算了，不告诉我拉倒——（起身）我自己飞出去打听……（下）

【上集完】

# 第112集　风声（下）

编　　剧：梁　欢　梁　左

客座明星：英若诚　英　壮　金雅琴　吕文铮

〔晚，楼下小花园。

〔傅老、和平、胡老、邻居大妈闲聊。

和平　……台湾人也忒损了！你说你买地，凭什么就买前面那楼，不买咱这楼啊？大伙儿说说，这口气咱咽得下去么？！

胡老　咽得下去。

和平　哎……嗯？

胡老　不搬正好。我搬这儿才这么几天，我可不愿意再折腾了。反正我们老两口儿这房子里头还挺宽敞。这楼下头还有这么块绿地，早晨可以练练功，晚上可以散散步，挺好。

和平　您觉得挺好？您现在觉得挺好，您可想好喽——回头一施工，（夸张地比划）推土机嗡嗡嗡嗡嗡！压路机吭吭吭吭吭！那个……收割机嘎嘎嘎嘎嘎！那脱粒机……

胡老　等等！等会儿……这不是盖房么？怎么像收麦子呢？

和平　反正甭管什么，到时候不能让您清静！回头人家那大高楼再一盖起来，把您家那点儿阳光全给遮上，回头抽风机、排烟机、空调散热器……都对着您家那窗户"啊——嗞——"（模仿各种烦人噪音）你受得了么？

胡老　（躲）我受不了！我找地方搬家！

大妈　这就对了！再说搬家还能白落好几万块钱呢！

傅老　也不能光想着钱，还是应该从支援国家建设出发嘛！当然喽，咱们也能够顺便地改善一下居住的条件……咱们这个楼，实在是太老了——厕所跑水、楼顶上掉土、电线跑电、厨房里还跑煤气……咱们能够对付着活到现在，不容易！

胡老　我说你怎么越说越邪啊？

傅老　邪？你才搬来几天啊，我都在这儿住了这么多年了！我还告诉你呀，还不光这些，这个楼里还闹耗子！（比划）就这么大的耗子，它是满楼地乱窜！

胡老　你那是耗子么？这比猫还大呢……

傅老　就是这种比猫还大的耗子，满屋乱窜哪！你太太不是胆儿小么？她只要见着一次，保准吓出病来……

胡老　还用得着吓出病来？直接就吓死了！唉呀，这个楼是没法儿住了。可是人家不买咱这楼啊，咱也不能强卖给人家呀……

傅老　这不是正在动员群众想办法嘛。天无绝人之路啊……

〔余大妈风风火火地上。

余大妈　唉呀，大伙儿都在呀？不好了！不好了……

和平　啊？怎么了？怎么了……

余大妈　前楼那个杨老……老毛病又犯了！哎哟，您没看呢，那中风中得呀……（模仿抽搐）这抽筋儿抽得呀……（模仿抽搐）给他儿子急得呀……（模仿抽搐）哎哟，那什么的呀……（模仿抽搐）

和平　那赶紧的！别着急了，赶紧找大夫吧……

胡老　嘻，他儿子不就是那什么杨大夫嘛？

傅老　什么大夫啊！我早说就过了：他自己就是个病人。

余大妈　他有没有病咱不知道，反正他爸爸这个病他现在是治不了了！这不是么，听说净上咱们这个中医诊所来扎针。还有人说啊，他们家这回可搬不了家了，非要跟咱们这楼里哪一户换房不可！你说说，这不是造谣么！

傅老　我看也不完全是造谣。这个杨老我认识，前两年还好好的，后来得了点儿小病就让他儿子治——治来治去治成大病了，再让他儿子治啊……非治死不可！

大妈　就得找中医诊所治！前几年我腰疼就是那儿给扎好的。

和平　哟，这么说，这杨大夫他们家非得跟人换房不可了？

胡老　要换房我跟他换！我那房子大，他一定乐意！

傅老　和平啊，咱们这个房子也不小嘛……（冲和平使眼色打手势）

和平　是是……（心领神会，下）

傅老　哎，老胡啊——

〔傅老拉老胡坐下。其他人悄悄下。

傅老　你准备怎么跟他换房子？你说说，我给你参谋参谋！

胡老　啊？怎么都跑了？（起身）我中了你调虎离山之计！（跑下）

傅老　呵呵……


〔日，傅家客厅。

〔傅老、和平在座。

傅老　……说了半天，人家杨大夫到底是同不同意嘛？

和平　没说不同意……

## 第112集　风声（下）

傅老　哦！

和平　也没说同意。

傅老　啊？

和平　人家家里现在有重病人，我不好跟人说明了。我打算回头请他过来吃顿饭吧，再好好跟他商量商量……

傅老　那要请就赶紧请吧！

和平　哟，瞧您说这轻巧劲儿的！咱这楼一百多户呢，谁家不想跟他们换房啊？现在，请吃饭的请吃饭，送东西送东西——好几家儿嘿，把闺女都许给他了。

傅老　那有什么呀？人家能做到的我们也能做到……

和平　您想把谁许给他呀？您闺女是在美国呢，我闺女年龄还小，把我许给他吧您儿子又不乐意。

傅老　胡说八道嘛！就是他乐意了，你能乐意呀？

和平　那我不乐意，不乐意……

傅老　我就是说呀，把人家杨大夫请到家里来，晓之以理、动之以情、摆出利害、深明大义嘛……

和平　听着怎么那么像劝国民党投降啊？

〔敲门声急响。小桂自里屋跑上开门，杨大夫撞入。

杨大夫　哎哟……追我！他们追我……

傅老　这不是小杨同志么？你犯什么事了？

杨大夫　他们呀……

〔胡老、余大妈上，争相对杨大夫生拉硬拽。

傅老　不要争，不要争了嘛！（分开三人）小杨啊，你拿人家什么东西赶快还给人家！

杨大夫　我拿人家什么了？我什么也没拿呀，真没拿！我呀，好几天没敢在院里露面了，今儿好不容易说想出去转转，好么！刚出门，刚出门，就让他们俩拢住不放……

傅老　怎么可以这样啊？人家小杨同志也是国家的公民，不是通缉的逃犯啊。你们说，人家刚一露头，你们就揪住不放，你们想干什么？

胡老　请他到家里坐坐……

余大妈　请他吃顿便饭……

胡老　我太太做的宫廷小吃，那在北京可是有名的呀！

余大妈　我儿媳妇做的荠菜馅的饺子，那华北地区第一份儿啊！

傅老　好了好了，不要争了！不就是想请他去吃顿饭么？我做主了，今天中午啊，就让他在……就在……

　　　〔胡老、余大妈纷纷暗示傅老选自己。

傅老　……干脆就在我们家吃算了！（把小杨连推带搡送入饭厅）

胡老／余大妈　（互相抱怨）你看看这个……


　　　〔时接前场，傅家饭厅。
　　　〔桌上饭菜丰盛。傅老、和平、圆圆陪杨大夫吃饭。小桂端菜上。

杨大夫　唉呀，唉呀，不要再搞菜了嘛，不要再搞菜了嘛……傅老啊，这几天啊，我的邻里关系突然变得非常紧张，非常紧张！搞得我这肚子呀，也很紧张，也很紧张……

傅老　小杨啊，说了半天，还没有问你父亲的病呢——现在到底怎么样啊？

杨大夫　唉，很严重，很严重，非常非常严重！基本上可以说吧——没什么希望了，没什么希望了！或者说是希望渺茫，希望不大！希望这东西啊，本来是无所谓有，无所谓无，世界上本没有路，走的人多了……

傅老　有这么严重么？不会吧？我听说只是中风以后轻微的后遗症嘛？

杨大夫　一分为二嘛，一分为二嘛！辩证法嘛！傅老，这您应该明白呀——别

　　　　　说我爸爸现在这一大把年纪又有病，他就是没病，就是一好好的小伙子，冷不丁一不留神，也可能过去！你们知道么？有人啊……（看自己手里的馒头）就是吃馒头噎死的！有的人啊，（端起汤）就是喝汤呛死的！还有的人哪……（打一嗝）就是打嗝打死的！还有的人哪，说着说着话，就说死了……

圆圆　　哦，杨叔叔，这么说您到我家吃饭是冒着生命危险来的？

杨大夫　哎，很正确，很正确！唉呀，有什么办法呀，有什么办法呀？你说我不吃？我非得饿死不可，是吧？反正都是个死，两害相权取其轻啊——撑死总比饿死强！

傅老　　小杨啊，我看你这个人生态度很悲观哩……

和平　　（打断）哎爸，爸……（向杨大夫）杨大夫，我听说伯父那病没那么严重吧？不是说挨咱们这中医诊所扎针，效果挺好么？

杨大夫　一般，一般，很一般，很一般！针灸这东西呀，属于经验科学，经验科学，目前国际上的医学界还有争议，有争议。这次啊，只不过是为了提高我国基层中医诊所的针灸水平——让他们扎去吧！只不过就算拿我父亲做实验吧，做实验吧……

傅老　　杨老都病成这个样子了，怎么还拿他做实验呀？

杨大夫　有什么办法呀，有什么办法呀？为了祖国的医学事业，我……我豁出去了！

傅老　　怎么是你豁出去了？我看你是把你爸爸给豁出去了！

和平　　（拦）爸，爸……（向杨大夫）杨大夫啊，如果您要是搬了家，那您父亲再回到咱这片儿来扎针是不是就……就不大方便啦？

杨大夫　还……可以吧，还可以——也就是倒三趟车，再走两站地，往东这么一拐呢，再往北这么一绕……我父亲啊，现在他老人家不是半身不遂么？他要照着这样，每天再这么来回折两趟的话……就全身不遂了！

和平　所以说呀，您有没有考虑过呀——这次搬家，为了您父亲看病比较方便……您干脆就甭搬了？

〔傅老、圆圆附和。

杨大夫　啊？有这个可能么，有这个可能么？全楼人都搬走了，就剩我们一户？好么，到时候施工队可不了解情况啊——推土机轰隆隆隆这么一推，整个大楼哗啦啦啦这么一倒，您再瞧我们全家吧……全半身不遂了！

圆圆　杨叔叔，那是全身不遂。

杨大夫　很聪明，小朋友很聪明！几岁了？再过几年就该上小学了吧？

傅老　吃菜吃菜！（背躬向和平）这个大夫什么眼神儿啊……（向杨大夫）再过几年啊，她就该工作了！（低声向和平）和平啊，我看他完全是个病人，这个事是不是不要跟他谈了？

和平　饭都请他吃了，干嘛不谈呢？（向杨大夫）杨大夫啊，我那意思是说呀，您看看如果您要是愿意的话，为了您父亲看病比较方便……您愿意不愿意搬我们家来呀？

杨大夫　好哇，好哇！太好了太好了，那我就谢谢诸位了！

和平　您同意啦？

杨大夫　我当然同意了，同意！不过这事啊，还得跟我父亲商量一下。您看我父亲这么大的岁数，冷不丁一人搬到你们家来住啊，我怕他不习惯……

傅老　这个慢慢就……啊？怎么就光他一个人搬过来呀？

杨大夫　……哦哦哦，没关系没关系，不光他一人儿，我妈也可以一块儿搬过来！还有呢……我奶奶还健在，还有我舅舅、我大姨、我外甥女儿……都可以搬你们家来住啊。

傅老　啊？那我们家搬哪儿去呀？

杨大夫　你们……你们还搬什么呀？你们跟他们住一块儿多好啊，多热闹啊……

第112集　风声（下）

傅老　哼！（下）

圆圆　是热闹——我们家改收容所了！（下）

和平　我说杨大夫啊，您是真糊涂还是假糊涂啊？我们家想跟您家换房！

杨大夫　我是真糊涂，真糊涂——我要是明白……谁还请我吃饭呢？

〔日，傅家客厅。

〔志国、和平清理东西，傅老拖一个大箱子自里屋上。

和平　哎爸，咱不是说好了么？自个儿收自个儿东西。您怎么又动我们的东西呀？

志国　爸，这箱子里东西还没清理呢，您就往外扔啊？

傅老　这还用得着清理呀？我记得很清楚，这个箱子是和平过门儿那年，她娘家给她装被卧用的，然后你们就放在屋外头，一放就是十来年！我看这十多年都用不着了，这辈子肯定用不着了！

和平　您别动，别动。那可不一定，说不定这里有我妈给我做的寿衣，我死时候才用呢！

傅老　啊？

志国　爸，您这两天就急着收拾东西，那杨大夫还没最后答应和咱们家换房呢。

傅老　怎么没有答应啊？人家原则上是答应了嘛。

志国　原则上答应？他跟咱楼里一百多家都原则答应了！

傅老　啊？这个小杨！不行，我得找他爸爸说理去……

〔傅老欲下。余大妈风风火火地上。

余大妈　唉呀不好了不好了，前楼的杨大夫他爸爸呀……病重住院了！

志国　嘻，余大妈，他爸爸住院，您跟我爸爸说什么劲儿啊？

余大妈　唉呀，你怎么不明白呢？他爸爸要是死了，就不用扎针了！

志国　多新鲜！有给死人扎针的么？

余大妈　要不怎么说呢，他也就不用换房了，那咱们也就彻底没戏了！哎，老傅啊，你说这事儿该怎么办呢？咱们是不是去医院慰问一下杨老啊？

傅老　当然应该慰问慰问了——都是老同志，又是多年的邻居，我当然是应该去了……可跟换房没有关系啊！

余大妈　没关系没关系……

傅老　哎，小余，你就不要去了！（下）

余大妈　啊？我也得去……（追下）

〔晚，楼下小花园。

〔傅老一家、杨大夫、胡老等闲聊。

杨大夫　（臂戴黑纱，沉痛地）……真是对不起大家，对不起大家，没想到我父亲啊，这么突然地就去世了，没想到！所以我们家这房子呀……

胡老　杨大夫啊，事已至此，您就别客气了。

杨大夫　不是客气，不是客气——我爸爸真死了！真死了……

志国　杨大夫，谁也没说您父亲是假死！您现在料理后事这么紧张，就不用再考虑别的了，反正咱拆迁这事儿也是谣言，陈主任已经正式辟谣了。

和平　其实呀，真要跟我们换，我们还舍不得呢……

圆圆　就是的，这是我的出生地。我现在搬走了，我倒省事了，可将来人家要建立什么"贾圆圆故居"，找一趟多不好找啊！我可不能光考虑自己我不考虑别人……

傅老　是啊是啊，小杨同志啊，你回去就替我们大家向你们全家表示慰问！（感慨）杨柳北里，魂牵梦系，往事如烟哪！我的多少青春岁月都留在这里了……

杨大夫　知足吧，知足吧您！您哪，就光把青春岁月留下了，我爸爸呢，把命都留下了！

〔余大妈风风火火地上。

余大妈　哎,大伙儿都在呀?可了不得了!你们还不知道呢!这个……

〔众人厌烦,散开。

【本集完】

## 第113集　就职演说

编　　剧：梁　左


〔傍晚，傅家客厅。

〔傅老闲坐，圆圆写作业。志国拿皮包上，意气风发。

傅老　志国回来了？

志国　嗯，回来了！爸，您挺好的吧？（拉起傅老的胳膊热情握手）哈哈……

傅老　好好好……

圆圆　爸，您回来了？

志国　回来了！你也挺好的吧？（拥抱圆圆）

〔和平自饭厅上。

和平　哟，志国回来了？

志国　嗯，回来了！！您也挺好的吧？（抱住和平的脸左右一通亲）

和平　哎……干嘛……（挣脱）你干嘛去啦？你不是上班了去了吗？

志国　是啊，我这不是下班了吗？

和平　每回下班回来也没对我这么热情过呀！是不是在外面干了什么对不起我的事了？

志国　瞧你想哪儿去了？

和平　那你怎么今儿闹出这动静来了？就跟大难不死，刚从索马里逃回来似的。没事你跟我瞎套什么近乎？

志国　我跟你套什么近乎呀？真看不出事来……

傅老　她看不出事来，我还看不出来吗？志国呀，看你这笑模笑样的，单位里一定出了什么喜事了？

圆圆　爸，我也看出来了。是不是单位里哪位阿姨看上您了？

和平　嘻……谁能看得上他啊？——敢！

志国　嘿，我怎么就不能让人家看上啊？我还就是让人看上了——让我们领导给看上了！怎么着吧你？

和平　男的女的？

志国　你甭管男的女的，反正是我们领导看上我了，非要提拔我当个副处长，哈哈……

和平　哟！……你不早就是副处级了吗？

志国　你懂什么呀？副处级跟副处长那是一码事吗？"处级不带长，放屁都不响"！当然这话是糙点儿——话糙理不糙啊！

傅老　是啊是啊，副处级也好，副处长也好——虽说都是我干剩下的了——对志国来讲也算是个进步嘛！所以今天他对我们才这么……（做握手动作）这么……（做拥抱动作）这么……（做亲吻动作）这么热情。也不奇怪嘛！

圆圆　哎哟，这真跟做梦似的，一眨眼我成了副处长女儿了？（下）

志国　没想到吧？

和平　嘿，我成了副处长夫人了嘿！（下）

志国　你也没想到吧？

傅老　我成副处长爸爸啦！

志国　您也没想到吧？

傅老　我怎么没想到？我早就想到了！好吧，副处长——嗯，我儿子！

〔晚，傅家客厅。

〔傅老、和平、圆圆看电视。志国自里屋上，手拿讲稿，关上电视。

众人　哎……干嘛呀你？……

志国　是这样的，同志们！关于任命我当副处长的事情……

傅老　你还有完没完！搞什么搞？你当了个副处长，我们连看电视都不许了？你要是当了副局长，这个家里还搁不下你了呢！你要是当了副部长，还不得把我们都轰出去？你要是当了副委员长……

志国　爸，我现在还没想这么多呢！

傅老　知道你没想这么多，你想多了也没有用！快去把电视给我们打开，别耽误我们看电视剧嘛——你看，净顾说话了，（指着电视）刚才那个小寡妇，她到底是怎么死的？

圆圆　是对门儿那家人杀死的。

和平　不是对门儿，是旁边儿……

圆圆　嗯？旁边儿那是猪圈！

和平　什么呀，猪圈那边儿啊……

圆圆　猪圈那边儿鸡窝！

和平　再那边儿啊，过去啊……

傅老　再那边儿好像是个兔子窝嘛……

志国　（急）安静，安静！大家不要乱！听我说两句，马上就完。我考虑下星期正式任命的时候，领导宣布完名单，肯定要让我发表个就职演说——也就是给群众随便说两句……

和平　那你上单位给群众说去，别给家里群众说！

志国　我是给单位群众说呀，这不没把握吗？我拟了个讲稿，先让家里群众听一听——你们都愿意听吧？

## 第113集　就职演说

圆圆　愿意不愿意的，已经这样了，我们凑合听着吧……

傅老　是啊，快点儿念啊！念完了我还得看看那个小寡妇到底是怎……

志国　爸，爸……您就别老惦记那小寡妇了，您先关心关心我吧！

和平　关心你！你赶紧念吧？

志国　（情绪饱满地读讲稿）"各位领导，各位同志！今天我走上了新的领导岗位。雄关漫道真如铁，而今迈步从头越。莫愁前路无知己，天下谁人不识君？"

〔众人应付地鼓了两下掌。

志国　（读）"忆往昔，看今朝，想将来！满园春色关不住，一枝红杏出墙来！祖国跨上千里马，改革春风扑面来！问渠哪得清如许，为有源头活水来！夜阑卧听风吹雨，铁马冰河入梦来！君不见，黄河之水——天上来！……"

和平　你来吧，我走了……

志国　哎，你干嘛去呀？

和平　你念了半天，我不知道你要说什么呀？

圆圆　念得倒挺好听的——就是有点儿不着四六。

傅老　这个，我还是没有闹明白……

志国　啊，您说哪儿？

傅老　那个，小寡妇她……

志国　爸爸爸……您先把您那小寡妇放一放！您先给我提提意见啊？

傅老　提意见啊……就你这个就职演说——空话连篇、言之无物嘛！要给群众留下个什么印象啊？听了半天，就是来呀来呀，这也来，那也来，来什么来？！我看你趁早啊……推倒了重来！

志国　推倒重来？我写这一篇儿费多大劲啊我？空话连篇？这就对了！在小单位当个处长行了，说什么是什么，在我们这大单位，那处长就是个基层干部！哦，就职演说我给大家许愿？"每人涨三级工资！"——我做得了主吗？

"每人分三套住房！"——我变得出来吗？"每人生仨孩子！"——我负得了责任吗？"每人娶仨老婆！"——本人倒是乐意，家里不干了……

和平　本人乐意？你是不是本人也乐意呀？

志国　谁说我乐意了？你一个就够我受的了，再来仨？我受得了么我？

和平　你还想来仨？来一个我就把你杀喽！

志国　你把我杀了，你不成小寡妇了吗？

傅老　是啊是啊……那个小寡妇到底是谁杀的？

志国　唉呀，爸，您怎么又来了？您说说我这稿子应该怎么写！

傅老　怎么写啊？我的意见嘛——当领导嘛，初次跟群众见面嘛，至少先有个态度、有个决心、有个领导的样子嘛！现在要不把威信树起来，以后的工作就不好开展喽！

和平　圆圆的意见呢？

圆圆　嗯？我觉得吧……是对门儿那人杀的。

志国／和平　嘻！……

和平　不是说那个——说你爸这稿儿！

圆圆　那不怎么样——我觉得我爸应该再深沉一点儿，别那么随随便便的！

和平　哎，你别说，圆圆说得真对嘿！你看我们团那演员队队长，人家才是个副科级，特深沉！没事儿老挨那想问题，（托腮思考状）轻易不说话。这两只眼睛嘿，透着那么忧郁！没事就这么看着你……（看傅老，傅老一惊）看着你……（看圆圆，圆圆一惊）看着你……（看志国，志国一惊）弄不好就把你给看毛了！前两天，刚送精神病院了……

志国　嘻……你让我跟他学？你这不是害我吗你？

和平　没让你学别的，就让你学人家那深沉劲儿——反正我喜欢这样的！

志国　行行行……深沉谁不会呀？（起身欲向里屋下，转身，深沉地）你们——继续看电视吧。我走啦……走啦……走啦……

## 第113集　就职演说

〔志国下。众人惊异。

和平　（向傅老）爸，我觉得那小寡妇像他杀的……

〔晚，傅家饭厅。

〔傅老、圆圆在座，和平、小桂布置饭菜。

傅老　（向圆圆）你爸爸怎么不来吃饭啊？

和平　挨屋里准备讲演稿呢，说是这回弄个特别深沉的。

〔志国暗上，手拿讲稿，一脸严肃。

志国　（深沉地）你们好。

和平　哟，吓我一跳！我以为我们单位那精神病打医院跑出来了呢……怎么这么会儿没见，您就深沉成这样了？

傅老　志国，坐下。吃饭就不要深沉了嘛！

志国　你们先听我念念，可以边吃边听——（举起讲稿，读）"当我走上这讲台，掌声响起来。我思绪起伏，心潮澎湃，瞧着窗外——不是我不明白，这世界变化快。不是我想不开，人生的路啊，为什么越走越窄？没有黑就没有白，没有恨就没有爱，没有爱这世界就不存在……"

和平　哟，我听着怎么这么耳熟啊？

志国　（读）"院子里有两棵树。一棵是枣树，另一棵——也是枣树……"

和平　嘻……

志国　（读）"门前一株枣，岁岁不知老；阿婆不嫁女，哪得孙儿抱。举杯邀明月，对影成三人。低头弄莲子，莲子清如水。不是不想爱，不是不愿爱。怕只怕，爱——也是一种伤害……"

圆圆　爸，那您就别再伤害我们了成吗？

傅老　是啊是啊，你说得那么乱七八糟的，我怎么吃得下饭啊？

和平　看在咱们多年夫妻的份儿上，您饶了我们成不成？

志国　谁不饶谁呀？不是你们让我深沉的吗？哦，我真深沉了你们又受不了？

傅老　你这哪叫就职演说呀——什么爱呀恨的——我听着倒像是那个征婚广告！

志国　爸，您不知道，现在群众当中都兴这词儿！我这么一弄呢，也显得平易近人了——平易近人您懂不懂？就是密切联系群众……

傅老　联系群众？这好嘛……

和平　哎，你别说嘿，我们团的团长——人家都是副局级了——见人嘿，先拍肩膀，特别平易近人！我们团多少小姑娘啊？个个跟他勾肩搭背的！前几天……刚让公安局给找去了……

志国　嘿！你怎么又往沟里带我呀？

圆圆　爸，爸……你要想联系群众的话，就应该再随便一点儿。就一就职演说，别老弄得那么严肃！

傅老　是啊是啊，可以再风趣一点儿，幽默一点儿……

和平　没错！你这人平时就特别欠幽默，真的，甭说群众了，有时候连我都懒得搭理你！

志国　幽默？幽默是什么呀？就是开玩笑是吧？开玩笑谁不会呀？（欲下，回身，干笑）哈哈哈！哈哈哈……（下）

〔众人吓一跳。

圆圆　（茫然）爷爷，我爸这算幽默吗？

傅老　（向和平）……你说呢？

和平　搁别人不算，搁他我看就算了。


〔晚，傅家客厅。

〔傅老、和平、圆圆看电视。志国拿讲稿自里屋上，狂笑不止。

志国　哈哈哈……太好玩儿了……

傅老　志国，不要捣乱！这个小寡妇的问题……公安局正在破案呢。

## 第113集 就职演说

志国 怎么又是小寡妇啊？（关电视，边笑边说）和平，爸……我告诉你们……你们看这回这个……特别幽默……（笑得直不起腰来）

和平 幽默……你就赶紧念念吧，给我们逗笑了就成。

志国 （强忍住笑，读稿）"同志们！（笑）男同志们，女同志们，老同志们，小同志们，在这儿的同志们，没来的同志们——没来的同志请举手……"

〔志国笑得喘不上气，众人面面相觑。

傅老 ……可笑么？

和平 您就帮着乐乐吧……

〔众人干笑一声。

志国 （读）"没来的同志怎么能举手呢？当然，这是开个玩笑喽！也许有些同志不了解，我这个人其实是很爱开玩笑的。今天早晨出门的时候，我还跟我爱人开了个玩笑嘛。我说，我马上就要担任新的工作了，这和你的帮助是分不开的哟！军功章啊，有我的一半，也有你的一半嘛……算了，我这一半也不要了，全归你了——你不就能凑成一整个儿的了吗？"（狂笑）

〔众人干笑几声。

圆圆 妈，妈……咱这儿笑什么呢？

和平 我哪儿知道啊？你爸笑咱就跟着笑……

志国 （读）"其实，军功章是一种荣誉嘛，怎么能随便劈成两半儿呢？现在有很多歌词都不合理！有一首歌是怎么唱的来着？（荒腔走板地唱）'这一张——旧船票，能否登上你的客船——'船票已经是旧的了嘛，过期了嘛，怎么能上船呢？上船也可以，上船以后可要补票哟，要不然就要被罚款啦……"（狂笑）

〔众人无奈地干笑。

圆圆 爸，爸！您还是饶了我们吧。就您这也叫幽默呀？您还是改回深沉吧。

傅老 就是嘛，不好笑，非要笑，我笑得很不舒服嘛！

志国　和平，那你看怎么样？

和平　你让我说真话还是说假话？

志国　你说……算了，你还说什么真话呀？你说假话吧！

和平　说假话呀？说假话……您这不怎么样！

志国　（燃起希望）那要说真话呢？

傅老　说真话……那就更不怎么样了！

圆圆　要说真话的话，简直就没法儿听了！

和平　要说真话的话，我宁愿您不当那副处长，别到外面给我丢人去！

志国　嘿……

〔傍晚，傅家客厅。

〔圆圆写作业，志国上。和平自饭厅上。

和平　哟，志国回来啦？怎么样啊？

志国　什么怎么样？

和平　不是开会任命吗？

〔傅老自里屋上。

志国　还任什么命啊？真让你给说着了——今天刚接到通知，马上要精简机构了，所有干部任命都暂时冻结——我这副处长啊，当不成了！（沮丧）

圆圆　太好啦！——那我们就不用听您那就职演说了吧？

傅老　那当然了，会都不开了，还演说什么呀？

志国　那也不见得。明天领导找我谈话，估计得让我表个态。我写了篇稿子，先让你们听听……

〔志国从包里拿出讲稿，欲读。众人四散奔逃。

【本集完】

# 第114集　优化组合

编　　剧：梁　左
客座明星：黄宗洛　牛　莉　王　领

〔傍晚，傅家客厅。

〔志国上，站定，感慨地叹了口气。傅老自里屋上。

傅老　志国回来啦？外面天气很热吧？

志国　还好。

〔和平自饭厅上。

和平　累了吧？想喝点儿什么？凉的还是热的？

志国　都行。

傅老　志国呀，你工作了一天，有什么新鲜事跟我们说说嘛？

志国　没有。

和平　晚上你想吃什么呀？让小桂给你买两瓶啤酒去？

志国　随便。

和平　你怎么老俩字儿俩字儿往外蹦啊？您能不能说一回仨字儿的？麻烦您——

志国　不想说……

和平　嘿！他还不想……还真是仨字儿——谢谢您啊！

傅老　志国，到底出了什么事了？

志国　（淡然地）唉呀，也没什么，就是今天我们局里给我安排了新的工作……

和平　嗯？是升了是降了？

志国　啊，算是升了吧——局长一把手，我是二把手。

和平　（喜）嘿！那就是副局长啊！我说什么来着？你早晚得有这一天！我得赶紧给我妈打电话——当初我们俩搞对象我妈愣不同意嘿！我就说嘛，这志国……（起身欲打电话）

傅老　回来！提个副局长有什么了不起的？三十年前我就提到这个岗位上了，我也没急着给我妈打电话嘛——是第二天才打的。

志国　我也没当副局长——是副组长。

和平　啊？你不是早就是副处长了么？怎么又改副组长了？怎么越来越降啊？昨天居委会改选还让我当一居民组长呢——我还是正的呢！

志国　跟你说了你也不懂，我们那是临时机构——局里"优化组合工作领导小组"。局长一把手，具体工作由我负责。

傅老　优化组合啊？是不是要精简一些同志啊？

志国　哎，也不能说是"精简"嘛，就是安排一些同志到下面的企业去工作，以便更好发挥他们的特长，为改革开放事业多……

傅老　好了好了，不要跟我打官腔了——我搞精简的时候你还尿炕呢！现在进行到哪一步了？已经开始个别谈话了吧？

志国　哟嗬，爸，还是您有经验啊！我们准备明天开始正式谈话。

傅老　留谁不留谁……有个初步安排了么？

志国　有了！局长跟我分了分工——准备留下来的同志由他负责谈，准备请出去的同志呢……由我负责谈。

和平　嘿，你这不倒霉催的么？敢情好人儿全让这局长给干了，坏人全让你给当了……

志国　你怎么——谁说不是呢……

〔晚，傅家客厅。

〔全家人看电视。门铃响。

志国　和平，开门去。

和平　嗯——圆圆，开门去。

圆圆　嗯——小桂阿姨，开门去。

小桂　嗯——爷爷，开门去……

傅老　嗯？

〔小桂忙跑去开门，引小林上。

和平　（低声向志国）哟，这不是你们单位林妹妹么？

〔志国见是小林，急忙起身。

小林　贾老师，我来了——听说您找我？

志国　（紧张）我是说明天！明天我单独……（回头见和平，佯装自然）找你谈嘛！

和平　（背躬）什么？你还想单独跟她谈？

志国　（背躬）工作！工作懂不懂啊？

和平　（背躬）哦，她也是你们那拨儿的？……该该该该该！这样的女的早就应该把她精简出去，挨单位也是个祸害！（起身向小林）哟，小林妹妹来了？赶紧坐下……

小林　不用了，大姐，我想和贾老师单独谈谈……

和平　哦哦……（背躬向志国）还想和你单独谈，美死她！（向小林）哟，你瞅我们家晚上这么些人，好容易聚在一块儿堆儿，晚巴晌儿看个电视。哎哟，我们家这客厅啊……

小林　那……（向志国）贾老师，咱们上您的房间吧？

志国　那就上……（正色）上我卧室去谈吧！

和平　（背躬向志国）你还想跟她上卧室？到那时候你就不光是谈话了吧？（大叫）哎哟！哎哟！我这头怎么这么疼啊？我得回卧室——（起身）我得躺会儿去……躲了躲了！躲了啊……（向里屋下）

傅老　那……我也回屋躺会儿去……（起身向里屋下）

圆圆　那我也回屋躺会儿去。（向小桂）小桂阿姨，还不快走！

小桂　俺还没看完呢……

圆圆　看什么看什么呀？你给我爸一机会，啊？（跑下）

〔小桂也跑下。

志国　（向里屋喊）嘿！这孩子怎么说话呢这是？给谁个机会呀？——我要机会干什么呀？……（向小林）小林呀，你看，小孩子不懂事，你千万别在意啊！

小林　没关系，孩子说的也许正是我要说的……

志国　哎好……啊？你这是什么意思啊？小林呀，我知道你们年轻人爱开玩笑，你看这种玩笑——你都让我没法儿接……

小林　贾老师，您还看不出来么？自从我来到咱们单位，是谁关心我、爱护我？手把手地教我工作，心连心地帮我进步……

志国　没有……绝对没有……

小林　不是别人，全是您老人家！

志国　他们！全是他们！真的不是我，真的都是他们别人！你看我……我跟你也……也就那么回事儿，是吧……我对你就像一般的……男同志那样嘛！

小林　（凑近）别谦虚了贾老师。您心里怎么想的……我心里全明白……

志国　（躲）我没想法我……

小林　就说这次优化组合吧，有些人想把我赶出机关，还不全靠您给我做主吗？

第114集　优化组合

志国　（紧张，躲）啊不不……别靠我呀……

小林　您说咱俩这关系……您能看着不管么？您能不闻不问么？您能落井下石么？

〔小林步步凑近，志国连连躲避。小林握住志国手，往志国怀里凑。

志国　（跳起躲开）能能能……我还真能我！反正我跟你也没什么关系……

〔和平自里屋手拿羽毛球拍暗上。

志国　小林呀，要不咱们……这么办吧——有什么事呢，明天咱们到办公室去谈！要相信组织，要相信领导，我们会根据每个同志的具体情况做出妥善安排的……

〔小林一个劲儿往前凑，把志国逼得无路可退。

小林　（握住志国手）贾老师啊，您看我——大学毕业分在北京，远离家乡，举目无亲，孤零零的一个弱女子……我就全靠您了……

志国　（慌）别别……不要靠我……

小林　您就是我的亲人……您就是我的兄长，您就是我的……（靠在志国怀里）

〔和平突然咳嗽一声，吓得志国赶紧逃开。

志国　啊？！不是我，是她……不是……我跟她……嘻……（向里屋跑下）

〔和平敲打着手中的球拍，面露杀气地走向小林。小林慌乱中抄起身边一根门球棍开始敲打，倒吓了和平一跳。


〔晨，傅家客厅。

〔志国提皮包欲出门，和平拦。

志国　（急）……你还让我怎么着啊？！（赔笑）昨儿晚上我跟你检讨了一宿，今儿总得让我上班吧！

和平　上班？可以——不许跟那小妖精谈话，听见没有？

志国　好好，我不跟她谈，我不跟她谈。组织上安排我了……

· 387 ·

和平　那为什么局长不跟她谈呢？

志国　我们有分工。那局长找谈话的都是留下来的同志……

和平　那就把她留下来！把她留下来，让局长跟她谈，没你什么事了吧？就这么定了！

志国　什么？这么大事你随便就给定了？

和平　哎！

志国　你定了，我没法跟上级交代呀……那好，我们回去再研究研究。我得赶紧上班了，要不迟到了我……（逃下）

和平　嘿！嘿……我告诉你啊……（欲追下）

志国　（画外音，大叫）哎哟！（慌忙跑回）我的妈呀……

和平　怎么啦？

志国　咱家门口吊着一老头儿！

〔和平向门外看，吓得晕倒。

志国　（向和平）哎，和……哎……（顾不上和平，急下）

〔片刻，志国拖着神志不清、衣衫不整的瘦弱老头儿老黄上，将其放在沙发上。老黄脖子上套着绳套。

志国　老大爷！老大爷……（按压老头儿前胸急救）

老黄　（被志国胳肢得忍不住醒来，一说话唐山口音）没事儿没事儿……别紧张，别紧张！瞧见没有？（取下脖子上的绳套）我这根上吊的绳啊，是松紧的，吊不死人！我也就是吓唬吓唬你们，逗你们玩儿！

志国　您这么大岁数不好好在家待着，没事上我们家逗什么来呀？我们又不认识您！

老黄　你不认识我，我可认识你呀——你不就是贾处长么？

志国　您是？

老黄　我姓黄，我们家小三儿跟你手底下混饭呢。

## 第114集　优化组合

志国　哦！您是小黄的……哎哟，那我还应该叫您一声伯父呢！伯父，您刚从老家来吧？（扶和平站起）伯父您看，我应该抽时间看您去，您怎么先看我来了？（向和平）快快，快起来……给倒杯水喝。

和平　（向老黄）赶紧给您弄杯水，您挨我们家门口吊那么半天也怪累的！

老黄　是啊，这一开头儿是感觉有点儿累，兴许慢慢地就习惯了！

和平　那倒是……嘿！您想怎么着啊？您还想天天在我们门口吊着呀？

老黄　我不光天天吊啊，兴许哪天一高兴，我把这根上吊的绳儿换换——不使这松紧的了……

志国　（向和平）嘿嘿，不使松紧的……（向老黄）不使松紧的，那您是准备……别呀！伯父，您瞧您有什么想不开的？小黄哪点儿做得不对您告诉我，回头我批评他！

老黄　告诉你？我还等着你告诉我呢！我们小三儿他犯了哪条了？你把他开除了！这不是欺负我们农民么？

志国　伯父，这怎么能叫开除呢？这叫"优化组合"……

老黄　甭管叫啥吧！我们祖宗八辈儿没出来一个吃官饭的，全是榜大地的，好不容易蹦出来一个，还指着他光宗耀祖呢，你随随便便地把他给"优化"去了！我今天哪……（脱掉上衣）我也六十九了，反正我也活够了！……

〔老黄欲扑向志国拼命，吓得志国逃到和平身后。

和平　您活够了我们还没活够呢！

老黄　我管那个？拼一个够本儿，拼俩我赚一个！

〔老黄追得志国和平频频躲闪，满屋乱转。

志国　（躲在和平身后）老人家！您这么说可就不对了啊！咱们是法制国家，（紧紧抓着和平肩膀）有什么问题咱们依法解决嘛！违法的事咱们可不能干……

〔和平从志国手中挣脱，躲到一旁。

老黄　你杀人才犯法呢！我这自个儿上吊我犯的哪门子法去呀？我不过就是待着没事儿跟你们门口上个吊玩的，算啥啊？我这叫癞蛤蟆趴在脚背上——我不咬人我恶心你们……

志国　嘿！你这算怎么档子事儿啊……要不我找领导去吧……

和平　赶紧找单位领导去！

老黄　你找那领导啊？领导能管我儿子他管不着我！能管着我么？我这么大岁数了，能把我怎么着啊？是杀是剐你随便吧！

志国　你说碰上这么一老无赖，让我怎么弄啊这个……

〔傍晚，傅家客厅。
〔傅老、和平在座。

傅老　……当时你就应该来找我呀！来个老的对老的嘛！

和平　嘻，志国就把他弄单位去了，说跟领导一块儿谈！

傅老　找什么领导啊？直接找我……

志国　（画外音）潘大姐，您看我都到家了……

傅老　那什么，我先回屋去了啊……（快步向里屋下）

和平　嘻！谁呀谁呀？

〔志国与单位同事潘大姐争执着上。

和平　哟，早起刚送走小黄他爸，小黄他妈又来了？

志国　和平你别瞎说！这是我们单位潘大姐……

〔潘大姐一脸怒色，径直坐向沙发。

志国　潘大姐，有什么没谈完的，咱们明天上班接着谈。您看您追到我们家里来……这算怎么档子事啊！

潘大姐　怎么回事儿？你都不让我上班了，我不找你们家我找谁家呀？今儿我

· 390 ·

## 第 114 集 优化组合

还告诉你——打从今儿个起，是你上哪儿我跟着你上哪儿！你上班我跟着你上班，你回家我跟着你回家，你吃饭我跟着你吃饭，你睡觉我跟着你……我就是不跟着你睡觉！

志国　你跟我？我也得干哪！

和平　你干？我还不干呢！

潘大姐　（起身拉和平手，热情地）哟，你是弟妹吧？来来来，您坐下。弟妹呀，大姐呀可麻烦你了……

和平　没什么，都是我们应该……凭什么我们应该呀？！（见志国向其递眼色）说说吧：这位大姐——有什么事儿啊？

潘大姐　弟妹呀，你给评评这个理儿：我在局里头上了好几十年的班了，这眼瞧着就平平安安地退休了……嘿！（指志国）他一脚把我给踢出门儿来了！那旧社会也没这么对待过劳动妇女呀！

和平　了得了！他敢欺负妇女？咱跟他没完！

志国　和平，你不了解情况别瞎掺和！潘大姐是我们局里的勤杂工，这两年岁数大了，身体又不好，我们想给她安排到下面的招待所去做做清闲工作，不光工资不变，奖金还比现在拿得多呢。（向潘大姐）你不说感谢领导，还追着领导没结没完呢怎么？

潘大姐　我不管！我觉着在局里待着挺好的，这说出去也好听啊——"您在哪上班呢？""局里头！"您听听：局里头！那局长也在局里头上班啊……这倒好，把我从局里头调到下属单位去了，人家不知道的还以为我在局里头犯了什么错误呢……

志国　瞧你说的！你一勤杂工，你能犯什么错误啊？

潘大姐　嘿，我怎么就不能犯错误啊？总务处，买了二斤茶叶招待客人，怎么转眼就没了？那是我拿回家去了！会议室，那一百个杯子怎么剩下八十二个了？嘿嘿，也是我拿回家去了！我告诉你，那水房里的笤帚、墩布，怎么用着用着转眼就没了？那也是我拿回家去的！财务处，丢了六十万块钱……

志国　那也是你拿回家去了？！

潘大姐　哎……没有！那是我上回打扫卫生，忘了锁门了……

和平　哎哟，这位大姐，我听您的这先进事迹哈，我觉着您单位的领导可真算是大仁大义，要搁我们单位呀，您早被扭送派出所了……

潘大姐　你送你送你送！今儿你不送我还不走啦！我的天儿哎……（干号，撒泼）

和平　嘿！怎么着啊？！（被志国抱住，往里屋推）我还告诉你，就冲你，私入民宅，非偷即抢……（挣脱志国）你干什么呀——我拖鞋……

〔傍晚，傅家客厅。

〔志国上，一脸不悦，叹了口气。傅老自里屋上。

傅老　哦，志国回来了？外面天气很热吧？

志国　还好！

〔和平自饭厅上。

和平　累了吧？想喝点儿什么？凉的还是热的？

志国　都行！

傅老　志国啊，上了一天班，有什么新鲜的事说给我们听听嘛？

志国　没有！

和平　晚上想吃什么呀？让小桂给你买两瓶啤酒去？

志国　随便！

和平　嘿，你怎么又俩字儿俩字儿往外蹦啊？您能说回仨字儿的么？麻烦您……

志国／和平　不想说！

·392·

和平　我就知道你这仨字儿！说吧，到底怎么回事儿啊？

志国　也没什么，就是我们单位那优化组合名单儿下来了……

和平　嗯？都有谁呀？

志国　都有谁？头一个就是我……（倒头大哭）

和平　（急）啊？凭什么呀？！不成！这得找他们单位领导去！他们能闹我就不能闹啊？我告诉你，我闹起来比谁不厉害呀？爸，上您那屋把松紧带儿拿来，我到他们单位领导那儿上吊去我！……

【本集完】

## 第115集　今天的你我（上）

编　　剧：梁　欢　臧　希

客座明星：宋春丽

〔日，傅家客厅。

〔圆圆写作业。和平上，提数个大手提袋，气喘吁吁。

和平　谁挨这儿呢？接我一把！接我一把！累死我了……

圆圆　哟嗬……（接过手提袋，挨个儿看）您买这是什么呀？大头鞋、老板裤。这是什么呀？噢，金壳打火机。妈，您看您又给我买这么些东西……

和平　去去去，给你买？我有病！给你爸买的。

圆圆　哎，凭什么给他这些呀？得，我甭客气了，我自己挑一样吧……（乱翻）

和平　放那儿！怎么回事呀你？你爸现在也是半拉生意场上的人了——他们单位让他搞那开发公司，今儿下午得跟人谈判去——人配衣裳马配鞍！

圆圆　您算了吧！就我爸还跟人谈判呢？他在咱们家说得过谁呀？

和平　可说呢……估计他那破单位也实在找不出人来了……

〔志国上。

和平　哟，回来了！

圆圆　爸，回来了！哟，您是不是这就跟人家谈判去呀？您换衣服吧，我回避。

## 第115集 今天的你我（上）

（向里屋下）

志国　（满面愁容）还谈什么呀……

和平　啊？怎么啦？谈崩了？领导让换人了？这……这才两天不至于你有什么经济问题了吧你？

〔志国频频摆手。

和平　你赶紧说，你要憋死我呀……怎么回事？

志国　唉，那我就实话实说吧。和平啊，你也知道，这么多年了，领导头一回重用我，把一个六个人的大公司交给我管理，那固定资产少说得有七八百块呀！今儿第一天跟人谈判一合作项目……你知道对方是谁么？

和平　谁呀？把你吓成这样……

志国　一个老憋着见我、可我总不想见她的人……

和平　在我的印象中……这人就是我妈了？

志国　幸亏不是你妈。不过其可怕程度跟你妈也差不多。

和平　谁呀？

志国　徐小莉……

和平　徐小莉？

志国　你怎么忘了！就是咱俩搞对象的时候，在动物园爬虫馆，当着那凶猛的毒蛇和你，我向你交代过的"跟我有特殊关系的四个女性"当中的第二个……

和平　嘻！就你们小学那女同桌啊？

志国　今非昔比！现而今人家已经是坐着"卡迪拉克"的大老板了！她在电话里说她一直没忘了我，急切地盼望着同我见面……

和平　没想到啊，你居然……

志国　我怎么了我？我也是刚知道，我一点儿都没敢耽误，立马就跑回来跟你汇报来了！

和平　没想到啊，居然……

志国　让不让我去就听你一句话了——你只要说一"不"字儿，我立马就交辞职报告去……

和平　没想到啊——你居然过了这么些年，还对我这么忠贞不二，什么都不藏着掖着？

志国　啊，是是……

和平　你让我说什么好啊？这年头儿除了狗，谁还对人这么亲呢？

志国　你要这么夸我，你还不如不夸呢啊！

和平　志国，放心地去吧！我要连你都信不过，我还信得过谁呀？十来多年了，好不容易有这么一次施展才华的机会——安心工作，正当娱乐，我等待着你胜利的消息！

志国　（感激）你真是这么想的？

〔和平真诚地点头。

志国　哎哟，你让我说什么好啊？我干脆也夸夸你得了——这年头儿除了狗，谁还这么理解人呢？


〔傍晚，傅家饭厅。

〔和平准备做饭。

傅老　（画外音）志国！（上）志国还没回来啊？

和平　嗐，回来又走了。今儿是香格里拉，明儿是马克西姆，后儿是香港美食城……说了——以后兹不特别说明，一天三顿饭就甭等他了。

傅老　真奇怪，真是不看不知道，世界真奇妙啊……

和平　谁又招您了爸？

傅老　我刚才在楼底下看见一个人，跟咱们家志国长得是一模一样，我刚要等他管我叫爸爸，就看见他从我面前"哧溜"一下就蹿过去了。我再仔细

## 第115集 今天的你我（上）

一看，这个人穿得是人模狗样的，旁边还有一辆超豪华的那个什么……

和平　"卡迪拉克"！

傅老　啊，可能是吧！这怎么会是我的儿子呢？他怎么会管我叫爸爸呢？真是老喽，眼睛看不清啦，差点儿闹出笑话来嘛！

和平　爸，还真是您儿子，他还得管您叫爸爸——那是志国。

傅老　这怎么可能啊？他怎么会……他还跟一个很漂亮的女人在一块儿，活脱脱就是当年的上官云珠嘛——特别是嘴角左边的那颗美人痣……

和平　爸，您自个儿的儿子您没看清，那女的您看得倒是真清楚！他们单位让他搞开发公司去了，他今儿下午跟人谈判。

傅老　他这就算是下海了？

和平　哎哎！

傅老　这一开始就坐上卡……车？

和平　不是卡车——"卡迪拉克"！

傅老　对对，起点很高嘛！你回来告诉志国，就说我找他有事。

和平　他说今儿晚上回来，我说太晚了不回来也成。

傅老　我要跟他谈的就是这个问题。下海，下海，海里的情况是相当复杂的哩，各种诱惑是多得很哩！现在就夜不归宿，这以后发展下去他还不得……你倒是真放心！

和平　爸，您要连您儿子都不相信，您还信谁呀？我要连我丈夫都不相信，我还信谁呀？

傅老　谁都不能相信！以我几十年的生活经验，和平，我告诉你呀：还不光是对自己的儿子、自己的丈夫，就是对自己都不能相信！我只能跟你说到这个程度，再说多就不好了……

〔和平陷入思索。

傅老　和平啊，我语重心长跟你说这番话的意思，你总该明白了吧？就算你水

平低一点……（欲下）

和平　爸，我明白了——您这叫妒忌。（向厨房下）

傅老　哎……啊？

〔日，高级餐厅。

〔志国与打扮高贵的徐小莉对坐吃饭。志国一顿狼吞虎咽，徐小莉手拿一份合同，身后站两位保镖。

小莉　……就这么点儿小生意？贾先生，你的胃口太小了！

志国　（满嘴饭菜）我，我实在是吃不了了……

小莉　哦，我没说这个！在这方面您的胃口比正常人超过三倍到五倍，看你这个吃相我就想起"三年困难时期"……我是说生意，在做生意这方面你胃口太小了！你说就这么一个合同，还至于这么郑重其事地谈判？

志国　那你的意思是说：你同意签这份合同了？

小莉　没问题。（伸手接过保镖递上的笔，轻松签字）

志国　（兴奋）那你……你一个人就能做主？你不用回去再研究研究什么的？

小莉　我当然能做主了！说实话，就这么一个生意，让我来做主签合同都是笑话。在我们公司随便一个职员——包括看门那个瘸老头儿——都有权签字！（将合同递给志国）

志国　（高兴，收好合同）哎哟……得，就兹当我和那瘸老头儿合作一回吧！

小莉　德行样儿！这么大了，还跟小时候一样德行！

志国　说真的，这种小生意对你们这个大公司那是无所谓，对我们这小公司，这就是救命稻草啊！我都不知道怎么感谢你了，徐总经理……

小莉　（温柔地）叫我小莉。

志国　小莉！小莉……小莉呀……

小莉　哎！

## 第115集 今天的你我（上）

志国　我知道你是看在咱们旧日同学的情义上……

小莉　哎，没有啊！真的没有。要是那样咱们还能再合作儿笔像样的生意，稍许像样一点儿的，赚点儿小钱儿。至于多少嘛……我先不告诉你，免得吓着你！

志国　你先别说，我胆儿小！小莉呀，虽说这情义无价，可是你说，咱们当年的情义真有这么重么？

〔小莉使眼色，两保镖下。志国略感紧张。

小莉　唉！悠悠岁月，欲说当年好困惑……你说吧，志国，咱们俩从小学同桌就六年，中学又在一个学校，你干嘛老对我忽冷忽热、时好时坏、若即若离的？

志国　我那不也是……亦真亦幻难取舍嘛！小莉呀，你就光记着我的好处，全忘了我的坏处吧！

小莉　不能够！好的坏的我都记一辈子。

志国　这思想自由我也不能干涉呀……嘻，就别老说这个啦，说点儿轻松的吧？

小莉　还说点儿轻松的？就是因为你，我整个青少年时期都处在一种非常沉重的压力之下！我差不多……差不多从七岁就开始爱上你了！

志国　我记得当年你们家的生活条件也不是特别宽裕，吃的喝的也跟普通人差不多——你不至于这么早熟吧你？

小莉　反正我记得从懂事开始，我就老在暗处默默地看着你的举止，静静地聆听着你的声音，执着地捕捉着你的脚印……

志国　你等会儿你等会儿！我怎么越听越像打猎呀？

小莉　爱情本身就是一场角逐！真后悔当时心一软，没一枪把你打死，让你溜了，一直隐藏到现在……

志国　得了吧你！谁知道当年你脚踩儿只船呀？

小莉　我怎么了？

志国　你说实话,你跟三班那王小京看没看过电影?你跟五班那张德聪逛没逛过公园?

小莉　(笑)你怎么都知道啊?

志国　你在我这儿隐瞒了三十来年了——到现在还不说实话!

小莉　那……那人家对不起你还不行啊?

志国　知错就改,下回不许了啊!

小莉　(痛快地)哎!

志国　哎别别……不用改,千万不用改!下回还许,您爱跟谁跟谁……这时间不早了……我就先回去了啊!(起身欲下)

小莉　志国,你等会儿再走。(吞吞吐吐地)我吧,有一点儿小事儿,你得答应我……

志国　(紧张)说吧——我估计这事儿小不了。

小莉　你看吧,咱们认识这么多年了,我一直也没好意思跟你开口……

志国　那倒是,这一开口准得让我为难。

小莉　我的意思吧……是说,咱们俩……

志国　哎,我先说前头啊,你可不准让我跟她离婚!

小莉　那当然了!我不是那个意思。我的意思是说,让你每天拿出几个小时的业余时间跟我一起工作——我聘你为总经理助理,怎么样?

志国　(兴奋,又赶紧收敛)考虑考虑?考虑考虑……

〔日,傅家客厅。

〔志国、和平对坐。

和平　……答应她了?

志国　没有,这不没答应,先回来跟你商量来了么?

和平　净听说小蜜傍大款,这回你一大老爷们儿也傍上大款啦?

第115集　今天的你我（上）

志国　你说话别这么难听！这不是人家小莉……徐总经理，她说我也是难得的管理人才——去不去的就听你一句话了！

和平　唉呀，关于你去不去傍这位大款的问题嘛，我是这么考虑的——纵观你在各个历史时期的表现，以及你自身的客观条件，我估计嘛……你也是有贼心没贼胆儿……

志国　那可不见得……是没贼胆儿，没贼胆儿！

和平　第二，甭管怎么说，咱俩也是合法夫妻呀，对不对？大红的结婚证书挨我抽屉里锁着，伟大的人民政府在我身后头站着，群众也在我这边儿，舆论也在我这边儿……一个小小的徐小莉，哼！不服让她过来试试！

志国　不用试她也服——谁不怕你呀？

和平　第三，我总得对我个人的魅力有点儿自信吧？咱满打着说，就算咱俩没结婚，我跟那徐小莉挨那儿一站，你怎么也得挑了我甩了她呀，对不对？

志国　那可没准儿……

和平　嗯？！

志国　那……那是没错儿！肯定得挑你呀——傻子也得挑你呀！

和平　真是……嘿！什么叫"傻子挑我"呀？那聪明人呢？比如说，像你这样的？

志国　那……那更得挑你了！

和平　得了，说说吧，那"卡迪拉克"打算一月给你多少钱呢？

志国　说是除奖金之外每月两千五……你说我去是不去呀？

和平　不去？不去你是傻子！谁不去我跟谁急！我告诉你呀，你要不去挣那两千五，你就是二百五！

志国　那，我就怕我去了，这时间一长……

和平　舍不得孩子套不着狼，舍不得丈夫挣不着钱！

志国　那，回头你再一吃醋……

401

和平　唉呀！有两千五我买什么吃不行？我干嘛偏吃醋啊？

志国　那我就给人回话去了！（起身）

和平　见着徐大姐替我问声好！

志国　哎，那我去了啊！（兴奋下）

和平　行行……

〔日，傅家饭厅。

〔和平、小桂布置饭菜。傅老上。

傅老　志国回来了吧？怎么不过来一起吃饭？

和平　回来换衣裳，马上就走。

傅老　我可好几天都没有见到他了！

圆圆　（上）嗯，就是，现在见我爸呀比见张国荣还难。

傅老　我一直想跟他谈谈，他是不是总躲着我呀？

和平　嘁，没躲着您，他是真忙！他现在不光管着他手底下那开发公司，还在另外一家大公司里给人兼职。现在这两家公司要联合上几个项目——不怕您笑话嘿，我见他都得预约！

傅老　和平啊，我看这一段家里的气氛不大对头啊！钱挣多了未必就是好事啊……

〔志国西装革履上，手拿皮包和一个大袋子。

志国　唉呀，来不及了来不及了……（向傅老）爸，这是我们徐总经理孝敬您的两条"红塔山"——（从袋里拿出两条香烟递给傅老）抽完了说话啊。

傅老　（喜）唉呀，好好……够了够了……

志国　和平，（从袋里掏出一个精美盒子）这是小莉给你买的"资生堂"化妆品，回屋看吧！圆圆，（从袋里掏出两包零食）这是徐阿姨给你买的美国大杏仁和开心果，（递给圆圆两张门票）还有"远南运动会开幕式"的入

## 第115集 今天的你我（上）

场券！

圆圆　哟！谢谢爸爸。

志国　小桂呀！（掏钱）这些日子全靠你了！辛苦了。这两百块钱是给你的奖金！

小桂　志国哥，俺就是当牛做马……

志国　哎，好好干，好好干啊！诸位，车等着我呢，来不及了，再见！我先走了啊……（下）

〔众人互相端详各自的礼物，个个欣喜不已。

和平　爸，爸，我看钱挣多了也未必就是坏事吧？

傅老　（笑得合不拢嘴）这个……


〔日，傅家客厅。

〔小桂接电话。

小桂　（向电话）……您马上就到了？您别着急，您慢点儿……喂，喂？

〔和平手提几个购物袋上。

和平　哎！谁在呢？赶紧接一把，接一把……

〔小桂上前接过和平手中的袋子。

小桂　不好了！出大事儿了！可了不得了……

和平　怎么了？怎么了？

小桂　你妈要来了！

和平　嘻，我妈来你怕什么呀？

小桂　俺听圆圆说，只要你妈一来，就没咱全家的活路了！还有爷爷说的，说谁再敢把你妈招来，他就跟谁拼了。还有大哥说的……

和平　说什么呀？

小桂　大哥说……小桂不敢……

和平　恕你无罪！说！

· 403 ·

小桂　他说，你妈是"二分钱买一根儿耗子尾巴——"

和平　怎么着？

小桂　"贵贱不说，那根本就不是个东西！"

和平　反了他了！我告诉你，你可别听他反动思想的宣传！我妈这人，为人可和气了！那真是和蔼可亲体贴下人啊。你好好挨家等着，我马上接我妈去啊……（下）

【上集完】

# 第116集　今天的你我（下）

编　　剧：臧　希　梁　欢

客座明星：韩　影　宋春丽

〔日，傅家客厅。

〔小桂干家务。门铃急响。

小桂　哎，来了来了……（开门，画外音）姥姥！

〔和母手托小茶壶上，一脸焦急，四处找寻。

和母　和平啊，妈来了！和平……

小桂　姥姥，俺大姐上车站迎您去了，您没看见呀？

和母　上车站？今儿个老太太我是自个儿"打的"来的！

小桂　姥姥，您可真够新潮的。

和母　什么，我新潮？这家里有比我还新潮的呢！

〔傅老自里屋上。

傅老　哟，老和同志来了？

〔和母一言不发，满脸不悦。

傅老　唉呀，你看你这又是跟谁嘛……

和母　跟谁？跟那有人养没人管、缺家规少调教、千人恨万人骂、缺了德的陈

　　　　世美、黑了心的贾志国！

傅老　我们家贾志国是有缺点，可最近一段进步还是挺快嘛！

和母　是快——都快给人抓进去了！

傅老　老和同志，说话可得有证据呀？

和母　证据？瞧见我这俩眼珠子没有？这就是证据。老太太我亲眼所见！

傅老　您看见什么了？

和母　哼，简短截说吧：今儿我们一块儿的老姐们儿在宾馆收徒拜师请饭局——是哪儿您甭管，反正是离五星儿还差一星儿的好地界儿！要搁旧社会，我们穷唱戏的哪能在那儿吃饭呢？还没进门儿就得让人给轰出去！还得说是新社会，人人平等，共产党好毛主席亲……

傅老　哎哎……老和同志啊，忆苦思甜还是等我们圆圆回来，你说给她听吧……

　　　　（起身）

和母　（按住傅老）哎……您给我坐下！慢慢往下听！它怎么那么巧，怎么那么寸，我刚一入座，上眼皮一抬，隔着八张桌子就瞧见我那女婿您那儿子——挨千刀死不了的贾志国啦！

傅老　挨千刀还死不了？没听说过嘛！怎么，他也去吃饭了？这就是他的不对了，回头我好好教育他……这也没有什么不对嘛？你说人人平等，您能去得，他就去不得了？

和母　可您知道他跟谁在一块儿呀？活脱脱一个白骨精！

傅老　白骨精？您是说女同志吧？唉，我早看出来他得闹到这一步……您快说，他们都干什么了？

和母　可不得了喽！只见他们嗞溜一口酒，吧叽一口菜！

傅老　后来呢？

和母　可了不得喽！他们是吧叽一口菜，嗞溜一口酒啊！

傅老　再后来呢？

## 第116集 今天的你我（下）

和母　一口菜一口酒，一口一口又一口！

傅老　那还有没有？后来他们到底都干什么了嘛！

和母　……没有了。估计他们这会儿还在那儿吃着呢！

傅老　他们就是吃到天黑，恐怕也说明不了什么问题嘛！

和母　哎哟，我的老局长，这还不能说明问题呢？这是我亲眼看见的，那我没看见的……您就自个儿想去吧！

傅老　我想不出来……

和母　您就别谦虚了！孩子都仨了，您还有什么想不出来的？等他们酒足饭饱之后，往那高级房间里一待，把那"请勿打扰"的牌子一挂……再往后的事儿您还想不出来？

傅老　我想不出来！

和母　（凑近）那我就具体给您说说，详细给您分析一下，再仔细……

傅老　不用不用……我想出来了！我们还是应该相信志国的嘛，他也是领导上派他到那去工作的。当然了，高级饭店环境是险恶一点，这就好比战争年代，我们总是把最可靠的同志，派到最能考验人的地方去啊！想当年，领导上派我去看管一个日本女特务，一天一宿朝夕相处……也没有出什么大问题嘛！

和母　您是谁，他是谁呀？您是老革命！旧社会您吃过糠，抗日战争您扛过枪，解放战争您负过伤，抗美援朝您渡过江——您是经过考验哪！

傅老　那当然了！不过志国是我儿子，我身上那么多的优秀品质，多少也得继承一点嘛！

和母　他没经过考验哪！也就忆苦思甜吃过糠，民兵训练他扛过枪，文攻武卫他负过伤，游泳比赛他渡过江啊……您能扛得住，他可不见得扛得住啊！

傅老　唉，我早就提醒过他，好在现在还没出什么问题，及时采取措施还来得及。

老和同志啊，你有什么主意没有？

和母　依我的主意，咱们二老联合进来，说干就干，现在就走，把不法分子贾志国揪回家来，实行二十四小时监管！

傅老　二十四小时？以后他还得上班啊，我们不能总跟着他嘛！

和母　怎么不能啊？太能了！无非是咱二老多受点儿累。您呢，负责早晚接送；我呢，搬把椅子往他旁边儿这么一坐，就全齐了。

傅老　对对……不对吧？他一个大小伙子，天天得一个老头儿接送，还得一个老太太在那儿陪着，你说他这是上班儿啊，还是上幼儿园啊？老和同志啊，我看咱们这个事还得从长计议。关键在思想，根本在觉悟。认识要是提高了，就能够增强免疫力嘛！我准备先从阶级分析入手，再从历史经验讲起——自从盘古开天地，三皇五帝到如今……

和母　哎哟，我的老局长，照您这么折腾完了，只怕人家孩子都生出来了！

傅老　啊？

〔日，傅家饭厅。

〔和母引和平上。

和平　……妈！我给您做点儿好吃的啊，晚上您挨这儿吃……

和母　哎哟，我还吃什么呀？出了大事儿啦！

和平　（惊慌）啊？怎么啦？咱家谁要死啦？是我三姨父啊还是我二舅母啊？

和母　都不是！

和平　那就是从小最疼我的大姑姥姥？

和母　也不是！

和平　妈，那就是您哪儿不好啊？是胃呀还是肺呀？您还有救儿没有？

和母　没救儿啦！

和平　（号哭）唉呀，我的妈……

## 第116集 今天的你我（下）

和母　别哭了！我说你们志国没救了——他跟你变心了！

和平　妈！您又挨外边儿听什么闲言碎语的了？我最烦您这个！

和母　哎哟，我的傻丫头，你还蒙在鼓里呢！你没看见志国天天不着家呀？

和平　忙工作！

和母　跟谁工作？敢情他在外头……

和平　跟个女的！

和母　也不是在单位哟，他们是双出双入……

和平　下宾馆、上饭店、卡拉OK、保龄球——还有呢？

和母　哦，你都知道了？

和平　那可不么！我连他们俩小时候的事儿都知道。

和母　噢，我说呢！敢情小时候就有事儿啊……谁告诉你的？

和平　志国呗。

和母　嘿！他敢做他还敢说呀！怪我瞎了眼哪，没有识破这只披着人皮的狼，眼睁睁地把自己的亲闺女往那虎穴狼窝里送啊……

和平　妈，您这话可不能这么说啊。他要成狼那我成什么了？连我们家圆圆都成狼崽子了——您自个儿不也"狼外婆"了么？

和母　我成什么没关系呀，关键是你呀！你早知道这事儿怎么不拦着他们呢？就眼睁睁地……嘻，我说你是真傻还是假傻呀？你是想离婚呢还是想守寡呀？怎么妈这点儿聪明劲儿到你这儿都失传了呢？

和平　妈，人家志国根本没往别处想，人家跟我商量了，我答应人家才去的。

和母　哎哟，傻丫头，这男男女女的事儿谁能说得准呀……（关门）开头儿啊都没那心，处着处着就处出那心了，到那时候可就由不得自个儿喽！要不当年我怎么跟了你爸爸呢？等有了你呀，我想后悔都来不及了！

和平　（心神不宁）妈，您瞧——人家本来心里挺踏实的，让您这么一说……

和母　赶紧的！你公公说了，咱们得商量个主意，走，走……（拉和平）

· 409 ·

和平　干嘛呀……

和母　赶紧找你公公去……（拉和平下）

〔时接前场，傅家客厅。

〔众人在座。

和母　……我是该说的不该说的都说了！你们听明白了么？

和平　我可没听着您哪句是该说的。

和母　哎？合着我说了半天没一句该说的？老局长，您先表个态吧？

傅老　这个这个……先听听大家的吧。

和母　和平，你说话。

和平　我也先听听大家的吧。

和母　小桂，你也说说。

小桂　俺也先听听大家的吧。

和母　圆圆，你也老大不小的了，这男男女女的事儿你也该知道点儿……

和平　（打断）妈！妈！……她懂得不少了，您就别再教她了！

和母　我不是教她，我想让她发表发表意见——圆圆，你说说！

圆圆　我也先听大家的吧……

和母　哎？

圆圆　得！你们大家先听听我的吧！虽然说我姥姥平时说话不怎么着调——

和母　什么？！

圆圆　可这回，唯独这一回——真理在我姥姥手里边儿！

和母　对！在我手里！

和平　你功课做完没有？回屋做功课去！大人事儿别瞎掺和！

圆圆　凭什么呀？你们这事跟我有关系——那我没爸了，我上哪儿找爸去呀？

和母　瞧瞧，圆圆都瞧出这步来了，你们怎么就愣瞧不出来？

## 第116集　今天的你我（下）

傅老　这个嘛……我说说吧！事情虽然未必像老和同志讲得那么严重，但苗头还是有的。我一直想跟志国谈谈，这次我一定得给他好好敲敲警钟！

和平　行，我也找他谈谈，给他敲敲警钟！妈，放心了吧？

和母　我放心？我能放心么？（起身）我得找那两个当事人当面谈谈……

　　　（欲下）

和平　妈，妈！您干嘛去呀？

和母　我去给他们俩人呀——敲敲警钟！（下）

和平　唉呀，妈，您……哎哎，妈！您别真去呀……（追下）


〔日，高档饭店。

〔志国与徐小莉对坐。小莉身后坐两位保镖。

小莉　……关于公事儿咱们就先谈到这儿。志国，下边——（搬椅子凑近）咱们谈点儿私事儿……

志国　（紧张忸怩）咱就别谈私事儿了，我求求你了……

小莉　你放心，我不会难为你的！

志国　不是你难为我，是我难为我自己！这都多少天了，我晚上都不敢睡觉。

小莉　为什么？

志国　我怕一做梦……喊出你名字来。

小莉　志国，你怎么跟我一样啊？

志国　这可不一样！你现在反正是一个人，你做梦就是喊克林顿也没人管你呀！我可不一样，我旁边……还睡着一位呢不是么？

小莉　那你把旁边那个换成我不就行了么？

志国　那就行了……那就更不行了！小莉呀，咱可不能动这心思，我说什么也不能对不起我们家那位！

小莉　志国，你就不想再重新选择一次啊？

志国　我怎么能不想……我不能想啊！我得对得起我的第一次选择！小莉呀……

小莉　你知不知道有那句话——没有爱情的婚姻是最不道德的？

志国　恩格斯说的那是理想社会，咱们现在还处于初级阶段，马列主义也得结合中国的国情——小莉，你要说这个可说不过我啊！

小莉　我是说不过你。我就问你，你还爱她么？

志国　我……甭管怎么说，夫妻在一块儿，就说吵吵闹闹的，都十来多年了，你要说没有感情吧，那也不实事求是；可你要说爱呢，也不能算爱，反正就是……一天不见就想得慌！

小莉　这还不算爱呀？那对我呢？

志国　你……我见了你，我还想你！

小莉　（激动起身）志国——

志国　（按住小莉）别别别！你知道我这人思想不坚定，辨别是非能力差，你千万别招我犯错误啊……

小莉　你这思想够坚定的了，辨别是非能力也够强的了！我真羡慕那个唱大鼓的！说实话，她长得漂亮么？

志国　甭管真的假的，反正比你漂亮！

小莉　是，也比我年轻！

志国　那当然了，人家都说我像她爸！

〔和母暗上。

小莉　真的？什么时候带来我瞧瞧啊？

和母　不用带，我自个儿来了！

小莉　（惊，起身打量和母）这！这……您就是那唱大鼓的？

和母　对，我就是那个唱大鼓的！艺名"小凤仙儿"，人称"九岁红"！不信，唱段试试。（打架势，起唱，跑调）"千里刀光影——"哎，跑了……

· 412 ·

## 第116集　今天的你我（下）

小莉　哈哈！（质问志国）她比我年轻？她比我漂亮？你长得像她爸？

志国　不是不是！哪儿是她……不是……我根本就不认识她！

和母　什么？！贾志国，你敢说你不认识我？

志国　认识认识！我就是不认识我妈我也得认识您啊！

和母　好哇！背后你还敢说你像我爸？你这不是占我便宜么？急了我抽你！

志国　这都哪儿跟哪儿啊……

小莉　这里有误会！大姐，您请坐。

和母　什么？你管我叫大姐？哦，你也跟着占我便宜？告诉你，姓白的——

小莉　错了！我不姓白……

和母　你就姓白——白骨精！你勾引我们志国，你勾引有妇之夫，你无恶不作，你作恶多端，今儿个老太太要为民除害！（迈台步冲向小莉）

小莉　拦住她拦住她！

　　　〔和母被保镖一左一右拉住。

小莉　不能够！这不能够……（向志国）就这人，你一天不见就想得慌？你太多情了，太多情了……

志国　哪儿是她……我想她？我一辈子不见我也不想她呀！

和母　（挣扎）放手，老太太我练过！

小莉　（向保镖）慢着慢着……别伤着她……

和母　（大喊）来人……救命啊！乡亲们为我报仇啊……

　　　〔和平冲上。

和平　（断喝）哎！把我妈放开！

小莉　（向志国）这是你女儿？！

志国　她不……乱了，全乱了……

　　　〔和平上前解救和母，也被保镖拉住。现场乱作一团。

小莉　（大喊）别吵了！这种气氛下没法谈话！咱们改日再谈吧。（欲下）

志国　不用改了！咱们到此就……为止吧！

小莉　……随便你，我这个人向来不愿意勉强别人。（向保镖）咱们走！

　　　〔三人下。

和母　（向三人背影）嗨！有能耐别走哇！你回来呀！（向和平）孩子，放心吧，白骨精让妈给打跑了！

　　　〔母女两人走向躲在角落的志国，一脸杀机，一齐颠腿。

【本集完】

# 第117集　为情所困（上）

编　　剧：张　越　梁　左
客座明星：蔡　明　英若诚

〔日，傅家客厅。

〔和平、小桂忙着收拾屋子。傅老上。

傅老　和平啊，你再给机场打个电话！问问他们——飞机有没有可能提前到达？

和平　爸，净听说飞机晚点的，没听说飞机提前的！您让我打这电话……您那叫有病！

傅老　怎么是有病啊？飞机就不能提前吗？难道民航战线上的广大职工就不能超额完成任务么？

和平　您以为那飞机提前是好事啊？（比划）跑道上，这边儿飞机没起飞呢，那边儿飞机提前了……当！

傅老　唉呀，那机上的……和平，赶紧打个电话，就说我的意见——飞机正点就可以了，就不要提前了！

和平　爸，爸，您指挥我成，您想指挥飞机呀——我瞅您今天不大正常！

〔圆圆自里屋上。

圆圆　妈，爷爷今天挺正常的！我二叔去海南那么长时间了，这回好不容易发

　　　　财回来了，我爷爷当然高兴啦。这就叫那个……"老来有靠"！对吧，爷爷？

和平　胡说！那我呢？你爸呢？就算不上"老来有靠"了？

圆圆　靠我爸？靠得住么？就我爸每个月那点儿工资，他不靠他爸就算好了！

和平　嘿！你爸爸……你二叔比你爸强哪儿去……不就当一破总经理吗？不就有个秘书吗？还是小保姆改扮的。（向傅老）爸，您听说了么？海南那地方总经理满大街窜！论斤！撮堆儿！包圆儿！……

圆圆　听着有点儿像买黄瓜。

傅老　和平啊，不要气人有笑人无！你自己和自己的丈夫没有混出来，瞧见人家混出来了就……还是应该向人家好好学习嘛！

小桂　大姐，你说你家二哥回来就回来呗，那咋还把你家原来的小保姆也给带回来了？你这不是明明赶俺走么……

傅老　小桂呀，你这就不了解情况了。当年小张也是不安心保姆工作，吵着闹着要给志新当什么秘书，结果两个人就一块儿去了海南。所以这次她回来跟你任何关系都没有！她当她的秘书，你当你的保姆，都是为……都是为我们家服务嘛！

小桂　爷爷，都是为您家服务，那俺要求跟她对换工作！

和平　对换什么工作呀？其实小张那秘书跟你这保姆也差不离儿——也就是给我们志新端个茶、倒个水儿、拎个包……也就这个……

　　〔志新身着衬衫领带，提一大行李箱上，又匆匆转回去提别的包上。众人簇拥上前打招呼。志新连连摆手示意众人安静，然后毕恭毕敬地向门口弯腰行礼。小张一身高档时装，打扮贵气，款款走上。志新推开众人，为小张让路。

志新　（南方口音）张总，这里就是您曾经战斗生活过的地方！

　　〔小张环视四周，一脸倨傲。

〔时接前场，傅家客厅。

〔小张端坐，众人围拢近前。志新一旁站立。

圆圆　小张阿姨！我刚才都不敢认你了！

小张　（涂指甲，眼皮不抬）我变漂亮了是吧？

众人　哎！

小张　我也是天生丽质难自弃。

众人　是是是……

小张　原来在你们家，那都是因为受剥削受压迫……

众人　对对对……啊？你这……

〔志新连忙挥手示意打断众人。

傅老　（不悦）小张啊，我看你这个阶段……进步得很快嘛！

小张　爷爷，不能这么说，这也多亏了……

傅老　好了好了，你就不要客气了！我知道你的进步，是和我们全家对你的帮助分不开的……

小张　分得开。主要是和我个人的努力分不开——对吧，小贾？

志新　对！张总分析得很对。

小张　小贾呀，你看你：都到家了还老是"张总""张总"的——你就叫我"张经理"算了！今天我的日程是怎么安排的？

志新　是这样，先到我们家简单看一看——这些人还在！然后安排在北京饭店贵宾楼下榻……

圆圆　贵宾楼？！五星级的呢！

小张　五星级又怎么样？我在海南岛还住过七星级的呢——全是一个味道。小贾，我看这次我就在你们家凑合一下吧？也算是忆苦思甜了。

众人　嘿！怎么在我们家忆苦……

〔志新连忙示意安静。

小张　（起身）请问洗手间在哪里呀？

圆圆　洗……哦，您是说厕所？我带您去！（引小张向里屋下）

和平　（低声向志新）哎哎，这还是咱家原来那小张么？连厕所都不认识了？原来那地方不就归她归置么？

傅老　完全是小人得志、穷人乍富嘛！

志新　哎哎……你们小点儿声！人家现在是我们总经理！

傅老　我不管她是谁！这是我的家——还跑我们家"忆苦思甜"来了？她得到我批准了吗？哼，志新，等一会儿你就把她立刻给我带走，我不要再见到她！

志新　爸，您看您，我现在饭碗在人家手里攥着呢……

傅老　没出息！就是要饭，也不能要到她们家门口嘛！

志新　怎么就不能呢？当年她还要到咱们家门口儿呢……

〔傅老欲发火，和平拦。

和平　志新，爸刚才还说我们呢，让我们向你学习——你怎么混来混去混得还不如小张呢？

志新　我能混得过她么？这孩子打小吃苦吃惯了——苦出身哪！我跟你这么说啊：到那儿以后，先是跟着我们打工，挣了点儿小钱儿，然后开了一小饭馆，然后又改成小杂货店，业余时间炸油条，扩建成麻绳厂，然后又翻建成工艺美术大楼，最后立了一座垃圾处理中心！

傅老　这完全都挨不上嘛！

志新　挨得上挨不上，反正她现在是老太太按电门——她抖起来了！

和平　废话！谁按电门不得抖起来呀？

志新　那我怎么抖不起来呀？这小张都成"阿信"了，我怎么着也得成个"包玉刚"吧？要不然我对得起谁呀？这回好了！张总说了：打算跟北京成

第117集 为情所困（上）

立一办事处，让我当经理。所以我琢磨着我先是忍辱负重，然后……

傅老　我不管你什么然后，你现在就赶快把她给我弄走！

〔小张暗上。

小张　把谁弄走？我吗？小贾，不管走不走，先把包里面的东西拿出来给大家分分嘛！

〔志新从包里拿出一大盒礼物递给和平。

和平　哎哟！您说您来就来吧，还带什么东西呀？你说咱都多少年交情了？您挨我们这儿白住两天也没什么呀……

小张　我可不是白住，我可以把酒店的房钱折给你们家，每天合人民币……

志新　也就是一千多块钱吧……（背躬）一千多块钱！

〔众人吃惊。

小张　刚才好像有人不愿意让我住在这，那我还是走吧？（起身）

傅老　不要走不要走！（模仿南方口音）就住在这。这是我的家，我说了算！

和平　谁不愿意呀？谁敢不愿意呀？谁不愿意我让他走！我不信我治不了他……


〔晨，傅家饭厅。

〔众人吃早饭。小张在傅老位置就座。

小张　……昨天夜里，我在卧室刚刚脱下"皮尔卡丹"套装，换上了"瓦伦蒂诺"睡袍，摘下了"劳力士"金表，突然发现——哇！好可怕哟……

〔众人纷纷关切询问。

志新　是蟑螂吧？蟑螂……

小张　我突然发现——你们给我铺的床单还是我原来用过的那条——根本就不是真丝的！

和平　小张，您现在要用真丝的我们立马给您买去！可是要说过去，您挨我们

·419·

家当小保姆的时候，我们要给您预备真丝床单……（背躬）我们就是有病！

傅老　就是嘛，我活这么大岁数，也没见过什么真丝假丝的……

小张　那您真是白活了。

傅老　啊？

〔傅老欲发作，志新摆手制止。小桂把油条放上桌。

小张　哇！这脏兮兮的东西是什么啊？

和平　这是油条！这不脏……

小张　油条？什么叫作"油条"？

圆圆　油条，就是把一根儿软不拉叽的面，扔油锅里那么一炸——香着呢！小张阿姨你没吃过？尝一口……

小张　我怎么没吃过？想当初我跟那小刘……那事就不要提了吧！（拿起油条吃一口，嫌弃）这可比小刘的手艺差远啰！大早上起来，这种油腻腻的东西，（将手中的油条扔回）你们让我如何吃得？

圆圆　那您早上吃什么呀？

志新　我们张总早上起来，一般是要喝早茶——煮一些皮蛋瘦肉粥，煎一些蟹黄饺，焯一些活虾，烤一些乳猪……

和平　哎哟！这得多麻烦啊……

志新　（背躬）谁说不是呢！

小张　北方女人真是懒得很。

志新　谁说不是嘛！

小张　（向和平）你就不会天亮以前去买点活鱼活虾的来烧烧小菜？

和平　（气，站起）嘿！你还让我天亮以前我……我……

〔志新急拦，拉和平到一旁。

志新　嫂子，您少说两句……

第117集　为情所困（上）

和平　我长这么大没被一女的这么挤兑过——除了我妈！

志新　那您现在就把她当成您妈！

和平　……也只好这样了。（坐回）

小张　那我还不干呢！我凭什么给你当妈？半大小子，吃死老子！我在外头一奔，你在家里一吃？美死你哟！

和平　嘿！（欲爆发，被志新拦住，往嘴里塞油条）


〔晚，傅家客厅。

〔全家人看电视。小张坐在书桌上打电话。

小张　（向电话）……不一定是搞餐饮啦，要搞就搞大的——地产啦、石油啦、军火啦……咱们这边一动手，欧洲就得听见动静……不是原子弹！……对对对……我的意思是说：要好好地促一促北京的经济！我这几年因为忙也没顾得上亲手抓一抓啦……首都嘛，就该有个首都的样子……啊？什么？……你说什么？喂，喂喂……（挂电话，向众人大叫）唉呀不要吵啦！

傅老　对！不要吵！这话我正想跟你说呢……

小张　看这种庸俗的电视剧……（向志新）没有受过教育的人是多么可怜哟！

和平　哎哎，您跟这屋里看看，挨个儿瞅瞅——连圆圆都算在内——哪个教育不比你受得多？

小张　你……所以说嘛，看这种庸俗电视剧的应该是我——小贾！把电视搬到我房间里去，我喜欢躺在床上一个人看。

〔志新为难。

小张　快一点啊！

志新　那我就先……我先搬过去啊！（欲搬电视）

傅老　你敢！（向小张）小张我告诉你：你要不然就坐下，跟着我们大家一块儿庸俗，要不然啊，你就自己回去，在那儿深沉地躺着……想搬电视？没门儿！

小张　好好好，我不搬你们家的，我这就出去买一台回来，走！（下）

志新　那……那我先去啊！（跟下）

〔和平、圆圆欲追。

傅老　不要追！让她去！一个贫下中农的女儿，怎么变得这个样子嘛！

和平　爸，我们不是去追她，她要走了，咱家这一天一千多块钱房钱哪……

圆圆　对呀，我们追钱！

〔二人又欲下。

傅老　不要追！让她买电视去——正好，等她走了以后，把那个新电视就搬到我那屋去……

〔时接前场，楼下小花园。

〔胡老扶燕红上，手中提着燕红的行李包。燕红哭哭啼啼，状态有些不正常。

胡老　回家吧，回家吧……

燕红　我记得我们家就住那儿……

胡老　是是是，您没记错，没记错，可你们家搬走啦！

燕红　（悲悲戚戚）我知道，可我还想回这儿来看看……（突然喊）怎么就不许呀？！

胡老　不，没说不许……您看，您一来我这不是热情地接待么？姑娘，恕我直言，您是不是受了什么刺激呀？

燕红　（傻笑）阿文把我甩了……哎，你说，他为什么把我甩了？

胡老　那我哪儿知道啊！您不能跟我说，您得跟他说……嘻，跟他说也没用！您哪，可以跟领导说！

燕红　阿文就是我的领导，嘿嘿嘿……

## 第117集 为情所困（上）

胡老　这就不好办了……那要不您还是先回家，跟家里人商量商量？

燕红　我跟阿文好的时候吧，我爸爸就不同意，现在弄到这种地步，我怎么有脸回家呢？

胡老　那……您打算怎么办呢？

燕红　我想……我想回来看看我原来的家，再看看生我养我的地方，然后我就……哎，我跟您打听个事儿——哪儿有卖手榴弹的？

胡老　这东西……和平时期想买这可不大容易。

〔燕红欲哭。

胡老　这样，我帮您先慢慢打听着……您要干什么呀？

燕红　我想跟你……同归于尽……

〔燕红精神失常，扑向胡老，胡老仓惶躲避。小张上，志新紧随其后。

小张　你们家简直是没法住……

〔二人路过小花园。燕红追上胡老，拉住不放。胡老无法挣脱。

燕红　阿文……

胡老　你放开我……哎哟，救命啊！来人啊……

〔志新闻声返回，上前解围。

志新　（向胡老）你一大老爷们儿跟人家姑娘较什么劲哪……（看清）胡伯伯？

胡老　啊！

志新　（向燕红）你这一姑娘你跟人家老爷们儿……（看清）燕红？

〔胡老趁机挣脱。

燕红　阿文……（哭闹，精神失常）

志新　燕红！燕红……哎哎，我呀！我是志新……（奋力控制住燕红双手）我是志新哪！

燕红　（如梦初醒）志新？志新呀……

志新　怎么连我都不认识了？咱俩打四岁的时候就在一块儿啊！

燕红　四岁……

志新　这么说你也回来了？你那什么……阿文呢？

燕红　他把我甩了……（扑向志新，痛哭）

　　　〔志新担心小张看见，手足无措。

胡老　二位好像还是朋友？那您就慢慢聊着吧，我就不打扰了。姑娘啊，你有空儿的时候啊……就别上我们家来玩儿来了！（下）

志新　你先……这么着，上我们家去吧？

燕红　（抽泣）上你们家干嘛？

志新　咱俩聊聊啊！也小一年没见面儿了……

燕红　行，反正……反正我现在也是无家可归了！

志新　无家可归？明白了，你是怕没脸见人吧……

　　　〔燕红欲哭。

志新　哎哎……这就对了，那就去我们家住去吧！

燕红　去你们家住？

志新　对，住我们家！几间东倒西歪屋，两个天涯沦落人——有点儿意思啊！来，走走……（扶起燕红）

　　　〔小张返回。

小张　贾志新你倒是快点哪！别一见女人就走不动道！

燕红　这是谁呀？我怎么看着这么眼熟啊？

志新　那个……这是我们总……总经理——张凤姑小姐！

燕红　哦，经理……（细打量）哈哈哈哈……你开什么玩笑？这不是你们家原来那保姆小张么？唉呀，哭着喊着要上我们家去，我就说"不要不要不要"……

小张　胡说！胡说！我根本就不认识你！

志新　是是是……（推开燕红）张总不要生气，她神经上受了点刺激！（向燕红）

· 424 ·

## 第117集　为情所困（上）

　　　　燕红，我把张总送到酒店，马上就回来陪你啊！

小张　什么？你要让她住在你家里？

志新　您不是正好走么？

小张　我走了，你陪她？你就忍心让我一个人住在酒店里呀？

志新　您这话说的，您要让我一人住酒店，我还更乐意呢……

小张　我是说：万一我在酒店出点事，你能负责么？

志新　您在我们家出点事儿我也不能负责呀……

　　　〔燕红又情绪崩溃，志新连忙上前安慰。

小张　这样吧小贾，你看我在你们家住了这么多年了，熟门熟路的，还是我住你们家比较好——让她去住酒店，我来出钱！

志新　这不是钱的事，你看她现在神志恍惚啊，根本不能控制自己——她离不开我呀关键……

小张　那我也离不开……哎哟，你怎么不懂我的意思呢？

志新　因为……唉呀，我跟燕红有这么些年的交情了，我不能不管她呀！

小张　那我跟你的交情也不短啊，你就能不管我？

志新　唉呀，它这……嘻！张总，咱们两人是公事，我跟燕红是私情——这不是一档子事儿！

小张　那我也愿意像她……（思忖一下，口气秒变保姆，温柔地）志新哥——

志新　哎！……别别别，你还是叫我小贾吧！

小张　你看燕红姐都病成这个样子了，你一个人也照顾不过来，还是我留下一起照顾她吧！（架起燕红下）

志新　哎？我说……（拿起燕红的行李包，追下）

【上集完】

· 425 ·

# 第118集　为情所困（下）

编　　剧：梁　左　张　越

客座明星：蔡　明


〔日，傅家客厅。

〔傅老、志新劝慰悲伤消沉的燕红。

志新　……说了半天，你到底打算怎么办啊？

燕红　（有气无力）怎么办？麻烦您受累，帮我找点儿敌敌畏、敌杀死、耗子药、肠虫清……我来个外敷内用——了却残生……

志新　使不得，使不得！

燕红　了若未了，何妨以不了了之；法无定法，于是知非法法也！

志新　这都什么呀这……

傅老　燕红啊，不要太脆弱了！想想那些女英雄、女先烈——刘胡兰，刚刚十五岁就光荣牺牲了么！江姐，刚刚二十八岁就英勇就义了么！秋瑾，还不满三十岁，就……就地正法了么！你再看看你自己：都三十多了……

燕红　我也死得过了？

志新　爸，您怎么劝人往死里劝啊？燕红，甭搭理他——小桂！

〔小桂自饭厅上，端过一杯水。小张自里屋上，一把接过水杯，递给燕红。

第118集　为情所困（下）

小张　（恭敬地）燕红姐，请喝茶！

〔志新急忙接过，递给燕红。燕红不耐烦地推开。

小张　（殷勤地）爷爷您喝么？我给您倒去！（拿过傅老的水杯，向饭厅下）

傅老　好好好……（惊喜意外，向志新）唉呀你看你看……（向燕红）燕红啊，你就在这儿好好冷静冷静，等吃完了午饭，我亲自把你送回家里。你爸爸老郑那儿，我负责跟他谈！

志新　（拉傅老到一旁，背躬）爸，爸，我的意思是留燕红在咱们家住几天……

傅老　什么？住几天？客房已经让小张……你的那个张总给占了，你看客厅又让你占了，你让她住哪儿啊？总不能在厨房搭床吧？

小张　（自饭厅端水上）爷爷，就让燕红姐住我那个房间，我在厨房搭床好喽！

傅老　这怎么好意思呢？你现在不管怎么样也是个总经理嘛！

小张　唉呀，什么经理不经理，还不都是一家人！（向燕红）燕红姐，我先帮你安顿下来吧！（扶燕红起）

燕红　（精神恍惚）嗯……你又认识我了你……（被小张搀扶向里屋下）

傅老　看不出来啊，小张一天之内进步很快嘛！

志新　什么进步很快啊，她能随便进步么？我跟您说啊，这件事……我分析啊……我初步估计……它这里……您弄明白了吧？

傅老　明白什么了我？

志新　……这里边儿麻烦大了！

〔晨，傅家饭厅。

〔小张收起折叠床。小桂摆筷子布置早饭。

小张　哎，筷子怎么能这么放呢？（一把夺过小桂手中的筷子，依次摆放）应该这样，这样，这样……懂不懂？

〔小桂转身盛粥放上桌。

· 427 ·

小张　哎，粥不要盛得这么满，像三年没有吃过饭的样子！（重新盛）要这样，懂不懂？

〔小桂进厨房端油条上。

小张　（数油条）爷爷两根，大姐两根，大哥出差不在家，志新两根，燕红两根，圆圆两根……咦？怎么还多出三根啊？

小桂　你两根儿，俺一根儿啊？

小张　咱们当保姆的早上怎么能吃油条呢！稀饭小米就可以啦，以后把这三根油条省下来！把围裙给我。

〔小桂解下围裙，小张系上，把小桂推到一旁。小桂赌气进厨房。

小张　（向客厅喊）哟嗬，吃饭啰！

〔傅老上。小张作迎宾手势。

小张　爷爷这么早就起了？

傅老　还早啊？太阳都老高了——我又不是资产阶级！

〔志新、和平上。

志新　您别老冤枉人家资产阶级啊！撒切尔夫人一天才睡四个钟头……

〔圆圆上。

小张　志新哥，燕红姐起床啦？

志新　您这话问的，她起没起我哪儿知道啊——我又没跟她睡一块儿。

小张　这我就放心了。昨天晚上一直看你赖在她房里不肯出来，真怕你犯错误！

志新　张总，您操心也太多了……

傅老　怎么叫操心太多了？小张现在大小是个你的领导嘛，她不操心谁操心啊？小张，你这个苗头抓得很对哩！

小张　爷爷，您既然把志新哥交给我，那我一定把他给管好！

傅老　哎……啊？怎么听着那么别扭呢？我什么时候把他交给你了？

和平　赶紧坐下吃油条吧小张……哦对了，吃不惯哈？

· 428 ·

## 第118集 为情所困（下）

小张　油条这么好吃的东西都吃不惯，那还想吃什么啊？我是想把我和小桂的那三根油条省下来，中午包饺子就不用买肉馅了！

〔圆圆起身欲下。

傅老　圆圆，剩下那半碗粥怎么不喝了？

圆圆　喝不了了。

傅老　喝不了也不能浪费嘛，喝掉！

圆圆　喝不了非让我喝？喝完了我也消化不了，这不是浪费我消化系统么？

（下）

〔傅老欲发作，小张拦。

小张　没关系，没关系，我喝，我喝！（坐下喝）您看看：现在的年轻人怎么得了，光荣传统全给丢光了！（向傅老）跟咱们那一代真是没法比喽！

傅老　是啊是啊……啊？我跟你是一代人么？


〔日，傅家客厅。

〔小张独坐。志新拿碗筷自里屋上，欲进饭厅。

小张　燕红姐把早饭吃了？

志新　劝了半天，总算是给吃了……

小张　真没看出来，你对她还真有耐心呀！你什么时候对我这样啦？

志新　张总，这事咱得说明白了：咱公是公私是私。您说工作上的事儿我含糊过么？我什么时候不耐心过？

小张　那咱们俩除了工作就没有别的关系了？

志新　咱俩除了工作，还有别的关系么？

小张　你把咱们俩共同生活的日子都忘掉啦？

志新　咱俩……共同生活过？

小张　当然！就在这里。只不过那时候咱们俩身份不同，你是东家少爷，我是

　　　　长工丫头——距离差得太多……

志新　可别这么说！咱都是劳动人民。那会儿我可没敢欺负过您……

小张　那当然，你不但没有欺负过我，还救我于水火之中——北京那么多女青年，你就偏偏带我去海南——我是明明白白你的心，（凑到志新身边）渴望一份真感情……

志新　……可你的柔情我永远不懂啊！（起身躲开）

小张　虽然咱俩现在的地位是有一点点小的变化，可志新哥，你要相信，我张凤姑绝不是那种无情无义的人！我是吃水不忘挖井人，致富不忘引路人！反正……反正我这辈子是忘不掉你了，你就放心吧！

志新　那个……您要是把我忘了，那我就放心了……

小张　志新哥，你我携手共进，在北京城里成就一番事业如何？

志新　（喜）那敢情好！全靠张总提携！

小张　在共同的事业中，你我情相系、心相连，顺便解决一下大龄男女青年的个人问题如何？

志新　这……那什么，张总！我跟燕红的事您就甭费心了啊！（逃下）


〔日，傅家客厅。

〔小桂忙着擦地，小张倚墙指挥。

小张　……这这这……哎，那那那……这这这！边边角角的都要擦到……快快快！没见过你擦得这么慢的……你这是擦地呢还是擦墙呢？快而不乱，细而不慢！懂不懂啊？

小桂　（气极）这活儿俺干不来，（扔下拖把）你来！

小张　我来？我凭什么来呀？！我我我……

〔开门声响。

小张　……我来就我来！（拿起拖把擦地）

〔傅老拿报纸上。

傅老　哦，小张在擦地呀？

〔小桂欲解释，小张连连阻拦。

傅老　你是客人嘛，让小桂干！

小张　爷爷，您是不知道，我这是苦惯了！我是不管自己多苦多累，不把周围的人伺候得舒舒服服的，我就浑身难受！

傅老　哦，你这毛病跟我差不多！

小张　爷爷，您看，我这才多少工夫啊，就擦了这么多了！

傅老　好好好！

小桂　爷爷，不是……

小张　（推小桂向饭厅）小桂，你快去做中午饭吧啊！

小桂　爷爷……

小张　我一会儿就来帮你啊！

〔小桂被推进饭厅。

小张　爷爷呀，您是一点儿都没有变呀！您看您，都那么大岁数啦，还对自己要求那么严格！

傅老　哦，我对自己要求很严格么？我现在对自己很放松了……

小张　您这是谦虚！您看您：一有空就抓紧时间看报学习！

傅老　哎，我这可不是学习啊，我是闲着没事儿在街头买的小报——我倒要看看皇城根儿的碎尸案是谁干的？

小张　嘻！……那您也是关心人民疾苦，为我做出了榜样！

傅老　哦，这也为你做出了榜样？小张啊，你这样看问题很好嘛！说实话，前两天我对你还很反感，我就觉得你跟黄世仁的闺女差不多……没有想到这刚刚儿天啊，你又变成了杨白劳的女儿了！

小张　要不说您家是个大熔炉——我要是再待下去，变化还得大！

傅老　待下去！待下去！你就待下去吧，呵呵……

〔小张蹲下给傅老捶腿。

小张　可是，我要再这么待下去，就怕燕红姐有意见！

傅老　啊？她有意见？她凭什么有意见哪？这是我的家，她有意见可以走嘛！

小张　要是万一她赖着不走呢？（给傅老揉肩）我看她这两天一直在缠着志新哥呢……

傅老　啊？她敢！哼，等吃完晚饭，我就让她走！

小张　嗯！（竖起大拇指）

傅老　嗯！（竖起大拇指）

〔小张更加卖力揉，傅老"嗷"地一声叫出来。

〔晚，楼下小花园。

〔小张独坐。志新扶燕红上，小张连忙藏起来。

志新　……慢点儿慢点儿，这会儿感觉好点儿了吧？

燕红　我好多了。谢谢你，志新，真的谢谢你……

志新　你瞧瞧，这不远了么？咱俩谁跟谁呀？不是解四岁就携手并肩往前走么？而且，是不是还得继续走下去呀？

燕红　……等我病好了再说吧。

〔两人下。小张出。和平提两大袋东西上，回头看志新燕红的背影。

小张　大姐！

和平　（吓一跳）哎哟！吓我一跳……

小张　刚回来？来，我来拿……（接过和平手里的袋子）哎哟，这么重的东西你怎么拿得了哟！

和平　我这不拿这儿来了都……

小张　您拿得了，我们也不能让您拿呀！（把和平按在凳上）您是谁？著名的

## 第118集 为情所困（下）

　　　　曲艺表演艺术家！像您这样的人，现在是比恐龙还少——国宝哟！

和平　我是国宝？我一直还以为我是一普通人呢……

〔小张给和平揉肩，和平受宠若惊。

小张　您可以不把您自己当回事，我们可不能不把您当回事！现在像您这样的人，那是死一个少一个，死着死着就死绝了……

和平　你这怎么说话呢这是？

小张　我的意思是说：您可以不心疼您自己，可您不能拦着我们心疼您呀！您万一有个什么好歹的，那全国人民可怎么活哟！

和平　我要有个好歹的，全国人民都没法活啦？

小张　嗯！

和平　哎哟，那我可得好好心疼我自个儿，可不能稀里马虎的！可是你说你跟志新打海南一回来吧，再加上一燕红，你说平白添仨人儿，我这忙里忙外的——这东西沉着呢！真是……

〔和平从袋里拿出一把豆角。小张上前帮忙择菜。

小张　志新哥是您自家人，那也是没办法的事；我呢，住在您这还可以帮您干活！主要是这燕红姐，又馋又懒——早饭都要在床上吃！

和平　是么？！嘿，怨不得呢,刚才见着我连理都不理——我该你的我欠你的呀？！

小张　她现在好像有点缠上志新哥了！万一哪天志新哥把她娶过来，瞧着吧，您这后半生的日子可就轻松不了喽！爷爷说了，吃完晚饭就让她走——就听您的意见了。

和平　我的意见？我的意见——晚饭都不给她吃！把她饿跑了算了……

〔两人互竖大拇指。


〔晚，傅家饭厅。

〔小张布置晚饭，圆圆身着漂亮新衣服上。

· 433 ·

圆圆　小张阿姨，你看我好看么？

小张　好好好，圆圆这么一打扮真漂亮！

圆圆　谢谢小张阿姨……哎，这衣服是不是特贵呀？

小张　也就合你妈两个月的工资吧。

圆圆　啊？！

小张　贵不贵算什么，只要你喜欢啦！可惜小张阿姨要走了，要不然还准备哪天再带你去多买几身！

圆圆　为什么要走啊？

小张　还不是你燕红阿姨不容我……

圆圆　为什么呀？

小张　谁知道啦……大概是看我给你买衣服没给她买，她就不乐意啦！

圆圆　嘿，她管得着么？咱俩什么交情啊？跟她什么交情啊？给她买得着么！

小张　就是说啦！可我又惹不起她……

圆圆　你惹不起她，我惹得起她！吃完饭，我给她轰走！

小张　好，她一走，我就带你上赛特——你看中什么买什么，随便挑！

〔两人互竖大拇指。

小张　（向客厅喊）哟嗬，吃饭啰！

〔傅老、和平上，都暗向小张竖大拇指递暗号。志新扶燕红上。众人落座。

志新　（给燕红夹菜）来，燕红……

〔燕红情绪低落，摇头。

和平　哟，燕红，你赶紧吃啊！你老不吃东西哪儿成啊！是不是吃不惯我们家的饭啊？那这样你身体就坏了，要不然你还是先回……

燕红　啊不不……你们家饭挺好的，我就是有点儿不舒服。

志新　她就是有点儿不舒服！

傅老　燕红啊，我看你的脸色也不大好嘛，是不是睡不惯我们家的床啊？这样

## 第118集 为情所困（下）

长期下去身体怎么受得了？要不然，你是不是先回你……

燕红　啊不不……你们家床挺好的，我就是有点儿心事……

志新　她就是有点儿心事！

圆圆　哟，燕红阿姨，您有心事啊？是不是想家了？再这样下去您身体肯定受不了，要不然您还是先回……

燕红　不不不……哎？你们是不是想轰我走啊？

志新　嗯？

傅老　燕红啊，我们这就是为了您……和大家的幸福嘛！

和平　我们就是想请你呀……

圆圆　先回家住几天。

燕红　哦……好。（向志新，忧伤地）我走了……（起身欲下）

志新　慢着！别价！（向众人）我这人还就好帮助个女的——你们要是轰她，先轰我！

傅老　看看看看！谁轰她了？

圆圆　我们就发表一下自己的意见！

和平　咱这不是商量呢嘛……

志新　没什么商量的！我知道这事儿是谁在背后挑的——（怒指小张）你！先给我走人！

小张　（解下围裙）贾志新，难道你就不考虑一下你的前途？

志新　（一咬牙）没你我也饿不死！（向燕红）实在不成，我卖血也养着你！走！

（挽燕红下）

〔小张无奈，看众人。众人纷纷朝她竖大拇指。小张无奈甩手，下。

〔晚，楼下小花园。

〔志新独坐抽烟。燕红开心哼歌上，看见志新，凑上前。

燕红　（唱，搂志新肩膀）"妹妹你坐船头，哥哥你坐石头，恩恩爱爱咱俩晃悠悠……"

志新　行了行了……去去！（推开燕红）

燕红　干嘛呀？

志新　蔫儿巴叽儿地支个服装摊儿，也不告诉我一声！你主意够大的？

燕红　那我不也为了咱俩嘛……

志新　你少来这套！今儿咱把话说明白了——你眼里到底还有没有我？病好了是不是？

燕红　谁有病？你才有病呢！我做生意用我自个儿的钱，你管得着么？

志新　我当然管得着了！

燕红　你想管我？你还嫩点儿！贾志新，你别以为自个儿了不起，离了你我还活不了啦？

志新　你要这么说，你还离我远点儿！我现在见着你心就乱！

燕红　你离我远点儿，我见你心就烦！（转过身去）

志新　你还别来劲啊！有本事你转过来？

燕红　我转过来了！

志新　有本事你过来？

燕红　（跨到志新面前）我过来了！

志新　有本事你先动我一个？

燕红　（揍志新）我动你了！

志新　你再动一个……

燕红　我动你了！我动你了……

〔两人三推两揍，志新抱住燕红，二人紧紧相拥。

【本集完】

## 第119集　我爱我家（上）

编　　剧：英　达　梁　左

客座明星：英　达　梁　左　英　壮　林　丛

〔晚，傅家客厅。

〔圆圆自饭厅上。

圆圆　（向饭厅喊）爸！妈！那电视剧快开始了啊！

志国　（上）现在的电视剧，乱乱哄哄的有什么看头？还不如看《天气预报》呢——就一人儿跟那儿说，多清静啊！

和平　（上）哎哎，要清静你把那电视关了，那才清静呢！圆圆，今儿演什么呀？

圆圆　今儿演那个《我爱我家》——中国第一部情景喜剧！今儿第一集。

和平　嘿，我知道，知道那个戏！听说卫视播了，说特逗的那个……

志国　甭听他们瞎吹！好不了！肯定又是作者在底下瞎编，演员在台上胡侃，这我见多了。

傅老　（上）也不能一概而论嘛！上次我看的那个《海马歌舞厅》，那还是相当不错的……

〔众人纷纷表示不以为然。小桂自饭厅上。

傅老　我是说呀：演员的表演还是有可取之处嘛！就像歌厅领班的那个小伙子，

　　　　叫汪什么猛来着？演得就很像我们家的志新啊！

和平　那管什么呀？那《爱你没商量》里的周华还像我呢！

志国　就是！《半边楼》里那谁……还像我呢！

　　〔《我爱我家》片头曲响起。

圆圆　哎，别说了别说了！《我爱我家》开始了——

　　〔众人围拢看电视。

　　〔镜头对准电视机画面。电视里播放《我爱我家》第一集，演到包袱处，全家人大笑。

志国　（笑毕，故作深沉）没劲！我一猜就是——胡侃加臭贫！

傅老　演员也很一般——不过那个演老爷子的还可以，有点儿我的风格！当然喽，比我他还是比不上喽。

小桂　爷爷，咱国产演员呀，也就这水平了。

和平　谁说的？好演员有的是——就像我这样的——就是捞不着机会！我要是演这当妈的，绝对比这——就老跟黄宏演小品的这女的，叫什么？绝对比她强！

圆圆　哎！你们没发现这戏有什么问题么？

　　〔众人细看。

傅老　怎么没有啊？我早就发现了……

　　〔镜头对准电视机画面。电视里播放的是傅老的画面。

傅老　我发现什么了我！

和平　这些人怎么都瞅着这么眼熟啊？

志国　啊？怪了嘿，你看这客厅……这不咱们家么？！当时还没买这套沙发呢……

圆圆　巧了！这剧里人的名字怎么跟咱家一样啊？

傅老　这个老家伙怎么也叫傅明啊？他怎么可以叫傅明嘛！

和平　哎，那当妈的不是我么？！

## 第119集　我爱我家（上）

志国　哎，那当爸的不是我么？！

圆圆　哎，那当女儿的不是我么？！

小桂　哎，那当小保姆的不是俺……还真不是俺！

圆圆　那时候你还没来，那时小张阿姨在我们家……

　　　〔镜头对准电视机画面。电视里的"傅老"：坚决不上妇联那屋儿去！……要不然，我再到"计划生育"那儿去忍忍？

傅老　（愤然而起）搞什么搞嘛！让我们家在全国人民面前丢人现眼？！（关电视）

　　　〔众人抗议。

傅老　很不严肃嘛！说说吧，是你们哪一个把我们家的第一手材料给泄露出去的？

志新　（上）哈哈，都看《我爱我家》了吧？没想到……

傅老　贾志新！（打开电视）你来做出解释吧！

　　　〔镜头对准电视机画面。画面里"志新"在拼命驱赶各路民工。

傅老　哼！


　　　〔时接前场，傅家客厅。

　　　〔众人盯着志新。志新关上电视，赔笑。

傅老　这到底是怎么回事？老实交代！

志新　好好好……我交代！你们知道这部戏的文学师——就是总编剧，是谁么？

傅老　字幕上我看得很清楚：就那个叫什么梁左的嘛！这个人啊，我听说过——一贯是油嘴滑舌的，现在也没有什么正经职业，就靠写那个相声为生啊！

和平　知道知道，我知道这人！写不出什么好相声——不是掉老虎洞里了，就是什么关电梯里了……还没抓起来呢这人？

志新　这个……啊，还没呢！他就是写相声写不下去了，这不又改了写电视剧了嘛!

傅老　这就是你的朋友啊?我早就说过,交友要慎重,那些不三不四的朋友一定要少交!特别是像我们家这种正经人家,跟一个写相声的人搅在一起,传出去让人家笑话嘛!

志新　其实我跟这梁左也不太熟,他有个弟弟叫梁天——

和平　知道!小眼儿巴叽,长得挺像你的?

志新　就是他就是他!这梁天我认识,关系还不错。

圆圆　哟,二叔!您认识这么大一蔓儿哪?

志新　其实也就这么回事儿。他出去以后老爱打着我的牌子,老想巴结我,我要不是看他怪可怜的,连个正经工作都没有,这人我根本……

志国　嗨嗨,你别拉三扯四、牵五挂六的啊,交代实质问题!

志新　好好好……我交代。就是打去年开始,这梁天就跟我叨唠,说他哥——这梁左写相声实在是混不下去了,想写部电视剧蒙俩钱儿花,一个劲儿跟我打听咱家这点儿事儿,后来又让我跟梁左聊了聊,这梁左又介绍我认识一大白胖子叫英达……

圆圆　这英达是《我爱我家》的导演!

傅老　那个大白胖子都跟你讲了些什么呀?

志新　他就是一个劲儿问咱家这布局的情况,另外问咱家的人姓什么叫什么。说咱家非常具有典型性,只要把咱家这点儿事儿,稍微艺术上这么一加工,直接搬上屏幕就齐活了!

傅老　哦?你就随随便便把咱们家的机密都泄露给他了?

志新　怎么是随随便便呢?人家还请我吃两顿饭呢!头一回跟"狮子楼",第二回在"马兰记"……

傅老　叛徒!就为了两顿饭!为什么不带我一起去……

志新　您也想去吃啊?没关系,我这就给人家打电话联系——

第119集　我爱我家（上）

傅老　我去什么去？我是去法院告他们去！把我们家这点儿事都拿到电视上去瞎抖落，这就分明是侵犯我们的那个……那个什么权？

志国　隐私权！

和平　甭管什么权，告他们去！告那大白胖子英达！让他赔钱！是不是？听说这人还在美国留过学——让他赔美金！

志国　美金就不必了，折成人民币吧——就按一比九的比例！

圆圆　嚄！爸——您比我妈还黑！

傅老　这绝不是什么钱的问题！主要是为了挽救这个戏的编剧和导演，让他们要悬崖勒马，省得今后犯更大的错误嘛！

志新　可据我所知，他们不但没有悬崖勒马，还执迷不悔——还在接着往下编呢！

傅老　怎么着？他们还在拍……我家？

志新　对，说是要拍120集！

众人　啊？

傅老　还反了他们呢！


〔日，《我爱我家》拍摄现场外－内。

〔全家人戴着墨镜，鬼鬼祟祟地找到拍摄现场门口。等在门口的志新发给每人一个口罩。家人们全都戴上口罩。

〔拍摄现场内，工作人员紧张忙碌，观众纷纷就座。全家人东张西望，而后入座。英达和梁左在布景后朝观众席窥望。

英达　……梁左，今儿怎么感觉不对呀？

梁左　你什么时候感觉对过呀？

英达　反正今天特别不对！我觉得好像要出什么事儿……

梁左　能出什么事啊？拍戏拍戏……

〔全家人坐在观众席，指着布景七嘴八舌地讨论。志新示意全家人小声。家人们急忙戴好口罩。现场灯光亮起。制片主任英壮与副导演林丛来到舞台中央。

英壮　首先我们代表剧组，欢迎各位来宾、各位朋友在今天晚上来到我们现场，共同参加大型电视情景喜剧《我爱我家》的现场拍摄！

林丛　谢谢大家！

〔观众鼓掌。

英壮　首先将要出场跟大家见面的，是"傅明老人"的扮演者——中央实验话剧院著名导演艺术家、著名演员文兴宇老师！

〔演员文兴宇上场。傅老在台下看呆。

英壮　傅老的长子——中年知识分子"贾志国"，由北京人民艺术剧院著名青年演员杨立新扮演！

〔演员杨立新上场。

英壮　贾志国的妻子——曲艺说唱演员"和平"，由北京人民艺术剧院优秀青年演员宋丹丹扮演！

〔观众欢呼。演员宋丹丹上场。各主要演员依次上场。最后英达上场。


〔时接前场，《我爱我家》拍摄现场内。

〔舞台正对面、观众席前是导演工作台。文学师梁左、场记吴彤等坐在工作台后，英达居中。

英达　现场各部门注意啊：我们下边准备实拍！起光！（坐下）预备！五、四、三。

〔镜头从观众席摇向舞台上的饭厅区域。

〔宋丹丹饰演的"和平"裹毛巾被上。杨立新饰演的"志国"跟上。

杨立新（志国）　……你真有那感觉？

宋丹丹（和平）　反正老恶心，想吃酸的，这不刚才又顺了两瓶圆圆的果茶……

杨立新（志国）　你还真……有啦？

宋丹丹（和平）　我骗你这干什么呀？孩子都那么大了，我还拿这事儿讹你啊我？

〔观众笑。其中的志国、和平面现尴尬。

傅老　（向和平）搞什么搞嘛？开玩笑也不分场合，让那么些人笑话咱们！

和平　谁不分场合了？这是我们在我们自个儿家，谁让他们编到戏里去啦？真流氓，真流氓……

志国　就是，我们两口子开玩笑的事儿，让我们在全国人民面前现眼，这也太夸张了……

志新　（回头）哎哎，你们小点儿声行不行！

傅老　（低声）志新提醒得很对呀！大家要忍耐一下……我劝同志们要硬着头皮顶住，让他们去充分表演嘛！

〔舞台上，文兴宇（傅老）走进饭厅区域。

文兴宇（傅老）　什么问题这么严重？又遇到什么困难啦？真遇到困难还得我们老同志出面……

〔观众笑，傅老不悦。

文兴宇（傅老）　……跟和平一样，我最近这个胃口也不大好，经常犯点儿恶心……

杨立新（志国）　啊？您？！您根本就不是那么回事儿！

文兴宇（傅老）　那你说是怎么回事？我就老觉得肚子里面不对劲儿！好像里面总是乱动——（对着自己肚子指）这儿、这儿……还有这儿……

杨立新（志国）　那您真跟和平一样？……那可就邪了门儿了！

文兴宇（傅老）　和平啊，你怎么又偷喝圆圆的果茶啊？我跟你说过好几次了，喝可以，可以自己去买嘛。还一拿就是两瓶，也不说——给我留一瓶儿。

（夺过一瓶果茶，走出饭厅区域）

〔观众席上。

傅老　（怒）搞什么搞，搞什么搞嘛！我的形象怎么是这个样子呢？！

和平　没错儿没错儿，爸，那天您就这样！

傅老　那还要不要艺术加工了？我这辈子做了那么多可歌可泣、惊天动地的事情，他们为什么不反映啊？你们听到没有？——惊天动地呀！

观众甲　老同志，您可够惊天动地的了！

观众乙　别说了！看你们还是看台上啊？

傅老　看我？看台上？那不都一回事儿吗？你再好好看看我，看出点儿什么没有？

观众乙　大老远来看戏，我看你干什么呀？有病啊？

〔舞台上，第一场戏结束。

英达　好——过！

〔全场鼓掌。

英达　下一场：客厅！

〔演员及工作人员转移到舞台的客厅区域。各部门紧张忙碌。

英达　预备——五、四、三……

〔舞台上，北京人艺演员张永强饰演的"昭阳"与宋丹丹饰演的"和平"演对手戏。

张永强（昭阳）　……嫂子，您别绕来绕去的——您想让我帮您干什么您就直说！

宋丹丹（和平）　我还真有点儿不好意思说……

张永强（昭阳）　这有什么呀？不就为咱大侄子的事儿么？您说吧。

〔同时，导播间内。摄像指导王小京在调机。

王小京　一号机——孟昭阳，中景。三号——和平，人全……

〔舞台上。

宋丹丹（和平）　你别着急呀！我这刚第一步。第二步……咱俩结婚。

张永强（昭阳）　（吓得一屁股坐到地上）我说嫂子，这事儿不行！……您的情意我领了。

〔观众席上，志国不悦，看和平。和平尴尬。

〔舞台上。

宋丹丹（和平）　……情意？我跟你有什么情意呀？

张永强（昭阳）　我早就知道您喜欢我。

宋丹丹（和平）　我喜欢你什么呀？

张永强（昭阳）　您喜欢我什么我就不知道了……我呢，对您也不能说完全没有那方面的意思，有时候我也想过……

宋丹丹（和平）　你对我有哪方面儿的意思呀？啊？你想过我什么呀你？

张永强（昭阳）　……我没想什么。您非说要跟我结婚，我这不是跟您客气呢嘛！

〔观众席上。

志新　（笑）哎哎，嫂子，你跟那姓孟的还有这么一出呢？

和平　（急）哎哎，不成不成！这哪儿行啊……

〔和平欲站起，被圆圆按住。

和平　造谣造谣造谣！他们瞎编的……

傅老　不要急嘛！就是造谣，也要人家把话讲完嘛。

志国　（阴阳怪气）就是！我都不急，你急什么？

和平　你什么意思啊？

志国　我还问你什么意思呢！

〔舞台上。

张永强（昭阳）　……这不是活要我命么！

宋丹丹（和平）　怎么说话呢这是？甭说假结婚，就是真结婚我哪点儿配不上你啊？怎么就要你的命了？我还没挑你呢，你倒先挑我了？

〔观众大笑。和平恼羞成怒。

和平　不行不行……这绝对不行！（欲起，被圆圆、志国按住）

〔舞台上。

张永强（昭阳）　……结了婚咱就得住一块儿，您想我这人……我意志薄弱，我又禁不住考验。那万一弄假成了真，我不是为我，我也对不住我大哥不是嘛！嫂子，要不干脆您另考虑别人得了——我们邻居有一小伙子挺不错的，我给您介绍介绍？

宋丹丹（和平）　免啦！我还就瞅上你了！……

〔观众席。和平忍无可忍，奔下看台，冲上舞台。

和平　嘻嘻！干嘛呀？你们干什么呀！……我跟你们急了！我没法儿不急了……

英壮　哎，这位同志，怎么回事？知道不知道这边拍戏呢？拍戏呢这儿……

和平　（情绪激动）拍什么戏呀！胡编乱造糟改人，别拍了！（向摄像）别照了！不许照……

〔全家人都冲上舞台。现场一片混乱。

傅老　（冲着摄像机）不让拍怎么还拍呀？（用手捂住摄像机镜头）停！

〔画面转黑，一片嘈杂声。

【上集完】

· 446 ·

# 第120集　我爱我家（下）

编　　剧：英　达　梁　左

客座明星：英　达　梁　左　英　壮　金雅琴　金　昭

〔夜，《我爱我家》拍摄现场内。

〔剧组众人散坐在舞台及观众席，个个垂头丧气。导演英达抱头沉默。

英达　（抬头）我早就知道要出事儿！怎么样？出事儿了吧？

梁左　说说吧：谁把那家子给招来的？现在坦白还来得及啊……

梁天　怨我怨我，这事儿是贾志新求了我好几天，一劲儿说长得像我……我琢磨着说给找几张票没什么事儿，谁知道……

关凌　贾圆圆也够可气的，冲着我指手画脚的，说我演得这儿不对那儿不对，给我讲起戏来了！那我在少年宫学表演我白学啦？

杨立新　还有那贾志国，我原先还把他当正面人物塑造呢，这回见了真人才知道——整个儿一反面人物！

文兴宇　我倒觉得这老头挺有意思的，很有性格！

宋丹丹　哎哎，叫"和平"的那女的性格怎么那么二啊？回头她什么时候再演一个特别差的小品，长得还那么特别像我，人家以为是我呢！这不是毁我么？

英达　人家现在反正是……本主打上门儿来了，大家看怎么办吧？（向英壮）要不制片部门……这样怎么样——赔人家点儿钱？五千打得住么？

英壮　五千？！你看把我卖了值五千么？现在剧组已经超支了——今儿晚上这顿夜宵还是广院食堂赊的呢！要说这账上周转资金还有点儿，要把它赔出去呀……大伙这礼拜补助就免了啊！

众人　凭什么呀……

陈会计　别吵了别吵了别吵了！就现在那账上还有几个窟窿等着堵呢！

英达　（赔笑，向梁左）要不然——梁师，咱把剧本改改？哄他们一高兴？

梁左　没法改，还不够费劲的呢！哎，我宁可不要补助……

宋丹丹　你是不要补助，你都拿稿费了你！

梁左　反正我改不了，你们谁有能耐谁改……

宋丹丹　嘿，你以为我们真没人了？助理文学师——梁欢！

梁欢　我觉得吧，咱们写他们、宣传他们，还没找他们要钱呢——他们还来劲了！

梁天　哎，不过我倒有一主意……

众人　又是一馊主意……

梁天　我那意思是说呀：既然他们家人觉得咱们演得不像，干脆让他们家人自己来演这集戏，怎么样？

英达　让他们——业余的？外行的？演电视剧？演情景喜剧？

〔众人七嘴八舌议论。

梁左　也别说，这还真是一主意……


〔晚，傅家客厅。

〔全家人在座，看着傅老回来踱步。

志新　……爸，去不去您倒是赶紧决定啊！

和平　爸，您别老在这屋里头转悠成么？我瞅着眼晕！

傅老　笑话！去？干什么去呀？去给人家演戏？我——一个老同志，干了一辈子了，老了老了还要去给别人演戏看？这成何体统嘛！

和平　爸，您这么说就不对了啊！给别人演戏看怎么了？不是我挤兑您——就您演戏……还不一定有人看呢！

傅老　胡说！我演戏怎么就没人看呀？

和平　不是，您……

傅老　好好好，不管有人没人看，我就是不去演！你们看我不是大蔓儿啊？我还就是个大蔓儿的脾气！我呀——罢演啦！

和平　就您……爸！您别罢演啊，别价呀，您怎么着也得替我想想啊！我活得容易吗？让"四人帮"起根儿上就给耽误了——学，学让志国给上了；国，国让小凡给出了；生意，生意让志新给做了……合着到我这儿就剩没劲了？好容易有一机会，说上电视出出名……我不管你们怎么想，反正我今天是绝不放过了我！我革命了我！

圆圆　我也革命了！瞧关凌把我演的那鬼样子，我说她不会演戏那都是轻的！她就是跟我过不去，她故意丑化我！我还是自个儿演我自个儿吧！

志国　我，我也想演演试试……

志新　那要是大家伙儿意见这么一致的话，我这就给剧组回话去！（起身欲下）

傅老　回来！谁说意见都一致啦？我这个主要负责人还没有拍板嘛！

〔和平急，志国拦。

志国　爸！其实您还有什么可犹豫的？您不是老批评现在这电视剧它滑坡么？您再不挺身而出，那他们什么时候才能走出低谷啊？

〔众人附和。

傅老　这倒也是啊，看来这个工作的意义，还真是不小啊！我看我们要么就不干，要干就一定把它给干好！我决定了，取消今天晚上的睡眠……

众人　啊？！

傅老　把我们202单元呀，变成一个大打情景喜剧的，人民战争的，大舞台！

〔晚，傅家客厅。

〔傅老、余大妈对台词。傅老兴奋认真。

余大妈　（磕磕绊绊地念剧本）"我姓李，是和平单位计生办的。我是来了解……"唉呀，老傅啊，你就饶了我吧！

傅老　小余呀，不要挑肥拣瘦的，这个角色是很重要的哩！

余大妈　我不是挑肥拣瘦……你们都是自己演自己，那到我这儿干嘛非得演别人呢？哎，那剧本里不还有个"余大妈"么？我就演她得了！

傅老　余大妈是有……

余大妈　哎！

傅老　可这一集没有。小余呀，演戏嘛，要从需要出发，可不能从自己的兴趣出发。想当年，我在文工团……给人家打杂的时候，我那时候什么累事、苦事没有干过呀？（比划）拉大幕、收门票、装死人、学鸡叫……搞不好啊，还得给女演员去换服装！……

〔余大妈偷偷溜下。

傅老　……我说什么来着？我不还是任劳任怨，积极地去工作么？

〔关门声响。傅老回头，发现余大妈不见了。

傅老　这个……（冲着门口）不可雕也！（向里屋喊）志国呀，志国！

〔志国打着哈欠自里屋上。

志国　爸……（抖擞精神）爸，我们第二排演厅的演员已经基本脱本儿了，正在和平导演的领导下在拉……拉"地位调度"呢！

傅老　那就统一到第一排演厅来，集中彩排！

志国　好！（向里屋喊）演员同志们，到第一排演厅彩排！

〔圆圆、和平、志新打着哈欠上，找地方坐下。

## 第120集 我爱我家（下）

傅老　第一组！

〔和平起身亮相，迈着台步，戏曲身段，神情夸张。圆圆困极睡着。

志新　"叮咚——"

和平　（语调夸张）"哎呀——怎么又来了！昭阳，你可来了，这事儿可真闹大了！"

傅老　昭阳呢？昭阳怎么没有来呀？

志新　您找他干嘛呀？我演他不就完了么！该我词儿了吧？是这个哈……（拿腔拿调）"嫂子，我早就讲过，这离婚是好玩的么？不闹个天翻地覆你就想离婚？没门！"

和平　你这怎么味儿不正啊？

志新　您这味儿也不正啊……

傅老　好了好了，不要吵啦！下边是——（看剧本）"圆圆放学暗上"。圆圆！

圆圆　（惊醒）啊？！几点了？我上学迟到了？……

志国　该你词儿了，圆圆！

圆圆　（昏昏欲睡，应付）"爸爸，妈妈，女儿一点都不怪你们……"

志国　不对！不是这段。

圆圆　"万一他要平庸……"

志国　也不对！

圆圆　"是要我的胳膊还是要我的腿……"

志国　还不对！

圆圆　（呓语）"我本来就有残疾……生活真美好……这可真是个危险的游戏。我不练了，你们还是杀了我吧……"（倒下）

〔众人急忙上前。

众人　圆圆！你怎么了……圆圆……

志国　（细看）哦——睡着了！

·451·

和平　这孩子，一点儿都不像我——一点儿艺术细胞都没有！都什么时候了？人生能有几回搏呀？都这时候了，还睡觉……（打哈欠，睡过去）

〔志国、志新也都睡着。

傅老　怎么搞的呀？你们怎么都睡觉了？（打哈欠，坐下，睡着）

〔众人认真背词、排练的镜头。

〔日，外，观众陆续到达拍摄现场，检票入场。

〔日，《我爱我家》摄制组化妆间。

〔服装师、化妆师帮傅老、志国做准备。和平自己认真化妆，圆圆上前。

圆圆　妈，我腿直发软……

和平　你小毛孩子见过什么阵势呀你！

傅老　啊？那我呢？我也没见过阵势吗？

和平　爸，您那是到岁数了！

志国　那我呢？我也到岁数了？

和平　你不老不小的，你到什么岁数啊？

英壮　走了啊！走了走了——演员请候场！

〔日，《我爱我家》拍摄现场。

〔傅家客厅位置。实拍。"演自己"的傅老看向门口。"演自己"的小桂开门，北京人艺演员金昭饰演的"和平单位李阿姨"上。

傅老　您是？

金昭（李阿姨）　我姓李，我是和平她们单位计划生育办公室的。

傅老　哦，你好你好。（握手）

金昭（李阿姨）　您老人家是？

傅老　我是和平的公公。请坐请坐，我正想上你们那去……

金昭（李阿姨）　哦，您不用去了，和平已经带着圆圆去过了。

傅老　去过了？（独白）她去干什么……还带着圆圆？

金昭（李阿姨）　我就是想进一步了解一下贾圆圆的情况……

〔观众席上，观众看得昏昏欲睡。宋丹丹等演员坐在观众席里不时暗笑。

傅老　什么？！伤到没有？有没有生命危险？……

金昭（李阿姨）　倒是没有生命危险。您坐。不过……也差不多了……

〔"演自己"的圆圆自里屋位置跑上。

圆圆　爷爷！快给我书包，我都迟到两节……

金昭（李阿姨）　贾圆圆？

〔圆圆赶紧装口眼歪斜。

金昭（李阿姨）　行了，贾圆圆你不要再装了！

傅老　圆圆，你没有什么事吧？

金昭（李阿姨）　唉呀，老人家，您也不要再装了。

傅老　我装什么了我……

〔傅老突然忘词，慌。金昭一劲儿递眼色。

场记吴彤　（在画外小声提醒台词）"具体问题具体分析！"

傅老　（向吴彤）你大一点声，我耳朵不好！

吴彤　错了！错了……

傅老　（急，向"李阿姨"）我根本就不知道怎么回事嘛！

吴彤　不是这词儿！

〔观众席。

文兴宇　怎么能随便改词儿呢？让人家对手怎么接呀……

宋丹丹　（向英达、梁左）哎！英达怎么回事儿啊？怎么还不停机呀？

· 453 ·

英达　不停不停！看他们怎么往下演……

　　　〔舞台上。

金昭（李阿姨）　……您啊，知道也好，不知道也好，下回注意吧！（小声）我呀，
　　　　我家走了我……（匆忙下场）

傅老　唉呀，你……我冤枉呀我……

　　　〔后台。

金昭　（向周围的人抱怨）你说：哪有随便这么改台词儿的呀！真是……

　　　〔舞台上。和平上。

傅老　和平，你是怎么……（一阵晕眩）

和平　啊？怎么了？（扶住傅老）哎，爸！爸……

　　　〔观众席。

英达　停！好，过！

　　　〔全场鼓掌。

英达　（向梁左）还行吧？

梁左　已经这样，就这样了！


　　　〔日，《我爱我家》拍摄现场后台。

　　　〔全家人有说有笑往外走，迎面遇到英达与梁左。

傅老　实在是对不住啊，关键的时刻脑子不听指挥了！没有很好地完成任务
　　　啊……

梁左　您演得还可以，也算是一种演法儿吧……

英达　您演的比他那原剧本还好！我们已经决定保留您这个了！

傅老　哦，这么说我还是……我的意思是说，你们还是很有眼力的嘛！

　　　〔摄影指导王小京举着相机上。

王小京　是不是请客人到景里拍个全家福？

## 第120集 我爱我家（下）

傅老　对对对，今天很值得纪念！可惜的是我们家里的人不够齐，不能不讲是个遗憾啊……

英达　没关系！您家谁不齐呀，让我们演员给您补上！

傅老　我的小女儿啊，在美国念书……

英达　好办好办——（喊）叫赵明明！赵明明，来来来……

和平　我们昭阳兄弟今儿……

英达　（喊）张永强！

〔张永强跑上。

圆圆　还有我们家那小张阿姨……

英达　今天沈畅也来了——来，咱们走吧！

〔全家人与替补的演员坐在"傅家客厅"的景里，由摄影师拍下一张全家福。

〔定格。

【全剧终】

# 第111集 风声（上）

余大妈："小许说呀，现在不能迁户口！这事你们知道么？"

杨大夫："这一辆车呀，也能合五六万块钱呢，哪儿都花不完了您这后半辈子……"

圆圆："爷爷！爷爷……我妈她怎么是没头苍蝇呢！"
傅老："就是没头的苍蝇！到处打听小道消息，四处来回飞，嗡嗡嗡！"

第112集 风声（下）

胡老说自己不想搬家了，和平极力劝说。

余大妈和傅老争着要请杨大夫吃饭，傅老仲裁："好了好了，不要争了！不就是想请他去吃顿饭么？我做主了，今天中午啊，就让他在……就在……干脆就在我们家吃算了！"

杨大夫沉痛地对众人说："真是对不起大家，对不起大家，没想到我父亲啊，这么突然地就去世了，没想到！"

## 第113集　就职演说

志国："副处级跟副处长那是一码事吗？'处级不带长，放屁都不响！'"

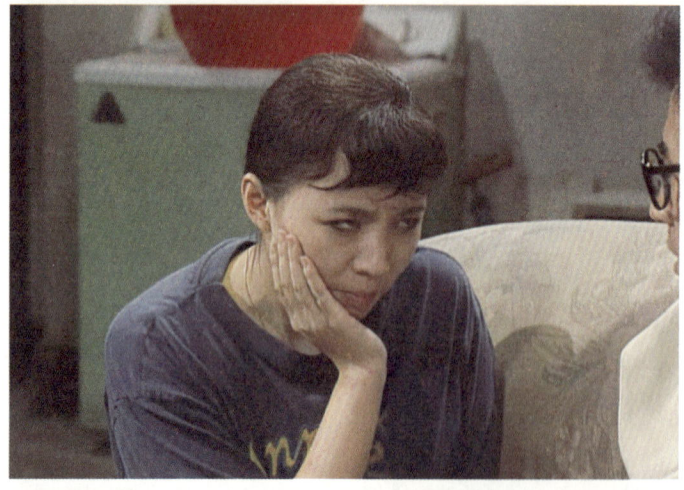

和平："你看我们团那演员队队长，人家才是个副科级，特深沉！没事儿老挨那想问题，轻易不说话。这两只眼睛嘿，透着那么忧郁！没事就这么看你……看着你……看着你……弄不好就把你给看毛了！前两天，刚送精神病院了……"

志国自以为幽默地念着自己的就职演说："军功章啊，有我的一半，也有你的一半嘛……算了，我这一半也不要了，全归你了——你不就能凑成一整个儿的了吗？"

## 第114集 优化组合

为求志国不把自己"优化"出机关，小林靠在志国怀里："您就是我的亲人……您就是我的兄长，您就是我的……"

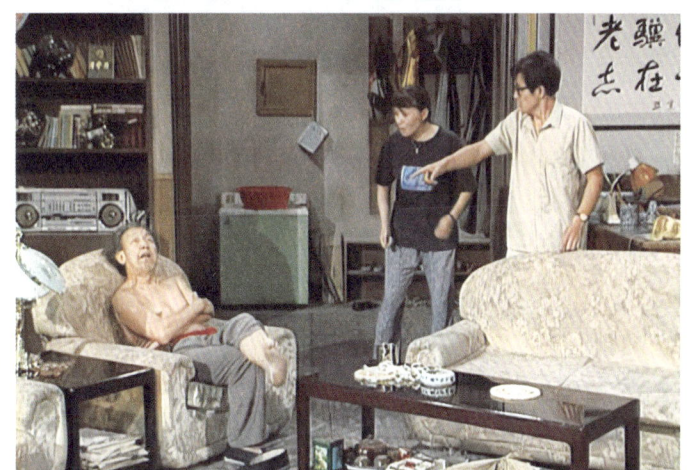

为求志国不把自己儿子"优化"出机关，老黄威胁要在傅老家上吊。志国："你说碰上这么一老无赖，让我怎么弄……"

潘大姐："我不管！我觉着在局里待着挺好的，这说出去也好听啊。"

# 第115集　今天的你我（上）

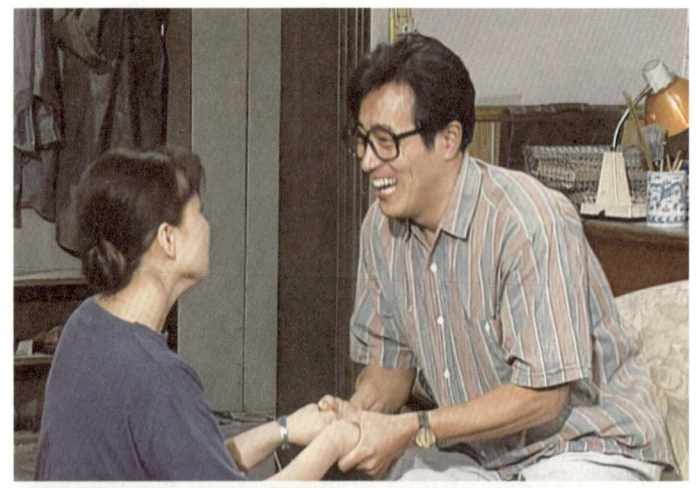

志国感激地握着和平的手："我干脆也夸夸你得了——这年头儿除了狗，谁还这么理解人呢？"

小莉："悠悠岁月，欲说当年好困惑……你说吧，志国，咱们俩从小学同桌就六年，中学又在一个学校，你干嘛老对我忽冷忽热、时好时坏、若即若离的？"

和平："爸，爸，我看钱挣多了也未必就是坏事吧？"

## 第116集 今天的你我（下）

和母："哎……您给我坐下！慢慢往下听！它怎么那么巧，怎么那么寸，我刚一入座，上眼皮一抬，隔着八张桌子就瞧见我那女婿您那儿子——挨千刀死不了的贾志国啦！"

和母："开头啊都没那心，处着处着就处出那心了，到那时候可就由不得自个儿喽！"

小莉携保镖离去，母女两人走向躲在角落的志国，一脸杀机，一齐颠腿。

# 第117集 为情所困（上）

小张边涂指甲边眼皮也不抬地说："我变漂亮了是吧？"
众人："哎！"
小张："我也是天生丽质难自弃。"

小张打电话，嫌众人看电视打扰，挂电话向众人大叫："唉呀不要吵啦！"

志新："燕红！燕红……哎哎，我呀！我是志新……我是志新哪！"
燕红如梦初醒："志新？志新呀……"

第 118 集　为情所困（下）

小张殷勤地拿过傅老的水杯："爷爷您喝么？我给您倒去！"

小张："在共同的事业中，你我情相系、心相连，顺便解决一下大龄男女青年的个人问题如何？"

志新一咬牙，对小张道："没你我也饿不死！"

# 第119集 我爱我家（上）

电视里播放《我爱我家》第一集，演到包袱处，全家人大笑。

英壮向观众介绍演员，各主演依次上场，最后导演英达上场。

和平忍无可忍，冲上舞台，全家人随即一拥而上，现场一片混乱。

第 120 集　我爱我家（下）

梁左："说说吧：谁把那家子给招来的？现在坦白还来得及啊……"

和平在家排练，起身亮相，迈着台步，戏曲身段，神情夸张。

全家人与替补的演员坐在"傅家客厅"的景里，由摄影师拍下一张全家福。

# 后　记

## 为一句无声的诺言

凉油锅@我爱我家全球影迷会

　　准确完整的《我爱我家》台词终于呈现在了家迷朋友们的面前。我这样一名普通观众，从对经典的热爱出发，全程参与完成了六十多万字书稿的校对整理，怎能不激动？怎能不自豪？

　　第一次与《我爱我家》结缘大概是小学三年级结束后的暑假，我在邻居家玩儿，看见河北电视二台上在播有好多大蔓儿的"小品"，但它不是在晚会上演的，而且比别的小品时间长很多，竟然还有片尾曲——是一种以前从没见过的电视剧！对从上学前就喜欢听相声的我来说，那种感觉就像突然在平日里吃到了年夜饭的大菜，并且是加量版，并且明天后天大后天……后面俩月每天都能吃到！你说有多惊喜！

　　多年以后才知道，我有幸在最无忧无虑的年纪赶上了中国第一部情景喜剧的内地首播。接下来的十数年，只要看到哪个台在播《我爱我家》，我就会立刻锁定，按时按点儿地守着看。

　　进入"网上冲浪"的年代，很偶然地搜到一个文件——"我爱我家全台词"，我简直如获至宝，对着文字一边看一边脑补一边乐的感觉太好了！虽然后来发现这版台词的错误之处很多，但它的意义非常重大，比如让我知道了有不少网友跟我一样痴迷这部情景喜剧，并且能为它做一些事。

我也想为《我爱我家》做点事，于是在2013年1月10日，我注册了微博"我爱我家全球影迷会"，为全国乃至世界各地的家迷朋友提供交流分享的平台。"找到组织了！"每当见到可爱的家迷朋友通过微博、微信发来这几个字，我都会很有成就感，觉得自己做的事很有意义。

原来，不同年龄段的家迷朋友，在开心或消沉时，欢聚或独处时，甚至在生命的开端或旅程的终点，都有《我爱我家》的陪伴。周末躺在沙发上看，睡前开着声音入睡，一张嘴台词就往外冒……这都是咱们家迷专属的毛病。与其他家迷朋友们一样，我也用剧里的台词给自己取了一个名字——凉油锅。

通过影迷会，我还十分荣幸地与《我爱我家》的导演以及许多主创老师们结识，达成了作为粉丝的终极梦想。现在，花了近四年时间完成这本书的校对整理，更是完成了一桩刻在心底的夙愿。

最初校对的时候，我的想法很"朴素"——力求100%记录剧本所有角色的所有台词，但傅老的词儿里有太多的"啊"，和平的词儿有很多是现场搭戏用的虚字，还有一些属于演员的口误等，这些细节影响了文字的可读性——不太熟悉这部戏的读者看后会觉得有点"不像人话"。最终，根据英达导演的指导意见，我校对台词时，在贴近原貌的前提下适当去掉了一些台词中的"零碎儿"，增加可读性，从不熟悉本剧的读者到资深家迷，都能收到良好的阅读体验。

感谢英达导演。对了，先要感谢东东枪老师把我写的文章推荐给英达导演，让英导知道了有个"凉油锅"，还要感谢在央视工作的李力，把忐忑的我推进了导演的化妆间。

英达导演在文化底蕴和艺术修养方面绝对是大师。很难想象一个人可以同时拥有强大的记忆力、远超普通人的双商，以及十分广博的学识。而英导身上丝毫没有那种学识、层次、年龄等带来的距离感，与英导的交谈永远是充满欢笑的，是良师，更是益友。这份书稿的每一集都经过了英达导演的逐字校改，并且专门送到我家楼下，长者对后辈的关怀令人感动。

感谢梁左先生。梁左先生离开我们整整二十年了。这本书是梁左先生的书，我们只是做一点小事，表达我们对大师的无限缅怀。家迷同样怀念那些在《我爱我家》中成功塑造了经典角色，如今已经离开我们的表演艺术家们。

感谢王小京老师提供的精彩剧照，王老师最知名的摄影作品——《我爱我家》全家福是所有家迷心中的温情画面。整理书稿期间王老师在国外，无法分享更多他手上的剧照存货，为了稍微弥补这个遗憾，我按出版社的建议，为每集配了三张有代表性和表现力的截图。这个配图的过程，感觉自己也客串了一把"摄影师"，只是剧中精彩画面太多，几乎每一帧都是表演艺术家们的精彩瞬间，如何取舍成了最大的难题。

感谢长江文艺出版社的金丽红老师、黎波老师、陈曦、小霓以及"摩点"的小伙伴们等。在确定出版社时，其实有好几个选项，之所以确定与长江文艺出版社合作，除了看中实力外，还有一点就是"长江文艺"与《我爱我家》渊源很深。"王朔的书怎么也摆在这儿啊？王朔那会儿也认识不了几个字嘛！还有这个什么……梁左的相声集？梁左那会儿小学可能都没毕业呢！"最早王朔的小说，以及梁左的《笑忘书》都是由金丽红老师出的。

感谢家迷高翔（高仓健）、王妍（和平同志！！！）、邵远（灭鼠办梁同志）、孙斌（苏苏）、胡巧诗（我是弱者）、付强（张欣来）、颉天经（啊就大爷）、郭捷（假圆圆）、安妮（阿斯达黛）、沈润宇（一轮红日映朝阳）、孙志强（宝财哥）、晋思洁（早起忘吃药了）、赵萌（炸酱面该下锅了吧）、孙悠悠（阿敏阿玉阿英阿东阿欢阿庆的经纪人）等家迷朋友帮助影迷会共同完成书稿的校对，他们精通剧情台词，有高超的文字水平，更重要的是对《我爱我家》怀着浓浓的爱。还有许许多多家迷为本书、为影迷会做了很多贡献，在这里不能一一列举，感谢感谢。参与校对的家迷孙悠悠对我说，他的妈妈强烈要求参与校对，细聊才知道，原来这位家迷朋友的妈妈——张红阿姨和宋丹丹老师是多年老友，这真是奇妙的缘分。

感谢在"我爱我家痴网"时期就是积极分子的资深家迷"第十二代嫡亲大姨儿"，以及我们共同所在"小团伙"里的各位家迷给予的支持和鼓励，尤其在我几乎没有社交的日子里，"小团伙"是每天最重要的欢乐源泉。

感谢郑猛提供的剧照文件和许多幕后资料。感谢摄影师杨明拍摄的纪念活动照片，期待摄影作品集早日出版。

感谢《我爱我家》。《我爱我家》是由编剧、导演、演员和时代共同造就的经典，自己才疏学浅，没有能力也不敢完整概括它的精彩和魅力。有幸为经典做了一点事，有幸能在今后一直与经典同行，很幸福。

《我爱我家》剧组聚会合影。

小张：我睡着呢。

傅老：你这个……当然喽，你实在不愿意我们也不能勉强，牛不喝水强按头也是不行的，党的政策一贯是坦白从宽，抗拒从严……错了，不是这一条儿，是来去自由，既往不咎……不对，也不是这一条……

小张：我已经下定决心，爷爷，您就别再费心了噢！

傅老：你这个……这个孩子……（向里屋喊）志国！志国呀！

（志国应声上。）

傅老：（凑到志国跟前）我已经做得差不多啦，你再趁热打铁一下就行啦——奖金我们俩一人一半！

（傅老向里屋下，志国坐到小张跟前。）

志国：小张，答应不走啦？

小张：没有，我就是告诉爷爷别再费心了噢。

志国：噢……这个……小张，你看啊，现在咱们是市场经济，以经济效益为中心……（小张打哈欠）我的意思是这样，你看你在工资待遇方面有什么要求都可以提出来，对吧？每个月给你加个十块八块的，也不成问……

小张：别说十块八块，就是十万八万……

志国：你也不干？

小张：我当然干了！你干吗？

志国：我……我当然不干啦！一个月有个十万八万，我住宾馆吃饭店，用得着你吗？你这不抬杠吗？……（向饭厅喊）和平！和平！

（和平自饭厅上。）

和平：哎！怎么样啊？

志国：（凑近）谈得差不多了，就是提高工资的问题，具体数字还没有商量好，你接着跟她谈一谈——奖金咱俩一人一半啊！（向里屋下）

和平：（故意高声）吹牛去吧你！我在这屋都听见了！（凑到小张跟前）小张啊，你看你这会儿病还没好，就这么走了姐姐我也不放心啊，什么事儿等病好了再说，成不成？

小张：大姐你放心，我们穷人家的孩子没这么娇贵！

和平：噢，那你从这儿走了打算上哪儿去呀？你能告诉大姐吗？

小张：我和小翠早就商量好了，闯世界呗，她去特区建筑队，我去深圳打工妹，

357

英达导演校对手稿。

图书在版编目（CIP）数据

我爱我家：珍存集：全三册 / 梁左等著． -- 武汉：长江文艺出版社，2022.5
ISBN 978-7-5702-2282-7

I. ①我… II. ①梁… III. ①电视文学剧本 - 中国 - 当代 IV. ① I235.2

中国版本图书馆 CIP 数据核字（2021）第 132626 号

## 我爱我家：珍存集：全三册
WO AI WO JIA：ZHENCUNJI：QUAN SAN CE

梁左　等著

选题产品策划生产机构 | 北京长江新世纪文化传媒有限公司
总 策 划 | 金丽红　黎　波
特约编辑 | 凉油锅　　　　责任编辑 | 陈　曦　张　霓　　　责任印制 | 张志杰　王会利
装帧设计 | 郭　璐　　　　内文制作 | 张景莹　　　　　　　媒体运营 | 刘　冲　刘　峥　洪振宇
法律顾问 | 梁　飞　　　　版权代理 | 何　红　　　　　　　数字平台统筹 | 高　梦　宇　君
总 发 行 | 北京长江新世纪文化传媒有限公司
　电　　话 | 010-58678881　　　　　　　　　　　　　传　真 | 010-58677346
　地　　址 | 北京市朝阳区曙光西里甲 6 号时间国际大厦 A 座 1905 室　　邮　编 | 100028

出　　版 | 长江出版传媒　长江文艺出版社
地　　址 | 湖北省武汉市雄楚大街 268 号湖北出版文化城 B 座 9-11 楼　　邮　编 | 430070
印　　刷 | 天津盛辉印刷有限公司
开　　本 | 710 毫米 ×1000 毫米　1/16　　　　　印　张 | 90.25
版　　次 | 2022 年 5 月第 1 版　　　　　　　　印　次 | 2022 年 5 月第 1 次印刷
字　　数 | 1160 千字
定　　价 | 428.00 元（全 3 册）

盗版必究（举报电话：010-58678881）
（图书如出现印装质量问题，请与选题产品策划生产机构联系调换）
本套书所收录的插图作品未能联系到绘者本人，请相关版权人看到后与出版社取得联系。谢谢支持！